林學禮——著

微知自選集

〔代序〕

驚夢

荒島遊魂三千
無償勞役經年
相濡以沫
構陷自瀆
血淚交織善與惡
今日何日
朝不知夕
潮聲起落枕邊鼓
夜夜夜牢反側

形銷骨立終不悔
但願懷人入夢來

十三年黑獄餘生，不曾落淚；
十年「文革」浩劫，夢中切齒。

一九八八年十一月廿一日深夜不寐
於台北　辛亥蝸居

一、小品散文

二、小說創作

三、小說評論

四、時事評論

微知自選集・10

一、小品散文

微知自述

余　一生叛逆
反對專制政體
鄙視偶像權威
遭政治迫害，繫獄十三年，至死不悔。

余另名　五字齊
一孤　關心政治，熱愛文學，不結幫拉派，不呼朋引伴，只是孤鳥單飛。
二小　小資產階級、小知識份子。
三能　能吃、能睡、能玩。
四不　不求神，不拜佛，不算命，不看相。

五老

老康　老而健康，快步如飛。

老本　小有餘錢。

老友　朋友滿天下。有老友、小友、難友、戰友，還有旅遊途中結識的新朋友。

老趣　興趣廣泛，九十歲學電腦，樂甚。

老伴　老伴湘文，結褵五十九載，三年前仙逝，朝夕思念，寤寐難忘。音容宛在，長相左右。

余雖叛逆，一生唯二位女士的話是從：

一

兒時玩伴，青梅竹馬，賢妻吳湘文女士。她的情義，她的堅忍，余永生難忘。她的話，如暮鼓晨鐘，永銘五內。

二

教育工作者，私立大華中學創辦人、董事長、校長，方志平女士。

余出獄後，成為社會邊緣人。刑餘之人，無人敢用。如無方校長的慧眼以及堅強的抗壓性，余將淪為「無根的浮萍」，只能靠余妻湘文女士替人幫傭養活。余知恩，乃以「乖而不呆，老而不油」的工作態度以報。她的話，猶如詔命，余焉能不聽。

是為記。

二〇〇八年十一月十四日夜二時三十七分

於台北　辛亥蝸居

微知　2002年攝

昔日少年今何在　眨眼已是垂暮人

台灣50年代，白色恐怖期間，周坤和、黃祖權（中立者）、林學禮（微知　穿白外套者）三人，在不同地方，不同時間，不同案件，同遭政治迫害，被蔣政權判處有期徒刑：

林學禮　13年

黃祖權　15年

周坤和　18年

吳湘文　2003年攝於上海浦東　東方明珠

賞櫻　小憩　攝於東京

大華中學創辦人　校長方志平女士　八秩華誕
她身旁的男士係其哲嗣方海龍博士，右側為作者微知

黑龍江　唐作厚先生為台北微知（林學禮）撰書藏頭詩

三亞市清平樂社區文化部
第一排，左邊：黑龍江省軍區原司令員，書法協會會員唐作厚先生。中間：台北市，文字工作者微知。右邊：西安市，鐵路局高級工程師、詩人何延新先生
第二排：經理，林美如小姐

冰雪滿懷抱
心繫故國情
青山依舊在
新紀展鴻猷

1989年1月27日攝於瀋陽市郊外
大伙房水庫近旁　氣溫-18°C

火燄山　在新疆吐魯番東　2005.5.7

晴空萬里　寸草不生　火燄山　2005.5.7

遠望　火燄山　2005.5.7

武夷山　九曲溪　一竿獨撐

2007年11月攝於海南省三亞市蜈之洲島情人橋下　戲水

微知騎犛牛　涉水過麗江

第四屆綠島人權之旅　青年體驗營

第四屆綠島人權之旅　青年體驗營台北重聚　2009.08.29

關於楊逵

楊逵，台中人。日據時期，從事文學創作，其短篇小說〈送報伕〉（新聞配達伕），有中譯本。為亞非反殖民主義之先驅作家，迭遭殖民者之政治迫害。

光復後，為國民黨蔣政權羅織罪狀，一次逮捕，囚禁十二年。

一九四八年九月，余曾任教台中空軍子弟小學，因仰慕先進賢達，經友人介紹，曾與楊先生有一面之雅；並為其主編之「三日刊」（刊名已忘）撰稿。不意四年後，竟於火燒島與楊先生相值。彼時，先生已髮蒼蒼、視茫茫，神情落寞，垂垂老矣。余不敢趨前問候，蓋囚犯中有人望者，時遭非人道之折磨。

人生之際遇如斯，無言，無言耶！

一九八八年一月十四日深夜

微知　補記於六張犁蝸居

父與子

下班回家，他把疲憊的身體擲向椅子，兩腳一伸，吐了一大口氣。她從廚房出來，用手把蓬鬆的頭髮一掠，告訴他，孩子有信來。他「哦」了一聲，說：

「他要什麼？」

「你怎麼知道他要什麼？」她瞪著眼睛問。

「太太，這還用說嗎？孩子從學校來信，不是要錢，就是要東西。當年……」

「當年，當年你自已就是這樣，是嗎？」她笑著把信遞給他。「東西我已經買好了，你把信寫好，明天一起寄出去吧！」

他一向懶得動筆，既然孩子有信來，也總得給他回信。但一時想不起寫些什麼。他再把信攤開，看看有什麼可以說的。以一個初中一年級的學生來說，信是寫得不錯的，可以批個「文句通順」。只是字體太潦草，叫人看了頭疼。這孩子別的都還可以，就是性急心粗。好啦！話題有了，他大可以說一些為學做人之道什麼的。可是他寫不到兩行，一看不對，自己的自創體的草字，一樣的像蟹爬。上梁不正下梁歪，做老子的尚且如此，怎好教訓兒子？這使他惶恐地想起一件往事來。

民國三十六年，學校畢業到杭州做事，第一個月領到薪水，買了兩罐龍井茶葉寄給父親，可是久久沒有接到回信。有一天他接到大哥來信，大意是說：茶葉早已收到，惟父親年事漸高，目力欠佳，吾弟今後來信，務須字體端正，以免引起老人家之不快。看了以後，他直覺得一盆冷水自頭澆下。從此，他就盡量避免給父親寫信。

現在，二十年水流東，輪到他給兒子寫信了。可憐他草體字寫了幾十年，積重難返，現在突然要一筆一劃的寫，真是苦不堪言。案頭的信紙撕了一大堆了，一件汗衫也已濕透了，信還是沒有寫好。直到她廚房工作完畢，出來一看，大為驚訝地說：

「你怎麼啦！還沒寫好？」

他廢然地把筆一丟，感慨地說：

「太太，還是你來寫吧！從明天起，我得好好地練字啦！」

民國五十年五月刊於中央日報中央副刊

思念你，彷彿仍在我身邊

我妻湘文，姓吳。她九歲，小我三歲，我倆就訂婚了。

吳林兩家是世交，來往密切。她家是二樓洋房，在二樓可看到我家樓房。她是我小學同學。我小時頑劣，時常欺侮她作弄她。她就到我家告狀，我因此被罰，所以不喜歡她。有一次，她把她大哥收集的香煙畫片（三國人物，四周金邊的）帶到學校獻寶，被我騙來賴皮不還，害她好慘。前些日子，「稻草堆前說當初」，我問她還記得此事嗎？她說；怎不記得，小時你好壞！

有一次，她父親自滬回鄉，對我父親說：「志平兄，我們兩家應該結親家。三個女兒，由你選。」

結果，老三八字最合，就請兩家都相熟的王伯伯做現成的媒人。十一二歲的小鬼雖不懂事，卻也知道害臊，從此我就不敢到她家去玩。

她是么女，難免驕縱，她祖母說：「林家老二是個莽撞，將來有你的苦吃！」（莽撞，家鄉土語，指性格爆烈不講理之人）

誰知湘文吃我莽撞之苦少，而另一種苦卻如煉獄，令他備受煎熬。

台灣五〇年代白色恐怖期間，我因涉及「匪諜」案，被判處有期徒刑十年，發監執行。那時，台海形勢緊張，台灣高唱反攻大陸；大陸宣稱要解放台灣。風聲鶴唳，一夕數驚。一旦兵戎相見，關在牢裡的政治犯，必遭「機關槍點名」（集體屠殺）。我心中很明白這一點。

湘文第一次來探監。隔著小窗洞，兩人淚眼相對。在情緒定下來後，我說：「湘文，十年很長，你還年輕，有合適的人，你就改嫁吧。」她不說話，只是流淚。臨走，只說了一句：「我會等你。」

湘文周邊了解她處境的鄉親，都勸她改嫁，勸多了，她終於說：「別再提了，我不要兒子做拖油瓶。」

十年刑期坐滿，我從火燒島被押解到台北縣土城「生教所」，交付「感訓三年」。

湘文第二次探監，我不敢抬頭面對她。久久，她說：「怎麼坐滿十年，還要再關三年？」我不知道該怎麼說，最後說了一句自己都嚇了一跳的話：「思想頑固嘛。」

臨走，她哽咽著說：「宗禮，我三十六歲了。這三年你總要乖一點，你總要聽話一點。」

兩句話，如暮鼓晨鐘，多少年了，早晚在我耳邊響起。

湘文性情溫和，為人寬厚。年輕不化妝，年老不虛榮。她身體健康，極為耐勞，即使有點病痛，也不哼哼唧唧，不像我會鬼叫。一旦病倒，那就不輕了。於是大孫女端湯捶背，小孫女哭喊：「奶奶不要死呀！奶奶不要死呀！」湘文不迷信，也不忌諱，聽了只是笑笑。

湘文燒得一手好菜，她是土法鍊鋼，自己捉摸出來的。她的拿手絕活是「紅悶茄子」。媳婦妙蘭的同事朋友，多半出自餐飲業，一嘗美味，無不稱絕，大讚：

「林媽媽，你可以掛招牌亮字號，包你轟動！」

我不夠格做美食家，但很挑嘴，兒子博今也是；兩個小孫女也不後人，時常會提示：「奶奶，好久沒喫炸雞了！。」

第二天晚餐桌上，準有炸雞。

博今很體貼母親，偶而也會提一下：

「媽，沙丁魚很貴吧！」

第二天晚餐，準有油煎沙丁魚條。

難得的是，湘文不吃牛肉，但炒牛肉絲、紅燒牛肉一樣燒得出色行當。此刻廚房裡飄出牛肉香味。我問：「晚飯吃的？」

「不，明天帶便當的。」

我家一天四個便當，有時五個，是博今朋友要吃，加一個。博今這個朋友在海關工作，現在已到美國去了。離台前頗為惋惜說：「喫不到林媽媽的便當了！」

做便當看是容易，其實大難，每天菜色翻新，有些菜不能蒸，一蒸就失味、變色。我連續吃了二十幾年便當，樂此不疲。有位共事二十多年的女同事笑我說：

「林老師，看你吃飯胃口真好。」

「味道好嘛！」

「你真有福氣。我兒子說：媽媽只會做一道菜——蛋炒飯。我先生說：還會一道菜——飯炒蛋。」

人不慎會失足，馬也會失蹄。湘文做菜偶而也會失手。在飯桌上我有時會開玩笑：

「湘文，最近鹽巴跌價了？」

「沒有啊！」

過了老半天，她會過意來，嘗了一口：

「嘿！好像鹹了一點。」傻傻一笑。

湘文有一缺點，她從不否認，就是不愛看書，一翻開書本，不用三秒鐘，就會睡著。有時斜躺著讀報，雙手持報，十分專注的樣子，仔細一瞧，已經睡著了。只是那姿態，仍然不變，真夠難為她。

湘文另有一絕：邊看電視邊打盹。我把電視關上，她又醒了。

「你不是睡著了？」

「我沒睡，聽得清清楚楚。」

打開電視，她又故態復萌。半睜眼半閉眼，在寤寐間，怡然自得，那形狀神似海龜在沙灘半閉眼睛晒太陽。

湘文並非糊塗，卻對數目字沒有觀念。在菜市場從不還價，也不看秤。初時頗吃虧。久了，卻頗有好處。要什麼，老闆就選好包紮好擱著，等她拿。有時忘了拿，也會送家裡來。錢付錯了，老闆會說：「太太，少給四十五元。」或者說「太太，多給三十元啦！」

湘文沒有心機，凡事自自然然。她的生活也有三不：不講究吃、不講究穿、不講究排場。不是孔老夫子門徒，一切來自天性。她對人不苛責，對事不苛求，從不疾言厲色，也不會婆婆媽媽。在有錢太太面前，她從不自卑，有不如己者，也沒有優越之感。我一生受益於朋友者多，而湘文的寬厚圓通，對我影響最大。

人生有限，相聚不易。二〇〇五年三月八日在台大醫院13C05病房，湘文終於捨我遠去。湘文，思念你，彷彿仍在我身邊。

二〇一二年四月二十七日凌晨
於台北辛亥蝸居

附錄

哀悼

吾妻　湘文　女史

賢妻湘文　出身名門　不慕虛榮　不貪財利

二六風華正茂　突遭晴天霹靂

失伴十三年　為人幫傭　無怨無悔　撫孤成材

終能撥雲見日　重聚天倫

頑夫學禮　幼年失母　性向急躁　視惡若仇

憂時懷抱冰炭　不意禍起肘腋

遇白色恐怖　淪為諜囚　朝惕夕厲　朋琢友磨

才得洞明事理　唯妻是從

冥頑夫

林學禮　泣輓

二〇〇五年三月八日於台大醫院13C05病房

1983年攝於台北市

1952年攝於火燒島

1946年攝於杭州

軌跡

1975年攝於台北市

雙手闢開荊棘路
抬頭目迎明月來

秦秀貞女士（難友祖權兄之夫人　戴白帽者）
吳湘文女士　方宗英女士（火燒島同時受難者）　1998.3.12攝於鼓浪嶼

關島　遠眺　1996.8.10

九曲溪　悠哉游哉　1998.3.11

東京　賞櫻　晚宴

賞櫻　小憩

鹿城往事

民國九十五年十月初，我由台北去溫州三侄彌堅家小住。一位六十年前的老同事潘善賡先生來看我。他手拄拐杖，上樓梯一步一階慢慢上來。他看我「登登登」一口氣上樓梯，說：「學禮兄，你年輕時文筆好，歲數大了腿力好，真令人羨慕。」寒暄敘舊間，他問我「文章賈禍」之事還記得否？我想了想，搖搖頭，「有這回事嗎？」「怎麼沒有？你寫文章得罪理髮業，差點被割掉耳朵，怎麼忘了？」

我一驚，沉睡在腦海底層的往事，突然甦醒。

民國三十六年上半年，我在溫州城區落霞小學教書。城裡有家新開的光華電影院，放映一部伊士曼彩色片，片名「假鳳虛凰」，男主角是名演員石揮，影劇界有南石揮北藍馬之稱。女主角是李麗華，後來是香港邵氏公司的走紅女星。再加上伊士曼彩色大銀幕是新賣點，所以未演先轟動。

李麗華扮演年輕漂亮的寡婦，冒充歸國華僑富商的千金，登報徵婚。男主角石揮是理髮師，冒充有錢闊佬的少爺應徵。兩人一見面就來電，接下來鬧出許多令觀眾捧腹大笑的情節。

一次兩人相約吃大餐，石揮自然地把理髮師慣常性的動作露出來，他把吸了一半的香煙掐熄往耳朵上一擱，把李麗華看得傻眼。接下來兩人繼續交往，不斷地互露馬腳，非常逗趣好笑，戲越演越盛。於是引起理髮業的不滿，認為有辱他們這一行業，就糾眾在戲院門口鬧事，要求停演。

「假鳳虛凰」我在杭州看過。那時我是少年不知世路險，就寫了一篇讀者投書之類的東西，批評理髮業的抗議沒道理，寄給《溫州日報》。編輯先生用專題加框方式刊登。隔了兩天，光華戲院派人送來幾張戲票，表示感謝我的仗義執言，我就請同事們看免費電影。沒想到隔兩天，《溫州日報》登出理髮業同業公會的警告啟事，大意是說，作者「老默」是戲院雇的文化打手，無行文人，待查明他的底細，就要採取法律行動等等。

「老默」是誰都不知道，我就不放在心上。並沒去想戲院怎麼打聽到的？所以就不當一回事。

隔不久，一位同事去理髮，理髮師瞄了一眼他中山裝左上口袋的三角校徽。問他：「先生在落霞小學教書？」同事點點頭。「貴姓？」「姓潘。」理完髮付錢。這理髮師說：「你去告訴林某某，他來理髮，我就割掉他的耳朵！」嚇得他跑回來告訴我，以後理髮不要佩校徽。星期天我回鄉下坐上剃頭擔剃頭。家人說，你在城裡做事，怎麼回鄉下剃頭？我說：「城裡剃頭貴。」一向嚴肅的父親笑笑說：「做事了，就知道賺錢難，懂得省就好。」

這是父親第一次讚許我，是唯一的一次，也是最後的一次。

同年十二月初，一位老同學林素菊老師從杭州來電話說：「學禮嗎？我是素菊。你參加紅衫軍遊行的照片拍得很好。我想請你寫一篇有關台灣政局或紅衫軍的文章好嗎？」

素菊是我的同事。六十年前，為了教師的權益，她和我還有幾位同事發起組織教師工會，上街頭舉標語牌遊行示威。這使我驀然回首，往事依稀，一一浮上心頭。

民國三十五年春，我在溫州城區甌江小學教書。那時小學教師待遇菲薄，即使粗茶淡飯，也只能一個人勉強過活。尤其職業沒有保障，只要校長對你有意見，一個學期就叫人走路。於是林素菊和我以及其他同事，就到各校找溫師校友串連，發起組織教師工會，打出維護教師權益的旗號，發動罷課上街遊行。並在《浙甌日報》闢半版「教與學」周刊，由蘇尚耀老師主編，作為工會發言的管道，以及與各界溝通的平台。

那個時代，時局動盪，工人罷工，商人罷市，學生罷課，窮人沒飯吃上街砸米店搶米的新聞，經常見報。接著發生北大女生「沈崇」被美軍強暴的事件，全國大學生上街頭反美大遊行，更是驚天動地。小學教師上街頭遊行，不算是什麼駭人聽聞的事。

溫州城區小學教師工會，在省立溫州中學大禮堂舉行成立大會，正式定名為「溫州城區小學教師協進會」。我像「蓋頭鰻」，被人砍了腦袋還叫「好快刀！」被推舉為協進會理事長，不知謙讓，還積極聯繫各校代表，展開與縣府談判。最後一次雙方協議，縣長（忘了他的名字）當面口頭承諾，由教育局函令各校，教師一學年（兩學期）一聘，中途不得解聘。縣政府很窮，變通辦法，准予在新學期開學增收學費。增收部分作為教師福利，專款專用，不得移作他用（大意如此）。那時我們都是未經世事的年輕人，不知官場狡詐、推拖、轉移焦點的伎倆，結果徹底失敗。

在此期間，省立溫州師範學生鬧學潮罷課，學校餐廳失火，事情鬧得很大。結果領頭的學生被開除，彷彿記得其中有白素冰、王田藍兩位女同學。溫州校友會推派林素菊和我為代表，前往平陽鄭樓母校，表達慰問關懷之意。

這一年暑期結束前，我去杭州郊區「彭埠中心國民小學」任教。第二年上半年學期結束，我再回到溫州，正遇上素菊因某種因素被特務盯梢，經過一再聯繫及多方面考量，「組織」同意她「上山」。前一晚我去她家送別，鄭夢蘭同學也在。想不到自此一別，再相見素菊已是一位有「裡孫、外孫」的老「太君」了。她的兩本著作：回憶錄《滄桑記事》、《游擊隊員日記》，現在就擺在我寫字檯旁邊的書櫃上。

國事蜩螗，世事詭譎；六十年倥傯歲月，風流雲捲。驀抬頭，天邊彩霞一抹，夕陽無限，多日來的連綿陰雨擺手離去。明天，將是大晴天。

二〇一二年四月廿八日晨再刪定稿
於台北辛亥蝸居

與三侄彌堅攝於舟山島

父親大人林志評先生，民國三十五年攝於溫州茶山自宅

如夢前塵

認識方志平校長，是在民國三十五年的寒冬。

那時，她擔任台灣省立國語實驗小學校長，我是應台灣省行政長官公署教育處徵聘教師來台任教的。

離開上海時，天寒地凍，呼氣成霧。由基隆上岸搭火車來台北，有兩件事印象極深：一件是此地人怕冷，氣溫十二、三度，人人縮頸搓手，彷彿滴水成冰的樣子。另一件是人力車的雙輪巨大，竟有半人高，一坐上車，車伕一拉槓一抬腰，整個人差點翻跟斗往後翻出。及至坐穩縱目四望，只見台北街頭，行人稀落，偶爾厚底棕屐敲著柏油馬路的「跺、跺、跺、跺」聲，聲聲清晰。那滿目荒涼，劫後餘生的蕭條、破落、衰敗景象，令人悚然心驚。

在校長室見面，經過寒暄，校長向我介紹：「這位是潘主任，教務主任潘承德①先生。」

①潘承德先生，江蘇宜興人。民國三十八至四十年間，擔任台北縣瓜山國民小學校長，受政治迫害，于民國四十年十月九

潘主任長有「白瑞德式」的小鬍子，滿臉皺紋，是個飽經憂患的人。

「校長，我擔任什麼課務？」

「一班導師，教國語、歷史、地理。」我點點頭。她又說：

「你學過注音符號嗎？」

「師範畢業時的那一年，有專科老師教授。」

她滿意地「哦！」了一聲。

稍後我才知道，方校長兼任國語推行委員，負有特定時空的教育任務。光復初期，本地人以日語交談，接撥電話，只聽「摩西！摩西！」聲聲入耳。當時報紙只有新生報一家，每日一大張，上半版是中文，下半版是日文。所以推行本國語文教育，是迫不及待的任務。

那時方校長很忙碌，一方面向長官公署爭取經費，修建二戰後期遭盟軍飛機炸毀的校舍。我擔任的班級教室，就是因陋就簡用木板搭建的，小朋友跑在走廊上，發出「空隆！空隆」的震耳聲。另一方面不停地有學生家長來訪，或者去拜訪學生家長會有力人士。後據同住宿舍的潘主任轉述，方校長任職之初，家長會很不合作、很排斥。認為女人當校長，從未有過，後來

日凌晨，在台北市馬場町刑場（今青年公園附近）遭到槍殺。時年四十二歲。

經過「交接事件」才慢慢改變態度。

日本人做事不含糊。原日人校長辦理移交，所有校產一一登列清冊。當方校長發現一個大保險箱、一架鋼琴，並未列入移交清冊而覺不妥，當即邀請家長會正副會長另行點交，登列清冊。由於處事明快、決斷、光明磊落，贏得了家長會的支持與敬重。所以當民國三十六年發生「二二八」事件時，國語實小深受學生家長會的照顧、維護，毫髮無傷。

這年的四月，事件漸漸平靜後，學校開始上課，我卻接到家書要我回家。方校長看了我的辭呈以及後附的家書後，沉吟了好一會：

「中途離職於法不合。但結婚是人生大事，在情理上我很難拒絕。」

那段時間，大陸來台人士，無論擔任公職或經商的，猶如驚弓之鳥，恨不得飛離台灣。所以買「船票」難如登天。我三日兩頭跑基隆，總是一票難求，終日繞室徬徨。這時，方校長卻來宿舍看我。

「我要留你正是機會，但是留住你的人，留不住你的心。你拿我的名片，去基隆海關找張達興張專員，請他想辦法。」

隔了五天，就在四月二十三日，我搭了開往上海的招商局的「海黔輪」。

往事依稀。方校長在台灣作育英才五十多年之後，放下重擔離開人間。午夜夢迴，忽然想到張蔭麟教授在「孔子的人格」一文中說：

「教育是孔子心愛的職業，政治是他的抱負，淑世是他的理想。」

我想，我可以這樣說：

「教育是方校長心愛的職業，教育是她的抱負，教育是她的理想。」數十年如一日，不改其志，細數當今人物，能有幾人？嗚呼！

民國八十九年十一月十七日深夜

於楊梅陽光山林

潘承德校長之哲嗣潘蓁先生賢伉儷專程由滬來溫州與微知相見

隨筆二則

唯口，出好，興戎

「唯口，出好，興戎」這句話出自《尚書》（尚書是中國最早的一部歷史書，又名《書經》）。翻譯成現代話是：「嘴巴說話，能成就好事，也能引起戰爭。」

林彤是專職的中學教師，同時又是全職的家庭主婦。難得星期天帶小兒子去參加同學會。小兒子活潑可愛，很得到老同學的讚許。只是小孩子貪嘴，金莎巧克力塞滿嘴。林彤連忙說：「小寶，吃兩顆就好，吃多了壞牙齒。」想不到小寶順口回答說：「媽，不吃白不吃嘛！」

小朋友看電視，學了許多話。「不吃白不吃」，小寶也是從電視上學來的。其實，這句話很不好，很沒禮貌。小寶雖是順口說說，卻氣得媽媽直瞪眼。

元旦假期，幾個中學生去看老師，老師很高興，請他們吃水果，還讓他們看看他的書房。

一個學生說：「老師，你的書好多呀！」另一個學生看到老師的書桌上擺滿賀年卡，像發現新大陸似地叫起來：「哇哈！這麼多賀卡，從那裏沒收來的？」

這個學生並沒有惡意，他只是想說俏皮話，逗大家笑笑，結果卻說了一句失禮的話，弄得大家很不好意思，坐都坐不住了。

一個大學畢業剛當完兵的年輕人，一時還沒找到工作，心裏正著急。有一天，他父親的朋友王先生來他家，跟他的父親談生意上的事。王先生在鶯歌開一家陶瓷工廠，現在正在擴展業務，就問這個年輕人願不願意到他的工廠工作。

「王伯伯，是什麼工作？」年輕人問。

「總務部門的採購。」

這個年輕人衝口說：「哈，油水好多！」

王先生走後，他的父親很生氣，罵他說話不經大腦。他還辯嘴哩：「說著玩的嘛，誰當真啦！」

一個月都過去了，還沒有消息。這個工作就為了這句「說著玩」的話，像石沉大海，沒有下文了。

說話人人會，說得好是大學問。同樣一件事，說得好叫人笑，說得不好叫人跳。說話說到叫人跳，就算本來是好事，也會弄砸了。

有句古話說：「一言興邦，一言喪邦」。意思是說，說話能影響國家興亡。說話有這樣的影響力？有這樣的嚴重嗎？

有的。

《三國志・蜀志》上寫，劉備去看諸葛亮，去了三次才看到。劉備對諸葛亮說：奸臣害國，皇帝受難。他很想復興漢室，無奈能力有限，沒有成功，今後該怎麼辦？諸葛亮把當時的天下大勢分析給劉備聽。他說：曹操能打敗最強大的敵人袁紹，不僅靠運氣，也靠他的真本事。現在他假借皇帝的名義做事，沒有辦法跟他爭（這時曹操的勢力範圍在黃河流域，也就是中原一帶）。孫權在江東（現在的江蘇、浙江、安徽、福建一帶），繼承他的父親和哥哥的事業，還有一批很能幹的文臣武將幫助他，基礎很穩，只能跟他聯合。只有荊州（湖北、湖南一帶）是兵家必爭的地方。而荊州的劉表，文治武功都不行，這是上天有意安排給你的。還有益州（就是四川），地形險要，土地遼闊又肥沃。益州的劉璋昏庸無能。你如果取得荊州跟益州，那就進可攻退可守，就可成就霸業，復興漢室了。

劉備一聽，佩服得五體投地，對關羽和張飛說：「我有孔明，就像魚得到水一樣。」

劉備把諸葛亮比做水，把自己比做魚，可見諸葛亮這一番話對他的影響有多大。後來劉備依照諸葛亮的話去做，果然得到荊州和益州，跟曹操、孫權三分天下。於是歷史上出現了三國時代。

與東吳孫權聯合，共同對付曹操，是諸葛亮跟劉備第一次見面時就定下的「統戰」政策。後來，關羽守荊州，孫權派一個代表到荊州，替他的兒子做媒，希望關羽的女兒嫁給他的兒子，兩家結為親家。「三國志・蜀志」上寫：「羽罵辱其使，不許婚。」「三國演義」上寫：「雲長勃然大怒曰：吾虎女安肯嫁犬子乎？」關羽把自己比做老虎，把孫權比做犬。說話說到這樣，雙方怎麼能夠合作、共同對付曹操呢？結果發生了極為嚴重的後果，改變了當時的天下大勢。

下面有個「話說得叫人笑」的故事。說話的人很有技巧，輕易地解決了一個難題。

漢武帝是我國歷史上很有名的皇帝，他小時候是吃乳母的奶的。長大了做了皇帝，乳母也跟著住在皇宮風光享福。只是老太太很貪財，常拿人家的錢，替人辦點小事。漢武帝知道了，很生氣，命令手下的人說：「叫她趕快捲舖蓋走路！」

老太太急死了，前去懇求皇后，請她在皇帝面前說句好話，可是皇后不敢。有個宮女對老太太說：「妳去請東方朔先生想想辦法，他很會說話。」

東方朔起初不答應，禁不起老太太一再苦求，就說：「這樣吧，我試試看。如果成功了，以後你老老實實住在宮裏享福，不要亂拿人家的錢了。」

於是，東方朔教老太太說「這樣，這樣」。

第二天，漢武帝辦完公事，興緻很好，正跟一班文人在聊天。這時，乳母提著一個包袱，低著頭，可憐兮兮地走過去。她走幾步就回頭看皇帝一眼，皇帝只當沒看見，不理她。東方朔開口說：

「老太太，你還看什麼？皇帝現在不用吃妳的奶了。妳趕快走吧！」

漢武帝一聽，心裏一動。再怎麼說，總是吃她的奶長大的，笑一笑，說：

「好吧，留下吧。」

連皇后都不敢在皇帝面前說情，東方朔輕輕一句話，就把問題解決了。

清朝末年，慈禧太后當家。她親生的兒子六歲做了皇帝，帝號叫同治。做皇帝要有學問，慈禧太后請了一位大學士做「帝師」，教小皇帝讀書。這一位帝師名叫李棠階，河南人，教小皇帝讀經書。有一次，李老師讓小皇帝背書，三天了還不會背，一氣，叫小皇帝跪在孔子像前，頭頂一根戒尺。小太監一看小皇帝被罰跪，偷偷溜出來告訴慈禧太后。太后一聽，氣沖沖趕來，把戒尺拿掉，拉起跪在地上的小皇帝，說：

「讀聖賢書是皇帝，不讀聖賢書照樣做皇帝。」

李棠階一聽，大事不好。

連忙跪下，摘掉帽子，額頭往地上「碰！碰！」撞了兩下，說：

「臣該死！臣該死！」

慈禧太后瞪了他一眼，正要發作，沒想到李老師接著大聲說：

「老佛爺聖明。堯舜是皇帝，桀紂也是皇帝。」

慈禧太后一聽，愣了好一會兒，再讓小皇帝跪下來，再拿戒尺讓他頂著。

李老師罰小皇帝跪是重了一點，幸好他很能說話，才沒有闖大禍。

今天，說話的機會更多了，更重要了。談生意，開辯論會，發表競選演說，國際上辦外交，會說話的人，成功的機會就多得多了。

所以，多讀書，訓練口才，一輩子有大用。

師生之間

六月底，一二年級學生考過期考，課業結束，只等舉行休業式拿成績單了。

三年級的應屆畢業生照常到學校，接受聯考前的終點衝刺訓練。

上課鈴響後，導師室剩我一個人。天氣好熱，電風扇對面吹，手腕上的汗還是把試卷濕了一大塊。

我彷彿覺得有人進來，一抬頭，一個黑黑壯壯的年輕人當門而立。他定定地看了我幾秒鐘，終於笑一笑說：「老師，好。」

我請他進來，請他坐。他說工地在附近，趁工作告一段落，來看看老師。他說我「胖了」。我不記得他是誰。他說他同楊偉民是同屆。楊偉民我還記得，他有「考試大王」之稱，在我班上畢業的。我問他是那一班的，他說是「智班」。原來是賈靜慈老師離開前教的那個有名的搗蛋班。

他問：「賈老師還在這裏嗎？」

「早離開了。」

「吳老師呢？」

「那一位吳老師？」

「吳思源老師。」

「也離開了。現在在一家通訊社當採訪主任。」

「吳老師很會說話，幹新聞記者一定行。他很會訓人，常常本人本人的，我們背後叫他

『笨人』。」

吳老師聰明絕頂，想不到他的外號叫笨人。

「你們認為他很笨嗎？」

「才不！吳老師整人的招式很多，每天換新，我們也叫他『整人為快樂之本』。他最喜歡整劉胖蛋跟我。老師，您還記得劉胖蛋嗎？他是有名的大胖子，才讀二年級，體重就超過一百多公斤。他進出教室都是側著身子的。」

「為什麼喜歡整你們兩個？」

「搗蛋嘛！有一次吳老師寫黑板，一個大摔炮在他腳邊轟一聲，他嚇了一跳，回過頭來，臉是青的。『是誰？』沒人承認。他生氣了，聲音都變了。『胖蛋，鼠皮，一定是你倆幹的。』那一次我們被整慘了，罰伏地挺身五十個，一個禮拜手臂都抬不起來。他原先說了，只要承認，就不罰。胖蛋看看我，我看看他，都沒吭氣。結果還是給查出來。」

「是你們兩個？」

他帶點傻氣地笑笑。臉孔雖黑，牙齒卻很白，好像黑人牙膏。「鼠皮」這綽號有點耳熟，可是還是記不起他的名字。

「所以吳老師很討厭我們倆。升三年級時能力分班，就把胖蛋跟我編到智班去。智班是什麼班，老師您是知道的。」

「你對這件事記憶很深，是吧？」

「是的。」他突然嚴肅起來。「學生搗蛋，老師整人，現在想想，很能增加回憶的樂趣。但是，老師不能對學生有偏見，那會使學生記一輩子的。那時，我的成績雖不夠資格編到您教的仁班，應該可以編到義班的，結果連禮班都搆不著。」

我問他：「相信不相信，分班不關導師的事？」

他笑笑，搖搖頭，說：「導師總可以提供意見吧！」

「能力分班是教務處的專責，為了避免困擾，是絕對秘密進行的。名單公佈後，各班導師才知道的。」

他兩眼直看著我。

「把你編到智班，也許是疏忽，不過我相信同導師喜歡不喜歡學生沒有關連。」

他仍笑笑，這次沒有搖頭。

「你三年級的導師是吳老師嗎？」

「不是，是賈靜慈老師。我想，賈老師一定是受了吳老師的影響，所以才一天到晚找我的麻煩。」

看他說得那麼肯定，就像剛才被找了麻煩似的，我不禁笑起來。問他那個大學畢業。

「我是淡江文理學院的土木系畢業的，現在在公路局做事，工地在這附近。這個社區發展得好快。我們那時在三樓的教室裏，一眼可以看到大台北瓦斯那個『大球』。現在這裏都是高樓大廈了；學校前的道路拓寬後，交通方便多了。那時候我們坐公共汽車，一個小時只有一班，真煩！」

「那時候你認為賈老師是受了吳老師的影響，所以一天到晚找你的麻煩。現在，你還認為是這樣嗎？」

「倒不一定呢！不過，如果賈老師不找我麻煩，我三年級絕不會發狠啃書的。」

我很了解賈老師，我們同一個辦公室，一直到她離開。她很熱心，也很關心學生，學生不聽話，成績不好，她常會氣哭，氣得不吃飯。

「你說說看，賈老師怎麼樣找你的麻煩？」

「哈，那太多了，我也記不清楚了。不過，有一件事我是不會忘記的。那一次，她把我的書包摔在地上，指著我罵：『你不是讀書的料子！』」

「這可能是句氣話，也可能是激將法，現在你不是大學畢業了嗎？」

「她罵我不是讀書的料子，我就拼給她看看！」

「現在你還記恨嗎？」

「不不不，我真想當面謝謝她，也想向她道歉。那時候我常常給她找點小麻煩。有一次，我還把她氣哭了，真不好意思。」

我不插嘴，讓他自自然然回憶當時的情況。

「那時候賈老師正懷孕，挺著大肚子上課。有一天上課時，我什麼都不看，光盯著她的大肚子看。她一發覺，臉就像燒起來那樣紅，連忙站到講台桌後邊去。下課時，她狠狠瞪了我一眼。我跟在她後面走出教室，嘴裏輕輕唸著：『帶球走！帶球走！』她聽到了，氣炸了，揪著我的耳朵，把我拎到導師室。」

「我記起來了，你叫丁台生是吧！」

我怎麼也聯想不起來，眼前這個黑黑壯壯的青年會是那個綽號「鼠皮」的小鬼。不過，他那雙滾圓烏溜的眼睛依稀還可辨認。那時賈老師經常提到說：「你看，他那雙鼠眼！」

「老師的記性真好。那一次被罰慘了。不過我一點也不難過。」

「你不難過，你的父母可慘了，一趟一趟跑到學校，請賈老師原諒你。你沒記過吧？」

「記不得了，好像沒有。」

「你母親說，你的哥哥姊姊都留在大陸，在台灣四十幾歲了才生你，把你慣壞了。」

他不好意思地笑笑。

「你的父母身體都還好吧？」

「都還好。本來我打算出國的，想想，父母在，不遠遊，只好打消這個念頭。」

「出國讀書，最後還是做事。你現在的工作是你的本行，學以致用，很難得的囉！」

「錯是不錯，只是待遇差一點，連技術津貼，一個月只有七千多塊錢。」

「不錯了，有人做了一輩子，還拿不到這個數目呢。」

「老師，您一個月拿多少錢？」

這個問題沒有人正面問過我，我也從不跟學生或學生家長談這個問題。不過，我明白，他們一定認為私立學校的老師待遇一定很高。學生一學期繳那麼多學雜費；老師工作那麼重，待遇不高，那裏來的熱情？

我笑笑，還是不作答。他一直看我，我知道他心裏怎麼想。

「老師，我們培英的校友碰面，聊天聊到過去的老師們時，都說高中的老師或大學的教授常會在學生面前發牢騷，就從來沒聽過培英的老師發怨言。」

「所以，你們總以為……」

「待遇一定很高。」他接著我的話。

「不見得，跟你現在拿的差不多。」

「怎麼會呢？」他的眼睛瞪得好大。賈老師當年說的「老鼠眼」，真有那麼一點味道。

「老師不打誑語。」我笑笑說，「不算多，也很可以養家了。」

他一直搖頭。「真想不到！真想不到！」

「薪水，薪水，本來是給你買『柴』買『水』的，現在除了付水電費，還能養家，還嫌少啊！」

「老師真會說笑話，怪不得您班上的學生說，聽您的課不會睡著。」

他站起來說「再見」後，又加一句：

「老師，以前您班上的學生叫您什麼，您知道嗎？」

「不知道。」

「叫您『罩得住！』」

二〇〇九年八月三十一日深夜
於台北辛亥蝸居

追悼一位未曾謀面的朋友——周樑鎰先生

每當閱讀有關昆蟲的新出版物時，總會想起周樑鎰。尋尋覓覓、年復一年。心想，有緣總會相見。

上個月的十三日，下午兩點左右，接到好友歐文華老師的電話：「林老師嗎？……告訴你一個不好的消息，周樑鎰去世了。」

一陣暈眩，我閉目久久說不出話來。

「怎麼啦？……或許是同名同姓也說不定，我把網路資料寄給你。」

此刻，資料攤在桌面：農委會特有生物研究保育中心出版的第三十三期《自然保育季刊》，刊載何健鎔先生的文章：「懷念一位傑出的昆蟲學家——周樑鎰博士」。文中提到周樑鎰博士，是台灣昆蟲學界首屈一指的膜翅目分類專家。於民國八十九年十月三十日（星期一）上午十點左右去世，得年五十二歲。

我以電話與作者何健鎔先生聯絡：

「請問，周樑鎰博士，是否是民國六十一年中興大學農學院昆蟲系畢業的？」

隔了幾秒。「是的，周博士是興大昆蟲系出身的。」

是他，是他，不會錯了。

民國六十一年十月八日開始，我在新生報《兒童周刊》連載「昆蟲天地」。一天，編輯先生轉來讀者周樑鎰先生的來信，指出有關昆蟲腹部節數的說法錯誤。我連忙查資料，糟！真的錯了。我寫信給編輯先生，請他在適當的時候更正，並向讀者致歉；同時寫信給周樑鎰先生承認錯誤，並謝謝他的指教。自此，我們結了文字緣。

每次讀他的來信，我總有一番感動。從字裡行間，自然透露出他是一個誠懇、純樸、本份、踏實的青年。

他那時正在服兵役，相見不易，他除了介紹有關昆蟲方面的書刊外，還介紹正在台大昆蟲研究所就讀的同學彭建峰給我，以便就近請益。

在六十二年一月二十日的來信中，有這麼一段：

「最近將有十二天的休假，本來想去拜訪您。但一想到我不善言辭，恐怕屆時太沉默了，所以沒有去。現在想想，感到非常可惜。」

隔不久，他來信再提此事：「上次休假沒有去府上拜訪，除了前說的原因，另外還有一點，就是我給報社的信，實在太冒昧了，太欠考慮，總覺得有點歉意，所以不好意思去見您。」

由於他「有此一念」，兩人終於未能見上一面。如今，幽明殊途，天人永隔，仰首雲天，四顧茫然，恍若蜃樓難覓處，太匆匆。

樑鎰，安息吧！

二〇〇六年二月二十八日前夕燈下

於辛亥蝸居

附錄

周樑鎰先生來信摘錄

民國六十一年十二月十四日

有關昆蟲學方面，我只是入門而已。要進一步研究，必須進研究所深造；同時研究的範圍不能太廣。如果是研究分類學的人，研究一科就不小了。例如我的系主任，就是研究天牛科的權威，農試所應用動物系系主任是姬蜂科的專家。

另外，介紹我的一位同學彭建峰，他是台大昆蟲研究所研究生，晚上才會在家，您若不嫌棄，作個朋友，共同研究討論也好。

民國六十一年十二月十九日

真高興收到您的來信，知道您是一位作育英才的老師，使我感到十分慚愧，一個剛出校門的小夥子，竟敢如此的放肆。

您的文字流暢優美，把科學的東西寫得這樣生動，對昆蟲知識的傳播，一定很有幫助，希望您繼續寫下去。

您寄來的那些刊物（指《文壇》、《中國語文》）已經收到了。您的小說多麼的扣人心弦。但您為什麼都寫些那樣悲傷的角色呢？這是為了啟人孝思嗎？

民國六十二年二月二十五日

彭建峰來信說，他已經將您的稿子改好寄還給您了。他也很敬佩您，說您太客氣了，使他有點不好意思。他說，令公子都已大三了，我該稱您叔叔才對。

高考僥倖通過，使我對將來稍有信心。希望有機會到農業機構工作，做一些對農民有益的事。

民國六十二年三月十一日

明年五月初退伍，對於前途不敢有什麼奢望，只要做一些有實用的工作，生活安定就滿足了。不過我有一個不敢告人的夢想，就是開一個農場，日出而作，日入而息，與世無爭。陶淵明的「採菊東籬下，悠然見南山」。多麼的吸引我啊！

另外，到山地或偏遠地區教書，陪赤腳的孩子讀書打球，也是我的夢想。

有關「昆蟲天地」及其他

「昆蟲天地」是一本通俗讀物，具有一定程度的科學性、知識性、趣味性；適合各年齡層的讀者閱讀。

昆蟲一詞，古已有之。二千二百多年前，荀子「富國」篇說：「然後昆蟲萬物生其間，可以相食養者不可勝數也」。禮記「王制」篇曰：「昆蟲未蟄，不以火田。」又漢書「成帝紀」云：「草木昆蟲，咸得其所」。

昆蟲的「昆」字，含意頗多。例如：昆弟（兄弟）、後昆（後裔）等。昆亦可做「眾多」解：「大戴禮」說：「昆小蟲抵抵，昆者眾也」。

一般辭書有關昆蟲的解釋「昆蟲，蟲類的通稱（總稱）」。大抵由此而來。

領養別人的孩子叫養子。古人叫螟蛉子。劉備有螟蛉子，叫劉封。關羽也有螟蛉子，叫關平。螟蛉子一詞出自「詩經、小雅、小宛」篇：「螟蛉有子，蜾蠃負之」①。而真實情形，卻是自然界生存競爭最為殘忍的典型例子。只是古人疏於觀察，因而「創造」了「美麗的錯誤」。

白馬非馬；白蟻非蟻。白馬非馬，是戰國時代的公孫龍說的。後世學者認為公孫龍所指的馬是「泛稱」，白是「屬性」，為形而上的詭辯。白馬非馬嗎？錯了。白馬當然是馬，只是白色而已。那末，白蟻非蟻嗎？對了。白蟻當然不是白色的螞蟻。兩者不僅「非親」，而且還是「死敵」。同時兩者的社會結構、生態實況、生活習性，差異甚大。例如螞蟻社會是「女兒國」，大小事務由不能生育的雌性工蟻當家做主。白蟻社會雌雄蟻口幾乎相等，同時是絕對的「兩性平權」，共同參與各項工作，包括衝鋒陷陣，殺敵衛國。白蟻因為生活隱密，不易觀察，所以人們常把白蟻錯叫「白螞蟻」。

昆蟲世界，螞蟻吃遍天下無敵手。勇敢善戰，悍不畏死，是牠的「英雄本色」。可是螞蟻也有不少剋星，例如蟻獅、炮甲蟲、豆蟲等，隨時隨地讓螞蟻吃不完兜著走。所謂天外有天，人外有人，的確如此。

有不少昆蟲，既聾又瞎，單靠嗅覺、觸覺生活、生存。甚至連嘴（口器）都沒有的，像蠶

① 螟蛉　指螟蛉蛾。其幼蟲體青色，專啃蝕稻禾莖髓。蜾蠃（ㄍㄨㄛˇ ㄌㄨㄛˇ）節肢動物，昆蟲綱。細腰，體近黑色，蜂的一種。

蛾、蜉蝣②，在成蟲階段不吃不喝（口器因而退化）；唯一的工作，就是交配。交配完畢，雄蟲力竭而死，雌蟲產卵後也跟著「香消玉殞」。

老母雞在沙堆打滾、翅膀噼啪噼啪響，塵飛灰揚。有人說，老母雞在洗澡。對嗎？錯了。

萬物靜觀皆自得，可惜現代人太忙了。如能偷得浮生半日閒，看一看「昆蟲天地」，自可享「靜觀自得」之樂。

二〇〇五年八月卅日泰利颱風襲台之後

於台北辛亥蝸居

---

② 蜉蝣屬節肢動物門，昆蟲綱，擬脈翅目，蜉蝣科。體細長，色綠褐。頭短，口器退化。觸角短小，前翅大，後翅小。成蟲常於晨間蛻化飛離水面，傍晚群舞空中交配。雄蟲旋即死亡，雌蟲產卵於水後，接著「香消玉殞」。成蟲生命僅十多小時。故有「朝生暮死」之說。

宋蘇軾有詞云：寄蜉蝣於天地，渺滄海之一粟，哀吾生之須臾，羨長江之無窮。

蜉蝣幼蟲，在水中捕食小生物，經三年，蛻皮二十次始羽化飛出水面。

適者生存——白蟻

前記

民國八十五年的五月二十一日，薄暮時分，萬家燈火。陽光山林的大華校區，出現了微型的自然奇觀——為數眾多的小飛蟲，漫空飛舞，鋪天蓋地而來，令觀者訝異、驚呼、嘆為觀止。

這是個好日子：無風、溫度高、濕度大，是白蟻族群舉行空中集團「結婚」的吉時良辰。這些身軀豐腴，長有兩對平行脈翅膀的小飛蟲，是白蟻王國的「公主」、「王子」。今天，牠們生平第一次飛離家園，尋找終身伴侶，組織小家庭，以期達成傳宗接代，繁衍種族的神聖使命。

不幸的是，牠們的遭遇將是十分凶險。九死一生，不足以形容其命運的坎坷。如能有千分之一的機會，讓牠們達成心願，組織小家庭，生兒育女，那是上天對牠們的特別垂憐了。

在自然界營社會性生活的昆蟲，有蜜蜂、螞蟻、白蟻。蜜蜂是人類的朋友，螞蟻是我們的近鄰；只有白蟻，相見不易，認識更難。有關白蟻的生命、生存、生活、生態，至今仍然所知不多。

根據科學文獻記載，在兩億年前，白蟻就在自然界出現，是地球上最早的原住民之一。在那遙遠的太古洪荒時代，地球上是「一強二弱」並存。一強是大名鼎鼎的恐龍，現今只能在博物館面對牠的「遺容」，撫今思昔，欷歔憑弔而已。二弱則是蟑螂與白蟻。

今天，活在地球上的白蟻，有一千八百六十一種，成為化石的還有六十八種，合計有一千九百二十九種。如果包括尚未被發現的，合理的估計，總數應有二千種之多。

白蟻畏冷，又怕乾燥，只能生活在低緯度的熱帶或亞熱帶地區。一般來說，堅木、軟木、枯木、腐木，是牠們的主食。白蟻的腸管裏，寄生有無數細菌，能分解木質纖維轉化為醣，成為豐富的營養。當然也有例外，像「刈草白蟻」，以腐草為肥料，種植菌菰，做為主食。

白蟻的生存條件很差。牠們的身軀柔軟，不堪一擊，爬行速度又慢，無論追擊或逃逸兩皆不利。牠們的天敵有麻雀、燕子、白頭翁、青蛙、蟾蜍、蛇、蜥蜴、螳螂、蜈蚣、蠍子、蜘蛛；而螞蟻則是牠們最大的死敵。螞蟻行踪飄忽，採取大兵團的「蟻海」戰術，白蟻巢穴一旦被攻破，就無法避免被屠城滅族之禍。

為了生存，白蟻族群只得退縮匿居在密閉的巢穴裏；白天絕不外出，夜裏才能活動；天亮前收工回家，立即將進出口封死。

白蟻王國的地下城，道路縱橫錯綜，四通八達。如遇蟻口增加，工白蟻就地取材，望上擴充房舍，向地表凸出，造成一個像饅頭形狀的「蟻塔」。蟻塔內終年無光，所以百分之九十的白蟻，像深海的魚，視覺完全退化。白蟻塔密閉不通風，空氣十分污濁。蟻口五千的蟻塔，二氧化碳佔空氣的百分之四到五，這足以令人頭暈、臉色發青、呼吸困難，時間久了，會導致昏厥。而白蟻長年累月生活在這樣的環境，仍能安之若素，這種適應環境的能耐，令人刮目相看。

白蟻的生命從卵開始。白蟻卵孵化非常費時，而且跟氣溫有關。春末夏初需四十天（雞蛋孵化只要二十一天），仲夏高溫，就只要三十二天左右。剛孵出來的幼兒很小，（需要放大鏡觀察）體色蒼白，外型跟牠的父母類似：有頭、胸、腹三部分，外帶六足二觸鬚，可說是「具體而微」。有個專用名詞，叫做「若蟲」。若蟲成長過程緩慢，需經五或六次「蛻皮」，才能長大成蟲。

白蟻社會階級分明，分工細密，各盡所能，各取所需。

第一個階級　白蟻后與白蟻王

后與王終身廝守，寸步不離。他們專責傳宗接代，繁衍種族。一隻盛年（十歲）的后，一分鐘產卵一粒，一個小時六十粒，是名副其實的產卵機器。一旦蟻口過多，工白蟻就採取行動，減少食物的供應量，甚至暫停供應。於是蟻后立即減產或停止產卵。所以白蟻王國「蟻口」的增加率，完全受到嚴酷的「馬爾薩斯定律」的支配。

在正常情形下，也就是說，無外敵入侵，糧食供應充足，白蟻后、蟻王能活到十五年至二十年。壯年的蟻后是巨無霸，身長四分之三吋，白蟻王身長四分之一吋，是標準的「小丈夫」。

第二個階級　工白蟻

工白蟻數目眾多，佔眾蟻口的百分之九十；同時雄性、雌性數目相等，只是牠們都是性器官發育不健全的苦命人。一生勞碌，大小工作包辦，包括照顧父母（蟻后、王）、育嬰、清理住所、造橋鋪路、建造房舍、覓食等。

工白蟻一生為團體而奉獻，卻有個地下暴君的惡名。白蟻王國如遇饑荒，糧食不足，年長的工白蟻就會起領頭作用，把蟻卵當食物吃，甚至把尚未成年的「若蟲」吃掉。就算在平時，「若蟲」所蛻的皮也拿來糊口，連老死白蟻的屍體也物盡其用絕不廢棄。這就是牠們自遠古洪荒活到現在的憑藉。昆蟲學家說「白蟻是環境的奴隸」，白蟻有知，難免會抗議說：「余豈好此哉，余不得已也。」

第三個階級　兵白蟻

女人當兵是白蟻社會天經地義的事。理所當然，不足為奇。而雌性兵白蟻作戰時的悍不畏死，奮勇當先，絕不讓鬚眉。兵白蟻數目不多，約占百分之五，有的還更少些。

兵白蟻的外型一看就知，牠們都有一顆大腦袋，圓滾滾的像鋼盔，很硬，經得起撞擊、啃咬。另有一對大板牙，爬行時張牙舞爪，威勢嚇人。牠們藝高膽大，在必要的時候，也偶然在大白天出來探測軍情，一隻倒楣落單的螞蟻遇上牠，難逃咔嚓一聲被攔腰剪斷的命運。

兵白蟻不做工，是專職軍人。

有位昆蟲觀察家，在澳洲草原發現「黑丘白蟻」的一個廢棄的蟻塔，大約有兩尺高，估計至少有十年以上的生活史。這個白蟻王國不久前遭到屠城滅族之禍，只見屍橫遍野，廬舍為墟，滿目瘡痍，慘不忍睹。在蟻屍遍地之中，看到一個巨大的兵白蟻的頭顱，大板牙竟還死咬著一隻螞蟻的屍體，其慘狀令人震懾。

第四個階級　白蟻王國的「公主」、「王子」

這些少數「天之嬌女」、「天之驕子」自小雖無「錦衣」卻也日日「玉食」，所以營養豐富，發育健全。上天賜給牠們兩對翅膀，一雙複眼，一對單眼，以便行「婚禮」時之大用；只可惜用了一次，以後永不再用。

每年春暖花開，草長鶯飛，良辰一到，牠們個個展翅飛離家園，永不回頭。

如果上天垂憐，能逃過千災萬劫，讓「有情人終成眷屬」，牠倆就在大石塊下，或大枯木樹樁底部，造一間小小的房舍，安家立命，產卵育嬰。一切工作都得自己動手，可以說是備嚐辛勞，責無旁貸。

第二年，蟻口增加，孩子們長大，於是開疆闢土，增建房舍，自有孩子們代勞。這些房舍全部隱匿在地下。直到第五年，蟻口成千上萬，居室才朝上發展，向地表凸起，建成像饅頭形狀的蟻塔。這種蟻塔在非洲大陸郊野，到處可見。澳洲北部一個村落，蟻塔成「林」，從兩尺到二十尺高的都有，成為當地有名的觀光景點。我國雲南省也多蟻塔，本省恆春也有，只是太矮小了，未引人注意而已。

一個白蟻王國的歷史，一般來說是三十年，也有長達五十年的。昆蟲學家在澳洲草原發現一個廢棄的蟻塔，挖開一看，裏邊空蕩蕩，一片死寂，這時卻看見幾隻老弱的白蟻，孤獨地亍亍而行。這就是告訴人們，這個白蟻王國已經結束了。雖然這兒曾經熱鬧過十年或幾十年。畢竟，牠們的家族史，也有結束的時候。

說虎

虎在近代戰爭史上，曾經顯赫一時。西元一九四一年十二月八日（星期六），日軍突襲珍珠港，掀起了太平洋戰爭的序幕和全面性的第二次世界大戰。

當時，日軍偷襲行動的「代號」，就叫：「虎！虎！虎！」

虎在動物分類學上，屬脊椎動物哺乳類食肉類，貓科。

貓科中有三大巨頭：獅、虎、豹。其它如劍虎、山貓、石虎、雲豹等，則不足論。

虎是亞洲山林的老大（非洲不出老虎，美洲虎無論體型、皮毛都不夠看），縱橫天下，殺人無算。根據文獻記載：

一九〇八年，印度虎殺人九百。最凶悍的是一隻孟加拉虎，曾經在一個星期之內，連殺二十人，創下高紀錄。

一九七三年二月十五日，一位印度的內閣部長，對美聯社記者說，過去五年中有一百五十人，在印度北部叢林被老虎吃掉，因此使入山採野蜂蜜的人，裹足不前。印度野蜂蜜，如同黑海魚子醬，是歐洲富豪巨賈餐桌上的珍品，極富盛名，就因為虎患減產而價格飆漲。

虎在中國俗文學上，扮演過重要角色。水滸傳中的「武松打虎」幾乎無人不知。老虎有一個很典雅的綽號，叫「山君」。山君一詞，出自「駢雅釋獸虎苑」一書：「虎為獸長，而曰山君」。

虎是獨行者，單幹戶。沒有鄰居，更沒有朋友。性甚凶殘，卻又多疑。老虎行獵單槍匹馬。而食草獸警覺性高，速度又快，所以得手的機率不高。力大無用武之地，只得使詐。所以隱伏、潛行、偷襲、成為必要的謀生之道。時間選在天亮前後，牠就隱身在水邊的草叢或灌木林中，以逸待勞。印度的野牛大多成群在黎明時到溪邊飲水，當時機成熟，老虎就高躍而起，跨騎在野牛背上，前肢抱緊，同時巨口咬住野牛脖子，任牠顛撲狂奔，終致力竭窒息倒地。一隻四百五十磅的孟加拉虎，能在十五分鐘內，殺死一隻八百磅的野牛。

虎孤獨成癖。無論公母，平時總是過單身生活。當然，母虎發情時，情況自然改觀。母虎發情，不唱情歌，牠會發出震動山林的嘯聲，遠達兩英里之外。公虎聞聲相應，此起彼落，很快就會碰頭。於是母虎用頭部摩擦公虎的腰部，繼而彼此用虎鬚相接觸，這就表示情投意合，行了。

母虎懷孕一百天，一胎生下二至五隻幼虎。養育幼虎是母虎的專責，公虎是死人不管，只顧自己遊蕩去也。

初生幼虎，體重三磅，餵奶期六十天。斷奶後母虎用較易消化的肉糜餵食。到了一百五十天左右，母虎教導幼虎謀生技能，如何潛行、偷襲，如何攻擊獵物的致命之點。有時母虎還會把捕捉到的獵物不立即殺死，讓幼虎做實地攻守戰術教練。幼虎長到兩歲半，母虎下逐客令把幼虎趕走，讓牠們自立門戶，獨立謀生。

母虎育幼，是漫長而艱辛的過程。在弱肉強食的自然界，牠要經年累月帶著四、五個孩子，不受意外傷害，豈是易事？所以照顧不周，總是難免的。尤其是五、六個月大的幼虎，頑皮而又極不安分，時常會脫離母虎的視線而到處亂闖，結果很有可能遇上花豹、野狼、鬣狗、山貓、巨蟒，於是肉包子打狗，一去不回。所以一胎四、五隻幼虎，通常只有一、兩隻長大。這也許是大自然給予生物界「生態均衡」的一種安排吧！

老虎適應環境的能力很強。牠受得了如火似燒的赤道地區的熾熱，也能頂得住冰封大地的北國酷寒。

以虎的分布地區來看，從東經三十度的小亞細亞，向東迤邐，經高加索，中亞細亞，內蒙古，到達東經一百二十八度的朝鮮半島。從北緯五十度以北的小興安嶺，經長白山、太行山、大別山，東南丘陵，雲貴高原，最後到達北緯二度的中南半島南端馬來西亞的原始森林。在這縱橫千萬里遼闊廣袤的幅員之內，幾乎都有虎的足跡。至於亞洲次大陸的印度，更是以出產老虎而聞名。今天，最著名的稀世奇獸白毛虎，印度就是牠的原生地。

因為生活環境的不同，各地區的老虎，在體型、毛色、花紋各方面都有相當的差異。東北虎（或稱滿洲虎、西伯利亞虎）體型最大，從鼻尖到臀部全長約十三呎，體重五百五十磅，皮毛柔長，毛色橘紅（非常鮮艷）間有黑色條紋。在牠疾行時，美麗的虎紋隨肌肉的運動而呈波浪起伏狀，十分美觀。古時代表權力的「虎皮交椅」就是以東北虎的虎皮為上品。水滸傳中的吊睛白額虎，就是屬這個系統。印度虎，通稱孟加拉虎（華南虎屬這個系統），體型稍小，而殺性較重，長約十一呎，毛色黃褐，黑條紋較粗，無論柔軟度或色澤，大不如東北虎。生活在赤道地區的蘇門答臘虎（或稱印尼虎）體型最小，身長八呎，毛粗而疏，色較淺。蘇門答臘虎有一絕藝，能下水捉魚，不過技巧較北極熊則差多。老虎捉魚非正業，那只是年老力衰「虎窮志短」的一種謀生末技而已。

老虎噬人，只為果腹。人殺老虎，出於物慾虛榮；殺虎取皮、食虎鞭、製虎骨木瓜酒；甚或囚禁以供觀賞，馴之以供娛樂。人虎關係，錯綜複雜，愛恨交加。反映在語言文化上，諸象紛呈，從俚語到典籍，不勝枚舉。即使冷僻而不常見的，信手拈來，就有：

虎口：喻危險之地。典出「史記孫叔通傳」：「我幾不脫於虎口，迺（乃）」亡（逃）。」而後有虎口餘生一詞出現。

虎牙：古將軍名號。「後漢書蓋延傳：光武即位，以延為虎牙將軍。」

虎臣：為勇武之臣。「詩經、魯頌：矯矯虎臣。疏為：矯矯然有威武如虎之臣。」

虎榜：謂進士之榜（俗稱金榜）。方回（人名）石峽書院賦：「領袖者誰？予同姓兮，又同登於虎榜。」

虎節：古出使者所持節之一種。見「周禮」。

虎符：虎形之兵符（信物）。「史記信陵君傳」：戰國時信陵君盜晉鄙虎符，奪其軍以救趙。

虎賁（ㄅㄣ）：稱勇士。見《尚書》：「武王戎軍三百兩（輛），虎賁三百人。」

有關虎的詞語，多樣而內涵豐富，褒揚的有：將門虎子、虎父無犬子。於是引申出「關羽」「虎女焉配犬子」的狂妄語。貶抑的有：虎頭蛇尾、為虎作倀（ㄔㄤ）。冷僻的有「虎而冠」。喻殘虐之人。「史記酷吏傳：其爪牙吏虎而冠」。警世的有：上山打虎易，下山求人難。打虎親兄弟，上陣父子兵。防虎一分力，防人十分難。

另有「苛政猛於虎」，乃千古警世名言。語出「禮記檀弓」篇：記載孔子經過泰山側，聽到有婦人哭得十分哀傷。問其故。曰：昔日吾舅（指丈夫的父親）被虎噬；今，丈夫又遭虎噬。孔子說：何不遷居？答曰：這裡政治清明（無苛政）。於是，孔子對他的學生隨機教育說：「小子識（ㄓˋ默而記之）之，苛政猛於虎。」

另有一次，「季氏將伐顓臾」。孔子批評說：「虎兕出於柙，龜玉毀於櫝中，是誰之過與？」

季氏是春秋魯國執政的季康子。顓臾是魯國的附庸。季氏是野心家，他想把顓臾併吞掉。孔子的兩個學生在季氏手下當差，奉命去探探孔子的口氣。於是，孔子發表了上述一段言論，並指斥他的學生「未盡言責」。因而阻止了一場不義之戰。

國文教學哪裡走？

有關學生國文程度低落，是常被討論的問題。現在，連教育行政當局，也認為此一問題的嚴重性了。例如今（六十四）年一月四日，省教育廳給全省公私立各級學校的函件指出：目前學生自小學至高中，學習國文十二年後進入大學，其作文能力一般情況仍極薄弱，且有每況愈下之勢（見一月五日《中央日報》第四版）。

可是另一方面，國文「容易過關」的觀念，卻又普植人心。請看國立政治大學所提〈對大學國文教學興革意見〉（見《中國語文月刊》第三十五卷第六期）裏的幾句話：「……一部份學生，誤認大一國文容易過關，不必痛下功夫研讀習作。一部份學生求知慾很高，因大一國文教學與高中無異，而大失所望。……凡此種種，實為導致大學生國文程度低落的因素。」大學生國文程度低落，怎麼會跟「國文教學與高中無異」發生關係呢？所謂高中國文教學是怎麼一回事呢？一句老話：「照本宣科」，讀一句講解一句。據我所知，中等學校中，頗不乏不屑於把課文「硬性注入」學生頭腦的教師，無奈個人力量單薄，無法衝破高中、大學聯考國文科命題方式所造成的「魔障」。

考試領導教學，今日已成不爭的事實。而且跟惡性補習同成為時代用語了。因此今日國文教學，形成這樣的一個公式：聯考考什麼，國文科就教什麼。聯考怎麼命題，學校的各種考試就依式「摹擬」！於是，明明是一篇好文章：有思想、有內涵、有文采、有技巧，不用教，不必教，也沒有人要求你這樣做。為什麼？聯考不考。於是，課文欣賞，文章分析，主題探索，作者寫作動機，作品時代背景等等，一腳踢開，無人理睬。

今天，「肢解課文」的教學法，已成氣候。請看政大所提「興革意見」第四點：「教學方式應注重啟發，避免硬性注入。講授古人作品，不可只作詞句的解釋，而需要深入探討……」一葉知秋，「肢解課文」的國文教學法，今已更上層樓，跨進大學之門了。今天，在考試領導教學的長時間薰陶下，學生背注釋，猶如春蠶食桑葉，你注「母校：母親的學校。」好。「溝通：陰溝通了。」好。這雖近戲謔，但卻有它的現實背景。作文題是「我的母親」，他會寫：「我的母親是女生，她是我爸爸的太太。」題目是「秋季遠足」，他會寫「一路上家家高樓，戶戶垂楊，看那桃紅柳綠，老圃黃花，美不勝收！」而所以造成這種「可悲」的情形，是考試領導教學所產生的後果。

在這裏我無意否定國文教學活動中有關字形、音、義教學的重要性。我更不認為對這方面的教學是易事。學生學習本國語文，字形、音、義的學習是基礎。學生有了相當的基礎，然後才有富麗堂皇的「上層建築」。而一個國文教師，雖然具備了文字、音韻、文法等專業知識，但亦難保不犯錯誤。講文字構造，雖有「六書」可循，但亦難「涵蓋」。論字體，有正體、俗體、簡體，還有通、同、假借。這許多「陷阱」，稍一不慎，就會跌入。講字音，四聲不談，光是語音、讀音、又讀、破音，已不易招架；還有一字多音，時常「待機而出」。例如一個最常見的「著」字，就有「ㄓㄨˋ」、「ㄓㄨㄛˊ」、「ㄓㄠˊ」、「ㄓㄠ」、「˙ㄓㄜ」五種讀法，而且是音異而義殊。國文教學中，這種「冷箭」，是防不勝防的。

關於字詞釋義，一般說來，並不太難，因為至少有辭書可查，但字詞相互結合另生新義，或單純的詞義在涵義周延的句子中，辭書上不一定有妥切的解釋。例如《國中國文》第三冊第十七課〈郭子儀單騎退敵〉（選自司馬光《資治通鑑》）一文中，有一段寫回紇都督藥葛羅對郭令公說：

「……令公復總兵於此……我曹豈肯與令公戰乎？今請為公盡力擊吐蕃以謝過。」句末謝過一詞，可能是編者認為是常用語，所以沒有注釋。但用在這裏，應有講究。查「謝」有八義，其中一義是「自認其錯」。過有「九」解，其中一解是「差錯」。兩字結合，可釋為「自認有錯，請人諒解」。但「回紇、吐蕃數十萬眾入寇，合兵圍涇陽」所造成的嚴重局勢，豈是「自認有錯，請人諒解」所能善其後的。所以除了作「謝過」一詞單獨解釋外，似應指出：此處應有「彌補過錯，將功折罪」的含義。如此才能避免因過份咬文嚼字而害意。

然而，國文一科有關字形、音、義教學雖然重要，但亦只能說是起點，不是終點；是手段，不是目的。國文科的教學目的，應是：一、培養學生的閱讀能力（包括理解、速度、欣賞、分析、批評），以及從閱讀中激發學生的愛國情操與認識悠久宏深的民族文化。二、培養學生的寫作能力（有理寫得通，有事寫得順，凡有所見、所聞、所思、所感、所悟，都能用文字表達出來）。這不是立竿見影的事，得用水磨功夫，經年累月，誨之誘之，啟之發之。不僅要用心——熱心，還得要用力——實力。

今天，中學國文教學的一般情形是這樣的，遇上文言文，教師讀一句講解一句，接著解釋句中的生難詞語，然後指出句中的虛字，並說明其詞性。這種教法，即使枯燥乏味，學生也會豎起耳朵聽。因為他不懂，你懂，他只有聽你的了。只要講解明白，也算交待得過去。學生考試，也不至於臨「題」涕泣了。教語體文，如果依樣葫蘆，那就砸鍋！因為語體文你懂，學生也懂。你念一句講一句，誰聽你的？於是秩序大亂矣。除了教師脾氣實在太好，任他們「五胡亂華」，那只有揮動戒尺，呼喝鎮壓，甚至把領頭吵鬧的驅逐出境——趕出教室罰站。

國文教材選用文言文，除了欣賞文章豐富的內涵以及優美的辭章文采，另有培養學生有獨立閱讀古籍的能力，使他們將來如果有機會鑽研「三墳五典八索九丘」時，也不至於比讀洋書更困難。國文教材選用語體文，除了培養學生的閱讀能力外，更重要的應是訓練學生有使用現代活的語文寫作能力。所以教語體文，一定要用心，一般所作的「課前準備」是不夠的。這要深入課文內容，一讀、再讀、三讀，攤開文字表象，發掘文章內涵。找出作者所要表達的是什麼，如何表達，成功了沒有。教學時不僅要告學生這是好文章（課文所選不夠「好」的自然也有），還要說明好在那裏，如何的好法。不僅要把你的見解說到「自圓其說」，還要說到學生點頭、微笑，發出「茅塞頓開」的可愛狀。

例如國中國文第十九、二十課〈魚〉，可能是不好教的課文。因為，一、文字平易；二、故事簡單。題旨裏說：「作者藉一條魚來寫祖孫之間的親情」。可是，親情在那裏？一時不容易發現。卻先看到祖父「在門後抓到挑水的扁擔，一棒打了過去。」孫子的「肩膀著實地挨了一記」。所以我們要多花一點時間去探索隱藏在文字（各處）背後的「親情」，這就關連到欣賞分析了。如果我們把這篇課文也用讀一句講解一句的老套，大概三四節課也就夠了，可是學生得不到什麼。雖然教師在台上唸唸有詞，甚至力竭聲嘶，學生在台下卻垂頭喪氣，左顧右盼，胡鬧搗蛋是免不了的。

有關〈魚〉的寫作技巧，也值得討論。例如孫子「阿蒼」買魚回來，在半路上掉了，回家不敢面對祖父，躲在廚房裏「把整個頭都埋在水瓢裏咕嚕咕嚕的喝水」。祖父從門外「到臥房，到工具室，再轉進廚房才看到」孫子埋頭猛喝水。就說：「『噢！在這裏，帶魚回來沒有？』」

『阿蒼還在喝水。』

這是本文作者寫作技巧的細膩處。他用作品中人物的行動，來表達作品人物的「鴕鳥精神」——逃避現實，逃避因掉了魚不敢面對祖父的現實。所以他才像渴死鬼那樣把整個腦袋埋在水瓢裏。

我如此強作解人，也許有方家不能苟同。但我總覺得教語體文應向這方向努力，才不至於「沒什麼好教」的；才能培養學生的閱讀能力與提高學生的寫作能力。

原載民國六十四年五月三日

《中華日報》文教版

有關「寫作班」答客問

問：大華中學國文科教學研究會成立「寫作班」，是否受到清華大學開辦「寫作中心」的影響而見賢思齊？

答：說見賢思齊，我們承擔不起。影響是有的，那是指受到鼓勵，受到啟發。

問：你認為目前中學生的寫作能力，是否像一般人所想像的那樣差？

答：關於這個問題，我們同意清大教授——也就是「寫作中心」主任蔡英俊的說法：目前學生的「寫作品質到底如何？是否低劣？並沒有得到明確而具有公信力的評估。」不過，凡實際擔任國文教學的同仁，我想答案是肯定的。所謂批改學生作文，是國文老師「心頭永遠的痛」。那是如人飲水，冷暖自知。

問：可否請你談談成立「寫作班」的宗旨？

答：寫作班的宗旨有二：

一、培養學生的閱讀習慣，提高閱讀興趣；進而與書為伍。希望他們在成長的過程中，以及他日在繁忙的工作之餘，甚至晚年退休之後，能悠遊於浩瀚的書海，怡然自得，樂以忘憂。

二、培養學生的寫作能力。在日常生活中，目有所見、耳有所聞、心有所感，而能運用文字，通順達意地、正確適切地表達出來。

問：通順達意我了解。所謂「正確適切」是指什麼？可否舉例說明一下？

答：可以。例如學生在週記上寫：我好痛苦，我爸爸媽媽又吵架了！老師批：為什麼？學生答：我爸爸衝冠一怒為紅顏！原來他父親有外遇。

又例如學生寫：我要用功讀書，不懂要問老師。我要做到不恥下問。

以上就是未能正確適切地使用成語的例子。而令人憂心的是，目前平面媒體、文字工作者，甚至語文教學工作者，使用文字，也常有類似的情形出現：

例一：本校國文科同仁，參加校外「推動讀書會」研習活動，主辦單位在講台上貼了一張很醒目的標語，上寫：「書中自有顏如玉」。男女平權是時代趨勢，如果仍把女性視同「黃金屋」，是很不適切的。如果台下坐的是女生，那該如何鼓勵？

例二：民國九十年五月二十四日，《聯合報・國際新聞版》有這樣的標題：「不致溫室效應，核能鹹魚翻生。」

民國九十一年一月二十三日，《中國時報》報導上海房市，標題是：「上海房市熱絡　二手房鹹魚翻生。」

民國九十五年五月二十三日《聯合報》A２版，有如下的標題：「台開鹹魚翻生，邱毅點名張景森。」

遍查大小辭書，並無「翻生」一詞。

「翻生」應為「翻身」之誤。

「翻身」有二解：一、轉身：唐・杜工部詩：「翻身向天仰射雲，一笑正墜雙飛翼。」二、喻從困苦中解脫出來：《元曲選》楊顯之〈酷寒亭・四〉：「虎著箭痛難舒爪，魚遭密網怎翻身？」

翻身是常用詞，有鹹魚翻身、石板翻身、窮人翻身、鄧小平從政生涯三落三起大翻身等。

例三：前不久美國總統布希訪問中國，在北京清大發表演說，有關台灣問題，只用「和平解決」，而不用「和平統一」，引起清大學生質疑。二月二十一日《中國時報》第二版「華府瞭望」有這樣的報導：「……清大學生硬逼布希改口『和平統一』那實在是強人所難。布希總統威武不屈，甚是難得。」布希是「一霸獨大」的美國總統，不是文天祥，不是鐵鉉（明建文帝之兵部尚書，燕王棣兵入南京，鉉被擒不屈死）。而記者用「威武不屈」讚美他，豈不離譜？

例四：SARS肆虐期間，四月二十八日聯合報論壇版「聯合筆記」專欄，刊載「一旦地方爆發感染」一文，兩度使用「明火執杖」，引喻失義：

一、面對疫情，台北市已明火執杖，但各縣市衛生局處理已發生的疫情，格局就差多了。

二、其它縣市……應像台北市一樣明火執杖。

據「六部成語補選」一書「明火執杖」注解：凡於夜間，公然膽敢，持火自明，手執器杖，侵入人家搶劫者，謂之強盜。

「水滸」一〇四回：鄰舍及近村人家，平日畏段家如虎，今見他明火執杖，都閉不出，那有人敢出來攔阻。

明火執杖所指甚明，應無歧異，用來標榜美行，讚頌善舉，顯屬不妥。

例五：九十一年一月六日，《中國時報》十一版，報導時報文學獎評審團代表致詞：「……文學獎參賽作品逐年墮落，非要得到文學獎的心態，大不利文學的成就……。」

正確的說法是……非要得到文學獎不可的心態……。「不可」一詞絕不能省。

民國九十二年十一月六日的《中國時報》社論，有這樣的標題：「一定非要走到抹紅甚至抹黑的地步嗎？」顯然犯了跟上例相同的語病。

類似不合語法的句子，平面媒體到處可見，大有積非成是的趨勢。

從事文字工作的專業人士以及平面媒體的記者、編輯，在遣詞用句方面，如此的漫不經心，如此的隨意揮灑，所造成的負面影響是很深遠的。所以我們在寫作班成立的宗旨第二點，特別強調「正確適切」意即在此。

問：可否請你簡單介紹一下寫作班的工作如何進行？

答：原則上寫作班每週上課一次（高中組、國中組分開），時間是在星期一上午八至九時的週會時間。地點在本校行政大樓二樓會議室。具體工作如下：

一、選輯報刊適合的作品影印，上課時發給學生閱讀、欣賞、分析、討論。（例

如聯副九十一年二月二十四日〈韓愈和法門寺的佛指骨〉一文，我們就影印
作為寫作班學生的參閱資料。）

二、推薦文學作品為定期教材，並指導學生寫閱讀報告。

三、命題寫作或自由創作。

四、學生作品由指導老師評閱，每次挑選一、二篇「可改性」較高的作品詳改
——一改、二改、三改定稿後，影印發給學生比較閱讀、探討。

問：寫作班學生，是否另繳費用？

答：不收費用。我們要特別說明的是：寫作班需要大量的人力物力支援。在此我們
謝謝學校當局暨各處室的鼎力襄助，還有同仁們的協助與合作。謝謝，衷心地
謝謝。

二〇〇二年三月六日燈下於陽光山林

二〇一二年四月二十七日補註於台北辛亥蝸居

秦（始皇）陵兵馬俑來台展出

陵　土山。《書經（尚書）・堯典》曰：「蕩蕩懷山襄陵。」後世稱帝王或國家元首的墳墓曰陵，如：明孝陵、明十三陵、中山陵等。《水經注・渭水篇》記載：「秦稱天子塚曰山，漢曰陵。」秦二世時（時間很短）稱始皇山，漢以降則稱秦始皇陵。

俑屬形聲字。據清朝學者段玉裁著《說文解字注》：俑為偶的假借字，其義為古代用以殉葬的木偶或陶（土）偶。今稱「兵馬俑」，取其「典雅」、琅琅易上口而已。

俑為古字，今幾乎不用。一般辭書上找不出以俑字構成的詞語。唯一的例外：《孟子・梁惠王篇》（上）：仲尼（孔子）曰：「始作俑者，其無後乎！」那是罵人很毒的話。無後（斷子絕孫）為不孝之極。古稱不孝有三，無後為大。可見孔子罵人並不「溫良恭儉讓」。而「始作俑者」是比喻首創作惡之人。曾經在媒體上轟動一時的李師科，是台灣搶銀行的始作俑者，朱高正是立法院上演鐵公雞的始作俑者。

一般人以為秦陵在西安，乃未曾細究之故。精確地說：秦陵的地理位置，在陝西省臨潼縣（距西安約三十五公里）「驪山」北麓。

說到驪山，在歷史上跟「馬嵬坡」是齊名的。唐朝大詩人白居易〈長恨歌〉有一句很「綺麗」的詩句：「春寒賜浴華清池」。華清池就在驪山之下。那是做「公公」的給媳婦建造的溫水浴池。唐明皇與楊貴妃的愛情故事，千古流傳，大詩人為翁媳不倫之愛譜出了那樣淒美的詩篇，令後人低首徘徊，吟詠不捨，讓人興「大丈夫當如是也」之嘆。如果換成打光腳的黔首，則難逃千夫所指。做皇帝真好，難怪到了民國還有妄人硬是要做皇帝。

秦陵面積廣及數十公里。根據《史記》〈秦始皇本紀〉記載，秦陵內部上空繪有日月星辰，下部模擬秦國的山川河流，凡秦帝國內的地貌盡在墓內呈現。另有百官位次，象徵秦始皇死後如同陽世一樣執政。而秦陵外部地面上的建築，與咸陽宮相比，是一點也不缺少的。而今經兩千兩百多年的滄海桑田，地面上僅是小山丘一座，地底下深處卻分布有數百座陪葬坑，如兵馬俑坑、銅車馬坑、兵器坑、馬廄坑、珍禽異獸坑等。

一九七四年出土的兵馬俑坑，僅是秦陵地宮眾多建築群之一。

秦始皇姓嬴名政。十三歲即位；二十二歲親政，掌實權。稱王二十五年，稱帝十一年。五十歲那年，第五次出巡，死在河北廣崇縣沙丘平臺。

秦陵建造始於嬴政即位之時，當他死的那年，仍在繼續建造中，歷時三十七年，動員了全國二千萬人口的十分之一的人力。同一時期服勞役的苦力，最高時達七十萬人。

兵馬俑　是最先出土的地下陪葬物。

一九七四年春，臨潼久旱，西陽村農民楊志發打井，挖到四公尺深處，挖出陶俑殘肢斷臂，驚動了縣、省甚至中央的文物局，於是二十世紀震動世界的人類考古大發現由此揭幕。

以出土先後為序，有一號兵馬俑坑、二號兵馬俑坑、三號兵馬俑坑、四號兵馬俑坑、馬廄坑、兵器坑、銅車馬坑等等。

一號兵馬俑坑，距秦陵東一千五百公尺。坑內以戰車、步兵為組成軍隊的主體。

二號兵馬俑坑，是以戰車、步兵、騎兵組成的混合作戰部隊。

三號兵馬俑坑，是統帥部；是指揮作戰的神經中樞。

四號兵馬俑坑未建成。秦二世時農民暴動，被迫停工。

一、二、三號兵馬俑坑，總面積達兩萬五千多平方公尺，一號坑最大。三個坑內一共挖掘出八千多件陶俑、陶馬、「真刀真槍」的青銅兵器十萬多件。

兵馬俑的出土，被譽為世界八大奇蹟。一九八七年，聯合國教科文組織列入「世界人類文化遺產」名錄。是二十世紀考古史上的偉大發現之一。

與真人等高的兵俑，有千人千面之稱。面貌、表情各不相同，十分寫實。據推測當時有真人（模特兒）為塑造雕刻的對象。

陶俑　高大，令人懷疑，有這麼高嗎？出土的陶俑一般是一百八十公分左右，最高的近兩百公分，最低的也有一百七十五公分高。這叫「通高」。實際身高要減去頭冠和腳踏板七、八公分。當時秦軍的「銳士」（精銳的士兵）是精挑細選的，就像總統府站崗的憲兵，個個高頭大馬，威風凜凜。所以秦俑的身高，是符合古代銳士的形象的。

陶俑製作考據十分講究，像服飾、髮型、領巾、方頭鞋、盔甲、佩飾、甚至鬍子，都因階級不同而有差異，同時技巧十分細緻。

陶馬　是從二號坑出土，共有一百六十六匹，跟真馬同高。

陶馬的製作，從肌肉的線條、馬鞍的配備、編成辮子的尾巴，完全是寫實的，反映出當時的文化風尚。

一九八四年美國總統雷根參觀兵馬俑，記者攝影，雷根故作「上馬狀」被阻止，笑著說：「我以為是真馬呢」！雷根是演員出身，不忘本業，引得眾人開懷大笑。

兵馬俑的出土，是世界雕塑藝術史上的大奇蹟，以往提到雕塑藝術，必稱希臘、羅馬，同時期的東方則沒有什麼可稱道的。而秦兵馬俑的「大、多、精、美」，在世界雕塑藝術史上獨樹一幟，被譽為是東方古代藝術的一顆明星。

銅車馬　是一九八〇年在秦陵西側出土，體積為實物二分之一，共有兩乘。

一號銅車馬，四馬並轡，是敞篷車，又稱前導車，御官俑站立駕駛。車身通長二二五公分、高一五二公分、重一〇一六公斤。

二號銅車馬，四馬並轡，為密閉車，稱安車，為秦始皇的座車。出巡時「安車」有十幾輛，以防刺客。嬴政生前五次出巡，其中一次在「博浪沙」遭刺客大鐵椎襲擊，只擊中副車，逃過一劫。

安車通長三一七公分，高一〇六公分、重一二四一公斤，御官俑坐著駕駛。兩車各有三千多個零組件，並有金、銀、銅製的飾品。出土後經修復仍可轉動。被譽為古青銅器之冠。

青銅兵器　秦陵地宮挖掘出的青銅兵器有十萬多件。分短兵器：劍、金鉤；長兵器：戈、戟、矛、殳、鈹、鉞；遠射兵器：弩機、銅鏃等。由此可見秦兵器精良、殺傷力強，難怪敵人望風披靡。

深埋地底下二千多年的青銅兵器，經處理拂拭，仍然光亮犀利，被重壓的劍身，壓力去後立即恢復平直原狀。據冶金專家考證，青銅兵器表面經過「鉻鹽氧化」處理，故能防銹防腐，這種「科技」，德國在一九三七年，美國在一九五〇年才發現應用。

秦始皇嬴政，一生征戰，為什麼幾乎窮畢生歲月營造死後墓地，以及用大量陶俑陶馬陪葬？

古籍記載，中國自夏、商、周三代以來，信奉「五德終始」說，認為人死後進入另一空間，一切猶如人世。所以統治階級包括王公大臣、貴族、奴隸主，皆用活人殉葬。少者三五人、多者幾十人甚至幾百人陪葬。秦陵發掘出大批兵馬俑，足見秦時活人陪葬制度漸趨廢除。據《史記・秦本紀》記載，秦武公死時，殉死者六十六人。這種殘酷的活人殉葬制度，在秦穆公死時（西元前六二一年，距今二千六百二十二年）遭到強烈的質疑。秦穆公身後殉葬的多達一百六十六人。其中還包括三位朝廷大臣。故有「三良殉葬，黃鳥哭之」的謠諺。

所謂三良，是指秦穆公時的朝臣奄息、仲行、鍼虎。《詩經・秦風・黃鳥・序》：「黃鳥哀三良也。」又見文選「寡婦賦」：「感三良之殉秦（穆公）兮，甘捐生而自引。」

一九八六年，中國考古學者在陝西鳳翔發掘的秦景公墓中，有一百多個殉葬的奴隸。直到秦獻公繼位（西元前三八四年）才正式頒布「止從死」，以法令形式廢除殉葬制度；所以秦陵地下宮以兵馬俑代替活人殉葬。但法制歸法制，徒法不能自行。《史記·秦本紀》記載，秦二世胡亥下令，把秦始皇後宮未曾生育的嬪妃全部陪葬（活埋）。另外，陵園中還有幾萬名參與秦俑坑雕塑的藝術大師（從全國各地徵來）以及修建俑坑的工匠，也被一起活埋在墓道之內。

走筆至此，引詩①一首：

---

① 所引的詩，選自臨潼兵馬俑博物館收錄的「詠詩」之一。第四句，原為：恍是兵車會八方。

功罪紛紛論始皇，
至今文物發奇光；
二千二百年前事，
恍聞鬼哭起八方。

秦陵兵馬俑來台展出，是跨世紀的文化界盛事。美國《紐約時報》有一評文云：「現代版的木馬屠城記」。細心的讀者，不妨仔細捉摸推敲。

關心國是的人，常以為台灣與大陸的「糾葛」，是海峽兩岸的問題。愚以為那只是表象；真實的內涵，乃是太平洋兩岸的問題。

每念及此：余心不禁戚戚兮，為杞憂而反側！

二〇〇一年二月十七日

於大華高級中學校務會議　報告

法曹典範——張釋之

張釋之，漢「堵陽」①人，字季。漢文帝時，初任「騎郎」（京師騎兵小隊長）。後任「公車令」（京師交通隊長）。有一次，太子與梁王共車入朝，經「司馬門」不下車。被張釋之發現而「追止」；並上奏章「劾不敬」。文帝大為賞識，拜中大夫，旋擢升為廷尉②。釋之「守法嚴」、「持議平」。時人語曰：「張釋之為廷尉，天下無冤民。」

有一次，有妄人盜「高廟」（太廟）玉器，被捕。文帝大怒，下廷尉。張釋之按照法律條文「盜宗廟器服者」，「棄首」（梟首示眾）。文帝慍，命廷尉改判「滅族」。張釋之拿下官帽，前額觸地說：「盜廟器而族」，那麼如果有愚人盜高祖墓者，不知如何加重他的罪？

朝臣聞言，人人驚悚。而文帝「屢變色」，久久不語。終曰：「廷尉當是也！」

---

① 堵陽　古地名，原為秦時陽城縣。漢改名為堵陽縣，故址在堵水之陽（堵水的北岸）。故城，在今河南省方城縣東。

② 廷尉　秦漢時掌管刑獄的官員，為九卿之一。

太史公筆下的張釋之：

有淵博的學識；

有獨立的判斷力；

有剛正不阿的品格；

有嚴守法條的精神。

張釋之為漢朝名臣。有了張釋之這樣的廟堂大臣，更能顯出漢文帝——劉恆的「寬容」。明君賢臣，相得益彰，留名青史，永垂不朽。以昔視今，不禁掩卷三嘆。

二〇〇六年七月二十七日

深夜於台北辛亥蝸居

一代名臣——西門豹

西門豹是個了不起的人物。他在兩千三百五十年前的神權時代，不信鬼神，破除迷信；繼之興建水利，造福萬民。他不是一個普通的政治人物，他是一個「不囿於傳統習俗」的時代先知。

關於他的出身生平，缺乏詳細史料。史記滑稽列傳僅載：「魏文侯時，西門豹為鄴令……名聞天下。」他之所以成為歷史名人，自是由於他「治鄴」①的政績。

周威烈王時，魏為戰國七雄之一。魏文侯斯與韓趙分晉，列為諸侯，建都安邑（今山西省夏縣北）。幅員奄有河南省的北部，以及山西省的西南部。而魏的鄴邑，是個問題地區。當時鄴邑的有錢人家，有年輕女兒的，「恐大巫祝為河伯娶之，多持女逃亡。以故城中空無人，又

---

①鄴，地名。戰國時魏邑，故城在今河北臨漳縣北。北有漳水。西門豹，戰國時魏文侯的鄴令。該邑三老（地方幹部），廷掾（單位領導），勾結女巫，苛斂百姓。每年擇民女沉漳河，謂為河伯娶婦。豹至，投女巫、三老于河，惡俗得除。又發民力鑿十二渠，引漳水灌田。民遂富足。今河北臨漳縣有西門渠。為紀念西門豹而命名。

困貧，所從未久矣」。

魏文侯是個很有作為的君主，在國際間頗著聲譽。但他為鄴邑的問題頗傷腦筋。史書記載：魏文侯「內以鄴為憂，而翟璜進西門豹」。翟璜是魏文侯的大臣，素有「知人」之名，他是為解君憂而推薦西門豹，這是要有擔待的。

西門豹走馬上任，第一件事，不是召集各單位主管聽取「簡報」，或發表施政報告。而是：「會長老，訪民間所疾苦。」

鄴邑困貧，人民逃亡，其癥結在於「河伯娶婦」，不是單純的迷信問題，這裏還牽扯上政府豪吏、地方惡勢力與神巫相結為虐的問題。

那個時代，人類的精神生活，「神」的意志，具有無上的影響力。聖者如孔子，雖「不語怪力亂神」。但也不得不說：「祭如在，祭神如神在。」至於為孔子所稱讚「微管仲，吾其被髮左衽矣！」的大政治家管仲，雖然他「相桓公而通貨積財，富國強兵，九合諸侯，一匡天下」。但在代表他的政治主張的〈牧民篇〉中，卻也離不開「神的意志」：

「順民之經，在明鬼神，祇山川，敬宗廟，恭祖舊。……」

這裏所說的「明鬼神」，是指尊人鬼物魅，尊日月星宿、風師雨師。「祇山川」是指敬山神、海若、河伯、湘君等。

所以在兩千多年前的神權時代，要破除迷信，否定神的存在，幾乎是不可能的事，何況這裏面還牽扯上官吏豪紳勾結虐民的複雜因素。

西門豹受命赴任之始，就算他有超人的見解，發布命令，破除迷信，不准為河伯娶婦。而鄴邑的老百姓是不會聽從的。因為民間深信不為河伯娶婦，「水來漂沒，為害更深矣」。

而那些藉神斂財的政府官吏，地方惡勢力，更會堂而皇之的以民命為重，振振有詞地反對他。一個地方首長，他的政令如果沒有僚屬的精誠支持，竭力推行，而陽奉陰違；地方百姓又昧於事理，屈於「神威」，採取不合作態度，那麼他的失敗是命中注定的。所以西門豹的前任，甚至前任的前任，無論他是那一號人物，都沒有辦法把鄴邑治理好，都沒有辦法不垮臺。

西門豹長鄴令，並不是有所求而來的。既無所求，他就能放手施為。但他表面上不動聲色。只是說：

「至為河伯娶婦時，願三老、巫祝、父老送女河上，幸來告語之！吾亦往送女。」

從這裏，我們還看不出西門豹將採取什麼態度。而「吾亦往送女」一句，可能使他得僚屬（廷掾）大為放心呢。

而結果，石破驚天。西門豹認為河伯婦（新娘）不夠漂亮，要更改婚期換漂亮的女子去。既改婚期，自然要派人去通知河伯。派誰去呢？巫祝是「媒人」，義不容辭。於是西門豹丟個眼色，左右力持巫祝「撲通」一聲，「入河通信」。可是巫祝辦事不力，久久沒有回音，於是「弟子」、「三老」「一一入水」。旁觀者人人嚇得牙齒打顫，手腳發軟，而西門豹卻像煞有介事，態度十分恭敬。

「簪筆、磬折，嚮河立待良久。」

他的這一手，倒真如孔子所說的：「祭如在，祭神如神在。」戲明明是假的。但身為鄴令的他態度如此虔誠，如此恭敬。河伯既能娶生人為婦，為何不可入河報信？這是非常合乎「邏輯」的。

可是，入河報信的人還沒有回來（永遠回不來了），西門豹等得不耐煩了，說：

「巫嫗、三老不來還，奈之何？欲復使廷掾與豪長者一人入水促之。」

這個「欲」字有千鈞之力。所謂「高潮一過，就要落幕」。凡事最難，在於適可而止。但是，姿態還得要裝。所以在「奈之何」之後，必須繼之以「欲復使」，才能收「餘音繞樑」之效。

而廷掾與豪長者，平時作威作福，藉河伯娶婦苛歛鄉民，這時要他「跳河」，自知必死無疑。於是：「皆叩頭，叩頭且破，額血流地，色如死灰。」

為政不在多言，行動就是最好的宣傳。「從是以後，鄴邑吏民皆不敢復言為河伯娶婦」。

一個「所從來久遠矣」的問題，就是這樣一舉而革除之。

史記滑稽列傳寫西門豹治鄴，有兩大政績，一是破除迷信，二是興建水利。「故西門豹為鄴令，名聞天下，澤流後世，無絕已時，可謂賢大夫哉！」「澤流後世」，是指「發民鑿十二渠，引漳河水灌民田，田皆溉。」西門豹的治鄴，突破點在破除迷信。因為在那個年代，他的作法，可以說是向鬼神挑戰，驚世駭俗，是一般人連做夢也不敢想像的，所以值得一書。

一代明君——朱佑樘

明王朝二百七十多年歷史，有十六位皇帝。從開國之君殺功臣像切蘿蔔的朱元璋，到最後一位上吊自殺時仰天喊冤：「朕非亡國之君」的朱由檢；數來數去朱佑樘可算是一個難得的好皇帝。

明孝宗朱佑樘做了十八年皇帝。在位期間，除了西北偶有「小王子」之亂，其實算是太平天子。只是他的幼年，命運坎坷，屢遭凶險，歷經人間悲苦。他的生母紀淑妃，原先在「西內」執賤役，後經憲宗皇帝朱見深封為「淑妃」，但不到一旬，突然暴斃。宮中傳言，說是被萬貴妃毒死的。

萬貴妃天生異稟，床笫之間，頗令憲宗銷魂。憲宗朱見深曾說：「朕無萬氏，睡不安枕。」

憲宗成化二年，萬氏生了皇子，皇帝大喜，特派大臣赴泰山祭天，體例比同太子。不久，封萬氏為貴妃。有子不僅固寵，抑且有後望焉。

原先，憲宗有皇太子，史稱「悼恭太子」，柏賢妃所生。萬貴妃日夜苦思，拔去眼中釘。

不久，「悼恭太子薨」，死因不詳。

宮中耳語，都說是萬貴妃下的毒手。而皇帝卻下詔斥太子生母柏賢妃，未善盡母責，貶至「浣衣局」幹粗活。緊跟著禍事接踵而至：萬貴妃所生小皇子先患積食，繼而腹瀉，終至不治夭折。萬貴妃喪子後，性格更趨妒烈，嚴防嬪妃接近皇帝。年輕的宮人，如敢藉機向皇帝獻媚，必鞭至昏厥而後已。但百密一疏，偶有為皇帝臨幸而懷孕的，必命親信持藥，逼令墮胎，再逐至「浣衣局」幹粗活。

自此，後宮寂寥，數年來未聞嬰兒啼哭聲。

直至憲宗成化五年九月，皇帝偶然到內庫閒逛，不意看到一名小女子，「面微黧，目灼灼如寒星。」

大內年輕宮人，無不膚色白皙，而此女膚色黧黑，引起皇帝注意。自語說：「此乃何人？朕未曾見。」

內庫管事太監趙壽，連忙趨前躬身說：

「回皇上，此女紀氏，廣西賀縣人。原籍屬猺族，入宮習文，現為女史。」

由於出身殊異，皇帝大感興趣，溫言詢問。紀氏警敏聰慧，又深通翰墨，應對頗合帝意。於是，屏退左右，「悅幸之，遂有身。」

紀氏身世淒涼。她本為廣西蠻夷土官之女，被俘入掖庭。早先廣西賀縣夷人屢叛，朝廷命都督同知趙輔為「征夷大將軍」，討廣西叛猺。紀氏為家破人亡之烽火遺孤。現今竟為皇帝看上，一度臨幸，竟然懷孕。但不幸卻接踵而至。

萬貴妃耳目廣布，聽得紀氏懷孕，立即跳腳，鞭人如鞭馬，罵曰：「蠢婢！何不早報？」立即命親信宮女持藥，逼令紀氏墮胎。

機緣湊巧，這宮女曾在內庫隨紀氏讀書識字，不忍下手，就謊報說：

「紀氏病痞，不是懷孕。」

萬貴妃不放心，仍逼令紀氏服藥，並將她謫居安樂堂（俗稱冷宮），與廢后吳氏為鄰，服賤役。

紀氏體質異於常人，墮胎藥無效。到了成化六年七月，生下一個兒子。

風聲終於走漏。萬貴妃咬牙切齒，將牽涉此事的宮女太監一律毒死。並命內侍張敏說：

「把那個孽種淹死！」

太監張敏那敢怠慢，直奔西內安樂堂旁舍。一面尋思，皇上無子，天下皆以為憂，現今奉密令將小皇子淹死，怎下得了毒手？再三思量，拼一死保護幼主。總算天佑善人，終於把小皇子「藏之他室」。

躲得了一時，躲不了一世。張敏寢食苦思，終於想到一個人，那就是貶居冷宮的廢后吳氏。經張敏一再跪求，吳氏冒死承擔，細心哺育。「兒甚悟，不啼哭。至五、六歲，未敢剪胎髮，髮長及地，儼若小宮人。」

這幾年，對參與其事的人，無異日坐火山口，不知何時事發焚身。

終於到了憲宗成化十一年八月。

太監張敏為皇帝梳理頭髮，皇帝從鏡中看見前額微禿，間有銀絲，不禁感喟：「老將至而無子，嗟夫！」

張敏見機不可失，停梳凝聽，目視侍立皇帝身後的太監懷恩。懷恩點首示意。張敏連忙跪倒，叩頭如搗蒜：

「奴婢該死！奴婢該死！」

事出突然，皇帝愕然，問：

「張敏！何事？」

張敏說：「奴婢斗膽，奴婢該死！萬歲爺已有皇子。」

張敏語音微顫，伏地不起。皇帝頗知張敏持重，豈敢作戲言。但事涉非常，難以輕信。緩緩轉過身來，徐徐問：

「現在何處？」

張敏泣曰：「奴婢死無怨，但求萬歲爺為小皇子作主。」

太監懷恩伏地磕頭，額觸地。說：

「張敏忠心，所言屬實。小皇子為紀女史所生，潛養於西內，今已六歲。恐有不測，匿不敢報。」

皇帝凝視懷恩久久，說：

「懷恩，汝侍朕甚久，可不得胡言。」

懷恩伏地泣曰：「此何事？奴婢豈敢欺君。奴婢與張敏以死護小皇子，但求有朝一日，萬歲爺為小皇子作主。」

皇帝微微點首，以掌擊額，說：「朕有子了，朕有子了。」

當迎接小皇子的宮人來到安樂堂，紀氏一看來勢，腦海轟然一聲，幾至昏厥。抱住兒子，哭著說：

「兒啊！是禍躲不過。你這一去，娘恐怕活不成了。我兒，你切切記住，看到穿黃袍有鬍鬚的就是你的父親。」

淚眼模糊中扶兒子坐上小乘輿，眼見他被眾宮人蜂擁而去。

小乘輿抬到寢宮階前，扶出小皇子。憲宗皇帝凝眸注視：只見一個身穿小緋袍的小娃，拾級而上，長髮曳地，目灼灼如寒星，立於面前。

皇帝雙手微顫，把他抱起置於膝頭。撫視久久。悲喜泣曰：「是吾兒，類吾！類吾！」

當日下詔，小皇子冊封為太子，賜名佑樘。紀氏遷居永壽宮，封淑妃。

八月十五日，是為中秋佳節。萬貴妃請紀淑妃，共慶佳節。

十六日。「紀淑妃暴斃，死因不詳。」

太監張敏，知慘禍將至，恐受酷刑，服毒而死。連日來，太監宮女暴斃者，不計其數。一時謠諑蜂起，口耳相傳，恐怖氣氛，瀰漫於大內。

憲宗皇帝的生母周太后，深居仁壽宮，漸聞其事。一日，憲宗定省。太后對皇帝說：「我孫體弱，遷居仁壽宮，可就近照顧。」

太子朱佑樘在太后庇護下，暫時逃過一劫。萬貴妃百般施計，總不得逞，唯咬牙恨恨而已。

小佑樘居仁壽宮，老太后含飴弄孫，日子過得很平靜。一日，太后為小孫子整髮，發現囟門光禿無髮，有圓錢大小，知為墮胎藥所傷。嘆說：「我孫福大，我孫福大。」不時叮嚀孫兒：「貴妃賜食，不可食。」

萬貴妃日夜窺伺，終被逮住機會，把小佑樘誆到西宮，賜食蓮羹。小佑樘說：「兒不餓。」飲以參湯，小佑樘烏溜溜小圓眼在貴妃臉上滾來滾去。搖搖頭說：「兒不渴。」手段使盡，竟不遂。惹得貴妃氣極生瘋，把小太子轟出去。口中大罵：「孽種！才多大，就如此狡猾，他日做了皇帝，哀家還能活嗎？」

自此憂怒成疾，一閉眼，就見淑妃立於床前，藥石罔效，終至不治。死時哀號：「淑妃饒我！淑妃饒我！」

到了成化廿二年八月，憲宗皇帝駕崩。命大福大的朱佑樘，終于做了皇帝。第二年，改元為「弘治」，史稱孝宗皇帝。謚生母紀淑妃為「孝穆太后」。御史曹璘上疏：請嚴鞫太醫，拷問紀太后死因，削萬貴妃謚號，並誅萬氏外戚。皇帝朱佑樘說了一句很睿智的話：「往者已矣！深究徒亂視聽，且違先帝意。」一場即將驚天動地的腥風血雨，因而消弭於無形。

孝宗朱佑樘，是一位仁厚的皇帝，但不是雄才大略的英主。他的長處是不固執己見，且能

「兼聽」。

孝宗弘治十四年，大內度支龐雜，糜費無度；再加西北剿匪，軍需浩繁；戶部主張加賦稅。這是個敏感度很高的問題。廷議時朝臣緘默，人人作封口葫蘆。最後，只有首輔劉健抗顏。劉健說：

「天下財富有限，並非取用不盡。而內府供應，年加十數倍，而實用者少，糜費者多。而太倉所儲糧食，原供軍需，今內府取用，動輒數十萬計，如何不匱乏？且足國在節用；用度無節制，雖加稅亦無補於事。蓋加稅有度，糜費則無限也。年來南澇北旱，災黎遍野。今又加賦稅，民不堪命，恐非社稷之福。」

皇帝聽了大為動容，頻頻點首。戶部只得偃旗息鼓。

弘治十二年，兵部尚書出缺。當時活動這個位置的大臣頗多。有三個人最有資格升任。一個是呼聲最高的兵部侍郎周奕匡，一個是左都御史費進德，一個是右都御史劉大夏。

最後，皇帝圈了劉大夏。

劉大夏湖南華容人。早年他在京師做官，家鄉卻有個姓李的無賴，佔他家的田產。劉大夏的族人寫信告訴他這件事，他在信尾批道：「四鄰侵我我從伊，畢究須思無有時。」

皇帝擢拔劉大夏為兵部尚書，在旁人「謝主隆恩」都來不及，而劉大夏卻堅辭三次，最後才勉強接受。

皇帝召見時問他：

「朕想借用卿的長才，為何屢次稱病不受？」

劉大夏叩頭說：

「臣年老體弱，難堪重任。竊見天下民窮財盡，如有缺失，責在兵部。臣自量能力不足，所以屢辭。」

皇帝默然。

隔了三天，皇帝在「暖閣」召劉大夏「坐對」：「卿前次說天下民窮財盡，祖宗以來，賦稅有常規，為何今日民窮？」

劉大夏頓首說：

「正因為今日賦稅無常規，所以民窮。例如廣西採辦木材，廣東歲取香料費，動輒以數十萬計。其他苛雜，名目繁多，更難以計數。而豪門巨族，世家勢宦，奪民田地者，更是無處無之，民焉得不窮！」

皇帝又問：

「軍人生活如何？」

「像百姓一樣窮苦。」

皇帝大為訝異：

「軍人不打仗有月糧，打仗另有行糧，怎麼會窮？」

劉大夏回說：

「將帥剋扣過半，怎能不窮！」

皇帝嘆說：

「朕臨御十數載，竟不知天下軍民如此窮困，實愧對列祖列宗。」

於是下詔：嚴禁苛雜、剋扣、奪民田。

皇帝用人良窳，直接影響政治的隆替。任免大臣，是皇帝能力的試金石。

弘治十四年，皇帝朱佑樘面臨了軍事決策上的大挑戰。

這年「小王子」殘部又嘯聚犯大同，聲勢甚壯。皇帝聽了太監苗逵的建議，生平第一次起了好大喜功的衝動，打算精選京軍之勁旅，御駕親征。

這個苗逵，做了多年的西北「監軍」，曾在陝西延綏剿賊有軍功。常居以深通韜略自詡。他對皇帝說「小王子之亂，時平時起，且今長痛不如短痛。皇上精選京軍之勁旅，以泰山壓頂之勢，一鼓而徹底殲滅之，永絕後患，抑且可媲美文帝之立威邊域也。」

朱佑樘聽了，頗為心動。

可是，大學士李東陽的看法不同，他說：

「邊患乃癬疥小疾，何勞御駕親征？而京軍養尊處優，操練時好看，打仗則不管用。」

皇帝無法決定。召首輔劉健「坐對」。劉健說：

「苗逵素喜大言。此時言親征，謹防土木堡事件重演。」

土木堡事件，是孝宗朱佑樘的祖父，明英宗朱祁鎮，聽信太監王振的話，親征「瓦拉」，結果在居庸關附近的土木堡被瓦拉人生擒。

劉健的直言，很令皇帝不快。

第二天召見劉大夏及御史曹璘。皇帝對劉大夏說：

「卿任兵部，可知苗逵在延綏直搗賊巢之事乎？」

「臣甚知，但未便直言。」

「朕深知卿為人，直說無妨。」

劉大夏沉痛地說：

「據臣所知，延綏一役，不過俘獲婦孺數十人耳。賴朝廷恩威，得以全師而歸。不然，未可知也。」

皇帝聽了，半天說不出話來。繼而又問：

「文帝幾次親征，今為何不可？」

劉大夏沉思了一會，徐徐說道：

「陛下神武，固不後文帝。而如今將領士馬大不如前。臣以為今慎簡能將，賦以專責即可。」

御史曹璘亦極力支持劉大夏的主張。皇帝這才「罷親征之議」。

做皇帝不容易。難在知人善任，難在在重大決策上做正確的抉擇。

朱佑樘不是雄才大略的英主，但他能「兩者兼備」，是百姓之福，值得一書。

二〇一二年四月二十七日凌晨

刪節定稿於辛亥蝸居

高山仰止

最近有關孔子的兩則新聞，引人注目，意義深長。

一則是二〇〇六年三月二十日《聯合報》的新聞報導，標題是：「南極島峰命名　孔子、康熙上榜」。

另一則是同年四月四日的新聞報導：「北京大學哲學系，推廣國學教育，創設『國學班』，以手機簡訊方式，每天發一則孔孟等古聖先賢的德行和智慧言論，提供給訂戶閱讀，做為行事處世的參考」。

從五四運動的「打倒孔家店」，到「文革」期間的「破四舊」、「批孔揚秦」，儒家文化歷經時空的淬煉，再度發出光芒。

鑑往知來。目前台灣在教育文化方面所悄悄進行的「去中國化」的舉措，終將因時易勢移而隨風而去。此時談談孔子，當不止是「應景」而已。

孔子姓孔名丘，字仲尼。春秋時代魯國人。

其實，孔子的先人是宋國人，家世十分顯赫。先祖孔父嘉，是宋國的執政，位高權重。但卻有個死對頭「華督」。華督官居太宰，手握兵權。

有一次，華督在宋國貴族的盛宴上，發現孔父嘉的「少妻」十分美麗，於是提前發動政變，把孔家「滅門，奪其少妻」。孔氏全家大小三百多口，全被殺光。

上天垂憐，孔家的一個年輕子弟「孔防叔」，游學在外，返國途中，驚聞惡耗，連夜逃往魯國，就在魯國都城曲阜，落地生根，結婚生子。

孔防叔生子伯夏；伯夏生子叔梁紇。叔梁紇就是孔子的父親。

叔梁紇身高十尺，武功絕倫。他是職業軍人，低階軍官。官雖小，名氣卻很大。

有一次，軍中比武，叔梁紇單手舉起五百斤巨石，把參加比賽的同袍全部嚇倒。原先他是「菜鳥」，一下子成了老大，私底下人稱「梁哥」。

另外一次，賊兵攻打「偪陽」（今山東嶧縣），城門已被攻開一半，叔梁紇飛奔而至，大喝一聲，兩臂前推，竟把大木門重新閉上。自此，大力士之名不脛而走。

人一出名，來提親的人就多了。於是娶了顏家三小姐，閨名叫「徵在」的做妻子。

只是大力士不長壽：「丘生，而叔梁紇死。」另有一說，說孔子是「遺腹子」，他還沒生出來，他爸就走了。這個遺腹子不安分，才七個月，就在媽肚子裡拳打腳踢，像要提早出來的樣子。好心的鄰居勸顏小姐說：尼山（又稱尼丘）的山神很靈，你去求神保佑吧！尼山在曲阜東南六十里。顏徵在「不車，不馬，徒步往拜」。禱告說：

「神啊！可憐孔氏一脈，世代忠良，竟遭滅門之禍，請賜我一個麟兒吧！」

禱畢，天變色，地動搖，木葉簌簌落。

周靈王二十一年（公元前五五一年），顏氏終於順利產下一個男嬰，就是孔子。

這男嬰不同凡響：啼聲如鐘，長腳長手，頭頂尖凸，故名丘。另說，顏氏禱於尼丘而生孔子，故名丘，字仲尼。史記孔子世家載，孔子身高九尺六寸。不過比他父親叔梁紇，還矮了四寸。

孔子幼年，家境清寒。因為他是個「孤哀子」。

古云：幼而無父曰孤子；幼而無母曰哀子；幼時父母俱亡曰孤哀子。既無父母，又無家產，只有做童工養活自己了。

有關孔子的童年生活，史料不多。但有一點可以肯定的，小孩子好玩，出自天性，孔子自然也不例外。

孔子童年玩的遊戲，「異於常兒」。他玩的叫「俎豆」的遊戲。模仿成人社會的「婚禮」、「喪禮」、「冠禮」（男子成人禮）、「笄禮」（女子成年禮）等儀式程序，他自己擔任司儀（賓相），指揮玩伴，依禮進行，學得有模有樣。

到了十歲，他就沒得玩了。因為母親在他九歲時就去世了。論語子罕九，子曰：「吾少也賤，故多能鄙事。」孔子世家載，他做過牧場管理，做過人家的帳房。在當時，不算是高尚職業，只是糊口而已。

到了十五歲，孔子明白讀書的重要，有學問才能做大事。論語為政二，子曰：「吾十有五而志於學，三十而立。」這是說，孔子十五歲，立志研究學問，到了三十歲，讀通了古籍，能夠依禮立身處世了。

依什麼「禮」呢？就是指「周禮」。

周禮分六篇，內容豐富，古奧難懂。其中一篇光是有關集會儀式程序，巨細靡遺，有幾十種之多；小自民間的婚喪冠笄之禮，大至郊祭、誓師、諸侯相會、聘問之禮，都有一定的規則，不能稍有踰越。

有了這種專門知識，就能勝任各種大小典禮的司儀職掌，甚至可以擔任國際高峰會議的「賓相」。孔子有了這種專門學問，後來在魯齊高峰會議中，大出鋒頭，這是後話。

那麼，孔子是如何自學成功的呢？分兩方面來說。

一、外在環境

魯建國之初，姬旦（周公）及其子姬伯禽，以周王朝為藍本，建立了完善的政制、典章法規，以及豐富的文物圖籍設備。自西周幽王失政，犬戎一把火燒了鎬京（西周國都，今陝西西安西南）的文物典籍，曲阜就成了唯一的國際文化中心。這對求知若渴的孔子來說，自是活水源頭，悠游其中，自然天地無限寬廣了。

二、好學、多問

好學不倦，發憤忘食；有疑必問，務求徹悟；是孔子讀書有成的不二法門。

論語八佾三：「子入大廟，每事問。」

於是引起了旁人的議論：那個叔梁紇的長腳兒子，怎麼什麼都要問啊！孔子不以為忤，說：「是禮也！」（這才真正合乎禮呢！）

論語述而五，子曰：「我非生而知之者，好古，敏以求之者也。」

同一章，孔子對子路自述：「其為人也，發憤忘食，樂以忘憂，不知老之將至云爾！」這時，孔子已六十多歲了，正在周遊列國到處碰釘子之時。但他仍然好學不倦，達到連吃飯都忘了的地步。

同章，孔子感嘆說：「加我數年，五十以學（易），可以無大過矣！」這時，孔子年將七十，還希望老天多給他幾年，把易經研究透徹，死了才沒有遺憾。

此外，孔子世家載：

孔子無常師，嘗問禮於老聃（老子），學樂於萇弘，學琴於師襄。

有關「問禮於老聃」，事關至要，要多花些筆墨。

孔子自學有成以後，在魯國貴族巨室之間，知名度頗高。當時魯國有個頗有權勢的貴族「孟釐子」，十分器重孔子。他病危時叮嚀兒子「孟懿子」說，孔丘雖是個窮光蛋，但對周禮很有研究，你應虛心向他學習。孟懿子依照父親遺言，就伴同另一貴族名叫南宮敬叔的，拜在孔子門下。南宮敬叔佩服老師，就向魯昭公推薦孔子，訪問西周國都洛邑（洛陽）。於是孔子才有機會公費出國，一車兩馬，外帶一個「豎子」（小跟班的），千里迢迢來到洛邑，向老子請教周禮上的一個疑難問題。這難題是他自己一直無法解決的。

出國一趟，身價百倍，名門子弟，紛紛來到孔子門下。當時曲阜有一個貴族「少正卯」，也在開館招生授徒，同行是冤家，就施計挖孔子的學生。這個少正卯，後來也做了大官。

孔子辦教育很成功，但他的第一志願是幹政治。直到他五十一歲，才有機會施展他的政治才能。

這時，昭公已去世，魯定公（姬宋）即位，貴族季叔斯執政，權傾朝野。季氏的一個家臣陽虎，發動政變，取季氏而代之（政變在當時是家常便飯）。陽虎開出很優厚的條件，請孔子加入他的集團，被孔子拒絕。不久，季氏反顛覆成功，趕走陽虎。因孔子曾拒絕與陽虎合作，季氏投桃報李，向魯定公推薦孔子，擔任「中都宰」（山東汶上縣長）。

孔子五十一歲做中都縣長，一鳴驚人。不到一年，政績輝煌，成了模範縣，「四方則之」。附近各縣紛紛到中都縣來參觀、訪問、取經。

很快，孔子升為「司空」（管建設），緊接著升為「大司寇」（最高法院院長兼警政署長）。於是孔子採行剛性政策，施展公權力，嚴刑峻法，懲治盜賊，社會治安良好，夜不閉戶，路不拾遺。

積弱的魯國，勵精圖治，驚動了齊國。齊大夫犁鉏對齊景公說：魯強則齊危矣。經廟堂會商，齊國發出專函，邀請魯定公，在「夾谷」（古地名，現在山東的萊蕪縣）舉行兩國高峰友好會議。

孔子建議定公說：「臣聞有文事者必有武備。古者諸侯出疆，必具官以往，請具左右司馬。」（會無好會，孔子建議定公率精銳武士，以策安全）孔子則以專家身分，隨同前往與會。周敬王二十年，也就是公元前五〇〇年，魯定公（姬宋）跟齊景公（姜杵臼）在夾谷舉行高峰會議。

按周禮，諸侯會面，應奏「四方之樂」。齊國卻推出當地的土風舞。孔子見狀，快步走向臺階，剛登上第一階，就攘臂高聲斥責齊國失禮，貽笑國際。姜杵臼暗想，這個長人果然博學，當即另換節目，用「宮廷舞」的方式表演了輕鬆喜劇。孔子再度登階，斥責齊國違反國際禮儀，有失國體。立即施出霹靂手段，大聲吆喝，命精銳武士把歌舞男女，拉到階下，砍去手足。

孔子這一毒招，把姜杵臼震住，一時之間，竟然發作不出來。

魯齊會議結束，齊國把過去侵佔魯國的汶水以北土地，歸還魯國，以維持兩國的友好關係。

魯定公十四年，孔子「攝行相事」（代理行政院長），以「五醜」（五大罪狀）「誅少正卯」：

1、心逆而險——居心陰險，處處譁眾取寵。

2、行僻而堅——行為邪惡，不接受規勸。

3、言偽而辯——說謊，卻堅持不認錯。

4、記醜而博——記憶力強，學問也廣博，但所記的全是醜事。

5、潤非而澤——犯了錯誤，卻把它潤飾為一件好事。

少正卯事件，是一團迷霧。孔門弟子，好談夾谷盛會，卻少提此事。有關少正卯的姓名也有不同的說法，一說正卯是複姓；另說正卯是官稱，眾說紛紜。

總之，孔子攝行相事，參與國家機密，殺了少正卯，聲威大振。不到三個月，魯國大治。國大治是好事，卻引起齊國恐慌，皆以為：孔子執魯政，必霸，霸則齊危矣！（現代「中國威脅論」是它的翻版）齊大夫犁鉏向齊景公姜杵臼獻「美人計」。

於是通令全國，徵選美女。最後選出八十名長身玉立、體態輕盈、明眸善睞、顧盼生姿的北地臙脂，高車駟馬，浩浩蕩蕩，送往魯國。因此「魯君怠於政事」（不上朝，不理政事）。

子路向孔子建議：「老師，呆不下去了！」

孔子說：「且慢！」

那時，秋郊（國君秋季在郊外祭天）將至，國之大事，祭後國君將祭肉專遞快送給大臣，以示朝廷不忘其為國辛勞。這年秋祭，孔子沒有收到祭肉（等於吃尾牙，雞頭朝向他）。在嚴格遵行周禮的社會，這是大侮辱。

終於，孔子在魯定公（姬宋）十四年，率眾弟子離開故國。

孔子離國時五十六歲，是政治人物的鼎盛之年。當他六十八歲返國，已是皤皤老翁矣。

孔子離國十三年，到過：衛、陳、宋、蔡、趙、楚等國。陳衛兩國前後進出三次。世人常說「孔子周遊列國」，總以為風光、舒暢、愉悅。其實，這漫長的十三年，他是無根的浮萍，日子並不好過。他曾遭人圍攻，遭人追殺（師生因之失散），曾經斷糧挨餓（有些弟子餓得病倒），還被人罵為「喪家之犬」。而最令他尷尬的是，在衛國見過「南子」，引起弟子誤會。

南子，衛靈公夫人，出名的美女，對男性有致命的吸引力，而且是「豪放女」。孔子在不能拒絕的情形下去見南子，卻引起誤會。

論語雍也六：子見南子，子路不說（悅），夫子矢（發誓）之曰：「予所否者，天厭之！天厭之！」

孔子的學生對老師何等崇敬，子路卻為此「不悅」，孔子竟然急得對天發誓，顯得問題極為嚴重。

當然，這十三年裡，也有順境的時候。但亦只是受到很好的禮遇。至於他的「王道之治」、「仁政宏圖」卻「終不能用」。

終不能用，這裡邊包含了多少挫折，多少無奈，多少失望，多少辛酸。六十八的老人了，他興起了「不如歸去」之嘆。

於是，他由衛返魯。晚年的孔子，是一位智慧老人。他專心於學術：刪詩書、訂禮樂、贊周易、作春秋。

他專心於教育：化三千，七十士（學生中，身通六藝者七十餘人）。

做為政治家，他是失敗的悲劇英雄。

做為教育家，他是萬世師表，千古一人。

孔子的深含哲理的為人處世的言論，大多記錄在《論語》一書中，千古不朽，是中華民族最珍貴的文化遺產。

二〇〇六年五月二十五日深夜

於台北辛亥蝸居

二、小說創作

吉屋招租

紅紙上寫黑字的「吉屋招租」的大牌子，早晨上班時擺在門口，下午下班拿進來，快兩個星期了，鄰居見面問：「還沒租出去啊？」

一聽，就有「呆貨」脫不了手的那種不是味兒的感覺。咬咬牙，花了一百二十元，登個小廣告試試。

第二天星期六，整上午一直忙學期結束的事，下班已過了十二點，這才想起招租的小廣告不知道管不管用，真想來個縮地之法，一步到家。

平時回家，一按門鈴，妻就會開門，今天，鈴響了好幾下了。卻不見動靜。掏出鎖匙開門進去，只見妻手拿電話筒，斜靠在沙發上：「是的，月租二千八，三房一廳……地址是和平東路三段，一百九十六巷……」

放下電話筒，妻做出看連續劇出現廣告時的那副閉目養神的神態。

「怎麼啦，那裏不舒服？」

「累死啦，一大早到現在，就一直陷在這裏……」

話未說完，電話鈴響起。「我不接了，你來。」

拿起電話筒，是租房子的。我有問必答，對方問地址，我照說一遍。

話筒剛放落，那鈴聲像過份疲勞情緒惡劣的人被觸怒似的又大「吼」起來，我拿起話筒，這次是女的，問完了加一句：「和平東路三段在那裏？」

「在六張犁。」

「六張犁在那裏？」

這可不好答。

「這樣好了，你坐十五路公共汽車……」

「我這裏沒有十五路的，你那裏還有幾路的？」

又是個難題，平常上班，我是走小巷穿過台北醫學院到學校的，很少跟公共汽車打交道。這裏雖然還有大有的、欣欣的，卻記不得是幾路。

「對不起，我說不上來，火車站對面有十五路。」

總算把她應付過去了，回頭問妻：「飯好了沒有？餓死了。」

「飯還沒煮，菜還沒買，連地都還沒掃。」

電話又響，我不接，讓它吵。

「怎麼？你才接兩個電話就累了？」

「讓它響一下沒有關係的。你快煮飯，我真的餓死了。」

「好好，你接嘛。你不接，人家還以為是空號，尋開心的呢。」

「我發神經，花一百多元尋開心。」

「房子租不出去，你急；想租的人，電話接不通，不急嗎？」

想想也有理，拿起話筒，這一位大概是「老房客」，問過坪數、房間數、廚廁設備、租金，最後問：「幾樓？」

「四樓。」

「熱不熱？」

「現在不熱，夏天熱，不過晚上涼快。」

「我最怕熱，房租能不能少一點？」

哼，怕熱，裝冷氣，嫌貴，住違章建築。

「房租不能減少，外加押金兩萬。」

妻怪我說話不夠婉轉。未看房子先還價，我又餓，如何婉轉得起來。惡有惡報，下一位問房子的竟「吼過來」，他要問的都問過了，卻突然音量提高：「你這個電話有毛病嗎！」

「零故障，好得很。」

「好個鬼！我撥了十幾次才撥通！豈有此理！」

「碰！」電話掛斷，耳膜差點被震破，可惜我只聞其聲，不見其人。這樣的房客租房子，打死我都不幹。

接著來的都是問地址的，都說馬上來看房子。怪的是，竟有人問：「房租為什麼這樣便宜？」便宜沒好貨？我的房子可不是紙做的。看來勢，下午有得瞧了。

妻提菜籃出門，說：「你不要走開，我很快就回來。」

「簡單點，你到胡老闆那裏買斤拉麵好了。」

妻在門外跟人大聲說話：「不用脫鞋子，不用脫鞋子。」

進門的是兩位小姐，一個高個子，還穿著麵包底鞋；另一個稍矮一點，臉圓圓的，有點像鄧麗君，我用手摀住電話筒，問：「看房子嗎？」手擺擺，「你們自己看。」

心裏忽然想到，租房子的人有個特權，不用「搜索票」，可任意穿房過室。兩位小姐卻站在那兒不動，看我接電話。

「你家的電話真難打，也是租房子的嗎？」圓臉的問。

我無暇回答，只點點頭。忽然想起「言曦」在《世緣瑣記》的〈姊〉裏，寫他的二姊，一面治家，一面打牌，用大嗓門指揮佣人做事，而該吃該碰的牌絕不躭誤。女人真的比男人強。我接過好幾個電話了，兩位小姐才看完房子。人家說女人家心細，真的不錯，看那麼久，恐怕連幾扇窗幾塊玻璃都數過了。

「臥房很大，可惜另外兩間稍小了一點，」還是圓臉的說。

「不是稍小；」我說，兩位小姐對視了一下。「而是太小，如果稍大一點，就不出租了。」

電話鈴又響，圓臉小姐說：「房東先生，你的房子我要租，不過我要帶我媽來看看，再訂合同，請你保留兩個小時好不好？」

我看看壁鐘，快一點半了，我點點頭。

兩位小姐剛離開，樓梯間起了嘈雜聲，造反似的。

「就是這裏！就是這裏！」

「我先到！我先到！」

「小三！小三！別推小妹，聽見沒有？」

乖乖，誰家帶了大隊人馬串門子；我以為他們走錯地方哩，幾個孩子擁在門口，有兩個把頭伸進來。

「你家的房子出租嗎？」站在孩子們後邊的一位太太問。

我點點頭。

「進去！進去！」她一邊推孩子，一邊牽著一個剛會走路的小女孩踏進來。

小鬼們一哄而入，卻又突然安靜下來，傻愣愣地用烏溜溜的眼睛看我。那最小的女孩躲在媽媽身後。

「小三，你下去看看，你爸爸怎麼還不上來？」

叫小三的孩子「登登登……」跑下去，我請她坐，她看看孩子們，仍舊站著。

「我要等我先生上來看房子，他在樓下停車子。」停車？自用車還是遊覽車？「我先生是開計程車的。」她解釋說。

她先生上來了，年紀似乎比她大得多。臉上的皺紋又多又深，像雕刻刀刻的。身體看起來倒是結實，粗粗壯壯的。孩子們見父親上來了，膽子變大，就不安份了，互相打鬧叫嚷，兩個大的還想往裏邊跑。

「不要吵！」

這父親很有權威，一喝，頓時安靜下來。

他們看過房子，那太太嫌兩間小房間太小，她先生說：「可以了，可以了，搭兩層舖就不小了，你嫌小，人家還不見得樂意租呢。」

「有什麼不樂意的，又不少他們房租。」她自己一個人嘀咕著。

「沒有什麼不樂意的。」我說，「你太太說得對，只要按月付房租，那有不樂意的道理。」

「那就好。」她先生說，「我們要租你的房子，押金能減少一萬嗎？」

「押金可以商量，只是房子剛剛租出去了。」

夫妻倆你看我，我看你，我解釋說：

「就是剛剛下樓的兩位小姐，只差幾分鐘，真對不起。」

他們一走出門，丈夫就埋怨：「叫你們不要來，不要來，偏不聽！」

太太不服氣：「有什麼了不起嘛，房子多得是。」

電話鈴又響，我真的懶得去接。

妻買菜回來問：「看房子的滿意嗎？」

「你問那一位？剛才來過兩三起了。」

「那兩位小姐？」

「她要帶她媽媽來看看再訂約。」

吃麵時我仍守在電話機旁，一邊吃一邊接，麵越吃越多，加了兩次湯，結果還變成「拌麵」。叨天之幸，電話忽然「啞」了。正閉目養神，有人敲門，進來一男一女。男的大概事業順利，一副富泰相，前額已禿，穿的卻是方格花呢西裝，打紅花寬領帶。引人注目的是他的兩鬢角下端，倒捲起來，像公雞打鬥時豎起的頸羽。他身邊的小姐，很清秀，文文靜靜地倚著他。

他們看過房子，回到客廳，我請他們坐。

男的直說：「太簡陋，太簡陋。」還搖著頭。「牆壁不平，門窗是柳安木的，怎麼能住。」

看樣子，他就要拂袖而去。他身邊的小姐看看我，又看看他，輕輕說：

「房子是不好，不過，倒還清靜。」

「哦，」他點點頭。「就是這點可取。」

他像突然改變了主意，問我：

「這房子是你自己的嗎？」

「我不是二房東。不過房子不是我的，是我太太的。」

「我再冒昧問一句，這房子你們為什麼不自己住？」

幹啥？聯邦調查局來的！

「我們要增加人口啦！」

他看看我，又看看我太太，之後跟身邊的小姐對視了一下。

「我兒子當兵快回來了，馬上要結婚了。」

他點點頭。「你看怎麼樣？」他徵求小姐的意見，她點點頭。他說：

「押金不要，電話留用，一個月我付你三千二百元，」

「押金一定要，電話可以留下，另加兩百。」

他又跟身邊的小姐輕輕說了幾句，掏出皮夾，說：

「一切依你的條件，我先付一千元定金。」

「對不起，剛才有位小姐要我保留兩小時……」

他忽地變了臉色。我連忙解釋：

「如果你不相信，請在這裏等，到時候她不來，一定租給你，像你這樣的房客，人口簡單，打燈籠也難找。」

他想了想，掏出名片。「這樣好了，到時候她不來，你打電話給我。」停了一下，又把名片收起。「我看這樣吧，現在是……快兩點了，到時候我打電話來。」

客客氣氣的把他送出門。妻問我：

「你怎麼知道他人口簡單？」

「人看表情，魚看眼睛。你看不出來嗎？他想在這裏『蓋違章建築』。」

「到時候那小姐不來，租不租給他？」

「我寧可空著。」

快四點了，那圓臉小姐人沒來，卻來了電話，連連道歉說：

「對不起，對不起，我媽媽說，六張犁靠近，靠近……」

「靠近什麼？靠近大馬路？」

「不，不，我媽媽說靠近公墓，所以，所以……」

我住了快十年了，從沒想到這些，反正要租房子的像潮水，沒關係。

電話仍然不斷，看房子的人進進出出，有嫌四樓熱的，有嫌押金大的，有嫌房租貴的，也有什麼都不嫌，而我憑直覺加以婉轉拒絕的。妻笑我說，又不是選女婿，幹嘛挑精揀肥。真是婦人之見，穿著的褲子，住著的房子，要是撒賴，閻王老子都沒辦法。

五點多了，人都快累倒了。正陷入絕望中，進來一個年輕人，看名片，是一家學院建築系的講師。我暗下決心，只要他不嫌房子，押金少一萬都幹。

這年輕人說話很坦誠。他說，剛成家，雖然夫婦倆都做事，還沒有積蓄，租金貴的住不起，這房子正合適，他要租。不過，他要求保留一個小時，陪他太太來看一下。我猶豫了一下，妻搶著說：「可以，可以。」

我說：「到時候不能來，用電話通知一下。」

「一定來，一定來。我請她來看看，只是表示對她的尊重。她一定喜歡這房子的。」

他走出去又回過頭來。一再說，一個小時之內。他一定來，我保證說，看在同行的份上，就是有人用鈔票砸我，也會等他一個小時。

妻在陽台上告訴我，這年輕人騎摩托車騎得好快，看樣子，他真的喜歡這房子，接著她又大聲跟誰說話：

「是的！是的！是這裏，請上來，請上來。」回頭對我說：「又有人來看房子了。」

進來的是位年輕小姐。一邊喘氣，一邊用手帕擦汗。連連說：「好難找，好難找。我在附近轉來轉去，頭都轉昏了。」

妻陪她看房子，有說有笑，談得很投機。她很滿意後陽台面對青山，空氣好，視域寬。當我告訴她有一對年輕夫婦一個小時內來訂約，她傻了。妻告訴她還沒付定金，她忽然理直氣壯起來：「沒付定金，不能算數，我先付定金，他就沒話說了。」

「定金不能收。」我說，「如果你沒事，請在這裏等。」她說：「反正走累了，休息一下也好。」她一面看我接電話，一面跟妻聊天，說她二月裏結婚，未婚夫在國中教書，她自己在一家公司打字。這房子不大不小，正合適。她看我剛放下電話筒，鈴聲緊跟著又響起來，說：「哇哈！租房子的這麼多！」

這電話是那位年輕講師打來的，說他的太太看電影去了，要求再保留兩個小時，同時一再說，一定要租，一定要租。我問妻：「怎麼辦？要不要等他？」

那位小姐搶著說：「兩個小時後才決定？我現在就決定，當然我優先。」

妻問她：「要不要請你未婚夫來看看？」

「不要，不要。我看中意的，他不會反對。」

妻對我說：「我看這位小姐人不錯，就租給她算了。」

我考慮一下，對講師說：「兩個小時後如果還沒租出去，一定租給你。」

妻歡歡喜喜把小姐送出門，在樓梯間兩個人還有說不完的話。我整個人陷在沙發裏，不能動了。

原載民國六十七年七月二十六日《聯合報》副刊

咱女人

咱們新西里這個技工眷屬區，有一種流行病，黃家的女人在豆腐干大的空地上種了二十來根大蔥，李家大毛的娘也就搶著在後門子挖起短短一畦地種起空心菜來。於是，賴家的、林家的、簡家的，多啦！一窩風你搶我奪，寸土必爭起來。

現在，這一帶又吹起一股邪風，家家門內都發出「啁啁啁」小鷄子的叫聲。

這一天，咱女人說：

「丫頭她爹，我想養幾個鷄子。」

「養鷄子！幹啥？」

「幹啥？養鷄子挺有出息。養十來個鷄子並不費事，一天就可以下四五個蛋。你看小丫頭黃紙臉，一定是營養不良，鷄子下蛋，小丫頭不怕沒得吃啦！」

咱女人是無頭蒼蠅，事事沒主見，現在竟說出一篇道理來，還加一個新名詞「營養不良」。咱想，差不離是中了隔壁李家大毛娘宣傳的毒。

「不行，養鷄子要細心，你把丫頭洗洗乾淨再說。」

「哦——我有兩隻手，旁人能養，我也能養。大毛娘說，新南里的太太們養的都還是來亨鷄呢！」

咱聽了大不以為然。

「咱說丫頭她娘，新南里的先生們是拿計算機的，咱是拿鋤頭的，狗尾巴剁掉跟鹿跑，不相稱。你要養來亨鷄，那更甭提！咱可沒那個大本錢。」

「我不養來亨鷄，我要養土鷄，土鷄好養，餵啥吃啥。」

咱女人平常好講話，這回竟死守陣地毫不退却，咱只好妥協。

「咱不管，你瞧著辦吧！」

咱下了班，只見小丫頭在門口爬，咱剛脫下工作衣，咱女人就擺出笑臉來。

「丫頭她爹，我買來了。」

她把一個小木匣往咱面前一送，裏面是一大堆鷄蛋。

「你不是要養鷄嗎？買鷄蛋幹啥！」

「大毛娘說，用鷄蛋抱小鷄合算。一個鷄蛋一塊五，十二個一共十八塊。四個月小鷄一斤重，六個月就可以下蛋了，本輕利重。」

咱一想，不得了啦！咱女人平常連三七二十一都搞不清楚，這回倒計算精確，可以當會計師了。事已如此，咱也沒話說。抱起地上的小丫頭，擰掉她的鼻涕，拍掉泥灰。小丫頭一見鷄蛋，伸手就抓。咱女人一驚，打了丫頭的手，把鷄蛋端走。小丫頭抓不到鷄蛋，又挨了揍，張開嘴巴哭啦。咱累了一天，本想休息休息，丫頭一哭，沒奈何，只有抱她出來蹓蹓。咱剛出門口，咱女人就攆上來。

「你給我錢，我要買一隻母鷄。」

「你養小鷄，又買母鷄幹啥？」

「咦——沒有母鷄，小鷄怎麼孵得出來？」

這學問可大啦，可是咱袋裏乾癟，咱只好說：

「咱沒錢！」

「你不給，我就去借。」

咱女人的奮鬥精神夠瞧的。第二天她果然買來一隻黑母鷄，腳上綁著一條繩子，拴在柱子上。咱想，咱對女人心理要好好研究一番。因咱女人平常性格像軟豆腐，一天到晚懶洋洋，什麼事都漫不經心，現在為了養鷄子，竟然精神抖擻，發起牛性子來。不過她到底不是「畜牧專家」，她買的黑母鷄長相很難看。咱外行，說不出這黑母鷄那兒不合「規格」，只是覺得不順眼。咱女人見咱對黑母鷄皺眉頭，就連忙解釋說：

「這母鷄歲數大點，價錢可真便宜。大毛娘說，反正我買來不是下蛋的，歲數大點沒有關係，等孵過小鷄，餵肥了宰來燉鷄汁給你吃，也好補一補。」

她這一番說詞，真夠圓滑周到，還給咱帶來了吃鷄汁的希望，你想，咱還有什麼說的。

話得說回來，這黑母鷄也真知趣，不到三天，全身扁毛都豎起來，整天「咕咕咕……」。咱女人這可緊張了，肥皂箱裏舖起稻草，十二個鷄蛋統統放進，箱子擺在進門的角落，黑母鷄就蹲在裏面執行起任務來。這可苦了丫頭，門裏門外本是她的地盤，現在成了禁區，就被迫撤退到巴掌大的廚房來。

咱每天下班，咱女人都有關於黑母鷄的動態報導，像喝水囉，吃米囉，屙屎囉等等。

這一天下班，咱女人正在清理黑母鷄屙的屎。小丫頭坐在地上哭，看見咱就把小手舉起來：

「爸爸，鷄鷄，咬，痛痛。」

咱抱起小丫頭，她的臉像一個小印度，咱正想發作，咱女人却先聲奪人：

「小丫頭真氣死人，叫她不要在門邊玩，她偏不聽，剛才給老母鷄咬了一口……」她看咱臉色不對，就改了口氣，「丫頭她爹，這黑母鷄真乖，孵窩真熱心。」

到了第九天，咱女人沒有提出老母鷄的動態報告，咱覺得奇怪，就問：

「怎麼啦？」

「今天沒出來。大毛娘說，老母鷄歲數大了，孵窩太熱心了，身體要吃不消，明天給牠餵點小蝦皮，還要趕出來散散步。」

咱「唔！」了一聲，想，這女人真瘋了，那裏來得這股牛勁。

第二天，（也就是老母鷄孵窩第十天）情況突然惡化。咱下班一進門就看到咱女人的哭喪臉，咱不見丫頭，就問：「丫頭呢？」

她不回答咱的問題，却提出一個驚人報導：

「黑母鷄死啦！」

咱走近一看，黑母鷄還蹲在肥皂箱裏。咱用腳踢踢箱子，沒有反應，一把把牠提起，輕飄飄的，眼睛閉著，頭垂下來，全身扁毛還蓬蓬鬆鬆豎著。咱對黑母鷄本沒好感，只可惜白丟了錢，心裏氣不過，說：

「這可好啦！小丫頭的鷄蛋吃不成啦！」

咱女人心裏想的又是另一回事。

「這老母鷄四十塊錢買的，丟了可惜。大毛娘說，死了不久，還可以宰來吃。」

「見你的鬼，孵窩死的老母鷄，你還想宰來吃！」這一回咱不再跟她扯皮了，立即採取斷然措施，小鋤頭一揹，死母鷄一提，往外就走。

咱女人一看頽勢不可挽回，紅著眼把哭喪臉拉長。

原載民國五十二年四月第三十四號《文壇》月刊

硬命丁

幸福的童年，像流水易逝，永不回頭；不幸的童年所留下的創傷，却如影隨形，終生難忘。

我落地不到一個月，母親就離開人世。我的八字經過算命先生推算，說是：「硬命丁，凶煞神，帶刀出娘門。」

從我稍稍懂事起，就知道祖母是唯一疼我的人。

祖母最相信八字，但是她反對把這個「剋母」的第二個孫子送給人家。於是，我才有機會在母親喪事後，睡在奶娘的溫暖的懷抱裡。

當我淘氣時，祖母就摸摸我的頭說：「二楞子，你知道嗎？你是一個凶神，你把奶娘的奶頭都要咬斷了呢！你吃了十個月的奶，換了七個奶娘。」

我扭著身子說：「奶奶，我不知道嘛！」

在記憶裡，祖母的大床，就是我的戲臺，因為我是跟祖母睡的。冬天裡，祖母的床更顯出可愛了，被窩早被紫銅暖爐烘得暖暖地。祖母半垂著眼皮坐在豆油燈前，安詳地唸她的「三官大帝經」。我就在大床裡翻江倒海，有時撞到屏風，發出巨響，整張床就抖起來。祖母把下垂的眼皮稍稍升起，朝我看看，笑一笑，又繼續唸經。有時晦氣，父親在大廳聞巨響而大吼：

「二楞子！奶奶在唸經，不要鬧！」

「沒有關係，他不會打擾我。」

有奶奶撐腰，我就放膽無忌。有時，大哥趁繼母不注意，也會溜進來一起在大床上翻跟斗。繼母一發覺，就尖著嗓子吆喝，叫大哥去睡覺。這時一向聽話的大哥，也會壯起膽子賴著不夠走。於是祖母慢慢把唸珠放在燈檯上，把大哥抱下來，摸摸他的頭，說：

「好孩子，聽話，明天再玩吧。」

大哥一出房門，繼母的咒罵聲隨即傳了進來。我就說：

「奶奶，床很大，叫大哥來一起睡。」

「你這個硬命丁，睡吧，不要說這個話。」

祖母愛我，也愛大哥。可是，在父親、繼母的眼裡，却又不同了。

父親從來沒有抱過我，他那鐵板似的臉孔，一點也不叫人喜歡。繼母最愛乾淨，桌椅一天抹四五次，有時還用嘴吹灰塵，很大聲：「虎！虎！」而我却愛坐在地上玩。有時她看我用袖子擦鼻涕，氣得她拐著小腳撵上來，一把揪住我，不管好歹把我的鼻子一擰，「哎——哈！」我的鼻子快掉下來了，我用十二分的努力忍住眼淚。

小孩子最高興過新年，穿新衣，拿壓歲錢。我六歲那年過年，父親破天荒給我十個銅板，用紅紙包好當壓歲錢。第二天正月初一，我穿上新衣，一腳剛跨出房門，就被父親叫住，把他昨晚給我的壓歲錢，原封從我的口袋裡掏回去。說：「上學再給你！」

我氣極發瘋，卻像一根柱子立在那兒一動不動，連祖母叫我吃蒸年糕理也不理。一看家人都在大廳吃年糕，我就撩起袍角，一股風鑽進父親房裡，從抽斗裡拿回我的壓歲錢。

現在我手裡有花生糖，口袋裡有銅板，在平時跟我打架相罵的玩伴面前，大口大口吃花生糖，還把褲袋裡的銅板搖響：「令令郎——令令郎！」抖給他們聽。剛巧大哥跑出來，看著眼紅：「二楞子，吃什麼？」

「花生糖。」

我好心送給他一塊。

「爸爸給你的銅板？」

這不好回答，我把鼻子一皺，不理他。

花生糖還沒吃完，大哥來叫我，等跑到父親面前，一看就知不妙。父親的臉色真可怕，兩眼鼓出來，要吃人的樣子。他的吼聲像鐵鎚一樣鎚著我：「你的銅板那裡來的？你說！」

我把嘴抿緊，還沒嚼爛的花生糖硬嚥下去。我看看祖母，祖母還沒開口，繼母却敲起邊鼓：「哎啊啊！這麼大的小丁點就會偷啦！大起來還得了！還好偷家裡的錢，偷人家的可怎麼辦？」

父親震動了一下。忽地，一個大巴掌刮了過來。我倒退了兩步，雙眼一陣黑，金星像螢火蟲亂閃，隨即一道膩膩的鹹鹹的東西流進了嘴裡，用手一摸，滿是血，我一嚇，大叫著跑向祖母：「皇天！奶奶！」

祖母摟著我，顫抖著聲音說：「兒啊！你管孩子也不是這樣管的，大年初一，你把他打得鼻孔流血，你忘了你自己做孩子是怎麼樣的？懂事的人見你打兒子打得這樣兇，還當你管得嚴，碰上長舌頭的人，就要說你不把二楞子當兒子看待。」

父親像段木頭直豎在地上。繼母又說話了：「哎呀！管他是為了他好，大起裡好做人……」

祖母不等說完，就顫巍巍站起來。

「你這話是跟誰說的？二楞子一樣的是親骨肉，我做奶奶的可不能偏心。我也管過兒子。我的兒子小時候比二楞子好不上那兒去。我可從來沒碰他一碰。長大了還不是一樣成家立業。」

這一天祖母沒有出房門，父親進來兩趟，祖母流著眼淚只說頭疼，不想吃東西。平常日子，我把祖母的床當戲台，我跟鄰居的孩子打架相罵，祖母都不生氣，就是我不愛唸書，祖母卻很生氣。在燈下，祖母拿出我那本兩角捲成波浪形不成樣子的書本。

「二楞子，你要爭氣，像你大哥一樣會唸書，奶奶就高興了。」

「奶奶，我不要，看到書我就頭痛，就要跟書打架。」

「傻孩子，你要跟書好，書也會跟你好。你再不讀書，奶奶就不理你了。」

祖母說不理我，我覺得沒有什麼。因為儘管我仍然不肯唸書，祖母還是照樣疼我。直到那年秋天，祖母一病不起，永遠閉上眼睛「不理我」時，這才使懵懂的我感到失去依恃的哀傷。

現在，父親的嚴峻冷漠還是一樣，但他對我的不肯讀書，就用跟祖母不同的方式來進行。那一天書背不出來，他也不打不罵，罰我只准吃一小碗飯。如果背得出來，就拿出一個銅板，往桌上一放，說：「拿去買花生糖吃。」

不幸，我總是背不出來的時候多，因之常常挨餓。那一天，繼母拿走我的書包，她說：「硬命丁，你不是讀書的胚子，不用上學了！」

從此我就跟長工上山下田。當冬季第一場大風雪來臨前，我的手腳已經結了許多凍瘡，到處裂出血來。冬夜又長又冷，我孤零零地蜷曲在祖母的大床裡，不住地打顫，我又怕又餓又冷，低聲頻呼「奶奶」。

過年了，我到外婆家拜年，外婆從頭到腳打量我，拿起我的長滿凍瘡的手，當她要看我的腳，因襪子粘牢在凍瘡上疼得我尖叫起來。外婆沉沉地說：「你自己看看。怎麼把孩子養成這個樣子？我就是聽得多了，不放心，才要你帶他來給我看看。」

飯後，我聽到外婆在房裡和父親發生爭吵。不久，父親很生氣地出來，不看我一眼就回去了。

從此，我就留在外婆家。我慢慢懂得祖母說的「不理我」的意思，我就很努力地讀起書來了。

民國五十年，以吳湘文筆名發表於《新時代》月刊

外公

那年秋天，我正在城裏中學念書。一天，接到母親來信，說外公病故了。還說：擺在外公房前小天井的那缸金魚，外公要留著給我。這就使我很難過地想起外公生前的一切來。

外公是個寂寞的孤獨的老人，舅父、舅母、小表姐，統統站在外婆那一邊，對他採取「敬鬼神而遠之」的態度。外公是個暴躁的常常發脾氣的老人，他對外婆所主持的家政大計大為不滿，但他無法反對外婆來實現自己的意見。

因為，外公是一個啞子。

那是一個極為嚴重的決定，外婆特地把母親接過去，叫她擔任一個無法推辭的角色。

經過了再三的考慮與磋商，除了母親一個人外，在一家人（當然外公除外）的全力支持下，外婆僱來了泥水匠，把那溝通兩座大房子的單扇大門拆掉，用厚紅磚砌起來。

這天早晨，外公照常一樣，在初升的朝陽下，脫下他的外衣，把那寬闊結實而又毛茸茸的胸膛呈露在寒意頗濃的空氣裏。他練過了拳，擎過了石墩，然後走到自己的房裏，一個人開始嘖嘖有聲地吃起由母親送去的一大盤肥豬肉炒米粉。

外公的感覺很靈敏，他似乎發現空氣裏有點不大對勁，他用烏黑發亮的眼珠掃視每一個人。母親在他前面低頭走過，他就一把把我抱起，用那硬板刷般的鬍子刷過來。我早就提防這一著，連忙用雙手把他的下巴頂住，兩腳打小鼓似的踢他的下身。糾纏了一會，他就把我放下，跨著大腳步，到處亂轉。當他第一眼看到泥水匠的工作，愣住了。所有的人，包括蹲在泥水匠腳邊的小表姐，在他的瞪目注視下，都悄悄地溜開了，只剩下泥水匠繼續做他的工作。現在外公明白了這是怎麼回事，就發出獅子般的吼聲，在泥水匠身邊跳來跳去，兩手像風車輪似的舞動起來。這個泥水匠，不知道是不是聾子，他竟毫無反應地繼續做他的工作，把一塊塊厚紅磚砌起來，把兩塊磚之間的縫隙塗上水泥。

這一天，誰都不敢瞧外公一下。平時不大好動的舅父，竟也難得的到田間看長工們做活去了。舅母帶著小表姐在房裏做針線。外婆戴起銅邊眼鏡，在核對舅父每天記載的帳目。這麼大一座房子，靜悄悄，空蕩蕩，只有外公一個人的吼聲，從這一間轟到那一間，四壁發出巨大而混濁的回聲。

家裏的工作，統由母親一個人拐著小腳在張羅，我就始終拉著母親的衣角，像端午節的香袋，弔在母親身上。這情形，又使我想起上次「鴿子放逐」的事件來。

外公在後閣樓養著一大群鴿子，多到叫我數不清。這個閣樓是外公的禁地，連小表姐也不准上去。

一大早，天剛泛毛白，外公就在「咕……」的鴿子鳴聲中起牀，他的「唔噢唔噢」的自語聲，沈重的腳步聲，推窗開門的乒乓聲，以及他那虎虎有生氣的渾身勁兒，把一家人從睡夢中驚醒。

外公家人丁不旺，而外婆對什麼都忌諱。對這種情形，她再也忍受不下去了。外婆的決心就像鐵，她對母親說：「鴿子是不吉祥的東西，你聽牠一天到晚哭哭哭的叫，我已經忍了好多年，我一定要把牠統統趕掉。」

母親望著外婆堅決的乾癟的臉，老半天才說：

「這樣爸爸會生氣的。他……會難過的。」

「不管，一家人比他一個人重要。我只不願讓二房的人笑話，所以要你來解說給他聽。」

這個我也知道得很清楚，外公就是跟母親合得來。新年裏我跟母親到外公家拜年，第一個站在埠頭等的就是外公。大概他等得很久了，遠遠看到船的影子，又跳又拍手，高興的不得了。但是現在母親為什麼皺著眉頭不吭氣？為什麼不答應外婆去跟外公說呢？

母親不說話，外婆又開口了：

「我知道你也很為難，但有什麼辦法呢？你想，文通也四十出頭了，還沒個男孩子。這一年，身子又一直不大好。」

「媽，既然這樣，給大哥討個小的還不晚嘛。」

「哼，妳大嫂什麼都聽話，就是死心眼不拐彎。她寧可死，也不讓。我也想過了，我們家也夠受的了，再討個小的，那可更沒有太平日子過了，那就更叫二房的人笑話啦！」

母親的畏難的心理，在外婆堅決的態度下也只好收起來，硬著頭皮對付暴跳如雷的外公。結果，鴿子被放逐了，外公足足鬧了三天，天都給鬧坍了。母親坐在牀沿上，流著眼淚跟外公比手勢談判，又叫我給外公搥腿。最後，母親叫人到城裏買了一大缸金魚，擺在外公房外的天井裏，這才慢慢平息了外公的怒氣。

外公家有一份遠近聞名的財產。外婆是秀才的千金，能寫能算。自從她嫁給外公後，立即對二房（外叔公家）展開了經濟戰，慢慢收回了本屬外公名下的地皮、房產、水車、牛欄、以及一張梯子、一把鋤頭；把一個家治得井井有條，興興旺旺。於是，外婆就成了二房全家的眼中釘。

外婆對什麼都有辦法，她要幹的事，沒有一件幹不起來的；只有一件，她毫無辦法叫聽話的舅母肚子裏生出一個男娃娃來。

於是，二房的人就放出空氣：

「嘿！要強，要強有什麼用？老天不護狠心人，到頭來還不都是我們的。」

這可氣壞了外婆；而外公偏又喜歡二房那個小孫子，他那不知疲倦的步伐，一天到晚以最多的次數，跨過那溝通兩座大房子的單扇大門。這就激發了外婆的狠，決定採取行動，把這扇門砌起來，宣布跟二房斷絕來往。

外婆的這個辦法，馬上叫外公失去胃口。雖然母親把外公的午餐特地加燒一大碗紅燜肉，但外公看都不看一眼。當母親剛把碗筷放下轉身出去，外公就一蹦，跳到院子裏，擎起那個每早要練的大石墩，衝到那扇還未完工的門前，脖子繃出青筋。「空龍！空龍！」地砸起來。

正在吃飯的泥水匠，用眼睛看看舅父，舅父連忙把那長在細長脖子上的多角的頭低下來。

小表姐跑出來，對泥水匠說：

「我奶奶說，你只管吃飯，不要理他。」

外公把上衣脫了，汗水像河流在背上直流。最後他累了，跑到房裏，把龐大的身體放倒在牀上喘氣，沒多久，打起鼾聲來。吃過飯，一家人又疏散了，泥水匠在外婆的命令下趕緊搶修。

這一晚，大家都睡得早。外公沈重的腳步像擂鼓。他下午睡得久，現在精神抖擻。

「媽，這不是辦法，爸爸是不肯罷休的。」母親坐在牀沿上，憂愁的說。外婆緊綳著打皺的乾癟的小臉，坐在被窩裏。

「這是最後一次了，我絕不再把門打通。就算我死了，就算我們家沒有一個人了，他們也別想我們家的財產。」

母親低著頭，沒有說話。外公的腳步遠遠的敲了過來，停在門前。突然一聲大吼，把門擂得震天響，板壁都抖起來，他越擂越響，門快要坍下來了。

母親看看外婆，無奈地走去把門打開。

我從來沒有看過外公這樣可怕，臉孔青紫色，扭曲著，雙眼通紅，毛茸茸的胸膛在燈下顯得一團黑。他神經質地伸著兩隻粗壯的大手，咬著牙一步步逼近牀前。母親像嬰兒般「哇！」的一聲哭出來，撲到外公身上，抱著外公。我給一嚇，跳下牀來，拉著母親的衣角，大聲號叫起來。

外公直瞪著母親流淚的臉，眼睛漸漸收縮，變成一片模糊，全身開始顫抖起來，像一個走了氣的熱水袋，軟了，扁了，一屁股坐在椅子上。母親把我一送，送到外公面前。外公的臉變了形狀，慢慢舒展開來。半晌，他用一個指頭抹去我的眼淚，把我一把抱起。我馬上警覺起來，兩手準備著，但這一次外公沒有用鬍子刷我。

這一夜，我就睡在外公牀上。不知什麼時候，我也在外公的鼾聲中睡去了。

從此，我就住在外公家中。我成了煙袋，外公是旱煙筒，兩人個總是弔在一起。漸漸地我覺得外公實在是一個可愛的老人，把父親逼我念書的那副討厭面孔也就忘了。

大概過年不久，母親來接我回去，說是祖母病了，外公流著淚送我們到埠頭，看我們上船，船開了，他還筆直站在那裏不動。到家了，祖母卻笑嘻嘻在門口等著我們。第二天，我被父親送到城裏跟大哥在一起念書。

多少年了，我自己也已有了兩個孩子了，而那孤獨的流著眼淚的外公，還不時地在我的夢境中出現。

原載民國五十年《中央日報》副刊

辛老師

這是夢嗎？這絕不會是夢。

我明明是站在這小鎮的熱鬧街頭；匆忙的行人、喧囂的叫賣聲、飛馳的車輛，還有那把樹梢抹上一層金色的夕陽。這絕不是夢，夢那有如此真實。

然而，我却清清楚楚看見健成的背影，雜在人群中擠向公共汽車。我急步奔上前去，還沒來得及正面觀察時，他已跨上車去，車門「碰！」的一聲，隔斷了我的視線。車子在我面前開走了，眼看它揚起一片塵土。

我想，我絕不會看錯。雖然健成離開這個世界好多年了，而他那瘦削的背影，我仍然很熟識的。好幾次我做著相同的夢，夢見他佇立河濱，我輕輕地走上前去，往他的肩頭一拍，像一陣輕煙，他倏然消失了。

今天，這個熟識的背影，竟然出現在真實的生活裏。而我即使是個再荒唐的人，也怎能相信這會真的是他！但我仍然懷著強烈的、無可名狀的複雜心緒，慢慢走過去，停在車站旁的一個賣甘蔗的女人的面前。我愣愣地站在那裏，不知如何開口。她抬起頭來。「先生，買甘蔗嗎？」

我搖搖頭。她放下削甘蔗的刀，一臉的失望，我像怯場的新演員忘記台詞那樣的窘在那兒。突然，一種莫名的衝動鼓蕩著我。

「請問，剛才上車，是不是有一位穿白香港衫、黃卡其褲的高個子先生？」

「莫。」她說。

「就是手裏提著一個旅行袋的那個。」

「莫！」她堅決地搖著頭。

「莫。」我嘴裏重覆這個字。

這個字表示什麼呢？沒有看到，或是剛才根本沒有這個人。我失望地走開，無法說明自己究竟希望得到什麼樣的答覆。健成去世多年了，難道我真的以為他會在這小鎮的車站出現嗎？

時間沖淡一切。同事中沒有誰再提他了，就像這個世界根本不曾有過這樣一個人似的。健成的死，雖曾引起一陣震驚與嘆惜，而時間究竟是無情的，何況人們需要忘懷的實在也太多了。

健成是我的同事，我從他的手裏接過教導的職務。一年來的共事相處，從他那兒我學到的太多了。可是，誰能相信，一個懷抱理想而又與人無爭的人，在他的生命剛剛開始吐蕾開花時就死去了。他是在一次車禍中為搶救一個學生而犧牲自己生命的。而可悲的是，他所捨身搶救的學生，並沒有因他的勇敢行為而得救。他筆挺地躺在手術室檯上，他的臉平靜安祥，像睡著那樣。

從此，他帶著他的理想，永遠離開這個塵世；從此，我失去了一位很好的朋友，孩子們失去了一位很好的老師。

健成死後，我第一次拿著公民課本，踏進他生前擔任級任的教室，級長喊過口令，學生們坐定了。不知是我的表情過份沉重影響了學生們呢，還是學生們可愛的小臉孔上少有的憂鬱影響了我，全教室靜悄悄的，一雙雙烏溜溜的帶著詢問神色的眼睛，停留在我的臉上。孩子們都知道，他們的級任老師是我的好朋友，從他們的小眼睛裏，我讀出了裏面充滿了無聲的哀悼。果然，一個學生開口了：「老師，昨天夜裏，我做夢看見辛老師。」

這個說話的孩子，沒有遵守教室規則。他沒有舉手，沒有起立，他的語氣，像是對一個朋友道出他的心頭壓抑已久的哀痛。

「你們想念辛老師嗎？」

他懇切地點點頭。我掃視全教室，每個孩子都同樣的點著頭。

「你們沒有忘記辛老師，很好。你們都是辛老師的好學生，雖然辛老師已經死了，可不要忘記他是怎樣教你們的。」我輕輕地吁了口氣，慢慢地說：「好，現在大家翻開書本。」

我發覺自己的指頭有點顫抖，接著是一陣悉悉索索的翻書聲。出我意外，一個學生突然站起來：「老師，那天辛老師不跑去救王小文，不是不會死嗎？」

我不忍責備這個學生帶有成人的自私念頭。我知道，在他單純的心裏，他沒有別的，只是一心想到他的辛老師。

「你是這樣想嗎？我知道你們大家都很愛辛老師，但是救護學生，是老師的責任。」

「那麼范老師為什麼不去救呢？王小文是范老師班上的學生嘛。」

我不能在學生面前對同事有什麼微詞。只有說：

「你知道，辛老師是很勇敢的人。」

「老師，我懂了，辛老師是勇敢的人。可是，他永遠不會回來了。」

他的聲音有點硬，所有的小臉孔都罩上了愁雲。我把頭漸漸低下。

我默念著，健成是過早離開這個世界，但他平日的苦心沒有白費，他已經活在這樣多的孩子們的心中。這使我想起初到校時校長的話，他說。健成不適宜擔任教導職務，但他可以做一個很好的級任。

健成是先我一個學期到這個學校的。我到這個學校的當天，才知道原來擔任教導主任的辛老師仍留在學校，我就很宛轉的向校長說明不能擔任教導職務。我離開師範學校五年，已有足夠的機會明瞭一般學校可怕的人事糾紛。如果我不是一個愚蠢的人，絕不能把自己擺在一個如此為難的位置。但校長却說，這是辛老師自己再三懇辭的，並且說，辛老師是一個熱心負責的人，他可以做一個很好的級任，但的確不適合擔任教導工作。到校後的頭幾個禮拜，我極為小心的處理有關教導方面的各項工作，尤其對健成，我特別注意自己的態度，以免無意中引起他的不快。而健成却以坦率直言的態度，常向我提供意見，使我減少了許多不必要的困難。我雖然也還年輕，但我已有太多的世故了，對於他給我的好處，總是在心頭打上疑問。但當我們相處稍久，才知道自己的忖度是可鄙的。我拆掉心中的藩籬，我們成了無話不談的好朋友。

在這個學期結束前，學校舉行最後一次校務會議，當議程進行到決定各級學生升留級問題時，五年級義班的級任范老師，提出了十一個留級學生的名單，並說明這些學生品行如何頑劣，成績如何差。一句話，非留級不可。當時我表示說，五年義班一共只有五十多個學生，現在一次留級五分之一以上，我們無法向學生家長交代；尤其對這些被「一掃把刷下去」的學生們，我們當老師的不能說沒有一點責任。校長自然同意我的意見，而范老師則紅著臉說，他已盡到最大的責任了。他要我仔細查這十一個學生的成績，同時他極為激動地說，他不能為了少數學生而影響教學進度，如果校長勉強他把這十一個學生帶到六年級畢業，也絕對考不上中學的，這不僅有損他的教學成績，同時也影響校譽。這個問題一時無法獲得結論，校長要大家發表意見，而幾十個同事沒有誰肯表示意見的。我很明白，他（她）們都希望本班那些被認為不可救藥的「累贅」往下面刷，只是嘴裏不好說出來。這種「篩石子」的辦法，人人懂得，只不過彼此心照不宣而已。

這種情形是令人極為困惱的，人人都裝聰明，嘴巴閉起，兩眼垂視。同事們這種木然的態度，使得爭執中的升留級問題陷入僵局。終於，健成開口了，他的聲音有點低沉。

「剛才范老師的意見，有一點還值得商榷。這些學生到畢業還有兩個學期，還可以有足夠的時間提高他們的程度；再說，他們畢業之後，也不見得個個升學。」他停頓一下，頭稍稍抬起。「我以為，除了智力有問題的，沒有教不好的學生。而留級對兒童的心理……」

不等健成說完，范老師站起來，把他的話岔斷。

「辛老師的意見很寶貴，校長如能同意，我願意讓這十一個學生轉到辛老師的五年孝班去。」他說完一屁股坐下，兩眼鼓鼓地。

校長考慮了一下，問健成對這個提議有什麼意見。同事們的目光都集中在他的身上，有的在低頭竊笑。而健成却像沒有什麼感覺，他很平靜的說：「我沒有意見，只要校長認為可以的話。」

問題就這樣解決：這十一個被「遺棄」的學生，轉到健成的班上去，再把他班上的學生轉十一個到范老師的五年義班。

新學期開始了，健成似乎很忙。有幾次，他要我的公民課時間讓給他。我奇怪，難道他也在給學生趕「國算」？他一向不是反對補習的嗎？怎麼現在連我的公民課時間也佔了去？有一次我走去看看，到底他拿這三十分鐘去教什麼。我停留在教室門口，原來他在講故事，這把我弄糊塗了。他知道我的用意，下課後不等我問就先開口了。他說，義班過來的學生程度差，他並不擔憂，他有信心，只要做學生的對他沒有恐懼感，對他有感情，對他信賴，他就有辦法使他們對功課發生興趣，使他們慢慢進步。麻煩的是，這十一個學生常起糾紛，為了一點小事打起架來。他認為這些學生之所以好打架，只是因為對正當的課業失去興趣，學校裏又缺乏適當的運動設備，因之，他們只有以打鬧的方式來求得「過剩精力」的發洩了。所以他必須趕快及時解決，不使這種錯誤的方式繼續擴展。他的辦法是先講一個故事，使打架的學生情緒平靜下來，然後讓雙方說理，再叫其它學生評理，最後由他做評判。

幾個月過去了，健成向我借時間的次數漸漸少了，我問他是不是放棄了他的「評理」工作，而他却笑著拿出一本處理兒童糾紛的記錄簿給我看，裏面分列打架兒童姓名、原因、處理經過、反應及後果等項目。另外還有一張兒童打架次數的曲線圖，從這張圖上可以看出，逐個星期打架的次數在遞減。

我和健成相處久了，對他的長處了解愈深。他是一個深思勤讀的人。放學之後或假日，除了看書，他總愛躺著，兩手捧著後腦杓，眼睛不眨地看著天花板。他曾有過一段失意的戀愛史，所以同事中常有人笑他「舊情難忘」。有時我也不能免俗，拿這個跟他開玩笑。

那個星期天，我看他躺得太久了，要他同我到外面走走，他照樣賴著不動，我逗他說，何必痴情，單戀只有給自己製造苦惱。他沒有生氣，只是說：「你猜錯了，我決不再為那件事煩惱。」

「那你還想些什麼呢？」

「你這個人竟也這樣庸俗嗎？」他坐了起來，就像我的話刺痛了他似的。「一個男人除了想女人，就沒旁的事情好想嗎？」

我看得出他並無怒意，但態度是嚴肅的。

「那麼，你能告訴我，你想的是什麼呢？」

「我想辦一個學校。」他很認真的說。

「你不是已經在學校裏教書了嗎？」

「這是兩回事。我是說，我要辦一個理想的學校。」他微帶沉思，一句一頓地說：「這個學校，廢除年級制度，打破考試枷鎖，著重生活教育，培養兒童個性，發展兒童多方面的才能。我已經想了很久了，預備最近就要把計劃訂出來。同時，你要給我提供意見。」

這真是一個新奇的構想。但我知道他的經濟狀況。我說：「你那裏來的錢呢？沒有錢你能做什麼呢？」

「唉。」他嘆了口氣：「就是差這一點了。」

聽他的語氣，就像是萬事俱備，只欠東風。

「就差這一點？這一點可重要啦！你要知道，沒有錢，就是沒有一切。」

「不，武訓就是一個好例子。」

「中國出過幾個武訓？現在有錢辦學的人，只希望學生在升學試場上有好表現，絕不會要你的什麼理想。」

停了半晌，他慢慢地說：「你說的也有道理。不過事情總是人做出來的。我還年輕，羅馬不是一天造成的。」

我沒有話說了，生恐自己太重視現實的見解，會損害他的熱情。

就是在這一次談話後的一個星期，意外的事情發生了。學校舉行遠足，六年級義班與孝班聯合到市區參觀動物園，由級任范老師、辛老師共同率領。當傍晚整隊返校，義班一個名叫王小文的學生，為了回頭跑去撿拾遺失在馬路上的鉛筆盒，一輛汽車從橫裏直衝上來，在緊急煞車的刺耳聲響中，在驚呼叫號的喊聲中，一個瘦長的人影，從人群中飛撲過去，一切僅是發生在剎那之間。當人們驚魂甫定時，健成已躺著失去知覺了。可是，他仍然緊緊地拉著那個血肉模糊的學生的衣角。

從此，健成就離開了這個世界、帶著他的理想，一去不回。此刻，我的耳邊又響起那個學生的話來：「老師，我懂了，辛老師是勇敢的人，可是，他永遠不會回來了。」

原載民國五十三年六月《徵信新聞・人間副刊》。

補註：

這個短篇，為默悼二十世紀五〇年代在白色恐怖期間遭政治迫害的方碩德老師而寫。方碩德老師福建省雲霄縣人。於民國四十年十月九日凌晨，在台北市馬場町刑場（今青年公園附近）遭槍殺。時年二十五歲。

民國九十五年五月十五日燈下，於台北市辛亥路蝸居。微知識

附錄一

尋找　方碩德　家屬

二〇〇七年十月三十日

方碩德　福建省　雲霄縣人　師範畢業。

生前任台灣省台北縣瓜山國民小學教員。

一九五〇年代，在台灣白色恐怖期間，受到政治迫害而遭槍殺。

時年二十五歲。

林學禮

溫州市住址　飛霞南路茶院小區一幢三〇九室

電話：（0577）8880-1836

住址：台灣台北市辛亥路一段九十三號六樓之二

電話：（02）2368-4135

手機：0921-137-698

補記：二〇〇七年十月三十日　與溫州市台辦劉副主任聯繫溝通，請其大力協助，並承允諾。

附錄二

漳州市人民政府台灣事務辦公室文件

漳台函〔2007〕13號　簽發人：張育閩

關於幫助台胞林學禮尋找好友家人的復函

省台辦、溫州市台辦：

關於幫助台胞林學禮尋找好友家人的函收悉。經雲霄縣台辦多方查詢，已找到台胞林學禮尋找好友方碩德的家人，現將有關情況回覆如下：

方碩德的家人現居住在雲霄縣冬廈鎮船場村，據其大侄兒介紹：方碩德先生於一九二六年生，一九四七年畢業於長汀國立華僑師範，曾在台灣基隆板橋中學任教，兼任校長，後調至金瓜石瓜山國小任教，當時經常與家人通信，一九四九年底，兩岸隔絕才斷音訊。方碩德的雙親早已亡故，胞兄方木泗於一九九九年去世，胞妹方阿賢健在。胞兄方木泗生有四子，長子文聘小學教師退休，次、三子在本村務衣，四子文金在縣人行上班，生活一般。

方文聘聯繫電話：0596-888-9030，方文金：13960155716

漳州市人民政府台灣事務辦公室

二〇〇七年十一月二十一日

附錄三

方碩德老師的侄孫來信

敬愛的叔爺：

您好！來信已收。

我是老二的小兒子，叫方杰旭，廣州的工廠今已破產，我待在家裡。在此我向您老人家問好！向你們一家人問好！祝你們身體健康，闔家平安！

這次您來我們家玩，我們覺得非常榮幸，希望您下次再來我們家鄉玩。

叔爺爺，謝謝您幫了我們族人的忙，了卻爺爺生前的一個心願。爺爺在世時曾經苦苦地打探叔爺（方碩德）的消息，無奈海峽兩岸遙遙相望，一直杳無音信。每當台灣那邊有「鄉親」到大陸探親，爺爺都會跑去問「鄉親」，有沒有叔爺的消息，還交待「鄉親」幫忙查找叔爺的下落。現在爺爺地下有知，您老人家幫我們帶來了叔爺生前的消息，總算蒼天有眼，貴人相助，叔爺終於沉冤得雪，真相大白於天下，我代表族人向您表示衷心的感謝！

請允許我們晚輩把您當親叔爺。

「蘿蔔乾」還好吃嗎？我下次再給您寄過去。

您的大恩大德我們族人今生難忘！

祝您們萬事如意，平平安安！

此致

敬禮

姪孫　方杰旭　叩上

二〇〇九年八月十三日

二〇〇九年六月十九日與亡友方碩德老師家屬晚輩合影留念。後排自左至右第七位穿白上衣者為作者微知

十步芳草

「這算什麼彩色嘛！素芬，你來看看，你的寶貝同學的臉像關公。」

自從買了彩色電視，每晚明達總要抱怨幾句。

「明天打電話叫他們派個人來看看。」這是素芬的標準答案，人可沒離開廚房。

「我是不要這個牌子的，都是你。」

「怎麼又怪我呢！你也同意的。」

「你看，你看，什麼鬼顏色，土死啦！」

他拿起報紙，在眼前一擋。素芬廚房裏忙完出來一看，老天，那畫面像幼稚園兒童的蠟筆畫，黛莉的臉竟像馬戲團的小丑。

黛莉是素芬的藝專同學，原在中學教書，現在是電視紅星，又唱又演。平時素芬談起她，總是嘴角一撇：「她呀！在學校裏是有名的十三點。」

於是，明達乘機逗她說：「別說啦，十年風水，現在她在南部登台唱一天，抵得上你一個月的薪水。」

「誰稀罕！」

這話可沒半點醋意。素芬教了十幾年書，從沒想過改行。她的同學有做製作人的，有做編導的，有主持節目的，她要改行，機會不是沒有。

現在，兩個人各做各的，一個看報，一個看電視。

「托！托！托！」有人輕輕敲門。

三夾板的門，厚度看似可觀，當中卻是空的；所以即使輕輕敲，也有四聲道立體音響效果。

「誰呀？」素芬回過頭來。

「托！托！托！……我姓谷，三樓的。」

門外響起蒼老的音域很寬的男人聲音。明達丟下報紙，小跑過去開門。

站在門外的，是一位穿深藍色直襟短襖的老先生。滿頭銀絲白髮，梳得很整齊，眉毛也是白的，一字長壽眉。

「請進！請進！」明達殷勤地往裏讓。

素芬連忙站起來，嘴裏緊著叫：「不用脫鞋！不用脫鞋！」

老先生一進客廳，兩手抱拳，舉過眉頭。「劉先生，劉太太，打擾！打擾！」
「那裏，老伯請坐，請坐。」素芬跟老先生的小姐是藝專同學，她把老先生當長輩看待。
「說什麼打擾，您老大駕光臨寒舍，蓬壁生輝！」
素芬白了他一眼，嫌他說話太油。
「昨晚劉先生、劉太太有應酬是吧？我來過。」
「那真對不起，」素芬說：「也不是什麼應酬，明達的一個朋友結婚，是明達作的媒。」
「什麼作媒，是介紹。」明達嫌她用詞欠雅。
老先生笑起來。「做媒也好，介紹也好，反正是一回事，是好事。」
「夫妻合得來是好事，合不來，吵吵鬧鬧，媒人就有得受了。明達就喜歡捉個蝨子往頭上擺。」說著，她瞅了明達一眼。
「劉太太，話不能這麼說。不做中，不做保，不做媒人更加好。這是古話，現在應該改成能做媒人真是好。這一點我是支持你先生的。」樂得明達張嘴笑，老先生拍拍他的肩膀。「劉先生，看起來現在什麼都講新潮，只有婚姻反而復古了，媒人這一行，恐怕將來還有前途。」
說著說著，一邊往短褲口袋摸出錢來。「只顧說笑，差點忘了正事。這是九十元，是上次洗水塔換浮球的錢，你家墊的，三家分攤，一家九十元。」

他把錢遞給明達，明達不接，看看素芬。嘴裏嚷著：

「小事嘛！小事嘛！」

「唏！不算小事。你們越不計較，我越承擔不起。」老先生硬把錢塞給明達。「上星期你太太向我提起修水塔的事。我告訴她，錢已經給你了。後來想想，不對呀！我就寫信給我小三，問他錢給了沒有。他在服兵役，上星期休假回家，我交代他送錢上來的。昨天接到他的限時信，說忘了給。你看，現在的年輕人。所以特地來說明一下。」說完站起來，兩手抱拳。

「真是抱歉！真是抱歉！」

說話時，老先生一直是眉開眼笑的，但是他的誠懇真摯的態度，倒叫他夫妻倆過意不去。

老先生離開後，素芬說：

「是吧！老先生是什麼人，還會賴幾十塊錢。」

「誰說他賴？我也不是三歲小孩子。這裏幾家，誰不尊敬老先生，夫妻嘔氣，鄰居吵嘴，老先生一句話，沒有誰不聽的。就是小偷來了，也不會撬他家的門。」

「好啦，好啦。我只說一句，你却倒出一籮筐。」

她過去打開電視機，畫面上閃了幾閃，慢慢穩定下來，映出週末名片預告：「黃昏之戀」。

「明達，你們所裏小王，是明天結婚嗎？」

「不是，下個星期六。」

明達覺得奇怪，平時有機會，素芬老是笑他喜歡替人做媒，今天怎麼關心起小王的婚期。

「你問這個幹什麼？你又不是媒人。」

「我想，明天你若不在家吃晚飯，我就不買魚了。」

現在，他明白素芬的意思了，不過他還是裝不懂。

「週末不加菜已經夠省了，連魚都不買。」

「明天，少達回來，他不吃魚。」

「這——樣。唉，世道變了，兒子第一。」

「他一個禮拜才回來一次，學校的伙食又不好。」

他看素芬這樣認真，不覺好笑。「是是，民主家庭，兒子至上。我呀！真是生不逢辰。」

「越說越不像話了，誰虧待你啦！」

她過去轉電視台。「這廣告討厭死了！」

「素芬，我說歸說，你聽歸聽，好不好。你想，我做兒子的時候，父親至上。吃飯了，父親未到，小鬼誰都不敢先動。現在可好，我熬到做父親了，父權大落，兒子至上，這不叫生不逢辰叫什麼？」

「你別發牢騷了，明天我買魚又買肉，水陸並陳，你沒話說了吧。」

「問題不在這裏。總之一句話，現在做老子的，實在太沒幹頭，又不能辭職。」

說完，往椅背一靠，像是吐了一口陳年寃氣，不覺自得起來。

「你完了沒有？」

「還有一點，不過是題外的話。」

「那我只好關電視機了。」她回過頭來，想把他的話堵死。「你題內的牢騷已經一大卡車了；再加上題外的，請你明天叫貨櫃車裝吧，我不要聽。」

「不聽可惜，我想了十幾年才想通的。」他越說興致越好，索性又坐直來。「你想，我做學生的時候，敬老尊賢；社會賢達，十分當令。現在我的年齡到了社會賢達之境，哈，又輪到青年才俊出鋒頭了。你想，這不叫生不逢辰叫什麼。」

素芬知道他的脾氣，越理睬，他越老來瘋。就管自己看電視。眼睛雖在看，想到他的怪論實在叫人討厭，於是她又回過頭來。

「明達，你學什麼的？」

明達知道她平常鬪嘴的戰術。現在她採取主動，不得不防著點。他從報紙上抬起頭，看看她。

「太太，你嫁給我以前，你家裏早就調查得一清二楚了。怎麼？孩子都上中學了，你還要複查？」

「你少油嘴。」心想，做小姐時，就因擋不住他的油嘴，才點頭的。「你學的是農，做的是研究工作，學以致用，你還有什麼懷才不遇的？三樓的谷老先生，在大陸上是社會賢達，又是立法委員，還不是跟我們一樣住公寓。還不是自己燒飯做菜。」

素芬抬出谷老先生，就像龍虎山張天師的符，把他鎮住了。於是，一聲不吭拿起報紙。報紙上寫些什麼，他一點也沒看進，心裏却想到第一次看到谷老先生的情形……

那時候，這裏還是荒郊。前面是稻田，視域遼闊。右首是和平東路三段，遠遠近近緊挨著破舊低矮的瓦房。左首靠山，是臺北盆地的邊緣。套句新聞用語，屬於未開發地區。

夜晚八、九點，這兒能聽到的，只是蛙聲嘓嘓，蟲聲唧唧。一排孤寂的四層公寓，幾十戶人家，早已各自關起門來，把黑暗推出窗外，除了偶然傳來一聲兩聲「遠山含笑……」黃梅調，沒有車聲、人聲，真靜。

有時朋友問起：「你住在那兒？」他一報上地名，對方馬上接口：「喔，靠近六張犁公墓。」接著尷尬一笑，彷彿出言不慎似的。不過六張犁公墓，真是有點名氣，報紙新聞，不止一次登過警察深夜在六張犁公墓捉賭抓私娼。公墓在山區，有一條可以行駛靈車的山道，時常有送殯的車隊開過，嗩吶的「嗚啦！嗚啦！……」聲聽了叫人發毛。

如果不挑剔，好處可也多著。無論白天黑夜，沒有噪音，也沒有空氣污染。傍晚落日將沉，看著玫瑰大紅的落日的艷麗色彩，令人陶醉。有時還可以欣賞欣賞在爛泥塘的水牛打滾，很有點鄉村野趣。

那天傍晚，他跟素芬正站在陽台上，忽然看到一輛黑色大型轎車，在那還未鋪柏油的道路上顛顛簸簸開過來。他指給素芬看。

「那一家的？這麼豪華的大轎車。」

「大概是來看朋友的。」

車子在門口停住，出來一位老先生。雖然是在四樓向下看，還可以看得出來，他的身材高大，滿頭銀髮，一身筆挺的黑色西裝，顯得氣派。跟著下來的是位年輕小姐，提著一個鼓鼓的黃色大皮包。再看看他的動作，大概是跟司機或朋友說話。

「噢，是三樓鄰居。」素芬輕輕地說。

「你認識他？」

「有一次在樓梯口見過面。」

這時，老先生向車窗裏擺擺手，以後站直身體往上看。他發現有人在看他，就伸直手打招呼，素芬也伸出手搖搖，同時手肘碰碰明達，他有所悟似的也伸手搖搖。

「老先生姓什麼？」

「姓谷。」

「很有氣派，做什麼的？」

「不清楚。」

「咦，你不是見過嗎？」

「神經。你第一次跟人見面，就問他的職業？」

隔了幾天，在飯桌上素芬告訴他，老先生是立法委員，那年輕小姐是他的女兒。

「哎呀！你真的做過戶口調查了。」

「你不聽就算了。」

「聽聽，你說嘛。」

「那天下午下班，在三樓碰到谷小姐，她忘了帶鑰匙，我請她進來坐。」

「是這樣，我還以為你真的跑到人家家裏去問呢。」

「你少神經！」

看她這副嬌嗔樣，想起她做小姐時愛生氣的模樣。一邊用筷子把魚骨挾進碗裏，又問：

「谷小姐有對象了沒有？」

「你的老毛病又來了，又想替你的朋友做媒了。告訴你，人家還年輕，不會嫁老頭子的。」

說了，忙瞅他一眼，見他沒惱，忙說：「她是么女，她的大哥二哥在美國，都成家了；她三哥在中興大學讀農，跟你同行。」

「什麼系？」

「植物病蟲害系。她自己讀藝專，今年二年級。」

「這下可好，又是鄰居，你又是她的老學姐，應該多照顧點。」

「照顧誰？」

「谷小姐呀！」

「少來！人家父親是立法委員，還要你照顧。」

說完，收起碗筷。說：「今天輪到你洗碗。」

他「好」了一聲，又補上一句：「你的記性真好。」

她笑笑。「嘿！我還不到健忘的年齡，你也不用裝老糊塗。」

「什麼？坐四望五的人了，還用裝嗎？」

他洗著碗，問：「三樓谷先生七十歲了沒有，怎麼不見老太太。」

「七十多了。谷小姐說，她母親六七年前去世了，煮飯燒菜都是她父女倆合著做的。」

她彷彿發現什麼，笑起來。說：

「明達，比起谷老先生，你還是青年才俊，以後洗碗不要再皺眉頭了。」

他算是體貼太太的。既然夫婦倆都做事，分擔點家事也是應該的。他最熱心整理房間、倒垃圾、掃地、拖地。有時興起，從四樓到一樓，把樓梯掃得乾乾淨淨。有一天下班，發現很髒的樓梯已經有人掃了。心裏想，一定是四樓對門王家。上次他掃時，王家夫婦正好從外邊回來，王太太說：「劉先生，你掃地呀，好，好。」王先生在後邊跟著上來，說：「唉！不好意思，不好意思。」

他一進門，就大聲對素芬說：「對門的懶人被我感動了，今天把樓梯掃得清潔溜溜。」

「你做夢！」想不到素芬澆他一盆冷水。「三樓到一樓是谷老先生掃的，四樓是我掃的。」

她想想還有氣，索性把水籠頭關上，停止洗菜。「你看有多惡劣。我回來的時候，聽到樓梯間有人說：『真不好意思，真不好意思。』上來一看，原來是老先生彎著腰在掃地。」她厭惡地朝對門呶呶嘴，「我聽到那個女的還說什麼老先生喜歡運動。」

明達一邊換拖鞋，嘴裏罵：「可惡！可惡！」忽然想到一件事，說：

「你看這樣好不好，這個星期天，我到每家說一說，公共樓梯，大家輪流打掃。」

「好了，好了，誰要聽你的。」

「不是誰聽誰的，公共衛生嘛，總要有人管，年輕人不掃門前雪，倒叫老人去彎腰，怎麼說得過去呢。」

話說在情理上，她只好讓他去。繼而想想，還是覺得不妥當。就說：

「明達，你還是不說的好。」

「為什麼？」

「怎麼輪流法呢？難道你叫二樓的往三樓四樓掃嗎？算了，髒了就掃，反正累不壞人。」

「嘿！氣人！氣人！」

他大聲拍著沙發扶手，竟把自己嚇了一跳。

正在看電視的素芬吃了一驚，回過頭來。

「你怎麼啦？看報紙也會發脾氣。」

「喔，喔。」他不禁失笑起來，這一想想到那裏去了。「新聞報過了？」

「剛報過。你是不是做夢跟人吵架？」

「沒——有。」

「剛才氣象報告，有遠洋颱風警報。」

「什麼？十一月了，還有颱風？」

「千萬不要來。氣象局說，這叫冬颱，比平常的還厲害。」

明達沒有領教過冬颱，不過他還記得去年那個叫「伊芙蓮」的潑婦，在宜蘭登陸，却把臺北市淹成水鄉澤國。

「伊芙蓮」原是中度颱風，在恒春東南方八百浬海面忽然撒起潑來，變成強烈颱風，每秒風速六十公尺，向西北西方向進行。根據氣象報告，有一道蒙古高氣壓，由西北向東南延伸，「伊芙蓮」接近臺灣海面時，可能轉為西北北，在臺灣外海掠過。想不到她在本省外海轉為西北北方向之後，却又突然扭頭，直撲台灣省。

夜晚十時，「伊芙蓮」中心在蘭陽平原登陸。那呼嘯吼叫的風聲，一陣緊似一陣，動天搖地而來，有一種把大地的所有一切席捲而光的恐怖氣勢；那狂暴的驟雨，簡直像是有巨神在半空用至大無比的水桶向人間傾潑。整個臺北市沈沒在無邊的黑暗之中，任由風雨鞭撻。

明達一手亮電筒，一手用布堵塞進水的窗縫，又用長鐵釘釘死迎風的窗戶。

「快來！快來！明達，廚房進水啦！」

他趕過去，水是從後陽臺灌進來的。他叫素芬用力頂住門，慢慢開一道縫，讓他側著身擠出去。後陽臺成了游泳池，漂浮著樹枝、樹葉、野草。排水孔被野草堵死了。他連忙蹲下，七手八腳把草扯開丟掉，再用菜籃倒蓋排水孔，素芬遞出那塊厚重的木頭砧板，壓住菜籃。接著混水摸魚似的把樹枝、葉片、野草拋出去。

廚房水患平息了，他也差點昏過去。素芬忙著把濕淋淋黏在他身上的衣服剝下來，擦乾身體，給他換上衣服。剛睡下，「碰碰碰……」有人大聲敲門。他坐起來，素芬把他按倒，自己去開門。他聽到三樓谷小姐的聲音：「一樓簡家淹水了，二樓兩家門敲不開，現在東西往我家搬。我爸爸說，能不能請劉先生去幫幫忙。」

他跳起來往外跑，跟谷小姐點一下頭，「登登登……」飛下去。簡家讀國小的小女孩，畏畏縮縮地擎著風燈，簡太太背上背著孩子，一手提箱子，另一隻手提棉被，費力地往上爬，谷老先生跟著也提著一隻沈甸甸的大箱子挨上來。看到他，那長滿壽斑的寬臉突然開朗起來。「好，好，在一樓，在一樓。」

水已經滿到樓梯上來了，看樣子漲勢正旺。簡家讀國中的男孩子跟他父親抬著冰箱，踩在水裏上不來。他連忙下去，蹲下來，三個人螞蟻扛蜻蜓，哼哼哈哈地總算把冰箱抬到二樓轉上三樓的樓梯口。

「可以了，可以了，就放在這裏。」簡先生直起腰拉著明達的手，連連說：「真多謝！真多謝！」

這一夜的風雨真狂。直到天快亮，才漸漸停歇下來。明達起來打開窗子，眼前一片汪洋。這座孤零零的四層公寓，彷彿超載的巨輪，擱淺在大海的暗礁上。

「完了！完了！」他大叫起來。

素芬緊張地問：「什麼事？什麼事？」

「試驗所剛培育好的新種草菇泡湯了！」

「我當什麼事，給你嚇死了。」

「什麼事？五個月的心血，老天！」

風雨同舟。經過這一場颱風，三家成了遠親不如近鄰的好鄰居。一樓簡家，本來對他們冷冷的，見面也不大打招呼。現在，親切得不得了，碰到拜拜什麼的，一趟一趟來請，那誠懇的真情叫人無法推辭。每次去叨擾，三樓谷老先生父女有時也在座。這年的除夕夜，簡先生夫婦來辭歲，硬塞一個大紅包給少達。十一點了，素芬叫他到谷老先生家辭歲。他先帶少達到樓頂平臺放鞭炮，以後把衣服穿整齊走到谷家門口正要敲門，聽到老先生在屋裏跟人大聲談論：

「……你們所說的彈性外交，違背國策，損害立場。國策不能改，立場不可變。……」

這麼晚了，還有新聞記者來訪問。想想不好進去，就先回來。素芬却怪他說，就是有新聞記者採訪，進去辭歲也沒有什麼不禮貌，或許是跟朋友聊天也說不定。說的也有理，快十二點了，明達再下來。客人似乎還未走，老先生的語氣沒有剛才那樣激昂了。

「……你們來信，請我出國小住。你們的孝心，我很感謝……論理，父親對兒子不必如此說話；但是世道衰微，倫常不振，你們有此孝心，我的確感到十分安慰……不過，你們的用心，我不能接受。」

明達一時弄不清楚，怎麼老先生跟兒子在說話。

「親愛的孩子們，你們想一想，朋友相交，也要講道義，在朋友遭遇困境時，我們也不能棄而不顧；更何況是我生活了七十三年的祖國，當他面臨橫逆之際，我能罔顧大義，偷生異域？……」

明達忽然大悟。老先生給他在美國的兒子作錄音談話。

「其實，臺灣目前的處境，並不是你們所想像的那樣。你們所想像的，只是受各種外在因素所扭曲的幻象。孟子說：『生於憂患，死於安樂。』我深信，天助自助。唯自助，才能自立；唯自立，才能自救。……夜已深，我的話到此為止。現在是農曆十二月除夕夜十二時，外邊的鞭炮聲，早已連天響起，正好做我錄音談話的背景音響，希望你們播放時能聽得出來……」

明達愣在門外，思潮起伏。多少年來，似乎直到此刻，他才認識到他所從事的工作的真正意義……………

「好！高論！高論！」他連連拍著沙發扶手。

正在看電視的素芬，又一次回過頭來，眼睛定定地看著他。

「明達，今晚你怎麼啦？又捶又叫的！」

「喔，喔。」

「是不是又在做夢？」

「沒——有。」

他站起來。今晚坐得太久了，要走動走動。

「少達明天回來，我們帶他看場電影吧。」

「好，太太，一定遵命。」他高興地回答。

原載民國六十五年的中華日報副刊
後被選入六十六年元月十六日出版的中華日報甲種叢書之二十八的「玫瑰襟花」短篇小說集

爺兒倆

挺著大肚皮上三層樓，對金春富金總經理來說，真累！他停下來，扶著扶梯。覺得額頭冒汗，掏出手帕。一愣。手帕上有淡淡的絳色唇痕。他微微側頭，想不起銀鳳幾時用過這種唇膏。翻過手帕擦汗，再繼續往上爬。

終於踏上最後一階，挺直粗腰，走幾步，向右彎，看見紅底白字壓克力的「導師辦公室」的牌子。他走到門口。

「請問，那一位是黃老師？」

好幾個頭從圍牆似的簿本中抬起來。

一個女老師放下筆，站起來，向他點點頭。金春富快步走過去。

「您是那一位學生的家長？」

「我姓金，是金達偉的家長。我一接到信，就專程拜訪老師。」

「金先生，對不起，三勇的導師黃老師在四樓。」

「在四樓？」

「是的，在四樓。」

他頓了一下，說聲「打擾了」，走出去。

「誰的家長，挺神氣的嘛！」一位同事問。

「金達偉的家長。」

「那個金達偉？那一班的！」

「三年級勇班的，就是躲在樓梯口，朝上看林小姐的那個活寶。」

「噢——他呀！」

金春富站在四樓導師辦公室門口，頭往裏探。

「請問，黃老師在嗎？」

導師室裏，祇有靠窗邊的一張桌子有人。那是個剪平頭、滿頭花白的男老師。他慢慢抬起頭來，把滑到鼻尖的眼鏡取下，移開椅子，站起來。

「我姓黃，您是……」

「我姓金，金達偉的家長。」

「金先生，請坐，請坐。」

黃老師拉過一張椅子，再合上作業簿，把桌面稍稍清一下，轉過身來。

「黃老師，我很忙，」金春富遞過名片。「除了台北的總公司，台中、高雄還有分公司。不過，我很重視孩子的教育，所以一接到信，馬上就來。」

「金先生，學校發了兩封限時信……」

「限時信？」笑容凍結了。「達偉出了什麼事嗎？」

黃老師點點頭。

「黃老師，我的業務雖忙，對於孩子的教育，一向是很注意的。」

「做父母的都是這樣。金達偉在家裏還聽話吧！」

「還算聽話。他是老二，他大姊在美國，男孩子嘛，有時候難免任性一點；不過他還算乖，就是星期天，也不大出去。」他看黃老師皺起眉頭，連忙把話勒住，問：「黃老師，達偉到底出了什麼事？」

「是這樣的。上星期一，三年級賢班上音樂課，下課時女生出教室，金達偉硬往裏擠，說是東西忘記在裏面，同時……」黃老師似乎在考慮用語。「同時用手推一個女生的胸部。」

「有這種事？」金春富連連搖頭。「達偉小學時最怕羞，他從不跟女生玩的。」黃老師再度皺起眉頭，激起金春富的反擊本能。「黃老師，你在教育界一定很久了，當然知道環境對小孩子的可能影響。達偉在小學是好學生，上了中學，怎麼會這樣子呢？」

「你說的很對。」黃老師平靜地說。「環境對人的影響很大，尤其是對十四五歲的孩子。」

「是啊！如果說，達偉上了中學變了，這學校教育……」

他沒說下去，只等對方反應。黃老師眼看著他，抿緊嘴不表示意見，只是微微地點頭，然後轉過身去，打開抽屜，卻又停了一下，再推進去，回過身來。

「金先生，你是金達偉的家長，我是他的導師，我們的目的應該是相同的，就是希望他學好。」

「那當然，那當然。」

「金達偉在小學是好學生，我相信。不過小孩子會變，小學生跟中學生，無論在生理上或者心理上，都有很大的差異，所以學校同家庭要密切配合，隨時關心他生活方面的細節。」

「是的，是的。」

金春富很快聯想起那回事。達偉讀小學五年級時，他的級任老師通知他夫婦去學校，說了大堆達偉調皮搗蛋的劣蹟，要求家長在家好好管教。夫婦倆一商量，送了一次禮券、兩次禮盒，一直到小學畢業，都風平浪靜。

「老師說得是。」他連連點頭。「那就請多費心了，我一定會報答你的。這樣好了，黃老師，你府上的地址開給我，我有空，一定到你府上拜訪。」

說完，站起來，伸出手，就像平日在總經理室大寫字檯後邊起立送客一般。

黃老師坐著沒動，表情突然嚴肅起來。

接著，轉過身去，打開抽屜，從卷宗裏拿出一個信封。「金先生，請您看一下。」

信封沈甸甸的，裝的是一大疊照片，有十幾張。有一男一女的，有兩男一女的，全是彩色的裸體照。他很快翻過一遍，抬起頭，一接觸到黃老師的視線，連忙轉開。

「金先生，這種照片成人看還無所謂，對十四五歲的孩子，那比砒霜還毒。」

「是的，是的。」

「請你看這個。」

黃老師遞給另一個信封，他接過，抽出信紙，一看，臉色變成蕃茄醬。看完，停了一下，接著往桌上一摔。

「黃老師，你請我來學校，是存心侮辱我嗎？」

「您怎麼這樣說呢？金先生。孔子都說，食色性也。成人看這種東西，無傷大雅，怎麼說是侮辱你呢？」

金春富受了委屈似的，挺著個大肚子，靠在椅背上。他的樣子，跟上次金達偉被他追問，為什麼被校外的不良少年敲詐時的情形一樣。不過，那時候金達偉是站著的。

「為什麼校外有人向你要錢？」

「我不知道。」他低頭回答。

「同學說你是有名的凱子，為什麼？」

「我不知道」

「你家裏一天給你多少錢？」

「我是拿月費的」

「什麼月費？」

「就是一個月一次拿。」眼睛斜了一斜。

「多少錢？」

「祗兩千塊。」

「祗兩千塊？你還嫌少！」

這一下他沒斜眼，只是把頭轉開去一點。

「好，我要告訴你的家長，不能給這麼多錢，尤其不可以一次給。」

彷彿是擊中要害，金達偉鼓起腮幫子，那樣子，跟眼前這個人的表情，是一個模子裏倒出來的。

「金先生，學校發限時信，是為了……」

「什麼？還有別的事？」

「是的。金達偉已經一個多禮拜沒來學校上課了，照規定，曠課過久，是要退學的。」

「有這回事？我怎麼……」

「金先生，據我所了解的，金達偉這幾天都沒有回家。」

事情竟是這樣，太出人意外了。金春富整個人癱在椅子上。

「金先生，我建議你先到訓導處補辦請假手續，以後趕快把你少爺找回來，小孩子離家久了，容易出事。」

當黃老師送他到門口時，想起一件事，問：

「聽金達偉說，他的月費是兩千元，真的嗎？」

「是啊！我內人怕麻煩，我也認為小孩子從小養成儲蓄習慣也是好的。」

「不行，小孩子錢太多了，反而不好；當然，這是我個人的看法，給你做參考。」

金春富從訓導處出來，學校正好放學，天下著雨。他坐上車，司機發動車子，回過頭來問：「敦化南路？」

他想了一下：「先回四條通。」車子緩緩開出校區道路。

「老劉，快點！」

「好。」

司機一踩油門，喇叭聲像救火車過街，車子疾飛而去。雨點像飛箭向擋風玻璃擊撞，噼哩啪啦！輪子輾過積水，水箭激射。催命的喇叭聲，加上泥水亂濺，嚇得那些頭頂書包冒雨而行的學生，像受驚的兔子，亂竄。

大概車輪輾過窪坑，車身一頓，車速緩了一下，突聽有人「哎呀！」一聲，金春富斜目快速一瞄，那滿頭花白的黃老師，滿身污水。他打鼻孔裏輕輕哼了一下。「豈有此理，老子給兒子錢，也管！」他怎麼想也想不通兒子會離家出走。想什麼，有什麼；要什麼，給什麼。不可能，不可能。回家問問阿翠，他這個月的月費拿了沒有，沒有錢，還怕他不回家。對了，或許到親戚朋友家也說不定，回家先打電話問問看。

煩惱像團亂絲，一理出頭緒，銀鳳的影子緊跟著擠上來。對，要給她一個電話，今天恐怕不能到她那兒去了，房子過戶的事，只有等明天再說。他覺得很累，剛一打盹，喇叭響起，一睜眼，到家了。司機按喇叭，不見有人開門，就下來按門鈴。

「嗳！來了，來了！」踢踢蹋蹋拖鞋聲，一路敲出來。

「總經理回來啦！」女佣人把頭伸出門外。

「今天老闆不開心，你不要亂講話。」司機說完，回身過去開車門。

金春富在自己家客廳一坐定，一種做主人的意識馬上膨脹起來。

「冷氣開大點！」

「是。」女佣人動作很俐落。

金春富游目四顧，一切還是老樣子，他的視線停留在壁鐘上。

「怎麼？才四點？」

「不不，昨天停電，還沒撥過來。」

他鼻子裏哼了一聲。

「總經理還沒吃飯吧？」佣人小心地問。

「我不吃，你叫老劉到廚房吃點。」

「好。」佣人如逢大赦似地說完轉身就走。

「阿翠！」

「總經理還有事嗎？」

「達偉呢？」

「哎呀！差點忘了。總經理，達偉好幾天沒回家了，學校寄來限時信。」她連忙從信插拿信遞給他。

「妳怎麼不打電話給我？」他眼裏射出怒火，隨手把信摔掉。「妳說！你是死人！電話都不會打嗎？你！」

「打了嘛，」佣人委屈地說，「你給我的電話號碼都打過了，後來打到公司，王經理說，總經理到高雄去了。」

他瞪眼不響，半晌，說：「好了，拿你的記事本來。」

佣人遞過記事本，他在上面寫了個號碼。

「有急事，撥這個。」

佣人接過，擱在信插上。

「收起來，不要亂放。」

他實在累，閉起眼睛養神。佣人回到廚房，立刻活潑起來，三下兩下弄飯給司機吃，自己坐在他對面，兩手支著下巴，問：

「劉司機，這幾天總經理到那裡去了？」

「阿翠，老闆的事，最好不要問。」

「哎呀，哎呀，幹麼嘛！人家隨便問問，緊張什麼？你不說，我猜都猜得到，一定又有新戶頭，是不是？」她把記事本一揚，「稀罕，總經理都不瞞我，你倒……」

「阿翠！阿翠！」客廳裏響起打雷的叫聲。

「噯，來了，來了。」

「達偉這個月的月費拿了沒有？」

「拿了，早拿了！前幾天，他要拿下個月的，我不給，他吵著要打長途電話給董事長。」

「他知道太太那裡的電話？」

「誰曉得呢，我可沒有告訴他。達偉很精靈，說不定真的知道，我沒敢讓他打，只好先給他了。」她邊說邊看顏色。

「算了，算了。」

停了一下，他突然又鼓起眼睛。「阿翠，太太就是太太，什麼董事長董事長的！」

說完，他撥了一個電話又一個電話，凡是兒子可能去的親戚朋友家，都打過了。他搖搖頭。最後，他撥了一個電話。「是銀鳳嗎？……我是春富……今天晚上我家裡有事……不不不，絕不黃牛……妳聽我說嘛……喂，喂，喂，……」

那一頭把電話掛斷了。他喂了幾聲之後，回頭說：

「阿翠，劉司機呢？」

「在廚房。」

「你告訴他，等一下我還有事出去。」

電話鈴大聲響起，一定是銀鳳，他幾乎搶一般地拿起話筒。一聽，陌生的聲音，說是美國的長途電話。他先是一愣，接著說：「好，接過來。」

聲音很細，卻還清楚。

「我是春富。」

「春富，你在家呀！」

「在家，當然在家。」

「上次你到那裡去了？」

「上次？噢……上次是伊藤的豬木專程到台灣視察業務，本來讓王經理陪他的，王經理出差到高雄去了，我只得自己出馬。」

「那還有好事！去礁溪還是北投？」

他沒有解釋。那頭又傳來責問：「剛才怎麼回事？電話老接不通。」

「公司的事一大堆，白天忙不完，只好晚上談。」

大概那一頭接受了他的解釋，他「好，好」了兩聲，回頭叫：「阿翠，太太叫你聽電話。」

佣人接過話筒，眼睛看看他，他眨眨眼；她點點頭，露齒一笑。

阿翠原是太太的心腹，是她花高薪挖來的。平常他沒注意，剛才見她展齒一笑，醜雖醜，卻有一股年輕女孩子的嬌態。年輕無醜女，老來無美人。想到太平洋那岸的太太，年輕時本來就不好看，現在發福了，兩腮垂下來，像拳師狗，心中泛起一陣厭惡感。

「真的啦，董事長，我怎麼敢騙妳呢！」

阿翠邊說邊用眼睛瞟他。「總經理很忙……剛才是談生意……還有，魏太太的先生……就是那個大西洋什麼公司的董事長打電話來，請總經理過去玩，總經理說太忙，沒有去。」

金春富今天才發現，阿翠不僅善於言詞，臉上竟還有那麼多表情，真是人不可貌相。

最後，阿翠遞過話筒，「總經理，董事長要跟你講話。」他接過來，「哦，哦，我知道，我知道……達偉還好……」他本來想說，話到嘴邊，硬吸回去。「他還好……妳自己也保重……好，下次再談。」

放下電話筒，像經過一場苦戰，幸而全身而退那樣的疲累欣慰。

「阿翠，倒杯拿破崙。」

他抿了一口，很滿意的樣子。

「總經理……」

「有事嗎？」

「剛才董事長……噢，剛才太太問了好多話，我都照你的……」

「很好，很好。」他遞給她一張綠鈔，「下次來電話，說我到高雄分公司去了。」

佣人雙手接過去。「謝謝總經理，我會記住。」

「告訴劉司機，我馬上要出去。」

佣人正轉身，有人按門鈴「叮噹叮噹叮噹……」很急。

「誰啊？這樣按門鈴！」

「一定是達偉。」

「妳怎麼知道？」

「他都是這樣按的。」

「還不快去！」

「噢！來了！來了！」

金春富擱下杯子，身體坐直，自己的料想不錯，沒有錢了，總會回來的。一想到學校裡的事，胸中就有一股怒火冒上來。兒子一進客聽，見父親鐵青著臉，突然煞腳不前，低頭、轉身，像竹竿插在那兒不動，彷彿父親不開口，他要一直耗到底。他長著一頭亂草堆的頭髮，瘦高個兒，側面輪廓分明，還有那挺直的鼻樑，依稀在那兒見過。金春富下意識地摸摸自己的鼻樑……

那是太久遠的事了。他騎著全車身卡察卡察響，只有車鈴不響的破舊腳踏車，在基隆、台北之間推銷非肥皂。中午太陽大，找路邊大榕樹下歇涼。有時花最少的錢，坐上停在樹蔭下等生意的剃頭擔，從那面花斑的鏡子，照出他的亂髮、輪廓、挺直的鼻子。

那是段苦日子。黃裡泛白的卡其褲，屁股、膝蓋打上厚厚的補釘，還不禁磨。回到家（一張硬板床、一個煤球爐），脫下穿了一天的膠鞋，那臭味，把人燻倒。有事應董事長召，進客廳脫鞋，董事長會問：

「春富，腳洗了沒有？」

「還沒有。」

「免脫鞋，免脫鞋。」

後來，腳踏車換了摩托車，上衣口袋裝著外務主任的名片，在台北、台中、高雄來回飛車。每次見董事長，進客廳時不會再問「腳洗了沒有？」這時他早已換穿皮編涼鞋，而且一定穿整齊了前去接受詢問。

有一次，董事長當著他的面，對女兒說：

「你倒說說看，春富那點不好？有頭腦，又能吃苦，人也長得好看，哦。」

女兒不作聲。

「你說，家世不好。家世，家世有屁用！賴良財的家世真好，艋舺有半條街是他家的。現在！賴良財給我端洗腳水我都不要。」

終於，董事長的小姐，做了他的太太。等到老岳丈一去世，太太做了公司的董事長。商場上的人都知道，他是靠老丈人發達的；同樣的，他們也知道，金春富並不是靠老婆吃飯的人。不過他能有今天，還得感謝老董事長的。而現在，兒子竟這樣不成材，他自己小時候沒有的，他全有，還要離家出走，真是夭壽的孩子！

「這幾天你到那裡去了？」

兒子只把身體動了一下，不出聲。

「你是啞吧？說呀！」

「在王世方家。」聲音像雄鴨叫，刺耳。

「王世方是誰？」

「就是陽明山王媽媽的兒子嘛。」

「見鬼！」他跳起來，指頭戳到兒子的前額。「那一家我沒打過電話？你在學校，丟臉丟到太平洋，你當我不知道！」

兒子倒退一步，又像被釘子釘在那裡。

「你自己丟臉不說，還寫什麼自白書！」金春富抖著指頭，逼前一步，「你說，你是不是白痴！」

兒子沒再退，卻突然抬起頭來，眼神像兩道箭。他一震，一個巴掌甩過去。

「畜牲，書讀不好不說，還丟我的臉，你滾！滾！我沒有你這個兒子！」

兒子沒退縮，只用手摀住臉，叛逆的眼神迎向父親的怒目。

「我就走。你不要我，媽會要！」

像陣風，轉身射出去。

這一天深夜，敦化南路一幢聳天大廈的一間套房裡，電話鈴一陣緊接一陣響起。電話在床頭櫃上，床上的人早被吵醒，卻懶得去接，她想尋回被打斷的夢。那鈴聲賭氣似地硬不肯罷休。煩！

她拿起話筒，是女人的聲音。

「找誰？」

「找我們家的總經理，金總經理。」

「見你娘的大頭鬼，半夜三更叫魂！」看看床上的男人，癩蛤蟆被人踩了一腳似地仆臥著。叫也叫不醒，推不推不動。「死豬！」一氣，卡達一下，把話筒擱回去。眼皮還沒閉攏，電話鈴吵架般地吼起。她無奈，翻身坐起，用指頭捏住男人的鼻子，大叫：

「春富，你家死人囉！接電話。」

他費勁地翻過身，伸手，拿起話筒，眼睛還閉著。「……是的，我是總經理……」

「總經理，達偉闖禍了，被警察捉去了……」

「什麼？你說什麼！」

「警察局來電話，達偉關在那裡……」

耳朵裡「轟！」一聲，手擎著話筒，遭雷劈那樣僵住了。半晌，他下床摸索著穿衣服。

「你去那裡？」銀鳳閒閒地問。

「警察局。」

她冷眼看他像沒頭蒼蠅似地撞出房去，嘴一撇。床頭燈捏黑。繼續做她的好夢。

原刊民國六十七（一九七八）年五月九日至十日《中華日報》副刊

彭澤之歌

一

七月十一日中午，高中聯考最後一節考完，西門老師坐計程車回家。剛換好衣服，有人按門鈴，那「叮噹！叮噹！……」聲又急又響，她從陽臺探頭一望，只見郵差的綠色摩托車已飛騎得老遠。

她一口氣跑下樓，從信箱拿出信，一看，是學校的限時信。突然想到同事間的傳言，觸電似的震顫了一下！「是解聘通知嗎？」一年來的經過，閃電般的腦邊掠過。不會的，不可能的。她連忙撕去封口，抽出信紙一看，竟是召開升學輔導會的通知。她像喝汽水過猛，一股氣直衝腦門，賭氣又「登登登……」跑上來。那沈重的腳步聲，大動作的開關紗門乒乓聲，驚動了正在廚裡忙著的西門太太。

「看你，看你，做老師的人了，連走路開門還這樣莽撞。」

「做老師怎麼樣？做老師的就該死啦！」頭也不回，大步踩進她的房間，再轉過身來。

「媽，我不要教了，真的不要教了，這個鬼學校。」

西門先生下班回到家，西門太太呶呶嘴，輕輕告訴他女兒在房裡生氣，說是不要教書了。西門先生只說了一句：「讓她去吧。」換上拖鞋到浴室去。當他出來時，太太還站在原地，彷彿被他剛才的話釘牢在那兒。

「唉，你是說著玩兒的吧？這樣有名的學校，旁人擠都擠不進去，你讓她說不教就不教？」

西門先生不急著回答，走過去把沙發上的海綿墊拿開，再坐下去。

「你怎麼一點也不懂你的女兒，她不過是說說罷了。你想，她上課上到七月六日，才把畢業學生送出校門，還要頂著大太陽陪考，誰都會說氣話的。」

「聽她的口氣，這回是當真的。」

「真不真看人心。你看她平時那樣有興頭，回到家不是改考卷、出題目，就是學生長學生短說個沒完。你不說她，她自己會下臺的。」

夜晚十一點，關上電視機，西門太太準備進房，女兒在她房裡大聲叫：

「媽，鬧鐘呢？」

「放假了，還用什麼鬧鐘？」

「明天八點，學校開會。」

「這個鬼學校，怎麼放假了還……」

西門先生連連向太太眨眼，她的話說了一半，硬嚥回去。

第二天，西門老師七點四十分到校，會議室裡已有不少人了。長條會議桌上的那瓶塑膠花，像剛沖過水擦過灰塵，顯得格外鮮紅。今天出席會議的都是三年級的任課老師。有的談論聯考試題的難易，有的批評晚報上試題解答錯誤，也有人問今天為什麼開會，還有的兩個人頭碰頭輕輕聊天。那個外號叫「阿德米基」教數學的艾老師，正在看一份東西。

西門老師過去，他欠欠身點點頭，她就在他身旁的空位子坐下，輕輕問：

「有什麼重大的事嗎？」

艾老師搖搖頭。「不知道……大概跟聯考有關吧。」

會議室壁鐘走到八點正。只有「姐妹學校結盟紀念」的大鏡框下的主席位置還空著。做紀錄的教學組長早已把紀錄簿送到出席人員面前，讓大家簽名。本來還有人輕輕談天的，這時也停下了，只有那個吊扇「呼呼呼」發出大吼聲。

八點十分了，八點廿分了。大家你看我，我看你。有人輕輕地問：「通知不是寫八點嗎？」教導主任站起來，走到裡間去。會議室的裡邊，有一條短短的過道，進去就是校長室；再一拐，可以通到人事室。出來時，主任說：

「請大家稍候幾分鐘，校長正跟學生家長通電話。」

西門老師聽音樂老師說過，這個學校有個「循環系統」的笑話，說學生怕老師，老師怕校長，校長怕家長，家長怕學生。現在學生家長來電話，使主持會議的校長跟他長談，一定有重要的事。主任雖然說稍候，也沒人離座位，她也只好默默地坐著等。

終於，會議在八點四十幾分開始。

校長的表情，一臉的嚴寒。他一坐定，先宣布開會宗旨：「今天臨時召開升輔會，目的在檢討本屆畢業班各科教學的成敗。」他把「各科教學成敗」一字一頓加強語氣說出，眼睛從會議桌左邊開始往右掃視一週，又把教學組長送到他面前的紀錄簿翻了一下，數一數簽名人數。

「剛才錢委員來電話，指責本校數學科教學失敗。錢委員是本校學生家長會會長，一向支持本校。他的指責，自有事實根據。」

他停下來，眼睛再一次從左至右掃視。西門老師彷彿覺得校長的視線在她這方向停頓了一下，心中暗暗一驚。她稍轉頭，只見旁邊的艾老師微微低頭，嘴唇閉緊。

「前天上午我在女生考區，第一節數學考下來，好多學生向我訴苦，說許多題目沒有見過，有的還哭著跑出試場。這是本校創校十多年來從未有過的事。現在，就請三年級數學老師先檢討。」

說完，打火機「擦！」的一聲，點著煙，噴出一口濃煙，兩眼穿過煙幕，逐一射向在座的幾位數學老師。西門老師知道，學生最重視數學，也最怕數學，從學生週記上看，艾老師很受她班上學生歡迎。現在看他俯首閉嘴表情凝重的樣子，很替他難過。而在座的其他老師，人人木然地坐著，就像天塌下來，也不會動一下似的。幾個數學老師卻不同了，像受到驚嚇似的。互相看來看去，最後共推艾老師代表發言。過了好一會，艾老師起立發言。

「校長……」他清了清喉嚨：「我在檢討數學教學之前，先說明一下，就是今年聯考的數學題，有兩個特點：一是繁瑣，二是難。」他拿起剛才看的那份東西。「例如有一題填充題『分解因式』：$(1+a)^2(1+b^2)-(1+a^2)(1+b)^2$。它的答案是：$2(a-b)(1-ab)$。而求得這個答案的演算過程，要經過六個等號，式子排列起來，比題目長七倍；至於難……」

「好啦！」校長左手一揚，阻止他發言。「你要針對問題檢討失敗原因。如果把自己的錯誤推給聯考試題，那是逃避責任！」

一年來，西門老師不知聽過校長多少次訓話，每次都像音樂老師說的，一竹竿打翻一船人。可是她沒有辦法像別的同事那樣，木然無動於衷。她可以為校長的一句好話而任勞任苦，卻受不了他的疾言厲色。剛才艾老師說的是實話，卻被指為「逃避責任」。她看得出來，今天校長是座活火山，火山口正在冒煙。她不禁稍稍側過頭去，只見艾老師怔了一會之後，才接著說：

「校長，本來我想分析聯考試題之後，再提出我個人對改進教學的意見。剛才校長提到責任問題，我想，我應該把前天在考場所看到的情形向您報告。」

說到這裡，他看校長沒有阻止他發言，於是，　喉嚨輕輕咳了一下，說：「前天男生考區情形也一樣，下課鈴響了，各試場沒有一個考生出來，題目難是事實。當然，本校學生應該不怕難才對。前天有一家晚報分析數學題，特別提到民國五十年大專聯考的數學題，認為過分難的題目，測不出學生的實力。大家也許還記得那一年大專聯考，數學考零分的照樣錄取……」

「你這話什麼意思！」校長的聲音突然升高，像一個人聽到了最不願意聽的話那樣一臉的怒容。「難道你認為，我們的學生數學考零分也能上第一志願嗎？」

「校長，我不是這個意思，我是說，題目太難，不是我們學校學生成績好壞問題，別校學生同樣考不到高分。」

「今天是本校的檢討會，不談別校！」校長的聲音像打雷，連空氣都震動。「應該徹底檢討教學，學生為什麼不會做？是平時教學偷工減料，或是對本校的升學輔導計劃陽奉陰違！」

他一邊說，一邊把煙蒂插向煙缸邊沿上的空洞，插了幾次沒插進，索性丟進煙缸。那灰白色的煙，兀自頑強地往上直冒，坐在旁邊的教導主任連忙撿起來，再一按，把它按死。

「校長，您這樣說，我，我……」艾老師臉部肌肉抽搐，喉骨上上下下了幾次才接下去：「關……關於教學，有主任的平時考核，還有學生的週記反映，您可以查。」

說到這裡，他看看坐在校長旁邊的教導主任。原先主任兩眼盯著他看的，這時卻把視線轉開。

「好了！好了！」校長左手又一次向外推。「這不是檢討，完全是推卸責任！這樣，如何能改進教學？」話一停，視線轉到主任身上。「凌主任曾經幾次向我報告，本校少數老師，以大牌自居，不夠虛心。這種態度如何能教好學生？如何能使學生在聯考試場上打勝仗！」

教導主任公雞吃米似的，校長說一句，他點一下頭。校長把話停住，兩眼不停地掃視像冷廟裡泥菩薩那樣坐著的聽眾，鼻孔大聲噴氣。然後抽出煙，教導主任連忙從桌上摸起打火機，「擦！」的一聲湊過去。

「譬如說，像西門老師，」西門老師只覺得兩耳嗡然作響，在座的人，本來人人毫無表情地垂目而坐的，這時都不約而同地朝她看來。「她是本校最年輕的老師，可是她虛心肯學，本屆她教的兩班畢業生，成績就不比有十年以上教學經驗的老師差。」

一年來，西門老師沒有聽過校長當眾讚揚過誰。今天校長以她做例子來貶抑艾老師，她並沒有沾沾自喜，而心中卻為艾老師抱屈。

「我記得我決定請西門老師教三年級時，凌主任還提出不同的看法。而事實證明，我的決定是正確的。」

教導主任稍稍抬頭，目迎從不同方向投射過來的眼光，一一點頭。

「為了本校校譽，為了不使一千多學生家長失望，本校實在不應該再容忍那些不虛心檢討而誤人子弟的老師。」

「校長！」艾老師被火燙到那樣的彈起來。「對您剛才的話，我抗議！」

「我不接受你的抗議！」校長也站起來。「凌主任！」

「有！」主任隨聲站立。

「你帶艾老師到人事室辦理辭職手續！」

教導主任、教學組長站起來勸校長。校長一離開，會議室像颱風遠颺，一下子沉寂下來。西門老師一個人孤獨地坐著，她只覺得燠熱。剛才的衝突，同事們向她投擲過來的特殊眼神，像強烈的催化劑，使她突然想起去年九月初她來應徵的經過，以及一年來工作上的重負與精神上的挫折。

二

九月初，學校已經開學，西門小姐來應徵。學校通知她上午八點到校長室面談。七點四十分她就來了。一進校門，她還以為自己記錯日子，以為今天是星期天呢。怎麼沒有半點早讀的聲音。大草坪上倒有一部剪草機「彭！彭！彭！……」在剪草。這時，迎面走來一位男老師，大聲叫：「老周！老周！」

推剪草機的工友停下來。「什麼事？主任。」

「早自習時間，剪草機聲音太大，放學後再剪吧。」

「不行，校長下的條子，十二點以前要剪好。」說完，準備繼續工作。

「昨天放學以後為什麼不剪？一定要拖到今天！」

「誰說拖到今天！」那工友半轉著身，雙手仍握住剪草機把手。「昨天放學以後，我們四個工友擦辦公室玻璃窗，打掃廁所，洗地打蠟，忙到半夜還沒忙完，有誰知道！」

說完，一轉身，管自己「彭……」推動剪草機。那主任先是愣了一下，接著頭一扭，大步走開，走過西門小姐身邊，眼睛斜了一下。她發現，他臉色好難看。

西門小姐在會議室坐定，剛才草坪上的一幕還在心頭打轉。可是沒多久，她的注意力被四周牆壁上的錦標、錦旗，以及沿牆排列的玻璃櫃裡的金牌、銀牌、銅牌……吸引住了。她站起來欣賞。最後停留在一個大鏡框前。這是個乳白鏤花大鏡框，掛在長條會議桌上端正中牆壁上。鏡框裡邊是金黃色織錦緞底，黑絲絨字的錦旗，樣式很別緻。她不禁細細看起來：錦旗上邊從左到右繡的是「姊妹學校結盟紀念」，下面一行是「中華民國私立青雲中學」，錦旗正中，中美兩國國旗並列，下端是英文字U・S・A・霍斯頓女子中學。

她看得正入神，一個手拿卷宗的年輕小姐從裡邊出來，問：

「你是西門小姐嗎？」

「是，是。」

「校長請你進去。」

在一張好大的辦公桌後邊，鬍碴子刮得很乾淨的校長坐在高背皮轉椅上，左手稍一抬，示意她坐下，一邊翻閱一大疊履歷片。

「西門小姐府上那裡？」

「江蘇。」

「你是政大……」

「中文系畢業。」

「你通過托福考了嗎？」

「我沒有參加托福考試。」

「準備明年考？」

「我不打算出國。我大哥在美國，家父家母年紀大了，我要留下來陪他們。」

校長點了一下頭，彷彿觸動機關，電話鈴緊跟著響起。他伸手拿起話筒。

「喂，……我是校長……唔，唔，……張太太，期考試卷早已封存了……你是老家長了，這樣吧，我想辦法調閱一下，……好，明天你再打電話來。」

掛斷電話，他似乎在考慮什麼，左手食指在玻璃板上輕輕敲著，然後高背皮轉椅一轉，站起來，走到辦公桌右邊靠牆的一個大不鏽鋼箱子前。這箱子有好幾排按鈕，上邊還有一個麥克風。他扳動一個按鈕，亮起燈，再扳動一個，對著麥克風，「呼！呼！」了兩下，說：

「凌主任，立刻到校長室來！」重複兩次，再把按鈕關上。

回到位子，手指在桌面上劃來劃去。西門小姐這才發現玻璃板下有日課表、歷屆學生升學志願統計表、校外比賽優勝紀錄表、教職員出勤考核統計表，還有距離遠的，不好意思伸頭過去看。

「校長，有什麼指示？」

她回頭一看，是剛才阻止工友剪草的老師。

「二年級勇班的理化期考試卷，馬上調出來。」

「期考試卷已經封存了。」

「我知道，封存不是燒燬，總找得到吧！」

「是！找得到。」

主任一回身，差點跟進來的人相撞。校長的視線轉到剛進門的人身上，說：

「艾老師，我正要找你。梅老師什麼時候銷假上課？」

「校長，梅老師的母親昨天剛出院，她請您准她續假兩天，這是她的報告。」

「續假兩天暫准，」一邊說，一邊指頭敲敲那張報告，臉色很不好看。「她要求眷屬補助，礙難照准。」

「校長，梅老師說，她雖然是女性，同樣有奉養父母的責任，所以……」

「你不用說了，這是藉口。她嫌待遇少是不是？」他拿起一大疊履歷片，一揚！「你看，我只要花幾十塊錢登一個小廣告，學士、碩士滾滾來。」

「是的，是的。」艾老師連連點頭。「校長，現在找工作的確很難，不過，事情找合適的人也不容易。」

校長本來有點得意之色的，一聽，臉突然沉下來。「本校核薪有一定的原則，我不接受無理的要求。好了，你轉告她，嫌待遇少，辭職好了！」

說完，往椅背一靠。「哼！事找人不容易！」打火機「擦」的一聲，點著煙。這時他彷彿才發現對面還有人等他問話。他「唉」了一聲：「西門小姐，一般人只羨慕成功的事業，有誰知道成功的背後有多少困難。」她接不上話，只點點頭笑笑。「剛才說到……好，我也讓你了解一下，辦學校雖然不是商業行為，但也必須適應社會需要。本校在升學方面，很能符合學生家長的要求，至於如何做到四育兼顧，那是一門大學問。」

西門小姐發現，校長的目光向她身後看去，她知道一定有人進來了。「你等一等。」

這話顯然是對剛進來的人說的。

「校長，我有急事報告。」

他皺了下眉頭。「好，說吧。」

「豐年舞的服裝齊全了，許秀人的那件上衣太短，她導師已經把它放長了。」

「這算什麼急事？」

「還有，音樂老師說，中午是不是再排練一次？」

「當然要！這還要請示？今天來參觀的都是行家，可不是上次的觀光團。」

校長手一揮，那老師鞠躬退出。接著他站起來，走到不鏽鋼箱子前，打開鈕，指頭敲敲麥克風。

「各位老師、各位同學請注意，今天中午各班清潔工作，一律在十二點三十分以前做好，各班導師負責監督。音樂老師、體育老師注意，中午十二時三十五分，豐年舞在大操場再排練一次，由凌主任臨場視導。」

回到座位，「哼！什麼事都要請示……」說著，鼻孔裡大聲噴氣。再看看對面等他問話的人：「西門老師，如果你有機會來本校服務，關於待遇方面，你有什麼意見？」

「我沒有想過這個問題。」她毫不考慮地回答。「校長，我是帶著仰慕的心情來的，我沒有想到這個問題。」

校長盯著她看，不再問話，停了一會，站起來，第三次面對麥克風。

「凌主任，立刻來校長室。」

主任一進來，他吩咐說：「你安排西門老師明天試教。」

三

上課幾個星期來，西門老師每天忙得幾乎忘記時間。辦公室許多同事，她只記得鄰桌一位身材高大的東方老師跟教音樂的蕭老師。

蕭老師不像一般同事那樣冷漠。有空，喜歡找新同事聊天。她的身材嬌小，喜歡穿三寸高的高跟鞋，鞋跟裝了彈簧似的，人還沒到，就先聽到高跟鞋敲著磨石子地的清脆聲。有一次，她帶學生出去比賽，為了交通車問題，跟教導主任頂撞起來。

「主任，我把話說在前頭，如果你一定叫學生坐公共汽車，擠累了，站渴了，唱不好不要怪我。」

主任隨口說：「坐計程車好了。」

「好，話是你說的。」她認真地說：「如果明天你不派一部校車，我就打電話叫十輛計程車。」

東方老師的位置在她的旁邊，是她的同行，也教國文。她來不久，音樂老師就開她玩笑說：你是不是方向搞錯了，怎麼你的「西門」會搬到「東方」來。

東方老師每天騎一輛載貨用的那種很牢靠的腳踏車上學。早晨在校門口碰到，他總是先舉手打招呼，很有點自由車選手到達終點向歡迎人群揮手回禮的味道。他的前額很高，額頭發亮，跟他剪平頭的滿頭白髮一襯托，給人一種「鶴髮童顏」的印象。

有一次週考之後，因為沒有足夠的時間在課堂上檢討試卷，下課後，有五六個學生進辦公室圍著她，你一句我一句問問題。突然背後打雷似的一聲大喝：

「出去！統統出去！」

西門老師回頭一看，是教導主任，兩眼瞪成胡桃大。學生嚇壞了，她也獃了。

「在辦公室如此吵鬧，成何體統！」手往門口一指：「統統出去！」

有個學生嚇得考卷掉在地上也來不及撿，連滾帶跑地逃出去。她怔住了，身體仍半扭著，頭向上抬。她還來不及想該不該說明一下，鄰桌的東方老師放下手中改作文的紅硃筆，身體往前一靠，跟他對面的一位老師說：

「黃老師，你看，西門老師雖然大學剛畢業，年紀輕輕的，卻很有涵養，實在難得，難得！」

教導主任一下子臉脹紅了，表情變了好幾變，結果，帶著一臉的慍色，悻悻地走開。

放學回家，她忿忿地把這件事告訴父親。西門先生安慰她說，教導主任雖然官僚，還好有人仗義執言，總算還有正義。接著，西門先生想起什麼似的問：

「那位東方老師多大年紀？」

「爸，跟你差不多年紀，他身體很好，一點也不顯老。」

「他叫什麼名字！」

女兒說「不知道。」他囑她明天問一下，第二天放學，西門老師告訴父親說：

「爸，他叫東方望，我從簽到簿上看來的。」

「是不是河南人？」

「不知道，不過他有一點山東口音。」

「這就不錯了……唉。」

「爸，你認識他？」

「哦——」西門先生搖搖頭，停了好一會，說：「他當過省立中學校長。在大陸上，那是個很有名的中學　，跟南開、揚中一樣有名。後來內調教育廳，擔任主任秘書，並兼省文獻會總幹事。」

女兒急著問：「你跟他很熟嗎？」

「不很熟，那時我在財政廳。這是二十幾年前的事了。」西門先生似乎陷入沉思中。

過了好一會，他對女兒說：「你有這樣的同事，應該多向他學一點。」

第三天，教導主任出去開會了，音樂老師過來跟她聊天，問她：

「前天主任為什麼吼你？」

她笑笑搖搖頭。

「你是不是校長親戚？」

「不是親戚。」她奇怪蕭老師為什麼這樣問。「你聽誰說的？」

「是也沒關係，也不犯罪。不過我看得出來，大概不會是。前天他吼你，大家才相信。」

她這一連串話，只聽得西門老師一頭霧水。

「這你不懂嗎？你是校長親戚，他會吼你嗎？」

西門老師本來想問問她是不是校長親戚，問不出口，就說：「我看主任對你不錯嘛。」

「鬼囉！不錯。那是看在錦標份上的。」她看對方一臉疑惑，解釋說：「我們學校有三種人他不會惹，一種是校長親戚，他不敢惹，他吼你，證明你不是校長親戚；另一種人，他教的學生聯考有好成績，是屬於大牌之類的，他也不會去惹；還有一種是教技能科的，誰撈的錦標、獎牌多，也算是人物。第一種人是皇親國戚，第二種第三種人，符合老板的要求：升學至上，四育兼顧。你懂了嗎？」

西門老師心裡一直想著，東方老師是屬於三種人中的第一種人呢還是第二種人。可是沒多久，這個謎底自動揭開。

那是在一次教學研究會上，討論完畢，主席請列席的主任說話，主任在話快結束時，突然提出一個問題，使得空氣一下子凍結起來。他是這樣說的：

「最後，有個附帶問題要提出來。雖然是附帶問題，但它的重要性，不！它的嚴重性，不容忽視。」停了一下，看到他所強調的語氣已經收到效果了，才接下去：「最近學校接到學生家長電話，說本校有一位國文老師鄉音太重，要求改進。推行國語，是政府教育政策，本校在國文教學上，怎麼可以有反其道而行的情形呢？希望在最短時間內改進。」

散會了，西門老師還呆呆地坐著。她揣度剛才主任指的是誰呢？除了她是新來的，其他的同事都是老老師了。難道……她從幼稚園開始就唸ㄅㄆㄇ，小學讀國語實小，相信主任指的不可能是她。那會是誰？開會時除了做紀錄的三年級慈班導師端木老師沒有發言，十幾位同事，從他們的發言看，沒有誰帶有鄉音的。突然她想到東方老師，霍地站起來。

剛才她沒有注意他的反應，現在有股衝動，很想跑回去看看。想想，不妥當。於是又坐下來。過了一會自覺平靜些了，站起來走回辦公室。一看，東方老師像平常一樣，全神貫注改學生的作文，偶爾在硯台上潤潤毛筆的筆鋒，偶爾手肘撐著桌面，手指搓揉發亮的前額。

隔一天，做紀錄的端木老師把謄好的紀錄給主任看，兩個人起了爭辯，主任的聲音很高，顯然有點激動，最後端木老師說：

「主任，我是完全照你所說的紀錄的，沒有多加一個字，也沒有少寫一個字。如果你認為有必要，請你自己刪改吧。」說完，點點頭，神態自若地走出辦公室。

端木老師有點清瘦，平底皮鞋，配著淺藍色泡泡紗過膝旗袍，很淡雅。她說得一口標準國語，這使得西門老師確信，昨天主任指的不會是別人了。他既然誇大其辭說什麼「反其道而行」一類的話，以後還不知道會出什麼名堂整人呢。她想問問音樂老師，一抬頭，正好她也往這邊看，先是微微一笑點點頭，以後蹬著高跟鞋小跑步過來，坐在東方老師的空位子上。西門老師把開會的事告訴她，話還沒說完，她大聲笑起來：

「知道了，知道了，你還當它是大新聞！」

西門老師吃了一驚，一看，還好，主任不在。

「蕭老師，你看會不會是故意整人？」

「那還用說嗎？」

「他說是家長打電話來的」

「你別聽他胡說了！」音樂老師舌頭在嘴裡打拍子似的清脆的響了一下。「你怎麼這樣老實？私立學校學生家長是顧客，顧客永遠是對的。所以老板把學生家長的話當聖旨。他把這法寶祭起來，誰能招架？」

「那怎麼辦？」

「這倒不用操心，他扳不倒東方老師的。」西門老師直搖頭，她補充說：「老闆很敬重東方老師，時間久了，你就會知道。」

「噢！噢！」

「你知道嗎？我們學校還有一位老師，也很受老闆器重。」

「那一位？」

「端木老師。」

「就是跟主任頂撞的那位。」

她點點頭。「她是模範老師，全勤紀錄的保持人。她來學校六七年了，沒有請過一天假。就是身體不舒服，她也撐著來上課。你慢慢看，我們學校還有好幾位老師，都很不簡單。」

說完，她站起來就走。走了兩步，又回轉來說：「你知不知道，以前那位主任離開時，校長本來是請東方老師做主任的；他沒接受，所以才輪到李蓮英的。」

「李蓮英是誰？」西門老師很詫異，怎麼又跑出個李蓮英來。

「當然是指凌主任囉！」她彷彿很開心似的笑起來。「你看他在老闆面前那副樣子，像不像魏甦演的李蓮英？」

四

十月二十五日光復節，晚上提燈遊行，三年級慈班領隊端木導師，感受風寒，接著心臟跳動不規律，在教室上課暈倒，住進臺大醫院。她兩班三年級的課，教導處排一班由西門老師暫代。本來已夠忙的她，更是喘不過氣來。一個星期多上六七節課還不要緊，多改五六十本作文，那是很沉重的負擔。再加上多一份教材的課前準備，要花去大半個星期天。

那天在三慈上課，講中國文字的構造原則，說到中國文字含有形、音、義三個特質。坐在前排當中的一個學生舉起手來，西門老師問她有什麼問題，她卻跑過來在黑板上寫了「祛，袪」兩個字，然後回到座位，說：「老師，這兩個字是同一個字嗎？」全班學生都睜大眼睛看她，她心中一跳。本來她也懂得，學生問的問題不能回答，她可以這樣說，研究之後下一節課告訴大家。不過今天這問題還能回答，於是就說：

「不是同一個字。這兩個字，字形相似，讀音相同，字義相異，袪是名詞，作衣袖解；祛是動詞，作驅除解。」

下課一翻辭典，發現「袪」也可做動詞用，作排除解。回家再查「段玉裁《說文解字注》」：「古無從示之袪，至《集韻》而後有之，蓋以袪為袪之誤字。」

第二天向東方老師請教。他摸摸發亮的前額，說：

「你的解釋不能算錯。今有古無的字太多了，文字本身是符號，是隨時代而演進的。對初中學生，用不到講文字源流。」

現在她才真正地領悟「教而後知困」的道理。有了這次經驗，她更不敢大意。因此十幾天下來，彷彿穿高跟鞋走石子路，又累又擔心。所以當她一聽到端木老師出院了，比誰都高興。沒想到第二天早上一進大辦公室，覺得氣氛不對，主任不在，音樂老師低聲跟同事說什麼，見她進來，立即跑過來，那一臉的哀傷，嚇了她一跳。

「你知道嗎？端木老師去世了。」

她幾乎不敢相信自己的耳朵。「什麼？不是前天出院了嗎？」

「出院是出院了，只是病還沒有好。」音樂老師緊緊握著她的手，怕她逃掉似的。

「她平時身體是不大好，可是誰都沒有想到……」說著，眼睛紅起來。

「病沒好怎麼就出院了呢？」

「不出院行嗎？連住院保證金都是校長墊的。」

「教員不是有公保嗎？怎麼還要保證金。」

「私立學校教員沒有公保，你都不知道？」西門老師覺得很不好意思，不過她知道音樂老師平時說話就是這樣衝的。「有公保，端木老師也不會病沒好就出院。」

大學都畢業了，她可從來沒有留心過這些事。突然，她想起另一個問題。

「咦，她的先生呢？」

「早離婚了。她苦了十幾年，今年女兒出國了，眼看熬出頭了，想不到……」

她說不下去了，眼睛一眨，眼淚掉下來，連忙用手帕去擦。

這一天西門老師的感觸很多，連上課也不知道自己教些什麼。最後一個問題把其它的念頭擠開：「三慈的課代到什麼時候？」

這個問題同樣困擾著學校，一個星期過去了，人選還沒有決定。聽音樂老師說，主任提過兩次名單，校長都不同意。那天上午第二節，她正在上課，教室裡的擴音器響起校長的聲音，請她到校長室去。她連忙安排學生自習，還沒進門，就聽見校長跟誰大聲說話：「你不懂！你不懂！」校長在訓誰，不知道是不是跟自己有關，她的心直跳。「這步棋我是經過長考的。你該知道，油條最會敷衍，大牌又難伺候，你又怕驕兵悍將不易駕馭……」

她一進門，看見主任坐在校長對面。校長比一比手勢，示意她坐下。

「西門老師，」她心中「通！」一跳，不知下面說的是什麼。而校長偏又不接下去說，只是用眼睛盯住她看。等她深深點一下頭，才說：「我決定把端木老師的課務跟職位交給你。你原來的課另外排給別的老師。」他不讓她開口，也不讓她有考慮的餘地。「新進人員擔任畢業班導師，在本校是創舉，在你是一種榮譽，也是一種考驗。」

「校長，我恐怕……」

「不要說恐怕了！」他左手向外一推，眼睛斜了主任一下。「剛才凌主任就說了好幾個恐怕了，恐怕這個，恐怕那個。我信任你有足夠的能力挑起這個重擔。」

他似乎在考慮什麼。左手食指輕輕敲著玻璃板。跟著打開抽屜，拿出一個信封，抽出信紙，往她面前一推，點點頭說：「你看看，這是對你的評語。」校長露出難得的笑容。

她一看，上面寫著兩點：第一點是對她上課的批評；第二點是這樣寫：我們全班歡迎西門老師做我們的導師。下面簽名是陳文玉。陳文玉不是三慈的班長嗎？她抬頭看校長，校長把信紙往主任面前一推，「你也看一看。」視線再轉到她的臉上。「對於你的能力，我有信心，我從來不會看錯人的。」說完，表現出解決疑難問題之後的那種悠閒神態，點著煙，往高背皮轉椅一靠。「你要相信自己，經驗不是天生的，只要肯學，沒有做不好的。」

「校長……」主任把信紙還給校長。

「還有問題嗎？」

「沒有，沒有……我是問，西門老師的課什麼時候調？」

「今天就調，明天就上。」

主任應了聲「是！」走到門口，校長把他叫住，交代說：「你把三年來的聯考國文試題，檢一份給西門老師。」

五

自從搬到三樓導師室，西門老師感到精神上的壓力越來越重。原因是她教的兩班，一連幾次週考，在九班三年級中，名次都排在最後。

她曾經請教同辦公室另一位教三年級國文的劉老師，而他卻說：多教幾年，自然能教出好成績來的。而教導主任幾次跟她提到這個問題，要她好好檢討改進。而最近一次的語氣，就像用針扎人似的令她難受。主任說：

「西門老師，你教的兩班成績一直落後，我跟你說過好幾次了，怎麼一點也不改進？你應該謙虛點，向有經驗的老師請教。」他看看旁邊的劉老師，接著說：「像劉老師，經驗就很豐富，你應該隨時向他請教。你要知道，校長很看得起你，你要拿點好成績出來才好。」

那劉老師卻接口說：「主任，西門老師沒有教學經驗，能教出這個成績。算是很不錯了，你不能再要求什麼了。」

這一天比一年還長。好不容易挨到放學，回到家，她躲在房裡。吃飯時媽媽叫了好幾次才出來，看她一臉倦怠、懊喪的神情，就說：「不要教算了，不要教算了，再這樣下去，連男朋友都找不到了。」

飯後，西門先生踱到女兒房間，對她說：「你教學認真，學生也用功，怎麼老是考不好呢？這裡邊一定有問題，怎麼不問問東方老師呢。」

「這怎麼好開口呢？」女兒懶懶地回答。

「上次你不是向他請教過問題嗎？」

「這不同嘛，自己的學生考不好，怎麼好意思問人家呢。」

話雖然這樣說，第二天她還是下樓找東方老師。不過沒有進辦公室，只是在門口轉一轉，音樂老師跑出來，問她有什麼事嗎？她笑笑說，沒什麼事。下午再下樓來，一看主任不在，連忙進去，坐在她原先的空位子上，一口氣把憋在心裡的話統說出來。東方老師先是側著頭聽，繼而皺起眉頭，左手肘撐著桌面，手指搓揉發亮的前額。嘴裡「噢，噢，」應著。聽完了，微微搖頭，停了老半天，問：

「命題有沒有超出教材範圍？」

「沒有……不過有些題很冷僻。」

「能不能舉個例子？」

她想了想，說：

「這次週考，有一道題出自課文後邊的註釋：去日苦多。如果考註釋，學生自然會答。可是改為填充題，問這句話見於誰的作品，答案是這個注釋後邊的附註：『見於曹操的〈短歌行〉』。結果學生答不出來。」

她一邊說，一邊看看東方老師，只見他眼睛盯著桌面，鼻孔裡輕輕「哼」了一聲。

「還有一道題，解釋『言之憮然』的『之』字。課文後邊沒有註釋，不過我在課堂上把『憮然』作過補充解釋，沒想到考這個短語中的『之』字，結果學生也考不出來。」

就是這類捉迷藏式的題目，使得她對自己的教學能力失去信心，叫她日夜心情沉重，連做夢也常被這種不知道從那個方向冒出來的冷題驚醒。

「噢，原來這樣。」東方老師抬起頭來，面對著她，說：「你研究過高中聯考的命題方式嗎？」

「沒有。……我記起來了，那天校長吩咐凌主任拿聯考國文試題給我，我一忙忘了向他拿。」

「不要緊，我收集了近三四年的聯考試題，明天帶來給你。剛才你說的兩個題目，是冷僻了一點，不過命題方式是不錯的，符合聯考試題的模式。你要知道，聯考命題方式影響學校教學，聯考怎麼考，老師就怎麼教，學生就怎麼學。你下點功夫研究。週考考不好沒有關係，只要校長室的抽考考好就行了。」

她把東方老師的話牢牢記住，花了好幾個晚上細心研究分析聯考試題。最後她發現課文內容命題的機會倒不很多，課文後邊的「作者」、「題解」、「註釋」卻是命題取材的主要來源。

終於，長時間來她所擔心的國文抽考，在第十七週週會時舉行。時間是臨時宣布的，題目是請校外人命的，試題彌封，考試座位混合編排，閱卷、評分、統計成績由教導處負責。於是，這一週的生活，成為一種煎熬，她希望抽考成績早點揭曉，卻又擔心自己教的兩班都落在後頭。雖然學生反映說考得不錯，可是誰能保證別班不考得更好。

直到星期六教導處還沒公布成績，星期天就成了「最長的一日」了。作文改不下，功課無心準備，連「名片欣賞」也沒情緒看。星期一一大早就醒了，頭昏昏沉沉。鬧鐘大聲響起，她全身癱瘓似的起不來。直到媽媽進房，一看她的臉色，吃了一驚。

「那裡不舒服？」媽坐在床沿，摸摸她的前額。

她真想賴著裝睡，看媽這樣焦急，只好撐著起床。媽勸她請假休息，她還是勉強上學校去。早自習時間，導師室擴音器「噗！噗！」了兩響，跟著響起校長的聲音：「西門老師請來校長室。」

她站起來，突感地在動，連忙用手按住桌沿。別的同事轉頭看她，那劉老師笑笑說：「校長召見，一定有好消息。」她實在疲累，只當沒有聽見。

當她在校長室大辦公桌前一坐下，校長問：

「你的臉色不好，不舒服嗎？」

「沒有，沒有。」

校長點點頭，看看攤在他面前的一份東西，又看看她。「西門老師，這次抽考，你教的兩班成績還可以，三慈排名第三，三懿排名第五。」

她全身一陣麻。那年參加大專聯考，收音機播報錄取名單，當她聽到自己的名字時，就是這種感覺。校長說得很清楚，但是她還不敢相信似的，只是呆呆地看著他。

「這是教導處的統計……」校長把那份資料往她面前一推，「凌主任曾經向我報告，說你教的兩班成績不好，現在事實證明，我的決定……」

校長話未說完，她「哇！」的一聲哭出來，又忙著用手帕摀住嘴，眼淚卻掩擋不住。

六

忙碌的日子彷彿長著腳，跑得飛快。教室黑板上寫著距離聯考的天數，先是三位數，接著是二位數。

現在，西門老師每天五點半起床，轉了兩趟車，到學校正好趕上七點三十分的監考，展開一天中忙碌生活的第一個回合。以後緊跟著上課、指導學生複習、命題、改考卷、算成績、排名次、檢討試卷。如果發現試卷上有多數學生答錯或不會的題目，再加強講解、複習，再度換方式命題，一定要使每個學生都能答對為止。

七八週的總複習，學生是日夜苦讀，老師是盡其所學，很明顯的，各科模擬測驗成績，一次比一次高。這是唯一的安慰，因為辛苦總算有了代價，聯考試場上的勝利多了一分保證。跟著畢業考試舉行過了，集體報名的手續也辦好了。七月初，學期結束，暑假開始。全校除了上電視表演的學生每天早上來學校排演外，還有九班畢業生，照常七點半到校，做聯考前的「最後衝刺」訓練。

七月六日上午，西門老師正在教室為學生講解試題，忽聽到高跟鞋敲著磨石子地的清脆聲，由遠而近，她一轉頭，音樂老師站在教室門口，一臉的嚴肅，向她招招手，她連忙出去。

「東方老師辭職了，你知道嗎？」

「我不知道，為什麼辭職？」

「聽說，凌主任通知他，說是資格不合，叫他去受訓，補修教育學分。」

「老天！有這樣的事！」

……………

一聲驚叫，她又跌回現實。看看四周，會議室只剩她一個人了。她無法想像東方老師聽到凌主任說他資格不合時的表情，但是剛才艾老師一聽到校長要他辭職的反應，她是看得清清楚楚的，那是極度的難堪、屈辱與憤怒。

她微微顫抖起來。她想，大概病了。她慢慢站起來，這才發現會議室的吊扇還在猛轉，她走過去把它關掉。扇葉子停住不轉了，可是她內心的寒意卻越來越濃。在會議室來來回回走了好幾趟，最後她咬咬牙下定決心，走進校長室。

校長在整理公事皮包，一看是她，問：

「還沒回家，有事嗎？」

「校長，我是來辭職的。」

校長放下公事皮包，往高背皮轉椅一靠，停了半天，冷冷地問：

「你要辭職？」他的頭一側，眼睛像兩道箭，定定地看著她。「西門老師，你該知道，你是本校最受禮遇的老師。儘管凌主任對你不滿意，儘管有些同事對你有閒言，但是我從不改變我對你的看法。」

「謝謝校長，這個我知道。」

「你知道就好，你仔細考慮考慮吧。」

「校長，我實在是身體不好，需要休息。」

她的確疲累不堪。窗外雖然是盛夏耀眼的陽光，而她卻感到陣陣寒意。

「這樣好了，」校長的語氣緩和下來：「暑期補習班不排你的課，在家好好休息。」

校長這樣說，不好再堅持了。

出來時，她心中做了最後決定：辭職書掛號寄來。

原載民國六十五年《中華日報》副刊

六十六年為《華副小說選》第二集入選作品之一

「天聲木偶戲班」的傳奇

一

爛眼五的失蹤，在下方墩成了大新聞，比起那年橫街天德堂的小東家，從省城帶來會唱的鬼盒子叫什麼留聲機的所引起的轟動，是更大的新聞。

爛眼五不是手拎紅纓帽衙門直進直出的有名人物。可是下方墩周圍百十里地，有誰不知道「天聲木偶戲班」的掌班爛眼五這號人物。尤其是這一年的八月初八，送子娘娘的生日戲，「天聲木偶戲班」的亂彈，鬥贏了京班「大高昇」，更是奇事傳千里，連省城報館的新聞記者都跑來打聽新聞。

一些好心腸的街坊不免嘆氣說，爛眼五真命苦，他家三代做木偶戲，從祖父拐子琴、父親小旦昌一直到他，單傳絕藝，木偶戲愈做愈好，生活卻是孔雀生雉雞，一代不如一代。眼看他三十五六的人啦，還是個孤佬。現在，看看走運了，有人來接頭請他的戲班到省城去做，而他卻是大風刮走稻草灰，連影子也不見。

爛眼五的失蹤，引起種種議論。說是被謀財害命吧，不會的啊。他的褡褳裡沒半個鷹洋，就是銀角子也不常有。說是跟誰家的女人有勾搭，被人毀屍滅跡，那更是亂話三千！

你看他那副邋遢陰司相，一件稀舊的藍長褂子，彷彿套在扁擔上，走起路來晃晃蕩蕩，遊魂一個。他那雙連眼睫毛都爛脫光的糟紅眼，眼眶皮翻轉來，看了就叫人泛胃。

只有鑼鼓一敲，木偶戲一上場，他換了個人，精神亢奮，唱生是生，唱旦是旦。下了戲，人就成了走氣的皮球，鴉片鬼似的軟塌塌地，兩個肩膀高高聳起，只差一點流出鼻涕了。他連打鑼鼓的伙計都懶得打個招呼，管自己縮著頸子，一晃一晃，晃進三官殿西邊的破廂房，翻倒在破草薦上，閉眼抽旱煙養神。這種人，連狐狸精都躲著他，不要說有血有肉的人了。

可是人總是不見了啊！

於是，有人說：「一定是仇殺！」

「仇殺？笑話！」

誰看過阿五跟人打架？不用說仇家啦！連瞪過眼的人都沒有。腦筋動得快的人馬上反駁說：

「怎麼沒有仇家？你忘了，大高昇那個胖掌班說的狠話。」

唉，說歸說，做歸做，氣話嘿。人家是跑碼頭的，那裡不好混，說過也不就算了，真的還犯得著動刀子捅人！

日子風吹一樣過去。爛眼五的失蹤漸漸被人丟在腦後的時候，卻突然有人在橫街奔著鬼嚎似的嚷嚷：

「爛眼五死啦！爛眼五死囉！死在水蛇坑……」

水蛇坑在洞橋頭金家廢園的東北角，那兒有一棵幾百年的老槐樹，四五月裡，滿樹開著黃白色的花朵，遠遠看去，就是一把巨大撐天的花傘。這棵綽號老壽星的大槐樹，在一場深夜的大雷雨中，被一聲巨雷劈中，粗樹幹劈對半，過了好幾天，那濃烈的樹枝的焦臭味，還沒散去。所以一提到水蛇坑，就叫人想起那倒楣的老槐樹。其實，老槐樹下的水蛇坑並不是坑，也沒誰見過水蛇，幾十年百年都這樣叫下來。老一輩的人說，水蛇坑原是小潭子，水清清的，不管乾旱、漲水，水蛇坑都一個樣，清清一潭水。風水先生說，這是活穴，是龍眼。後來不知怎麼著的，水蛇坑的水枯了，金家也沒落了。那麼大的園子，只剩稀落的幾棵老橘樹，仍舊頑強地在那裡苦撐著。每年霜降，老槐樹的葉子落得一片不留，空落落的枝椏在寒風中顫抖。可是牠並沒死，春天一來，枯枝上又抽出新葉來。

今天，水蛇坑人擠人，比廟會更吵鬧，有女人恐怖的尖叫聲，有小孩被擠痛的大哭聲。

爛眼五像乾癟的癩蛤蟆，四腳朝天，變成一具人乾。那張瘦臉成了風乾的棗子，顯得特別小，爛眼眶卻大大的，死灰的眼球深深陷進去。他的上唇縮上去，露出歪斜的黃牙齒，乍一看，活像受盡折磨的人所發的苦笑。那雙雞爪手，筋骨全露，十個指頭尖圓鼓鼓的，像十顆紫葡萄。凶死的人也有，可沒有這樣難看的死相。

「真是皇天沒有眼呀！一個本份人，這樣的死法！」

二

俗語說，師父傳徒弟，手藝差一截。本來嘛，誰沒有私心，保留一點壓箱底本領，免得徒弟一出師，搶師父的飯碗。爛眼五一家，三代單傳，可不比外人。所以「天聲木偶戲班」的戲，愈做愈好，無論木偶的造型、唱工、說白、提線，一代勝過一代。到了爛眼五手裡，在臺上，個個木偶是活的，叫看的人看獃了。

爛眼五的祖父阿琴是個怪人，幹的是木匠，出名的是做木偶戲。只要有人請，他會把正在幹的活兒丟開，先去做兩天戲再說。

阿琴最拿手的是老爺戲。從桃園結義到過關斬將，把關老爺的威風做活了。阿琴的脾氣火爆，主事的頭家招待不好，他馬上挑起戲箱，不唱了。所以提到「天聲木偶戲班」的阿琴，沒有人不知道他的火爆脾氣的。阿琴做木偶戲是業餘，是為興趣。他的正經生活是幹木匠，手藝精巧。他的圓木工，鴛鴦榫接得用放大鏡都看不出縫來。他的「天聲木偶戲班」的木偶，都是他自己刻的。他對木偶的臉譜特別下功夫，唱一齣戲，同一個腳色，他會用上好幾個木偶。他的執拗脾氣，十隻水牛拉不動。照理說，做木偶戲嘛，那用得著費事，一個蘿蔔一個坑，唱老爺戲，一個紅臉唱到底，桃園結義是他，過關斬將是他，到末了守荊州、走麥城自然也是他。阿琴卻不這樣想：那有這個道理，走運是這張臉，倒楣也是這張臉，那不是死臉了。他的腿勁真足，一有空，他撒腿就跑，把下方墩附近的山前山後都跑遍，去找一塊適合刻走麥城的老爺臉的木頭。總算他運氣，在一個懸崖上找到一棵枯死的老梅樹。他一高興忘了形，從懸崖摔下來，算他命大，只摔斷一條腿，火爆阿琴變成了拐子琴。

新臉譜一刻好，「天聲木偶戲班」的走麥城在三官殿一演出，那真是鴨子下「彈」，響聲驚人。一連演了七天，二三十里地的那些不怕累的莊稼漢，都趕來看。看一次，看兩次，還有連看三次的。見過世面的人說，拐子琴的走麥城，不比筱三麻子的差。

筱三麻子是誰？那準是大城市的名角沒錯。可惜第七天夜戲一下場，拐子琴病倒了。他一閉眼，一張大紅臉在他面前晃來晃去。人快死了，腦筋可很清楚。他把兒子、孫子叫到床前，說：

「阿昌，好東西吃在嘴裡舒服，好話聽在耳朵裡舒服。誰有這個本領，叫幾十里地的人趕來拍掌叫好。」

老人說著、說著，臉上放出笑容來。兒子點點頭，表示聽懂他的意思。老人接著說：

「你可不能把這個當飯吃，木匠手藝，是不能丟的。」

話說完，他就噓了氣。做兒子的還沒哭出聲音，他又活回來，睜開眼睛，喘了兩口氣，用最大的勁擠出一句：「走麥城不要演了。」

「爸，我記得。」

老人無神的眼光落在孫子身上。阿昌把兒子往前一送，推到床前。老人從棉被裡慢慢抽出枯柴般的手，搖了搖，突然停住，落在被頭上，死了。

三

阿昌很聽話，幹木匠養家，做木偶戲賺點錢貼補家用。有人請他做老爺戲，照做，就是不演走麥城。他做木偶戲的癮頭不比他父親低，只是會克制些，一定要把手邊的活兒幹好才接戲。阿昌人長得細雅，戲路也不同。他唱小旦，聲音像女人，小旦昌的名氣慢慢大起來。他做的多半是悲戲，像杜十娘怒沉百寶箱、趙五娘吃糟糠、張財遊庵，把女人們看得一把眼淚兩把鼻涕。

只有一點，小旦昌有自己的想頭。他家兩代做木偶戲，「天聲木偶戲班」也很有點名氣，不傳給兒子實在可惜。只要不誤正業，玩玩也沒什麼要緊。他知道兒子喜歡，要是路不太遠，他總會帶阿五去，讓他躲在幕後，看他做，聽他唱。

有一次，他對兒子說：

「阿五，今晚你在臺下看。」

孩子的脾氣有點像祖父，不大好講話。

「阿爸，我不要。你指頭怎麼動，我還沒看懂，我只覺得跟在家教我的不一樣。」

小旦昌心裡高興，這孩子比他當年更迷。不過他還是說：

「阿五，你要聽話，今晚在臺下看，一定好。」

這一晚演全本「珍珠衫」。三官殿廣場黑壓壓滿是人頭。演到陳大郎臨死，那動作、那唱腔、那痛苦、那懺悔，直把臨噈氣的陳大郎做活了。叫那些看到漂亮女人就動歪腦筋的浪蕩子，看得直心跳。那陳大郎的眼睛，臺下人都看到竟是淚光閃動，臉上竟現出抽搐的苦痛的表情。死木頭，活陳大郎，叫人在夢中都看到他的死相。

這一夜，小旦昌怎麼也睡不著，只覺得全身燠熱，臉上發燒。他翻個身，換個姿勢，嘆了口氣。他的兒子也沒睡著。從下戲到回家，阿五一直不敢開口，因為他看到父親的臉色怪怪的，眼神也不對。現在，他鼓起勇氣，試著問：「阿爸，你不好過嗎？」

「沒有啊。」

「哦，沒有。阿爸，今晚你做得真好。你教我好不好。」

「這怎麼教！」

他回得很急，聲音又高。老半天，父子倆的話斷了線。做父親的好像有一肚子話，想說又說不出。終於，他嘆了口氣，輕輕說：

「阿五，有些事是沒法子教的。做八仙桌，做花鼓桶，能教。方就方，圓就圓。你想把鴛鴦榫接得看不出縫，像整個大木塊挖成的，沒法子教，要自己用心去捉摸。」

阿五不哼聲。做父親的側過身，臉朝外。黑暗中，他看到兒子也朝著他看。

「阿五，做木偶戲，唱腔、說白、提線，可以教。像今晚，沒法教。」

「你會做，怎麼不會教。」聽口氣，兒子有一肚子的不高興。

「不騙你，阿五。今天晚上，我覺得我就是陳大郎，連自己都忘了，這怎麼教呢？」

父子倆的話又斷了線。兩個人都不滿意。父親為自己說不清話而苦惱，兒子為不能接受父親的話而懊惱。

這天深夜，阿五突然醒來。菜油燈擱在父親床頭的燈檯上。大概只點一根燈芯，黃黃的燈光只照到近處。阿五看見阿爸盤膝坐在地上，面前有隻炭爐子，正燒著旺旺的火。爐子上擱著一隻大鍋子，鍋子裡咕嚕咕嚕響，熱氣衝得鍋蓋卜卜卜一動一動。阿五想，阿爸太累了，東西煮爛了也不知道。他慢慢下床來，走過去，一掀鍋蓋，一團熱氣衝上，阿五殺豬似的嚎叫，蓋子一撂飛開去，人跌在地上打滾。

阿五的眼睛被熱氣燙得腫成桃子，日夜在床上翻騰。那悽慘的哼聲，像地獄裡發出來似的叫人聽了發毛。他滿腦子不停地閃動著木偶在滾水裡翻騰的慘狀，像煮熟的一鍋子湯丸，在滾水裡七上八落。

受罪的日子熬過去了，眼睛的腫也漸漸消了，阿五的雙眼能張開一條縫了。只是，本來清明發亮的眼睛，變成一雙血紅的爛眼。

所以，當小旦昌去世時，只留下兩句話：

「阿五啊，做個本份的木匠吧，不要玩木偶戲了。」

四

爛眼五可不是小旦昌，把父親的話擱在心裡。只要有人請，他不會放棄到四鄉做木偶戲的機會。只是，不管他怎樣用心賣力，總覺得少了點。

「爛眼五比小旦昌差一點。」

「不止差一點，差多了！」

別人一句批評，爛眼五會難過好幾天。一難過，就茶飯無心，就想到父親的話：「忘記自己，忘記自己。」

於是，他做工也想，走路也想，睡覺也想。他簡直著了魔。慢慢地，長年累月地，幻想、苦思是一條無形的蠶，一點一滴地啃著他生命的桑葉。他似乎掙扎在真實的生活與靈幻的境界之間。漸漸地，他的本業荒疏了。別人請他做的活，不是到日子繳不出貨，就是乾脆不接。他的生活愈來愈艱難，愈潦倒，三官殿的西廂破房成了他的家。大概是吃得不好，生活太苦，三十多歲的人，又老又瘦，大風一吹，準會把他刮走。

日子在艱難困苦中過去。有一天，他終於演了一臺精彩出神的戲。

這臺戲也是在三官殿做的。本來是鬧著玩的。有幾個家當都很不錯的年輕人，湊在一起亂起鬨打賭，誰能用牙齒咬住籮筐繩，把一籮筐穀子提起來，只要離地兩三寸高，大夥就出份子請爛眼五演一臺木偶戲。這不是故意作難人嘛！滿籮筐穀子有多重，少說也有百來斤。誰的牙齒有這個勁道？可是天下事真難說，有個叫王大獃的，張開四四方方的大嘴，一口咬住籮筐繩，打喉嚨裡悶咕嚕一喊，一下子把滿籮筐穀子提得高高地，叫地方上留下一句話：「王大獃提穀子，一口咬定。」

這一臺木偶戲是撿來的，叫人樂壞了。爛眼五也特別興奮。這一次，他把那個風流的「張財」做得活龍活現。

張財是個進京趕考的書生，路過尼姑庵，看到一個年輕尼姑，生得天香國色，張財又是個風流才子，兩個人一下子打得火熱。後來張財樂極生悲，死在尼姑庵裡。這個戲，一年裡頭總要演個三兩回，那唱詞，小孩子也會唱幾句。可是這一晚的「張財遊庵」，看得臺下的人著了迷，女人們的低聲飲泣像秋蟲的鳴聲，從四面八方響起，心腸軟的男人，袖口黏滿眼淚鼻涕，擰得出水來。

這一夜，阿五夢見自己遊庵，死的是他自己。那年輕尼姑撕肝裂肺的哀嚎把他驚醒。他到底是誰？是張財？是阿五？他迷糊了，腦子裡一團爛泥漿，攪不清楚。在黑暗中瞪著眼，把神定下來，慢慢地，他把夢中的經過理出頭緒來，暈陶陶的打心底冒出笑意。他摸下床來，點起燈，走到牆邊。靠近牆有兩個木架子，上面擱著的長竹竿上，懸掛著一排幾十個木偶，上邊用青布罩著。阿五伸手掀開青布的一角，他全身打起哆嗦，手裡的燈落在地上。他看到，他看到那個尼姑向他眨眼、微笑。

爛眼五的遊庵大大地出名了。比拐子琴的走麥城，比小旦昌的珍珠衫，更叫人發瘋。

他每做一次遊庵，就做一次夢，就跟那個年輕的尼姑結一次姻緣。他的人愈來愈瘦，只剩一把骨頭，幽靈似的虛飄飄地帶點陰森味。

五

每年的八月初八，是下方墩送子娘娘的壽誕。

去年這一天，是娘娘廟重修演開光戲，請了兩臺京班，一臺是大高昇，一臺是飛龍大京班，在娘娘廟廣場並排演「鬥臺」戲，把遠遠近近幾十里地的人都引了來。

日戲頭通一打，那震天的鑼鼓聲，把人的心都從胸口擂出來。戲一上場，大高昇演「九江口」；飛龍大京班演「鐵公雞」，把那陳友諒跟向榮的鬍子差點都燒光了。夜戲更精彩。大高昇演「大劈棺」，飛龍大京班演「殺子報」，戲臺上的旦角，那風騷、潑辣，再加上天女散花似的向臺下亂拋媚眼，看得男人們似醉如癡。個子矮的人，拔長頸子，踮起腳尖，隨著一陣轟雷叫好聲，被人潮抬起來推推擁擁，蕩來蕩去。好說大話的人說，他看了一夜戲，雙腳沒有落地過，真神。結果，飛龍大京班演「大鬧天宮」，那孫猴子舞銅棍，單手轉到背後飛舞，碰到腳跟，挫了一下，戲臺下起鬨喝倒彩，鬧得幾乎打群架出人命。

所以今年八月初八，再請飛龍大京班跟大高昇唱鬥臺戲，那個飛龍大京班的瘦掌班硬是不答應。幾個主事的頭家湊在一起商議，有人說，飛龍大京班既然不肯接戲，就叫爛眼五的木偶戲班在三官殿做兩天湊湊，給孩子們看。主事的人把大高昇的金掌班跟爛眼五請來，阿五只說個「好」字，那大高昇的金掌班，摸著他的雙下巴，笑呵呵地說：

「爛眼五，你的戲臺下能有一桌人，我的戲銀一個銅板也不要。」

說來也真可憐。八月初八的日場戲開演了，三官殿「天聲木偶戲班」臺下，冷冷清清，只有幾個小孩在跑在叫。靠廊沿邊那個賣花生的攤子，還賣不到三個銅板。三官殿隔娘娘廟不遠，那邊的大鑼大鼓聲陣陣傳來，大概不是演「殺四門」就是「八大鎚」什麼的。

日戲勉強挨到散場，「天聲木偶戲班」打鑼鼓的伙計跟爛眼五說：

「阿五哥，我看，還是收場的好，夜戲沒人看的。」

爛眼五坐在戲箱上，兩手攏在袖子裡，閉著眼睛不哼氣，瘦身子在長褂子裡微微抖動。老半天，突然站起，爛紅眼裡閃過一抹神彩。

「不！到時候，我有辦法。」

夜戲開鑼了，另是一番氣象。

娘娘廟大高昇打鑼鼓的，抽足大煙一樣，勁道特別猛，那大鑼大鼓聲，吵翻了天。戲臺上的四盞煤氣燈，映照得半邊天一片光亮，一片霧氣。數不清的不知名的小蟲子，一團團繞著煤氣燈飛舞。偶而還有一隻兩隻蝙蝠大的燈蛾跟大蜻蜓，衝著煤氣燈的玻璃罩亂撞。戲臺下早擠滿人，緊緊密密，像滿籠筷子，不留半絲縫。

三官殿「天聲木偶戲班」也在打頭通。不過那是九月裡的蟬叫，有氣沒力的。戲臺下沒人，連小孩子也不見了。廊沿下賣落花生的，額頭頂在豎起的膝蓋上，不知道是不是睡著了。爛眼五卻一個人躲在破廂房裡，在昏黯燈光下，幽靈似的活動著。

爛眼五瞇著眼，慢慢轉著身子仔細打量。不知風從那裡吹進來，把原已不夠亮的燈燄吹得拉拉扯扯地，有時燈燄壓縮下去，矮下去，要熄掉的樣子。阿五發現風是從破門洞灌進來的，走到床前，兩手抓起露出草鬚的草蓆，把枕頭、旱煙筒、破棉被一起抖落在床上，用破草蓆遮住破洞，順手拖過缺一條腿的凳子，斜豎著頂住蓆子。燈光慢慢靜定下來，燈燄伸個懶腰，站直了。

阿五端起燈，用手掌護著，走過去，掀開竹竿上遮蓋著的青布幔，盯著香腸般懸掛著的木偶一個一個仔細看過去。一張張熟悉的臉譜，紅臉、黑臉、花臉、白臉、俊的、醜的、老的、少的，從左看到右，從右看到左，嘴裡含含糊糊地唸著戲中人的名字。慢慢地，顫抖地跪落在地上，嘴唇微微開合，像一隻沒有活力的疲累的魚，浮出水面張嘴呼吸。他彷彿看到他的祖父、他的父親隱隱約約從深邃邈遠的黑暗中飄飄忽忽地向他走來、走近、走進他的身體……

他的瘦削尖腮的臉，繃得緊緊的，兩邊太陽穴的青筋一跳一跳，蚯蚓般蠕動。有著很深橫紋的額頭滲出汗珠，一顆、兩顆、三顆……滿額滿臉都是汗水。

突然，他張大火紅爛眼，虎地挺立，右手在左袖口一抹，變戲法一樣取出一枚針，在空中劃一個圈。他緊握左拳，掌心向裡，豎立大拇指，在眼前擺動，動作由慢變快，眼一花，卻是一個飯匙蛇的蛇頭向他面門撲來，他一聲低吼，一針扎過去，一顆鮮紅的血珠冒出來。激動的情緒漸漸消退，他微微喘了一口氣，跨前一步，把鮮紅的血抹在一個木偶的嘴唇上。他像個熟練的魔術師，飛針連刺指頭，每刺一針，人就抽筋似的震顫一下。十個指頭都扎過針，每個木偶的嘴唇都塗過血，他旋風似的打著轉身，腳步一個不穩，連連倒退，「澎」一聲，整個人摔在床舖上。

六

這一晚，「天聲木偶戲班」演的是「水漫金山」。那些蝦兵蟹將，在白素貞率領下，在滔天巨浪中推波助瀾，大水翻騰洶湧而上，漸漸衝近金山寺的山門。那長眉垂目的法海老和尚，用低沈的喉音宣了聲佛號，說道：

「徒兒那裡？」

「弟子在。」

「看法衣。」老和尚拂塵一抖。

「謹遵法旨。」

小沙彌把大紅袈裟撒網一樣的撒下來，漫天波濤，退潮席捲而去，一瀉千里。臺下的觀眾驚惶地後退。人人清清楚楚看到洶湧的大水直衝過去。

三官殿「天聲木偶戲班」的臺下什麼時候擠滿人，誰都不清楚。他們只是隨著金山寺前漲落的大水，一擁而上又潰退下來。人群中有人驚叫，他的鞋子被人踩脫了，他沒法彎腰拾取，忽然人潮又是一衝，他一縮腳，整個人被凌空抬起浮蕩開去，他找不回他的鞋子了。

娘娘廟大高昇戲臺下冷落得要出鬼了。儘管臺上演的是「羅通掃北，盤腸大戰」，可是仍然沒辦法把人吸住。

第二天一大早，大高昇的胖掌班，在主事頭家的家裡，跺著腳吼：

「爛眼五用邪術砸我大高昇的招牌，我要殺了他！」

雖是狠話，可也難怪，唱亂彈的木偶戲鬥倒了京班，除了邪法，天下那有這等事。

主事頭家是塊老薑，兩手背在背後，看熱鬧一樣眼盯著大高昇掌班氣虎虎的臉，慢條斯理地說：

「金掌班，爛眼五病倒了，只剩一口氣了，不用你動刀子，他活不了幾天啦。」

「好，我去看看。要是裝病，我就劈甘蔗一樣把他一刀劈成兩半！」

爛眼五真的病倒了，真的只剩一口氣了。不過，他並沒有死。

九月初九有一臺酬謝三官大帝的戲，講好晚戲演「張財遊庵」。臨上場，做張財的那個木偶不見了，怎麼找也找不到，只好臨時找替身。

這一夜，爛眼五鬼魂附身似的從頭到腳不自在，折騰來折騰去睡不著，只差點把那張已夠破損的草蓆碾出個大窟窿。他從枕邊摸過旱煙筒，裝上煙絲，點上火，躺著一口一口吸。吸一口，滋一聲，火一亮。他聽到墻邊架上有響動，豎起耳朵聽。他翻身起床，把煙渣磕在地上，煙筒擱下，點上燈。慢慢走近牆邊，把架子上的青布幔掀開一角，頭頂心打了個響雷，愣住了。那做張財的木偶好端端地掛在最外頭，那粉臉彷彿還在笑呢。阿五手掌護著燈，靠近仔細看，天！這木偶的嘴角還黏有麻花屑呢？

「嗡！」一響，他的頭昏了，整個人浮漾起來。他閉起眼，一腦子金星翻騰。父親的形象出現了，一副鐵青臉，嘴裡哼著：「燒水！燒水……」。

爛眼五燒滾一大鍋水，鍋蓋掀開，熱氣騰騰上升，把原已昏黯的燈光，籠在水汽濃霧中。他慢慢走過去伸手撂開布幔，突變的情景像快速閃動的畫片，眼前這個粉面含笑的木偶，一晃，變成一個巨人，像堵牆擋在他面前。那雙瞪成胡桃的怒眼，射出邪毒的兇光。

爛眼五一聲慘叫，昏過去。

第二天，阿五失蹤了。破廂房中還擺著一大鍋水，冒著微溫的熱氣。那根旱煙筒仍然擱在破棉襖捲成的枕頭邊。

戲當然演不成了，又碰上省城有人來接頭，請阿五的「天聲木偶戲班」去演戲，因此，爛眼五的失蹤，更引起人們的議論。當大家漸漸忘記這件事，他卻突然被人發現，已經變成一具人乾躺在老槐樹下水蛇坑旁的亂草叢邊。

圍著看的人，圈成一圈一圈。站在外圈的伸長頸子往裡探，有的側著身子用肩膀往裡推。

裡圈的人為了穩住陣腳，背部使勁往外頂。人擠人，腳踩腳。有驚叫的，有搖頭的，有嘆氣的，有罵人的。還有膽小的人用手摀住眼，卻又從手指縫瞧個仔細。

「那是什麼？那是什麼！」

有人踩到屍體旁邊的草叢，打了個踉蹌。草叢裡露出一大堆橫七豎八的木偶，有幾個臉朝上的，彷彿大夢初醒似的，眼睛還半開半閉著。儘管是大白天，儘管是這麼多人，而這個景象，叫看到的人個個從脊背骨冷到腳底心。有幾個膽子大的，彎下腰看個仔細，只見仰臉朝天的木偶，個個嘴唇上都凝結著烏紫色的血跡。

「天哪！木偶成精啦！變成吸血鬼啦！」

整個下方墩，是一鍋煮沸的油，翻騰著。

原載民國六十四年五月廿九、卅日《中國時報・人間副刊》
同時為入選「六十四年度短篇小說選」的作品之一

龍王劫

芒種剛過，太陽卻比三伏天的還毒，老母雞張開嘴巴，喉頭咕嚕咕嚕亂抖；癩皮狗躺在背陰的牆腳下，像隻破麻袋，踢牠一腳，也只是用無神的眼睛看看你，都懶得動一下。

真是劫數。自從清明那天下過一陣小雨，龍王爺偃旗息鼓不管事了，五六十天下來，滴雨不下。天空藍靛靛的，像蒙著一疋大青布，不沾一絲雲彩。太陽是個浸過煤油猛燒的大火球，大清早從蛤蟆山頭一提上，就性急地發起威來，火撲撲地烤著大地，打赤腳走在青石板上，準定燙出水泡來。

划航船的長腳來，站在洞橋頭樟樹下的土坡上，兩眼呆呆地看著擱在對岸的船。「晒成柴了！」他自言自語，搖搖頭。他等下雨，等下一場大雨，河裡有了水，就有生意做了。日等夜等，河水都等乾了，再不把船拖過來，只好當柴燒了。

頭頂的太陽威勢正猛，濃密的樟樹蔭，竟擋不住金箭般投擲過來的太陽光線，照射得長腳來一身斑斑點點，變成花豹子。他想走落河，走過河床，把擱淺在對岸大埠頭的船拖過來，停在樟樹蔭下。這得費多大力氣！他懶得動，一屁股坐落在土坡凸起的一塊石頭上。

船是長腳來的田，風調雨順的日子，河水滿滿的，他的船早上開航，載著十來個人划到城裡去，下午日頭偏西，再原班人馬載回來。日子過得很牢靠，一家幾口肚子填得飽飽的，不比靠天吃飯的種田人家差。而划航船的長腳來，在青山莊也有點名頭，女人們想買點臙脂花粉，洋布洋襪什麼的，男人怕費工夫上城買東西，都託他代買代帶。長腳來也會從中佔一個銅板兩個銅板的小便宜，不過他的心腸不算狠，不會叫託他的人過分心痛。

可是老天一發怒，百姓就吃苦。這種日子什麼時候才會過去？長腳來大聲拍手掌，把停在腳踝爛瘡上吸濃血的蒼蠅趕開。他的兩隻腳踝上，生的是積年老瘡，冬天，收斂點，結起厚痂，有時不當心碰破，流點血水；一到夏天，可就大開張，擴展地盤。腳踝四周的皮都變成黑黑亮亮的了。荒年的蒼蠅也餓得慌，長腳來只得連連用手去拍，只是一隻都沒拍到。人窮，連蒼蠅都趕趟兒來趁火打劫。他想，該到回春堂後園，摘些白丁冬①葉子搗爛了來敷。他手一停下，那頑劣的蒼蠅打一個圈又停在原地。長腳來又狠狠拍一下巴掌，還是沒拍著，就站起來，

①藥用植物。性寒味苦。根能治赤痢，葉可治爛瘡。

跟誰賭氣似的一直走落河底。他揀河床凸出水面的地方走，走過河心，水還不到小腿，有點燙。看看兩邊的岸，高過他的頭頂。往上游看，從大青溪衝下來的石子，在上游拐彎的地方沈積成的石子灘，像座大山丘。那石子灘，往常日子冒出水面饅頭似的一塊，女人們在灘上漂布，把烏鰍般的白布，漂得閃白。太陽下山了，孩子們蹶起穿開襠褲的屁股。在上邊捉蟋蟀。想不到水面下是這樣大的大石丘。長腳來信不過自己的眼睛似的狠狠地盯了一眼，就小心地走向對岸，雙手扒著船尾往回拖。

他咬緊牙，兩隻缺少肌肉的長臂，青筋暴起，只聽得輕輕「喀喀」一響，船被移動了。見鬼，這樣重。平常坐十來個人，再裝些貨，划起來嘩啦嘩啦的，空船竟拖不動。他蹲下馬步，嘴裡一聲聲吆喝，一點一點拖過來了，結果船底下又發出「喀喀」一大聲，不動了，大概擱在大石頭上了。汗水從他額頭直淌。

「長腳來，你跟水鬼打架！」

樟樹下有人叫，他直起腰，回頭一看，是烏皮金。

烏皮金坐在樟樹根上。樟樹根像怒龍張爪，爬出地面，因為長年有人坐，變成光皮。

烏皮金是他同行，不過划的是小划了，青山莊人叫「小蛙溜」的。小蛙溜頂多坐三個人，是「包船」，有錢人坐的，獨來獨往。有急事，大黑半夜，只要錢出夠，烏皮金照樣把睡鬼趕跑，不皺一下眉頭，把人送到城裡。

「烏皮，來幫一下！」

「算啦！算啦！只能燒洗腳水囉！還拖什麼鬼。」

長腳來知道烏皮金的脾氣，本來就不該求他。凡事不求人，他猛吸一口氣，使出吃奶的力氣，狠命再拖，竟是蜻蜓搖石柱，動它不得，他不相信似地搖搖頭，他忘了吃了一個多月的蕃薯絲粥，不長力。他伸直腰，把兩隻長手臂伸屈幾下，一眼看到老遠姜家三兄弟，從田裡扛水車、水車架回來，姜家是青山莊最後把水車扛回來的一家。水位猛下，車上來的泥水，經過田溝都漏光了，只得放棄，有些人家索性連水車都懶得扛回來。現在三兄弟走上洞橋，從河底看上去，像在雲端裡。好，救星來了。

「阿松，幫幫忙！幫幫忙！」

阿松是老大，他叫兩個弟弟先把水車，水車架扛回家，他自己把鋤頭、茶壺擱在樹下，扯下腰帶上的汗布，一面擦汗一面對烏皮金說：

「烏皮，你真坐得住，去幫一下，也晒不死你的。」

「你高興你去，他自己懶骨頭，怪誰！」

「同行是冤家，你不幫忙，也沒錯。」

「阿松，你說話少放辣椒。」烏皮金站起來，因為平白被挖苦，不甘心。「他的兩尺四，搶不走我的生意……」

阿松不理他，管自己下坡。烏皮金跟影子吵架似的沒有反應，沒好氣一屁股又坐下來。吃飯怕嘴多，幹活嫌手少，一個船頭，一個船尾，兩個人三下兩下就把船半抬半拖的弄過來了。

現在太陽西偏，威勢稍殺，樟樹下慢慢熱鬧起來了。那些個一個人吃飽全家飽的光腳羅漢，還有在家呆不住的未成家的「牛犢」，一個個摸到樟樹下來乘涼閒磕牙。談的還是陳年老話：再不下雨，會鬧旱荒，大荒年，會餓死人。說的人沒勁，聽的人也懶懶散散，有一搭沒一搭的，溫火炒豆子，響一下停一下。後來走來一個人，綽號叫包打聽的，帶來大新聞，才把樟樹下缺少活氣的人群，攪得興奮起來。

「我有個大新聞，剛剛聽到的。」包打聽說。

「什麼新聞？你說嘛。」有人閒閒地問。

「我聽保正說，明天求雨。」

「求雨？飯都沒得吃了，誰出錢？」

本來三個兩個閒磕牙的也圍過來了。包打聽兩眼四周一掃，把聲音提高。「自然有人出錢，我們前莊的仁大房做頭家；還有，後莊侯家的二房侯壽幫襯。保正就要跟他商量去。」

「去你的傻蛋，侯壽是銅算盤，要他出錢，比脫他褲子還難。」

聽的人一陣鬨笑。烏皮金站在樟樹根上，用不屑的口氣說：「做夢！包打聽，你真做夢！」

「你不信拉倒，又不是叫你出錢。」

「也難說，銅算盤那樣老還沒兒子，這次肯做好事也說不定。」阿松也站起來，故意跟烏皮金頂槓。「你說，是不是，長腳來。」

長腳來沒心思跟烏皮金磨牙，因為他的膿瘡又被蒼蠅叮了一下，懶得彎腰去拍，只是跺跺腳。「龍王爺也倒楣，三年沒人燒香，有事了，去求他，恐怕不管用。」

「真的。要是五通爺管下雨，求他一定管用。」

說到五通爺，大家轉過身，朝五通殿看去。樟樹下的五通殿，雖是豆腐乾似的一個小廟，卻是有威名的神道。小殿兩廂，兩棵百年來的老樟樹拱護著，半夜三更走過，黑洞洞的樹蔭下，有人聽到鐵鍊抖動的聲響。青山莊人求神問卦，驅凶收驚，五通爺十分顯靈。殿前粗石疊成的大供桌，桌面磨得光光的，香火可鼎盛著。

「唉，可惜五通爺不管下雨。」

這一聲嘆，像兜頭冷水把那由包打聽挑起的談興澆息了一半。長腳來覺得沒味，正想回家，卻看到媒婆劉大嬸老遠用大蒲扇向他招手。

「阿來，阿來，我正有事找你。」

長腳來看她走路的樣子，很像戲台上法門寺裡的劉媒婆，跟他開玩笑說：「大嬸，明天不開航，你買臙脂，叫烏皮帶吧。」

烏皮金高興著拍掌說：「大嬸，你越來越俏了。你買臙脂幹麼?你要嫁人啦!」

劉媒婆用大蒲扇一指。「你娘嫁人哩!我買臙脂給你娘做陪嫁，讓你做拖油瓶，你這個小鬼頭!」

劉媒婆的嘴像尖刀，把烏皮金捅得回不出話來。她得意地再用蒲扇指指長腳來。「我有事先到後莊去，再來找你。」說完，撒開大腳，趕集似的走了。

「長腳來，劉媒婆替你女兒做媒嗎?」

「見鬼，阿來的女兒還沒出世呢。」

「那準定是替阿來嫂做媒。」烏皮金找到機會，想把輸給劉媒婆的面子扳回來。

長腳來真想刮他一個耳光。不過，今天沒精神跟他鬥，就管自己走開。

他家住在巷底。這條冷巷是雞鴨活動的場所，還有一條臭水溝，平常冒著烏黑氣泡泡，有許多小蟲子在臭水裡翻上翻下。現在水乾了，爛泥晒得比石頭還硬。人一進巷，蒼蠅貼地亂飛，人一過，又停歇下來。

家裡很靜。老婆不在，大頭、二呆也不見鬼影，只有最小的三毛光屁股躺在泥地上，一隻手攀住大腳趾想用嘴去啃。三毛兩歲了，還不會走路，手腳細瘦，肚子卻像大南瓜。

他看見父親，一滾坐起來，張開手要抱。長腳來不理他，頭往裡一探，灶間裡沒人，進房一看，床上亂堆著衣物。這女人死到那去了？又繞到屋後，稻草搭的豬欄，散出強烈的酸臭味。欄裡的豬聽到腳步聲，長嘴巴伸出矮柵欄，「喃喃喃」猛叫。這條豬也可憐，瘦成皮包骨，深凹的小眼，滿是眼屎。牠看沒有東西倒給牠吃，就用長嘴巴「澎澎澎」搗柵欄門。長腳來用腳掃了柵欄一下，嘴裡罵：「瘟豬！叫魂！叫！」心想，反正沒東西餵，不如賣了。回到屋裡一坐下，正好老婆進門。她一手提一筐野菜，一手挾一捆枯樹枝，滿身汗水，連衣服都黏在身上。三毛一見媽回來，「哇！」一聲拉開嘴巴大哭起來。阿來嫂放下東西，抱起孩子，擰掉他的鼻涕。看看丈夫坐著不動，像冷廟的泥菩薩。就說：

「蕃薯絲乾快光了，你去想想辦法。」

「省點吃嘛，煮稀一點。」心裡卻想著如何跟老婆開口賣豬。

「煮稀一點！你只曉得撈乾的吃，叫我們喝湯。」

她用手指輕輕撥開三毛頭上被癩瘡黏牢的頭髮。稀黃的頭髮，一綹綹被膿水黏著。

「跟你說多少遍了，叫你到回春堂摘白丁冬，你都不去，只蹲在家裡等天上掉下金元寶。」

「好，好。」他看看自己腳踝淌膿水的爛瘡。「明天一定去摘。」說著，把頭伸過去，放出笑臉，試探著說：「大頭的媽，你看這樣好不好，人都養不活了，還養什麼豬……」

「不用說了！」老婆不等說完，把孩子往地上一放，瞪眼看他。「你要賣豬，賣我好了！豬不吃你的糧，我會挖野菜餵。」

聲音一大，把挺著南瓜肚坐在地上的三毛嚇哭。

「我們不能坐著餓死呀！」

「坐著餓死？坐著當然會餓死！平常日子你除了划船，什麼事連手指頭都懶得伸一下。」

她再把孩子抱起，放在膝蓋上用衣角擦他的眼淚。

「阿來，你是男人，你總要想辦法。你常說城裡棧房的掌棧對你不錯。你進城去，請他給點事你做。」

長腳來呆呆坐著不動，像段木頭。老半天，她氣消了點，把聲音放低。

「你不想辦法真的不行了！就算把豬賣了能吃多久？」

「唉！你不知道城裡人……」

話沒說完，外頭有人叫「阿來！阿來！」出去一看，沒想到，竟是保正。

「阿來，你在家正好。劉媒婆說，你在樟樹下，跑到樟樹下，你又不在。撈屍一樣，總算把你撈到了。」

長腳來還沒開口，她老婆趕出來問：「保正叔，找我阿來有事嗎？他正閒著呢。」

「有事。明天求雨，叫阿來抬鑾轎。」

「我說嘛，會有什麼好事找我。我沒田沒地，求雨關我屁事！」

想不到長腳來回得這樣絕，保正一氣，就罵：「長腳來，你是人總要說人話！你沒田地，總要划船吧！不下雨，你在陸地上划？」罵完本想回頭就走，又想該把話說明，又站住，眼睛看了阿來嫂一下，手指著長腳來。「爛腳來，你說找你沒好事，跟你明說了吧，抬鑾轎是有米的，別人想抬都抬不到呢，我不看你老婆孩子可憐，誰要到處撈你的屍！」

不等丈夫開口，阿來嫂搶上前頭，連連賠罪。「保正叔，保正叔，青山莊的人，誰不知道你是好人？吃自己的飯，幹地方上的事。請你不要怪，阿來他餓昏了，說話顛顛倒倒。我明天會叫他去的。」

好話一聽，保正心軟了。他想，這女人前世不修，嫁給爛腳來，真是一朵好鮮花，插上爛茶渣。如果給她吃好穿好的，怕不比仁大房大奶奶更標緻。氣一消，說話就沒那樣大聲了：「阿來嫂，求雨是地方上的事，打鑼打鼓的，吹長號嗩吶的，背旗子幡兒的，還有端香爐打炮的，全是白活，只有四個抬鑾轎的，一人一天一升米，還有茅老道做法事，一天兩個銀角子，再加三牲祭禮，這些開銷，都是仁大房出的。你叫爛腳來捉摸捉摸，不幹，有人搶著幹！」

「幹，幹，就是沒有米也應該幹。」阿來嫂滿口答應。「不知明天什麼辰光到龍王廟？」

「雞二啼，先做法事，太陽一上蛤蟆山，鑾轎就出巡。先巡後莊，再巡前莊，以後出莊，巡到孫家集交界半路亭再回鑾。」

長腳來一聽就皺眉頭。「抬到半路亭幹什麼？」

「怕遠你就不要抬。這是仁大房的意思，讓龍王看看稻田，好叫他發發慈悲。」說完，看也不看他一眼，對阿來嫂說：「天放亮就叫他去。」

保正一走，阿來嫂也懶得埋怨丈夫，管自己在灶間忙切野菜，忙用吹筒吹灶洞。剛撿的柴不是全乾的，亂冒煙，薰得她直流眼淚，耳朵卻聽到外頭兩個兒子光腳板拍在泥地上的噼啪聲，一路響進來。

「你兩個童子癆，也曉得回家！」

長腳來憋著的氣，找到出路，吼聲像打雷，把坐在他膝蓋上的三毛嚇得拉開嘴巴窮嚷。剛進門的大頭、二呆被雷劈的那樣，站住不敢動。

阿來嫂在灶間伸脖子一看，二呆的開襠褲撕裂成條，猴子臉上的荸薺眼，看看父親又看看大頭。大頭光著上身，皮膚比泥鰍還黑，上衣包著東西捧在手裡。

「過來！過來！」

大頭有經驗，這是挨打的信號。一嚇，兩手一鬆，上衣包著的東西，骨碌碌滾成一地，全是缺少水份的小毛桃，乾癟得像風棗；還有一顆兩顆像老太婆奶頭似的楊梅②。長腳來一聲輕喝：「揀起來！」兩個小鬼聽到大赦令似的立刻蹲下，兩手連忙亂摸。

阿來嫂見風雨過去了，正要把脖子縮回，忽見門外人影一閃，進來一個人。一看，是前莊後莊到處串門子的劉大嬸。回頭忙把灶洞通一通，走出來。長腳來還是懶懶地坐著不動。劉大嬸朝地上看：

「哈啊！這麼多小毛桃。」

「揀人家採剩的，小鬼頑皮死了。」阿來嫂忙招呼。「大嬸，坐坐。你找我阿來有事嗎？」

---

② 溫帶水果。樹高約二丈，葉呈長橢圓形。果實成圓球狀，似荔枝略小，無殼無皮；表面有小珠粒突起，味酸甜。

「不能生吃，叫你娘洗了用鹽醃來吃。哈！還有楊梅，呵呵呵，那不能吃的！」這是對孩子說的。「你兩個兒子很能幹，這樣小會打點自己的肚子了。」說著，眼睛上上下下打量阿來嫂。「事情是有一點，不知阿來要不要聽？」

「什麼事？只要有米，做狗爬都行，總不會叫我在地上划船吧。」

「不叫你做狗爬，也不叫你陸地行舟，只要你願意，包你吃飽肚子坐在家裡抖二郎腿。」

「有這種好事？」他把三毛遞給老婆，屁股移開一點，拍拍板凳，讓劉大嬸坐下。

灶間裡兩個小鬼搞得乒乒乓乓的，阿來嫂進去，把小毛桃放在木盤裡用水洗。二呆伸手抓一個張口咬，被她劈手奪過去：「醃了再吃！」再把烏乾的楊梅揀出來丟進灶洞。

劉大嬸看阿來嫂進去了，就說：

「是這樣的，阿來，人鬥不過天，荒年餓死人是有的。後村銅算盤沒有兒子，他想……」

「他想怎樣？賣兒子我可不幹。」

劉大嬸眼睛盯住長腳來，心想，說硬話不費力，再個把月不下雨，你這個爛腳來，怕不倒過來求我。

「你想到那裡去了！誰要你兒子。」聽她的口氣，好像長腳來的兒子不值一個銅板。

「阿來，我說話直籠統，醜話不穿衣。你的三個兒子，讓銅算盤挑一個，他都不會要的。

你沒聽說，他家大房想了好幾年，想把小兒子過繼給他，他還不要呢。」

這是真話，長腳來倒也不生氣。「那他要怎麼樣？你說好了。」

「好，那我就說了。」她狠狠點一下頭。「是這樣的，他想叫你老婆到他家去。」

「這倒新聞了，銅算盤荒年雇佣人。」

「他雇什麼佣人？他看你老婆有福相，替他生個兒子。」

長腳來一時會不過意來，他老婆卻從灶間衝出，手指頭一直伸到劉大嬸面前：「你沒事不要找我阿來尋開心。銅算盤想兒子，你去替他生好了！」

這一下長腳來懂了。腳一跺虎地站起來，把劉大嬸嚇得上了彈簧似的蹦起來。長腳來個子高，劉大嬸只到他胸口，他真想一拳把她捶扁。「你替他生！你替他生！」

夫妻倆的火氣都很大，劉大嬸轉身就溜。溜到門口，又轉過身來。

「你倆夫妻聽清楚，茅老道說，火神爺下凡，會把地上的水燒乾，要餓死一半人。銅算盤看你老婆大臀雞能下蛋，幫他生個兒子，一年兩載還給你，不少她半根汗毛。窮人不跟天鬥，想通了再找我。」說完，轉身撒開大腳，一下子就走出巷子。

夫妻倆氣得直瞪眼。灶間裡可打起來了，二呆兩手抓兩個毛桃，大頭一巴掌打過去，二呆嘴裡也塞著毛桃，哭不出聲音，只是乾嚎。阿來嫂趕緊進去拉架，長腳來粗著喉嚨吼：「再吵！再吵都不准吃！」

這一夜，長腳來睡不穩。想到劉媒婆叫他租老婆，又氣又惱，可是肚子不聽話，不塞點東西硬是不行。能借的都借了，能賒的也都賒了。再不下雨，真的挺不住了，就算明天下大雨，河裡有水，誰還有閒錢坐船進城？阿來嫂被他唉聲嘆氣吵醒。其實，她也沒睡著，想到明天他還要抬鑾轎，忍不住就說：

「愁也沒用，船到橋頭自會直，好好睡一覺，明天才有力氣抬轎。」

長腳來翻過身，臉朝向她。「我是划船的，我不相信船到橋頭自會直。你去划，船就會撞到橋柱上。」別的時候，老婆的話往往比他有理，說到划船，誰比他在行？「大頭的媽，再不下雨，真會餓死人的。」

「不是我埋怨你，阿來，誰叫你平常有那麼多怪想頭，什麼錢多怕鏽，米多怕蛀。現在可好，三個小鬼餓得不成樣子了，你總要想想辦法。」

「什麼辦法？你真要我在地上划船，那也要有人坐啊！」

「你到城裡找掌棧的看看嘛。」

「城裡人翻臉無情，他用到你，才對你好，你有事求他，臉色就變了。」

「你沒求過他，你怎麼知道？」

這件事不止談過一次，每次長腳來都用同一句話結束：「唉，跟你說也說不清楚。」

說到這裡，兩個人都說不下去了。二呆卻叫起肚子痛，雙手捣住肚皮，翻來翻去。長腳來說他毛桃吃多了，阿來嫂只得起來讓他拉，又給他揉肚子，又忙燒開水給他喝，折騰了半天，剛讓他睡下，就聽到雞叫，反正睡不著，就起來煮飯，長腳來忙著叫：

「大頭的媽，煮乾點，喝太稀光拉尿。」

「知道了，你好好睡一下。」

「今天有一升米，晚上煮乾飯吃。」他對走到房門口的老婆說，聲音裡透著快樂。

「你呀！人家斗米興，你有一升米，就抖起來了。」

這一天，是青山莊的大日子。天邊最後一顆星星還沒隱去，龍王廟就咚咚鏘鏘鬧起來。那炮聲「轟！轟！轟！」一連三響，停一下，又是三響，把全青山莊都轟醒。打炮的單眼六，是有名的炮手。遠遠近近幾十里地，有人家做喪事，地方上迎神賽會，打炮工作都由他包辦。單眼六調火藥有訣竅，三個炮眼灌火藥不用秤，分量一樣，所以每一響都是一樣的聲勢。今天他白幹，照樣賣力。炮一響，求雨道場就開始，大鑼大鼓聲擠出龍王廟，撲向青山莊。

龍王廟座落在蛤蟆山腳。廟後大山巖邊，撐著一棵老年五爪松，樹幹粗大，兩個大人拉手合抱不住，樹身卻不高，就像長到半空，上頭壓著一塊千斤大鐵板，硬叫那些虬龍伸爪的怒枝，向四空飛爬。濃密的松蔭，像巨傘，把龍王廟遮蓋得照不到陽光，廟瓦背長年長著青苔。每年到了霜降，發紅的松針抖落，把廟瓦披上一層棕紅的厚松針氈。老松樹是松鼠的地盤，每到天寒地凍，冷落的龍王廟就成了松鼠躲避風雪的地方。青山莊的孩子都知道，捉松鼠，到龍王廟去。

龍王廟前三丈光景，有一口由巖石斷裂成的深井，青山莊人管它叫龍眼。三伏天，龍眼裡的水冰得牙床發酥，有人不怕累，大老遠跑來提水冰西瓜。冬天，龍眼的水是熱的，井面冒著白霧的煙氣。龍眼多深，誰也不知道。有人說，龍眼通東海，沒有底。那麼，這個龍王，定是東海龍王了。

東海龍王是個不走運的神道，一年裡頭，難得有人來燒香叩頭。平常廟裡冷清到鬼都跑出來，只有冬天，偶然有野孩子來捉松鼠，發出一聲兩聲驚叫歡呼。可是今天一大早，廟裡早已擠滿吹吹打打，忙進忙出的人群。那匆忙雜亂，像被人掀開的螞蟻窩。廟門口也擠著看茅老道做法的人群，還有一些片刻也不肯安份的野孩子，有的爬上老松樹，有的從大人脇下鑽頭進去張望。

大殿長條香案上，擺著三牲祭禮，乾果鮮花，香爐裡插著大把紫檀香，一縷縷青煙，稍稍扭擺但很平穩地裊裊上升。香案左右的大石燭台，點著明晃晃兩隻大紅燭，不停地流著燭淚。

那個茅老道，穿戴戲台上諸葛亮的八卦道袍，左手搖鈴，右手執桃木劍，瞪著死魚眼，布滿深溝紋的癟臉，像手藝拙劣的雕刻師，三刀兩刀隨意刻出來的那樣沒半點活氣。只見他腳踩七星步，滿殿輪轉，嘴唇不停地開闔，只是人聲嘈雜，聽不到唸些什麼。

突然，一個大轉身，後退三步，再向左前方跨一步，又向右前方跨一步，眼瞪著大廟門，彷彿如有所見。忽的脖子伸長，「呼！」一聲，猛龍噴水，噴出一陣水霧，口中喊出尖銳刺耳的高吭聲：「甘霖普降！」接著他的整個身體，菜花蛇快速疾行那樣的扭動，動作由慢變快，額頭汗衝過深溝紋，滿臉掛落，把擠在廟門口的人看得心驚。

「茅老道的骨頭要抖散了。」

「老道士發羊癲瘋啦！」

「要你死啦！胡說……」

輕喝聲未落，只聽老道士發出斷命的慘叫，扭動抖索的身子，像突然去掉壓力的彈簧，一下子挺直，緩緩向後倒去。閃電一般，兩旁有四個人一齊伸手，接個正著，然後把他往上高舉，四個人口中齊喊：「龍王賜雨！」舉了三次！喊了三次。殿內殿外的人群，也跟著齊聲大喊，整個蛤蟆山都抖動起來。

大火球似的太陽一提上蛤蟆山，龍王鑾轎就出巡了。打炮的單眼六在前頭開道，走一小段路，就鳴炮三響：

「轟！轟！轟！」

響聲天動地搖，嚇得前前後後喳呼的小鬼們，個個把手摀住耳朵。跪在道旁閉目合掌的老太太們，彷彿看見那大太陽在炮轟聲中抖動。

「龍王爺，發發慈悲呀！」

「轟！轟！轟！」

「救苦救難呀！龍王爺，下雨吧！」

單眼六不管太陽發抖，不管塵土飛揚，一板一眼放炮。他灰頭土臉，汗水滿身，像剛從爛泥水溝鑽出來的地鼠。

跟在單眼六後頭的是吹長號的、吹嗩吶的，嗚啦嗚啦聲，尾音拖長，像送裝了死人的棺材上山入土，那悲慘的音調，叫人在火燒的毒陽下也汗孔發毛。還有敲鑼打鼓的，聲聲響響，擂進人的心底。緊接著是扛旗子幡兒的、捧香爐神牌的，扮蝦兵蟹將的；茅老道還是全身道袍，手提銅鈴，衣領斜插呂洞賓的拂塵，高一腳低一腳，口中念念有詞。最後是龍王鑾轎。抬鑾轎的四個人，腳步不齊，抬起來有點晃晃盪盪。長腳來個子高抬後頭，他的腰幹挺不直，像大河蝦弓著背。跟在鑾轎後邊的是主事的頭家，還有地方上有頭有臉的人。保正也在裡邊，他一面擦汗，一面沿途燒紙錢、金銀箔，紙灰浮盪在熱空氣裡，像黑蝶飛舞，有的黏上他流汗的臉，化做一條條黑水，直往下淌。

前莊後莊鑾轎經過的地方，人們早已在路旁迎候。女人們的吱吱喳喳聲，光赤膊肋骨一根根凸露的小孩們的奔走亂叫聲，鑾轎過來時，一下子沈靜下來。阿來嫂抱著三毛趕到巷口，夾在人群中跪在地上。她合掌舉過頭，再拜下來，她的臉一靠近地面，炭火一樣的燙熱直薰面門，坐在地上的三毛突然「哇！」的一聲哭出，阿來嫂慌忙把他抱起，一摸他的屁股，火燙！

這時，求雨的行列有點凌亂、散漫，懸在高空的太陽比剛上山時威勢更悍，彷彿毫不把人間的苦難擺在心上，彷彿故意跟龍王鬥法，加倍施展神威，晒得人人嘴乾唇焦，腳步綁住鐵塊似的邁不開。他們已經巡過後莊的賈宅、西巷、三廣殿、頂嶨，還有前莊的橫街、大埠頭、帆游、下墩，現在正向莊外巡去。

「媽，媽，你看，阿爸彎背了。」

阿來嫂稍稍抬頭，看到他的半邊臉，痛苦地扭曲著。孩子看媽不說話，把她手一拉：

「媽，我看到，龍王的臉像關老爺。」

「我們回家。」

她好像看到龍王的紅臉還淌著汗呢。

長腳來是划航船過日的，很少叫肩膀出力。今天在大太陽底下抬鑾轎，想不到比上刀山下油鍋還苦。早知道這樣，寧可躺著餓死。所以當他拎了一升米回到家，就不顧一切往地上躺。他老婆緊著叫「慢著，慢著」，從房裡拖出破草薦攤在地上。他躺下一伸腿，死去一樣不能動了。他老婆舀一碗水給他喝，他也只是把頭側過來。那些蒼蠅消息靈通，趕集似的飛來叮他的膿瘡。阿來嫂趕著用來手拍，又拿扇子趕。

長腳來睡到太陽快下山才坐起來，用手揉肩膀。

「明天打死我，我也不抬了。」

阿來嫂看看他紅腫的肩膀，沒有話說。

「一天兩升米，我也不幹！」

煮晚飯前，長腳來去回春堂摘白丁冬，阿來嫂叮嚀他，今天太累，不要到樟樹下閒磕牙了。這次他很聽話，沒多久就回來了。接著大頭二呆也一路叫肚子餓竄回來。盛飯時，阿來嫂掀起鍋蓋，「噗！」一聲，鍋蓋底掉下一個東西，拿燈湊過去一看，嚇得尖叫。那東西不像泥鰍，泥鰍是灰黑色的，不是鱔魚，鱔魚是土黃色的。

「短命阿來，你把什麼東西釘在鍋蓋底？」

「沒有什麼啊！」

「短命鬼，到底是什麼嘛？」

長腳來傻笑笑。「四腳蛇。」

「你要死啦！四腳蛇也能吃啊？白糟塌一升米。」

「能，能吃，單眼六說味道很好。」

他撿起變了形的四腳蛇，本來淡藍淡紅的細鱗，蒸成灰白色了。孩子也好奇湊上去看。長腳來用手指撕下一點，阿來嫂連忙用手搗住嘴，「髒死了，髒死了。」「不髒，不髒，洗乾淨了的。」他吃一口，「嘖！」一聲，味道真的不錯，再一口吃光。這次他多嚐了一下，味道有點像田溝裡的「八鬚」③，黏黏的，卻沒有腥味。他又撕了一塊，大頭二呆也吵著要，他每人給一小塊，小鬼吃了還要，他就說：「沒有了，沒有了，明天自己到河灘去捉。」這一頓飯吃得好香，兩個小鬼還連連舔指頭。只有阿來嫂吃不下，只覺得噁心，吐了幾次，沒吐出東西。

人是鐵，飯是鋼。吃了白米飯摻蕃薯絲乾，比吃仙丹還舒坦。長腳來再也不叫「打死也不抬了！」想頭也變了，抬一天一升米也不錯，雖然求了一天雨，天上不見半片雲影，那也沒關係，龍王就算好講話，也不能說求他一天就答應。只要心誠，今天不下雨明天，明天不下雨後

---

③淡水魚類。無鱗，皮黃，頭大嘴扁闊，嘴邊有觸鬚成八字形，故名。

天，他總會心軟發慈悲的。只要河裡有水，就有活路。他咬緊牙，磨著齒，臉上晒脫三層皮，肩膀腫成饅頭大，抬了三天鑾轎，吃了三頓白米飯摻蕃薯絲乾，可是龍王的心腸像鐵，不起半片雲，不吹一絲風，而那大毒陽卻越晒越猛，從早晒到晚，一點也不嫌累！茅老道第三天就病倒了，打鑼打鼓的也沒勁了，背旗子幡兒的扛起來斜斜彎彎的，只有單眼六，照樣「轟！轟！轟！」放炮，彷彿就剩他一個人了，也非把那大毒陽轟掉不肯罷休。

於是，地方上議論紛紛。有人說，龍王故意搗蛋不下雨，氣地方上平時不睬他。年紀大的人說，龍王也可憐，臉上油都冒出來了，龍眼的龍子龍孫快變成泥鰍乾了，他不是不肯降雨，無奈員外不點頭，家院難作主。此話有理，有人就進一步發揮說，天上有玉皇大帝，人間有真命天子，不管天上人間，總有當家做主的，龍王不聽話，就得做魏徵劍下的黃龍，他才不幹。

不過，求雨不靈，總叫人惱火。於是，地方上的閒言閒語越來越多。

第四天下午，長腳來填了肚子，跟老婆說，到洞橋頭樟樹下聽聽去，大頭也要跟去，被他吼了一下，不敢近跟，只是遠遠地贅著。

樟樹下可熱鬧了，光腳羅漢跟那些「牛犢」，說話可放肆了。有人竟說，明天把龍王鑾轎抬到半路亭，丟在那兒，叫龍王也嚐嚐晒太陽的味道，看他下不下雨。人多勢眾膽氣壯，這種冒犯神明的狂言，竟有人拍掌叫「好！」就像所有人多嘴雜的所在，自然有人出點子鬧，也自然有人背順風旗起鬨。

「好，好，把他晒乾！」

「對！閻羅王怕孫悟空，軟的不吃，來硬的！」

「不行！不行吶」只有包打聽說反話，他高高地站在樟樹根上，連連搖手。「是天意，不能怪龍王。」

「什麼天意？你說！」

烏皮金立刻跟他頂上。他覺得大家向著他，膽氣一壯，也站上樟樹根。「什麼天意？你說不出名堂，明天讓你陪龍王一起晒。」

包打聽有所顧慮似的，又像故作神秘地向四周看看，低聲說：「茅老道病倒了，你知道嗎？」

「發痧，給太陽晒的，誰不知道！」

「那麼多人，偏他一個發痧，告訴你，那是違反天意，才病倒的。」

烏皮金拍著掌叫：「鬼話！鬼話！」還有人幫腔，也跟著罵：「全是鬼話！全是鬼話！」

逼得包打聽只好說出茅老道所謂的不能洩漏的天機。

四月裡的一個深夜，全真觀外的野狗叫得凶，那叫聲像哭喪，又像見到鬼。茅老道被吵醒，起來看個究竟，一開觀門，赫！滿眼紅光，睜不開眼睛，他連忙歛神定氣。只見南邊天空開出一條裂縫，烈燄熾火噴湧而出。那是開天門，是奇象異數。天門越開越大，竟有莊外大橫河寬，那亮光，比打鐵匠的爐火更烤人。茅老道清清楚楚看到，從南天門裡馳出大隊火鴉、火馬、火龍、火獅，還有一個神道腳踩風火輪。他不敢看下去，連忙把觀門關死。這是火德星君下塵凡，主火旱，人間要遭劫了。

口說無憑，烏皮金還是不服。「鬼話連篇，茅老道發燒燒昏頭，胡言亂語。」

另一個人提出更有力的反駁：「包打聽，你說這是天意，茅老道還敢賣命做法，那不是討死？」

「你說話留點後，鬧旱災瘟疫你第一個先死。」包打聽急了，說話就不顧輕重。

「茅老道不顧天意，賣命做法事，這叫做盡人事，聽天命！你懂嗎？盡人事，聽天命！」

對方更不服，用更大的聲音叫：「茅老道是你外公爺，他放屁你還當他喘大氣！」

長腳來到的時候，包打聽正陷入被圍攻中。有人看到他來，就叫：

「長腳來！大家正在說，明天不下雨，你們把龍王抬到半路亭，丟在那兒。」

「幹什麼？」他摸不到頭腦。

「晒太陽！叫龍王也吃點苦，幹什麼。」

「那我不白抬了！你給米嗎？」

「劉媒婆給你老婆做媒，你還怕沒米？」

說的人只是順口逗逗笑，長腳來的臉可掛不住了。而那個站在樟樹根上的烏皮金，卻不放過機會，用誇張的口氣說：

「銅算盤那個老猴，連骨頭算上也只有四兩重，阿來嫂的大屁股一篩，他就會斷氣，兒子沒見著，可先到閻王殿報到。」

烏皮金很得意，大家也沒叫他失望，一下子鬨笑起來。這叫六月天晒皮襖，全抖開來。長腳來有一種被當眾脫掉褲子的難堪，心中一把火燒起，雙手排開眾人，走上前去，手指戳到烏皮金鼻尖：

「你娘是銅算盤的老姘頭！劉媒婆拉的皮條。」聽的人同樣鬨笑，給他鼓勵。他心中恨恨地想，今天非給這小王八蛋吃點苦頭不可。他看烏皮金還不接口，再用話頂上。「烏皮，你拖油瓶做定了。你不相信，我跟你賭，賭一隻手把你打倒爬不起來！」

烏皮金個子矮，站在樟樹根上，也只到長腳來的額頭，鬥嘴不怕他，跟這長人打架，他可要估量一下。

「烏皮，下來，一隻手你還怕！」有人替他打氣。

「下來！下來！」還有人鼓掌催他。

幫閒起鬨的人群自動退開，樟樹下五通殿前挪出一塊空地，像跑江湖賣膏藥拉開的場子。長腳來大話出口，豈肯退縮。他站在空地當中，背對著五通殿供桌，雙腿分開，擺起架勢。站在樟樹根上的烏皮金，在「下來！下來！」的鬨叫聲中跨下來，眨著眼，一步步走到長腳來前面五六步光景停住。

「你自己說的，只用一隻手。」

「一隻手！一隻手！」好幾個人同聲叫。

「說話算話！」烏皮金看看長腳來微微握拳的兩手。

「算話！當然算話！」情緒更熱烈了。

長腳來無奈，只好把左手臂彎到背後，兩腿微蹲，擺出老鷹撲小雞的架勢。沒想到烏皮金一聲不哼的頭一低，猛衝上來，一頭撞到他的腹部，衝力太大，長腳來站不穩，「登登登」連連後退，一直退到五通爺供桌，上半身往後倒，烏皮金的頭像鑽子死釘住不放，長腳來的拳頭擂鼓一樣在他背上「蓬蓬蓬」擂起來。圍觀的人群窮吼助威。

「長腳來！用力！長腳來！用力！」

「烏皮金！加油！烏皮金！加油！」

樟樹下人群瘋狂起來，有人跺腳，有人拍掌，比端午節鬥龍舟更興奮更激動。對岸大埠頭站著好些人。被這邊的轟天喊聲打動，有的從洞橋上過來，性急的跳落河床，姜家老大阿松也跟著跳落，涉過燒燙的淺水，衝上土坡，擠進人群。

這一回，不分勝負。長腳來稍落下風，可是烏皮金的背挨揍，無法還擊。於是有人把他們分開，雙方重新擺開陣勢。這一回長腳來不敢大意，兩腿一蹲，把馬步放低，像打拳師父那樣亮開門戶。烏皮金還想用老打法，準備硬衝，但一看長腳來擺的架勢，就放棄攻擊，身體站直，嘴裡說：

「長腳來，你到底用幾隻手？」

長腳來鬆了戒備。「一隻手。」兩眼看看四周。烏皮金使詐得逞，像牯牛衝刺，一頭又撞上來。這一次長腳來反應快，猛地身體一矮，雙手往烏皮金肚皮下一兜，把他整個人頭朝下腳朝天抱起來，烏皮金雙腳朝天亂蹬亂踢。長腳來念頭急轉，「我要把他倒栽蔥栽在地上」，念頭還沒轉完，腳下突覺有人勾了一下，人一仰，重身不穩，「澎！」一響，整個人死死地絆倒。長人摔倒比誰都重，再加兩手還攏抱著烏皮金。所以這一摔就不能動了，像死掉挺在地上。

本來快樂起鬨的人群，被這突變鎮住發不出聲音，就像西洋鏡的畫片，突然停住不轉。阿松擠過去一看不對，把烏皮金從他身上拉開。他呢不知道裝死還是真摔昏了，仍舊挺屍不動，兩眼直鼓鼓嚇人。於是阿松把他扶起，拍掉他身上的泥土，捶他的背，搓他的後腦袋。弄了老半天，他才回過氣來，兩眼慢慢轉動，以後伸手摸摸後腦，一聲不哼的走出人群，一直走回家。

阿來嫂已等在門口。他一進門。她就說了：

「一天吃兩頓蕃薯絲粥，還有力氣打架。家裡米缸底朝天，你都不管。」

長腳來開不得口，大頭卻說：「媽，爸打輸了，倒在地上。」

長腳來瞪他一眼，人像麥芽糖癱在板凳上。阿來嫂一看這神態，一肚子埋怨話，只好忍住。

「傷到那裡了？」

他搖搖頭。過了半天，突然冒出一句：「明天我到城裡去。」說完就到房裡躺倒。

夜裡雞二啼，阿來嫂起來煮飯，讓丈夫吃了好趕路。臨出門，她叮嚀又叮嚀：「不要怕吃苦，只要有工做，就好。最好先支點錢，米缸裡只剩一撮了。」他走出巷子，她又趕出來，遞給他一個破斗笠。

這一天比一年還長。

早上吃的太稀，先是光拉尿，太陽一出就冒大汗，連尿都沒有了。沒想到城裡也很冷落，石板路太陽烤出火來。不知那裡來的灰土，到處飛揚。商店裡的夥計，懶塌塌靠著櫃台發愣，有的竟打盹，好像昨夜一夜未睡。棧房的掌棧先生還是那張彌勒佛臉，卻沒往常要他帶鄉下土貨時的笑容。這一點他早已想到，划了多少年航船，城裡人的習性那有不清楚的。可惱的是，連茶水都不招呼喝一口，還是他自己到棧房後頭水缸舀水喝。說到有什麼工作好做，話沒說完，掌棧的雙手像遇強盜急關大門似的推出。「阿來，這是什麼年頭，生意清淡，你看，街道上都出鬼了，我們還雇得起人吶！」說完，正眼都不瞧他一下，只顧自己撥算盤子。日頭快到中天了，他看阿來坐在長板凳上還沒打算走，就自言自語：「這年頭難過，再下去，一天只能喝兩頓稀的了。」長腳來覺得不能再坐下去了，招呼也懶得打，站起來走出棧房。

頂著毒陽的頭千斤重，空肚子早已不叫了，癟癟的有一種快要折斷的感覺。太陽光很強烈，兩眼卻一陣陣冒黑星，有時要閉上老半天，才把黑星趕開。耳朵裡隱隱約約聽到鑼鼓聲，先是輕輕的，接著越來越大聲，彷彿動地而來。他驚愕著定一定神，什麼也沒有了。兩隻長腳邁不開步子，簡直拖不動了。他心裡明白，不能歇，歇下來就難起來了。可是兩腳軟綿綿的不聽使喚，高一步低一腳，像踩在雲端裡不踏實。費勁睜開眼皮往遠處望，蛤蟆山故意跟他搗蛋似的，他走前幾步，它後退幾步。遠得很，在天邊。

長腳來成了白日裡的遊魂，整個人像浮盪在空氣中。模糊中彷彿看到有個蔭涼的地方，腿一軟，不管了，連眼皮都不翻一下，就躺下來。到底睡了多久，他不清楚。他只覺得他還沒睡夠，眼皮壓住一刀肉掀不動。他不是睡夠了睡醒的，他是被一種沖鼻的惡臭味臭醒的。他從來沒有聞過這種臭味。臭茅坑、臭豬欄、臭水溝都不是這樣臭法。這是一種臭到腦門裡叫人連胃都翻出來的怪臭。他腳一縮坐起，離他兩三尺光景的地上，有一圈黑黑的東西，在他坐起那一霎，那團黑東西上，「嗡！」一聲轟起一大陣紅頭大糞蠅。他嚇了一跳，掙扎著站起來。一看，天！竟是一隻死狗，眼眶、鼻孔、嘴，爬滿了白色的大肥蛆，還有腹部的癩皮破了一個洞，腸子也淌出來了，堆擁著層層疊疊的蛆，做無盡止的拼命的蠕動。他拔腿就跑，跑了幾步又回頭看。這是什麼鬼地方？一個破小廟，一棵像霜降後落光葉子的枯樹。怎麼早上進城沒看到，他以為碰到鬼了，可是西斜的太陽，把他瘦長的影子清清楚楚地投擲在地上。他把頭上的斗笠扶正，吐了好幾口酸水。

老天不下雨，是劫數。現在，早稻完了，再晴下去，晚稻也無法下種，大荒年，除了穀倉裡有存糧的大戶，誰的日子都不好過。他怎麼忘了，豬欄裡還有一頭豬，不管多瘦，可是，老婆不願意，怎麼辦？想到老婆，想到豬，精神旺了點，終於他挨到半路亭。他驚訝得發愣。那龍王鑾轎就擱在路中央、轎頂也掀掉了。受難的龍王坐在沒遮沒攔的神座上，紅臉在夕陽斜照下發亮，真的冒汗。

長腳來不忍看，把頭轉開。田野空蕩蕩，連鬼影也沒有，也聽不到一聲兩聲鳥鳴蛙叫。田野睡昏了，睡死了。稻子只剩下枯黃稈，田埂上的野草在積壓的塵土下，透不出半絲綠。在這空蕩蕩死沈沈的田野裡，可憐的龍王，孤獨地頂著太陽呆坐著。他不忍，掀下頭上的破斗笠，戴到龍王頭上。

長腳來一回到家，把他老婆嚇了一大跳。因為他像殭屍般直挺挺的，臉上的黑皮蒙在骷髏上似的緊繃繃，只有眼睛還會動。她趕緊替他擦身體換衣服，讓他躺下，叫孩子替他打扇，自己忙端水餵他，弄了半天，他才有點活氣。

「怎麼樣？」她把孩子趕開，自己替他打扇。心裡儘管急死，口氣卻還溫和。

他搖搖頭。想坐起來，她把他按住。

「那裡不舒服？中暑了。」

還是搖搖頭。喉頭咕嚕了一下，「就是餓。煮點白米稀飯吃就會好。」

聲音雖低，孩子的耳朵可尖，聽說白米稀飯，就亂叫：「我也要！我也要！」

阿來嫂把孩子轟出去。停了半晌。

「米呢？蕃薯絲乾都光了。」

她很想罵他不中用，又看他進一趟城回來，只比死人多口氣，頭一低，拉衣角擦眼淚。

「再去借點嘛。」他求她。

「借，還向誰借？人家就有，也留著自己保命。」

他想到那長蛆的狗，突然感到全身一陣麻，有一天他餓死了，也會長蛆嗎？一噁心，酸水從胃裡直衝上來。

「大頭媽，怎麼辦？荒年餓死人是天命。前代就有過。」

她把頭低得很低，手指絞著衣角，跟自己說話一樣。

「一點辦法都沒有了？」

「沒有了。」他說，「除非去討。」

「虧你想得出！」她生氣了，「就算挨過去了，以後怎麼做人。」

「以後的事誰還管得了，只怕……」看看低頭的老婆，試探著說：「大頭媽，我們總不能坐著餓死，還把豬留著。」

「我就知道你要殺豬，那也頂不過旱荒。」

「吃幾天飽飯再說，死了也甘心。」

她沒前幾回那樣牛氣，也不接腔。他以為她肯了，朝她看看，她的眼睛一眨不眨地盯著地面。突然，兩眼轉動，轉到他臉上，停住了，嘴唇動了一下，像有話要說，卻站起來走出房門。長腳來想，不管她肯不肯，明天就……賣給人家呢還是自己殺，還沒想定，她又走進來，手裡提著一隻舊苧布袋，沈甸甸摔在床上。他伸手去摸，一聲驚叫：

「米！那裡來的？」

「看你吃得下吃不下？」語氣很冷。

「吃得下，吃得下。」他坐起來，伸手解袋口。

「慢點動。」她按住丈夫的手。「你不問一問米是那裡來的？」

「那裡來的都一樣，只要是米，就能煮飯吃。」他把袋往前推，「趕快去煮，吃飽了再說。」

「你知道米是誰的，你還要吃，我就去煮。」

「你說嘛，向誰借的？」

「你做夢，這年頭誰還借米給我們。」她真的生氣了。「是那個劉媒婆，銅算盤叫她送來的。」

耳朵裡嗡一聲，放在米袋上的手不自覺地縮回來。看看老婆的臉，黃裡泛白，白裡透青。又看看米袋。

「你自己願意嗎？」他問她，她不響。又問：「你自己願意嗎？」

「你以為我不餓，孩子不餓，光你知道餓！」她把米袋推開。「米是早上摺進來的，我追都追不上，說是明天聽回話。」

「好，你去煮，明天她來，我對她說，算是借的好了。」

「這是人說的話嗎？」她一把把米袋拉過去，「你不願意，一粒米也不要動。」說完，拎起袋往外走。

「好人，好人！」他拉住袋求著，「不是我願意，大旱荒，有什麼辦法呢，這總比，總比……」

這天晚間，長腳來家滿是飯香，連最小的三毛肚皮快撐破了還叫添。飯吃飽了，精神就來。夜裡，長腳來不大安份，偷偷的輕輕的解老婆的褲帶。她也沒睡著，隨即「啪！」一下打在他手背上。「你幹什麼？」

「好久沒來了嘛。」

「你還幹得動，白天看你要死要死的樣子。」

「吃飽了就有力氣。來嘛，明天，你……」

「還說呢，一個男人租老婆了，還樂得起來。」

這話比三寸鐵釘更利，把長腳來死死釘在床上，開不得口，舉不得手。老婆不理他，管自己把褲帶繫緊，身體背過去。他一看大勢不能挽回，就自說自話：

「龍王都遭劫，窮人還鬥得過天吶！平常日子，我也沒叫你餓一頓。」

阿來嫂一聽，話倒是真的，他好吃，只要那天多載個把人或者多帶點貨，魚呀肉的總會拎點回來。

「阿來。」

「什麼？」

「豬好好餵，過一年我就回來，那時大了，可以賣大錢。我們總要有打算，存點錢，不能只顧今天，不管明天。」

人還沒去，就想回來，這也不是做夢嗎？

「你去了，就由不得你了。你不生一個，銅算盤不會放你的。」停了老一會，她冷冷地說：「我生一個就是了。」

「生一個？又不是雞。說下就下。」

「阿來。」

「哦。」

「你不要高興。」

「高興什麼，不餓死就好囉。」

「好，我對你說，我肚子裡又有了。」

「什麼？」他坐起來，「不騙我吧！」

太大聲，把三毛吵醒，哭了兩聲，又被阿來嫂拍睡著。

「叫你不要高興，不要高興，半夜三更，鬼叫，鬼叫。」

「好，不叫，不叫。」他把上身放倒，側著頭，把耳朵貼近老婆肚皮：

「你幹什麼？」

「聽聽，小傢伙動了沒有。」

「見你的鬼，還不到兩個月，動什麼。」

長腳來還是忍不住興奮，手掌輕輕撫摸老婆肚皮。「嗳，嗳，銅算盤一死，小傢伙一長大，那一天，我……」

「別做夢，生男生女還不知道，就算生男，長大了也不會認你的。」

「不認我，總認你吧！」

「阿來，不是我說你，你人睡在稻草堆，總想把腳伸進大奶奶的熱被窩，天下那有這等便宜的事。」

「想想有什麼關係。」

「不要想了，越想越不肯幹活了。這一年，你好好帶孩子，好好餵豬。」

這一夜長腳來沒睡著，拉扯了老婆幾次，被罵了幾次。最後她的火大了，他老實下來。可是腦子不聽話，胡亂想，像跑野馬，忽東忽西，想著想著，不知怎的，忽然想起在大太陽底下受罪的龍王。

「好，明天一大早，弄頂大斗笠給他戴，好心才有好報。」

原刊民國六十五年《中國時報》人間副刊

青山莊的故事

一

青山莊的孩子們都會唱：「半夜敲梆單眼新，蛙溜飛快烏皮金，瘋瘋癲癲半仙卿，吹鬍瞪眼破刀申，良田萬畝大房仁……。」

單眼新是瞎了一隻眼的孤佬，莊上人可憐他，讓他半夜裡敲敲梆驚驚小偷，白天裡他就沿門挨戶討點米過日子。大房仁是青山莊的大財主。祖上分五房，叫：「仁大房、義二房、禮三房、智四房、信五房」。現在，二房、三房、四房都已破落，信五房還勉強撐著個空殼子，不過「窮財主強過暴發戶」，坐著吃穿還是沒有問題的。祇有仁大房，幾代下來，越來越發，連二房、三房、四房的田地房產也大多轉到它的名下來了。遠近一帶誰不知道青山莊的仁大房，是良田萬畝的大財主。

青山莊是個好地方，背山面水，大小河流像蜘蛛網佈滿在望不斷的平原上。莊上有人進城，出門三步，就有「航船」好坐。這種「航船」莊上人叫它「兩尺四」，能坐十來個人，一聲開船，雙槳齊下，倒也飛快。有錢人進城，坐的是一種綽號叫做「小蛙溜」的小船。「小蛙溜」靈巧輕薄，船頭高高翹起，一把槳划起來，船底下嘩啦嘩啦，飛快！烏皮金划「小蛙溜」，是莊上第一把手，誰也鬬不過他。

說到破刀申，他是青山莊有名的人物，手裡經常拿著一根長煙筒。這煙筒對他極有用處，除了正經用途，還可以用來打狗、敲孩子們的頭，走路時還可以當手杖。長煙筒代表破刀申的權威，一舉起來，無論狗或孩子，都會被嚇得撥頭就跑。

儘管那個瘋瘋癲癲的半仙卿說青山莊的風水好，說什麼莊後大青山左首青龍顯露，右邊白虎深藏，莊前大橫河源遠流長，是出貴人的地方。但據年紀大的人說，五十年來，青山莊就沒有出過一個正式的讀書人。在莊稼人看起來，破刀申是很有學問的了。可是，他既沒中過功名，也沒開館授徒，怎麼說也算不上是一個正經的讀書人。祇是孫家集那個有名的酸秀才，卻還要禮讓破刀申三分。於是，莊上明理的人就說：「這叫做紳士怕訟棍，訟棍怕地痞，地痞怕無賴，無賴怕瘋狗」。沒理就是理，不服也得服。

破刀申果然算不得是正牌的讀書人，但青山莊可少不了他。莊上的事兒那一樁不是他領先打頭？修橋舖路、迎神賽會，少不了由他領銜發起；管理廟堂，兄弟分家，鄉下人為了針尖兒大的事情爭口氣打官司，當然是他份內的事兒；至於紅白喜事、寫祭文，那更是非他莫屬。可是話雖如此，青山莊的人們，背地裡還是叫他破刀申，不叫他阿申先生。

那天，我們幾個小鬼頭從孫家集放學回來，一路上唱：半夜敲梆單眼新，蛙溜飛快烏皮金……，吹鬍瞪眼破刀申……。

剛巧碰到破刀申迎面走來。

「站著！站著！」他瞪著牛眼，吹著鬍子。「你們這些小畜生，不知道敬老尊賢，我要好好教訓你們！」

說著，舉起長煙筒「唬唬唬」打過來，嚇得我們撥頭就跑。

吃晚飯時我對媽說：

「媽，破刀申好兇，今天他用長煙筒打我們。」

爹不等媽開口，就把筷子一敲。「沒大沒小的，什麼破刀申，挨打活該！」

我討了個沒趣，連晚飯也沒興趣吃了。

我高等小學畢業，參加全縣會考之後，這個好用長煙筒敲孩子們頭的破刀申，就走進我的生活裡來了。

那年我在孫家集高小畢業，由老師陪我們去會考。那一天有一個人敲著鑼走到我家門口，高聲叫著：「報喜！報喜！」引來了好多看熱鬧的人，媽出來問什麼事，他說：

「貴宅少爺林家樑，全縣會考第一名。」

林家樑就是我，我一聽跳起來，搖著媽的手臂：「媽，我考第一名，我考第一名！」

媽不知道做什麼才好，站在那兒愣愣地看這個人把一張很大的黃紙貼在板壁上。紙上寫著：「捷報，報得青山莊林阿登老爺府上大少爺林家樑，高等小學畢業會考高中第一名」。門外擠滿了人群，有人大聲地一字一句地唸著紙上的字。這時爹從門口擠進來，後邊跟著破刀申，爹滿臉笑容向這個報喜的人讓坐。破刀申跟爹咬了會耳朵，爹進去了半會，拿出一個小紅包來。

「辛苦你了，這個小意思買杯茶喝。」

這個人接過去在手裡一掂，說：

「太單薄了，我不敢受。」他把小紅包放回桌上。「林先生，你家少爺縣考第一名，是多大的喜事，我從城裡來報喜，這還不夠我付腳力呢！」他說完坐在那兒不動。

爹看看破刀申，破刀申摸出一塊發黑的手帕，擦擦他那斷樑的八字鬍。

「這個……」他把爹拉過一邊，輕輕地說：「少了，他不肯走，給他一百個銅板吧。」

爹遲疑了半會，叫媽一同進去，過了老半天，拿著一個大紅包出來，對這個人說：

「我是種田的，實在拿不起，這一百個銅板你收了吧。」

這個人仍舊推三做四的不肯受，還是破刀申說好說歹把他請走。

爹看看板壁上的黃紙，嘆了口氣說：「考第一有什麼用？白費錢。」

破刀申抬起頭來，讀祭文似的，把紙上的字一個個唸下來。爹好像記起什麼，問破刀申說：

「阿申先生，現在是民國，怎麼有報喜的？」

「嘿嘿，這不是官差。這叫做三月天釣鱔魚，鑽洞子混飯吃而已。」

「這樣說，今天他還不夠工錢哩。」

「不會虧本的。」破刀申斜視了爹一眼。「他報喜的不只你一家。」

這時破刀申把視線落到我的身上。「家樑，你過來。」

我看看他的煙筒，心想，他會不會敲我一下。

「阿申公叫你，過去！」爹推我一下。

我走到破刀申面前，他身上那股煙味，直衝我的鼻子。這時我才看到破刀申的指甲好長，像雞爪子。

「家樑，縣考第一名，頗不容易，今後你要好自為之。」他晃著禿腦袋，摸著斷樑鬍。

我不知道怎麼回答，我也不想回答。我始終想著他舞著長煙筒的兇樣子。他看我不答腔，很失望地說：

「可惜，可惜，孺子不善言詞，未免美中不足。」

爹連忙說：「阿申先生，這孩子是個不響屁，你不要見怪。」

二

這一段日子，我成了青山莊人談論的中心，半仙卿到處說：「五十年水流東，五十年水流西，青山莊的風水應驗了。林家樑縣考高中第一，還怕將來不是國家的棟樑。」我走到那裡，人家的眼睛就轉向我。

那天，我到王德伯店裡，打聽省立中學招生簡章來了沒有。王德伯店裡坐著許多閒人，看見我就有人拉著我的手，「家樑，好好讀書，給大家爭一口氣，別老叫他媽的孫家集瞧不起青山莊。」我無心回答，只問王德伯：

「王德伯，有我的信嗎？」

「沒有呢。」

「兩尺四還沒到嗎？」

「早到了，今天還沒你的。」

過了兩天，招生簡章寄來了。在燈下我向爹提出考省立中學的要求。爹搖著頭說：

「種田人讀什麼洋學堂，不要考了。」我看看媽，媽也不說話。第二天一大早，我跑到孫家集找老師，老師到了我家，媽連忙到田裡把爹叫回來。老師一見爹進門，就說：「阿登兄，我今天來是為了家樑考中學的事。家樑是我十幾年來教過的最好的學生，希望你給他去試試看。」

爹搓著泥手說：「老師，我家米缸只有斗大，那裡唸得起洋學堂？就算是考上也是空快活，捉個死蚌殼，沒用的。」

「這個我知道。我是說，家樑成績好，讓他考公費試試看，要是考上了，管吃管住，用不了幾個錢。」

爹看看媽，媽沒有話說。老師看爹心裡活動些了，就說：「一切申請公費，報名投考的事，不用你操心，我來照應家樑好了，只要你答應一聲。」

爹嘆了口氣，謝過了老師，這一關總算過去了。

等到考畢放榜，一千多考生中，我考了個公費第二名。這件事轟動了青山莊，連孫家集也傳開了，老師特地跑來道喜，同時跟爹商量我上學的事。但不知怎的，爹卻變卦了。

他說：

「老師，我跟家樑媽想了又想，讀洋學堂不是跨門檻，一下子就過去的。我今年都四十出頭了，也幹不大動了，家樑正好是我的幫手。家樑媽知道的，我這左腿有毛病，天一變就疼。」爹看媽媽，媽點點頭。「還有，讀公費也總得開銷，我也拿不出閒錢來。」

爹說的也是實話，老師停了老半天，看看我。「家樑是我的學生，我當然希望他將來能有成就。」

「老師待家樑……」

「這是我的責任。」老師打斷爹的話。「阿登兄，省立中學公費第二名，在我們這一區還是第一次，放棄了實在可惜，別縣的學生幾百多里跑來，還不見得考得上哩。」

媽一向很少說話，她看老師說得這樣懇切，覺得過意不去。她嘆了口氣說：「怪只怪家樑這孩子命不好，要是生在有錢人家，也不會白費老師的苦心了。」

最後，老師說：

「家樑讀書，是你們家的事，我不好勉強。不過開學還早，你們夫婦倆慢慢商量，需要我幫忙的地方，只要帶一個口信，我就會來的。」

老師走後，我知道沒有希望了，難過得連飯也不要吃，就整天躲在房裡躺著。媽好幾次叫我起來吃飯，我都裝睡不動。爹沒有好聲氣地說：

「不要理他，誰叫他不到仁大房投生……」

我用手蒙著耳朵，我討厭他的聲音。矇矓中，我突然驚醒，有人跟爹大聲地說話。

「你說的我都知道。我吃飽了飯沒事幹，來跟你空口說白話。我是受人所託，忠人之事，才來跟你商量的。」

這是破刀申的聲音。他來幹什麼，我從床上坐起。

「阿申先生，我們是窮人家，跟仁大房無親無故的，大先生怎麼肯……」這是媽說的。

「唉，你們真是婦道人家，連這點都不識好歹。令郎縣考第一，省考第二，在前清這還了得？大先生就是看中這一點。你不聽聽瘋癲卿說的，五十年水流東，五十年水流西，我們寧可信其有，不可信其無。說不定，大青山的好風水就應在令郎身上，你們不替令郎著想，也該替青山莊著想。」

我聽到爹的嘆氣聲，破刀申的長煙筒敲地聲。

「一切都包在我身上，財神送上門，還要嘆氣。」破刀申聲音帶著威力。「好啦！令郎讀書，一切包在大先生身上，不用你花半個子兒，等著做老太爺吧！至于田裡忙不過來，那還不簡單，跟我說一聲就得了。」

「阿申先生，那不是太麻煩你了？」

爹的聲音很細，像牙縫裡迸出來的。

「這不算什麼，只要令郎發達之後，不忘記我就得了。」破刀申又在地上敲著煙筒。

「好啦！事情就這樣決定。噢，還有，大奶奶的意思，她要看看家樑，說不定還有更好的消息。明天你帶令郎去……嘿，你不用皺眉頭，我會陪你去的。」

破刀申走後，媽進來看我，我連忙躺下。媽輕手輕腳在翻箱子。我忍不住問：「媽，你翻什麼？」

「你醒啦，快起來吃飯吧。明天爹帶你到仁大房見大先生去。」

「我不要吃，明天我也不去。」

「孩子，這是你的福氣，你怎麼不去？你不去，看爹會不會揍你。」

第二天，爹瞪著眼睛，握著拳頭，逼我穿起媽從箱底裡翻出來的衣服，那雙新布鞋太大了，走兩步就會脫出來。媽手忙腳亂地找出大堆舊棉絮塞進鞋去。破刀申敲著煙筒在催。我躲在爹背後，跟著破刀申走進仁大房的朱漆大門。

我進仁大房這是第二次。第一次是偷進去的。那年我讀四年級，八月裡，他家後園沿著石牆的那排桂花樹開得好盛，我跟幾個同學，人疊人爬進去偷桂花，被他家的一條大狼狗追上來，差點被牠咬到，我掉了一隻鞋子，也沒敢再進去拿回來。

現在，最要緊的，我要注意那條大狼狗，會不會認出我來。我左顧右盼的走過好多房子，最後走進一間兩邊滿嵌著玻璃窗的明亮的小客廳。

破刀申、爹、我坐在一邊的紫色發亮的大椅子上。大先生和一個白白胖胖的女人坐在另一邊。大先生我是見過的，坐在那兒倒顯不出他的高來，只是身軀粗大，像一隻鹹菜桶。那個女人，我想，大概就是要看我的大奶奶了。對面窗外掛了一層軟簾子，透過簾子，隱隱地可以看到許多花木。當我的眼睛重新落到那個白白胖胖的女人身上時，她正好也盯著我，慌得我連忙把視線躲開。

「阿申先生，這孩子就是家樑嗎？」

這女人的聲音很好聽，但我不敢看她。

破刀申連忙說：「是的，是的。家樑，大奶奶叫你呢。」

我看看爹。他半個屁股落在大椅子上，好像很不舒服。爹說：「家樑，叫大奶奶。」

我無奈地抬起頭，但叫不出來。我發覺自己的臉在發燒，連忙把頭轉過去，只見門口堆著好多人，眼睛都向我看，那條大狼狗的頭也擠進來。今天牠戴著口罩，那雙眼睛也瞪著我。

「這孩子人長得很秀氣，只是害臊，像大姑娘一樣。」

爹巴結地說：「不瞞大奶奶說，我這個孩子是個不響屁，在家裡一天說不到三句話。」

破刀申乾咳了一下，轉頭向爹丟了一個顏色緊接著說：「大奶奶說的是，家樑眉清目秀，前途不可限量。青山莊的風水，都應在他身上了。」

大奶奶不理破刀申，卻笑嘻嘻的叫我過去。我看看爹，破刀申把我牽了過去。

「你今年幾歲了？」她拿起我的手問。

「十四歲。」

「你有幾個兄弟？」

「沒有。」我搖搖頭。

她看看大先生。「噢，單門獨戶，倒也清靜。」

破刀申像公雞啄米似的點著禿腦袋：「大奶奶說的是。我早就告訴大先生了，家樑連一個姊妹也沒有呢。」

大奶奶仍舊沒理他，只管問我。

「你喜歡讀書嗎？」

我點點頭，心裡想，不喜歡，我還去考嗎？

「你好好讀書，聽話，中學畢業，送你到省城唸大學。你長大了可別忘了我們對你的好處。」

我正聽得不耐煩，一直沒開口的大先生說話了。

「申老，我同內人進去說一句話，你陪他們父子坐一會。」

大奶奶站起來，摸摸我的頭，跟大先生進去了。

破刀申拿起茶几上的茶杯，打開蓋子，很響的呷了一口，得意地晃著禿腦袋，一會兒摸摸他的斷樑鬍子，一會兒用雞爪似的長指甲挖耳朵，挖了一下，彈了一下，發出清脆的聲音。爹還是老樣子坐著，很不安似的。

「阿申先生，剛才大奶奶……」爹看看門口，門口還有人，他沒有說下去。

「阿登兄，你安心，一切我會給你安排。」

「我不是不安心，我是說……」

「我知道，我知道，等一下你就會明白了。」

大先生大奶奶出來了。這回是大先生開口：

「申老，我同內人對家樑很滿意，我們決定培植他到大學畢業。至于小女的事，我想留阿登兄下來再談。」

「好的，好的。那我叫家樑先行禮，以後送他回去。」

大先生大奶奶都說不要行禮，破刀申卻回頭用讀祭文的腔調叫：

「拿——紅毡毯——來！」

門口有人接腔，一個女人送進一張紅毯子，鋪在客廳中央。

「家樑，你過來，給大先生大奶奶行個禮。」

破刀申又來牽我的手，我看看爹，他沒有說話，我在破刀申的擺佈下，胡亂地磕了三個頭。當爹和破刀申送我到大門口，我就脫下那雙太太的新布鞋拿在手裡，頭也不回的一口氣跑回家去。

三

這一夜，我做了一個惡夢。

我夢見站在仁大房後園石牆上，兩手捧著大把桂花，那條大狼狗直往上撲，咬住了我的褲腳管，嚇得我滾了下來。我驚叫了一聲，心頭擂鼓似的「通通通」亂跳。我定定神，聽到遠遠地單眼新的敲梆聲。

「阿樑，阿樑，你怎麼啦？」媽在前房叫我。

「是做夢，不要叫他。」這是爹說的。

夜是靜靜的，除了遠遠的敲梆聲。老半天，我聽到媽輕輕嘆了口氣。

「阿樑爹，我看阿樑今天很不高興，回來就躲在房裡。這門親事我總覺得不大合適，我們怎麼配得上呢？」

「那有什麼辦法？霸王請酒，推也推不了。阿申先生說得也對，這樣的親事，旁人求都求不到呢。」

「那是不是就要訂婚？我們家能拿得出什麼呢。」媽連連嘆氣。

「阿申先生說過，明天他會給我們回音。」

我努力去理解爹和媽說的話，但我無法整理出一個頭緒來。我翻來覆去一點也不想睡。單眼新的敲梆聲漸漸近來，我心裡更是煩躁。這一天所經過的事情，一起在我的腦子裡打轉：媽忙亂地找舊棉絮的神情，爹在仁大房侷促的樣子，大奶奶的笑，破刀申的彈指甲，還有那戴著皮口罩的大狼狗，和那些堆在門口吱吱喳喳的男男女女……。

第二天一大早，我剛睜開眼，就聽到爹和破刀申的談話聲。「阿申先生，真人面前不說假話，我們家實在……大先生的意思……」爹的話吞吞吐吐。

「你不說我也知道。大先生不計較這些，他只希望家樑能夠聽話，好好用功。」

「呃，那就好了，那就好了。」

「還有呢！」破刀申的聲音顯著得意。「大奶奶說，訂婚是件大事，等家樑中學畢業後舉行。那時候要大大地熱鬧一下。你要知道，仁大房就是這麼一個千金呢。」

爹連連道謝，媽也忙不迭的留破刀申吃飯。

事情很快就傳開了，我成了仁大房大先生的未來女婿，全青山莊都在談論這件事。我隨便去到那兒，總有許多眼睛像鈎似的向我扎來，使我難為情得抬不起頭來。在家裡，左鄰右舍的女人們，穿梭似的來跟媽談論我的婚事，吵得我頭昏腦脹。而破刀申也成了我家的常客，每次爹留他吃飯，我總得跑到王德伯店裡賒老酒。王德伯店裡的閒人也不輕易放過我，每次總有人拉著我不讓脫身。我一向快樂的日子被攪亂了，要不是學校開學了，我真的要大大地哭一場。

離家上學的前一天晚上，破刀申來跟爹說，大先生已雇好烏皮金的小蛙溜，並且由他陪我進城。爹和媽忙不迭的道謝。我心裡想：「誰要你陪！」破刀申卻把我拉過去，慎重其事的掏出一個東西來。

「家樑，大先生送你這個。」

這是一個新「手摺」，上面有朱記仁大房的字號，破刀申得意地向爹媽看一眼，晃著腦袋說：

「工欲善其事，必先利其器。」接著轉向我。「家樑，你在學校要買文具用品，書籍簿冊，可以拿這個到五馬街仁豐當店領錢。你看，大先生對你可算是再生父母。喏，現在你拿去。」

他把手摺在我面前一晃，逗我去拿。他的樣子使我討厭，我轉過身不埋他。爹罵我不懂事，媽搶著說：

「阿樑，你還不快謝謝阿申公，為了你讀書，阿申公的鞋子都跑穿了呢！」

「好說，好說。提攜後進，義不容辭。只要家樑將來發達之後，不忘記我就得了。」

他把手摺塞到我手裡。「家樑，這個手摺你要放好，不能丟掉，還有，買什麼東西，一筆一筆記起來，放假回來，連成績單一起給大先生看。」

在媽的督促下，我向破刀申道過謝，就去睡了。這一晚破刀申回去得比較遲。起先是他那討厭的聲音使我睡不著，他走了，我還是睡不著。明天我就要離開家了，許多雜亂的念頭，跑馬燈似的在腦子裡亂轉。

夜已經深了，前房還點著燈，我聽到剪刀放到桌子上的相碰聲。

「好了，好了，快好了。阿樑，你還沒睡著？睡吧，明天早上要起不來呢。」

媽說對了。第二天一早，我從夢中給媽喊醒。這是我第一次離家到一個陌生的新環境去，我心裡有許多話想跟媽說，但我卻只說了一句：

「媽，我走了。」

媽眼睛一紅，點點頭。我連忙趕上挑著行李的爹。在埠頭，爹放下行李，先讓破刀申和我上船，以後把行李放在船頭，回身走上埠頭的石階。

這時，我突然發現爹的左小腿肚爬滿著蚯蚓似的彎彎曲曲的青紫色的筋。我想起那天爹對老師說的：「我這左腿常鬧病，天一變就難受。」以前，我常幫爹到田裡車水，以後，爹要一個人車水了。我彷彿看見爹一個人孤單地，費力地，一腳一腳車著水，那小腿上的紫青筋，蚯蚓似的蠕動著……

驀地，我給爹的喊聲驚醒。

「家樑，家樑！」爹沿著河岸跑過來。

「爹，什麼事呀？」

「家樑，不要忘記，常寫信來呀！」

「爹，我知道。」

爹站立在河岸，一動不動。烏皮金的小蛙溜已划進大橫河，爹的臉漸漸模糊了。

「家樑，你爹真是一個忠厚人。」

破刀申說著把身體更滑下來。我連忙退縮一點，他的腳太靠近我了，有一股難聞的臭味。今天他沒有帶長煙筒，他從袋子裡掏出紙煙點燃著，用力地吸了一口，半閉起眼睛。

我不想回答，看他那怡然自得的樣子，他並不希望我回答。

烏皮金一面划著槳，一面向破刀申搭腔。

「阿申先生，孫家集學堂裡的老師說，家樑是他教過的最好的學生，難怪大先生看上了家樑。」他往掌裡吐了口水，加倍用力地划著，船頭水花濺得好高。

「當然，我們這一區，誰不知道仁大房的大先生？他的鐵算盤那會打錯的。不說別的，信五房那個唸私立中學的朱三偉，雖說是他的親侄子，他可半個子兒也不肯掏。不過……」他又摸起他的斷樑鬍來。「不過，千里馬常有，伯樂不常有。大先生也可算是伯樂囉。」

「白樂？大先生是什麼白樂？」烏皮金把眼睛鼓出。

「哼！跟你講你也不會懂，此所謂對牛彈琴是也。」破刀申不屑地閉起眼睛，噴出了濃濃的一口煙。

「家樑，白樂是什麼？」

「我不懂。」

「你也不懂？！」

烏皮金很失望。他又往掌裡吐一口水，用力地划著。那把槳發出很響的「咿呀咿呀」聲。破刀申打起鼾聲來了，那雙臭腳一直伸到我的腋下來。我想，下次我要一個人上學，絕不要他陪。

四

新環境的一切使我緊張興奮，新的功課吸引了我全部的注意力。漸漸地我淡忘了離家前那一段煩躁不安的日子；那些討厭的人與討厭的事，離我漸漸遠去。

那個星期天，我想出去買一本初中本國地圖，我班上的同學人人都有一本的。我要先到仁豐當店拿錢，但我不知道五馬街在那裡。平時，我很少和同學們來往，沒有事總是坐在自己的位置上。現在不得不問座位近旁的一個同學了。他叫譚標梅，同學們開玩笑叫他大表妹，他也不會生氣，他是一個很活潑很會交際的人。他很樂意陪我去。他笑我是土包子，進城這麼久了，連五馬街都不會走。我們找到了仁豐當店，我把那本「手摺」往高櫃子上一丟。

「領錢。」

半天，上面伸出一個戴瓜皮帽的腦袋，銅邊眼睛滑到鼻尖。

「你叫什麼名字？」

「林家樑。」

「嗯，好，好。」他盯了我左胸口的三角校徽一眼。「你要領多少？」

我不知道該要多少，譚標梅伸出一隻手，動動五個指頭。我輕聲問他：「五毛？」

「五塊，傻瓜！」他的聲音雖然很輕，眼睛可瞪得好大。

「五塊。」我紅著臉說。

「好，付五元大洋。」

他那戴瓜皮帽的腦袋縮回去了。半晌，他把錢和手摺交給我，並且做了一個怪笑臉：

「你真有福氣，你是前世修來的，少爺！」

這種話，在青山莊我聽厭了。我不理他走了出來。譚標梅驚奇地問：

「家樑，這當舖是你家開的嗎？」

「不是。」看他的表情，他不相信。「真的不是。我家要是開當舖，我也不讀公費了。」

「那他怎麼會給你錢呢？」

「我也不知道。」我心裡很虛，恐怕他再問下去。

「這是你的秘密，你不肯說也就算了。」

他雖然沒有生氣，我知道他心裡一定是不高興的。我只怪自己為什麼不一個人找呢？現在更怕跟同學們來往，我怕他們會問我當舖的事。我很孤單，我需要朋友，但我不敢主動去親近人。

在我的同班同學中，大多是住校的。他們和我一樣都是來自農村，有的還遠從一百多里的外縣來的。因為我們的學校，是附近四五個縣份僅有的省立中學。每晚就寢熄燈前，是最有趣最輕鬆的時刻，同學們都喜歡談論自己可愛的家鄉與快樂的童年。有時，有人大聲叫「大表妹」，譚標梅一聲「噯，來了！」放下自己的事跑過去，一大夥堆在一起，吱吱喳喳，接著是一陣鬨笑。在這種場合，我心裡總不禁「卜卜卜」的跳。雖然譚標梅對我還是一樣，而我懷疑同學們是不是在談論我。

我的煩惱愈來愈深了。

寒假回家，媽高興得團團轉，爹也很和氣。但當我拒絕了破刀申要我到仁大房去的建議時，爹卻光火了，罵我是呆瓜，要揍我。在媽的低聲勸說和爹的吼聲中，我忍著一肚子氣，跟破刀申到了仁大房。我把成績單、手摺、帳單拿給大先生。他一面看成績單，一面點著頭。他對破刀申說：

「申老，我五房的小三又留級了。他要是有家樑一半好，賣田讀書也不會冤枉了。」

破刀申笑著連連點頭。大先生又打開手摺看了一會，帶著深沉的聲音問我：

「家樑，」他看我一眼，「這學期你竟用去……」

「還剩七毛。」我連忙摸出銀角子往桌上一放，就跑了出來，破刀申在後頭大聲地叫：

「唉！這個孩子，這個孩子！」

為了這件事，破刀申特地把爹叫到仁大房去。一回來，爹大大地生氣，搥著桌子，罵我是不識好歹的畜生，並且警告說，下次再敢這樣，決不饒我了。媽則換了一種方式，等到爹出去了，就嘮嘮叨叨要我聽爹的話，不要得罪大先生。

十幾天的寒假，我沒有一天是快樂的。放假前，天天盼望回家，現在，我更盼望早些開學了。我對媽說，我不用破刀申陪了，我會一個人上城。我總算擺脫破刀申了，但大先生要我跟他五房的朱三偉一同坐小蛙溜上學。我和朱三偉同船比破刀申還難受。他身上彷彿長著刺那樣的叫人不舒服。直到我從二年級升到三年級，他那傲慢的氣燄才稍稍好些。

但他的談話使我討厭，他常說，我是他的妹夫，要我聽他的話。

無論在家裡，或者在學校裡，我都是寂寞的，我老是感到有一種無形的東西壓在我身上，使我無法活潑起來。到我讀三年級時，我又增加了苦惱。三年級學生的話題，已經離開了可愛的家鄉，漸漸轉到異性的身上來了。本來邋遢的也注意起衣著來，膽子大的還偷偷的給女同學寫信。以前，我避免跟人家談論自己的家庭，並不是怕同學知道我家貧窮，我是怕因此會扯到埋在我心裡深處的事情。對於女同學，我更一向沒有注意，雖然我漸漸長高了，我還是很怕羞。有時她們向我借數學習題簿，我也不敢面對面看她們一眼。雖然同學們嘻嘻哈哈，每天都有說不完的新聞，我還是一個人埋頭在書本上。慢慢地，我對數學發生了濃厚的興趣，本來是為考滿分而努力的，現在是為了興趣而讀書了。因此無形中我成了老師在課堂上讚揚的學生了。

我們的老師姓易，他是在高中部教數學的，初中部只兼我們一班的課。在課堂上他是一位很嚴格的老師，他對學生的要求很高，除了正式課本，還添印自己編的講義做補充教材。高中同學背地裏叫他「閻王面孔」。但我一點也不怕他，我常到他房間去。這時我已經在自修高中的范氏大代數與解析幾何，有許多問題自己無法解決，老師總是不厭其詳地為我講解。星期天我也曾到他家去玩，老師、師母，還有他的讀初中二年級的女兒易明珍，待我都很好。我因為沒有一個朋友，常常感到寂寞，現在有這樣一位老師，使我心裡有說不出的安慰。可是，不知從什麼時候起，同學中流傳著說，易老師看中我了，要我做他的女婿，還有人在黑板上寫：

「假正經，假斯文、死啃數學考百分，閻王老子當丈人！」

我知道老師的女兒易明珍正是譚標梅思慕的對象。在初中部易明珍是男同學談論的對象。壁報、校刊上常有她的文章。譚標梅寫過好幾封信給她，都沒有反應。可是我無法斷定這是誰造的謠言。為了怕老師知道，我只有隱忍著，表面上我裝著若無其事的樣子，但難言的痛苦一直纏著我。直到學期考試結束，同學們準備回家過年，我才鬆了口氣。但我為了避免到仁大房去，決定留校，準備明年暑假升學的功課。

我正在寫給爹的信時，老師的女兒易明珍來叫我，說她的爸爸要我到他家去。我跟著她走出校門口，正碰上朱三偉，他說：

「家樑，我正找你，你東西準備好，我們下午回家。」

「我不回家了。」我說。

「什麼？你不回家過年！」他的視線從我的臉上轉到我身旁的易明珍。

「我要準備明年暑假升學，」我解釋說。「你一個人回去吧。」

他把頭一揚走了。走了幾步，又回過頭來盯了易明珍一眼。我知道我沒有聽他的話，他一定很生氣，但我不願意為了使他高興我就回去。

第二天，意外地，烏皮金找到學校來，說我媽生病了，我爹叫我坐他的船回家。我匆匆寫了封信，告訴易老師，說家裡有事，即刻回家，並且謝謝他留我在他家過年的盛意。

我把信交給傳達室的工友，請他送給易老師，同時拜託他，如果有我的信，請轉到青山莊來。

船到青山莊，我不等靠埠，就跳上岸，直往家跑，在家門口我愣住了。媽好好的坐在那兒縫東西。我叫了一聲，媽抬起頭來，瘦削的臉上露出笑容。

「媽，你不是身體不好嗎？怎麼還做事情？」

「唉，我沒有病。」媽招招手，我走過去。「阿樑，你怎麼越大越不懂事了！」

我愣了。媽的語氣神情如此沉重使我不安。但我不知道媽說的是什麼意思。媽拉我坐在她身邊，哽著聲音說：

「孩子，我們是窮人家，你讀書是靠仁大房的。你又是大先生的女婿，你怎麼還跟女學生好？這不是叫你爹過不去嗎？剛才阿申先生又叫你爹到仁大房去了。你想，大先生不用說，就是阿申先生，也不是好惹的呀！」

我知道這是怎麼回事了。看到媽這樣憂傷，湧上來的怒氣只得按捺著。

「媽，我討厭到仁大房去！」

媽呆呆地看著我，老半天。「唉！」她嘆了口氣。「我早就跟你爹說過了，我們家配不上的……」

「媽，……我……我不要……」我抓著媽的衣袖，希望她幫助我。

「唉，到這步田地了，有什麼辦法呢？孩子，你千萬不要胡思亂想，你只有忍耐著，不要再叫你爹為難了。」

「不！媽，這是爹自己找的，我……我不管……」

「你不能這樣，孩子，為了你讀書，田裡的活只有你爹一個人幹。你爹和我苦一輩子，我們都認了，只望你有出頭的一天。」

媽的眼裡滿含著淚水，我心裡一酸，靠著媽的肩膀說：

「媽，這個我知道，我會聽你的話。」

「孩子，你能聽話就好了。你爹還沒回來，你趕快到仁大房向大先生說清楚去。」

為了不使媽難過，為了不使爹為難，我只有忍著氣到仁大房去。我沒有做錯事，一點也不怕，心裡充滿了從未有過的勇氣。但當我走近仁大房那個小客廳，破刀申的聲音使我煞住了腳。

「……阿登兄，話到此為止。大先生君子一諾千金，他可沒有過河拆橋；而你的兒子翅膀還沒長出，就敢膽大妄為了！養子不教父之過，你自己可要好好估量著。」

「皇天有眼，阿申先生，我賭咒，家樑是個老實的孩子，他……」

「他老十！他是老九的阿弟。嘿嘿！他像你說的，是個不響屁，專門肚子裡搗鬼。告訴你，他不要我陪著上學，就是做賊心虛，怕我拆他的牆腳。你想，他要是光明正大的，怎麼放假了還不想回家！」

「申老，我的意思是，君子絕交，不出惡言。如果家樑的背信行為調查屬實，自然由阿登兄負責。阿登兄想必也知道，仁大房向來是不做虧本生意的。」

我聽得耐不住了，我站到門口，叫了一聲「爹！」走了進去。

這個場面我永遠不會忘記的。破刀申瞪著一對牛眼，就像幾年前半路上舞著長煙筒打我們的那副兇相。大先生則背著手挺著個大肚子站著，一臉不可侵犯的威嚴神色。爹像個犯故失的小學生，很頹喪的侷促在那兒。

我走過去牽著爹的手，他的手有點顫抖。我說：

「爹，我留在學校，是為了補習功課，希望明年升高中也能讀公費。不知道這會使你為難。」

「呃！想不到在城裏住了幾年，竟學會花言巧語了。」破刀申用鄙夷的口氣挖苦我。

「我問你，你怎麼跟那個女學生鬼混？你說！」

我咬著牙。我恨他，我把臉轉過去。

「家樑，阿申公問你，你好好說呀。」爹用祈求的眼光看我。

我把頭低下來，我決不跟他講話。我聽得見自己的心在跳，我覺得自己的頭腦不斷在脹大。這時，大先生開口了。他的聲音很深沉。

「家樑，你留在學校，是為了明年考公費，你的用意……很好。不過，只要你聽話，能循規蹈矩，讀公費讀自費，我還在乎這個嗎？」大先生說得很慢，但一字一錘，重重擊來。「現在，我問你幾個問題，你要老老實實的回答我。」

他停頓下來了。我屏著氣靜待他的責問。爹把我的身體轉過去，我這才發覺大先生還是那個老樣子站在那兒。

「家樑，我五房的三偉說，你昨天跟一個女學生走在一起，有這回事嗎？」

我點點頭。

「你找她有什麼事？」

「是她找我。」

「是她找你！」

破刀申像給蟲子咬了一口那樣的叫了起來。大先生搖搖手，又問：

「她為什麼找你？」

「是她爸爸要她來找我的。她爸爸是我的老師。」

「是這樣嗎？」大先生把頭一偏，眼睛瞪著我。

「的確是這樣。」

「這個老師姓什麼？教什麼的？」

「他姓易，叫易樹人，教我們數學的。我現在自修高中的代數幾何，就是易老師給我個別指導的。易老師對我很好。」

「那個女學生怎麼樣？」

「什麼怎麼樣？」我不知道大先生問的是那一方面。

「那個女學生對你怎麼樣？」

「沒有怎麼樣。她是二年級的學生，我們學校男同學女同學是不講話的。」

「家樑，我希望你講的都是事實。」

「我沒有說假話，你可以到學校去問。」

「阿登兄。」大先生沉默了半會之後對爹說。「我希望這是一次不幸的誤會，你不必放在心上。不過，我還是要打聽的。至于家樑，」他轉向我，「我希望你繼續努力讀書，今天的事情沒有別的，只不過表示我的家庭對你的關切而已，就是說，一切都是為了你的前途。」

我點點頭，表示接受他的好意。

五

大先生所說的「不幸的誤會」總算過去了，但接著有一根無形的繩子，把我捆得更緊更牢。

假期裡，我的來往信件必須由仁大房轉，在學校裡，每個星期六下午，我要坐烏皮金的小蛙溜回家，星期天下午再進城。對於易明珍，我更須避得遠遠地，就是易老師的房間，我也很少去了。

本來我是很少說話的，我的樂趣，一向是在一般同學認為頭疼的數學上。現在，痛苦的記憶常困擾著我，像夏天牛身上的蠅，驅之又來。我無法維持平靜的心境，我不能像以前那樣專心於我的演算了。

那天數學下課時，易老師對我說，晚自習如果有空，到他房裡去一趟。我按時去了，老師正在批改作業。他摘下眼鏡，把椅子退後一點。

老師倒了兩杯開水，一杯給我，他自己啜了一口，緩緩地說：

「家樑，你的身體怎樣？是不是有什麼不舒服的地方？」

「老師，我的身體很好。」

「那麼，是不是你的家庭有什麼變故？我看你近來總是很愁的樣子。」

我心裡一驚，我說：「老師，我家裡還是一樣，爹和媽都還健康。」

「噢——」老師鬆了口氣似的點點頭。「家樑，我沒有責怪你的意思。近來我發現你的情緒不大好，如果這是因為你的家庭發生困難，你可以跟我談談，看看，我能給你幫一些什麼忙……」老師在沉思什麼，半閉著眼睛。「噢，我想起來了，寒假裡好像有人問我關於你的情形，我那時候因為家裡忙過年，沒有在意。我想，這或許同你目前這種情形有關吧。」

我把頭低下來，我想起大先生說的「我還要打聽」的話來。「家樑，」老師的聲音充滿了關懷。「你要是有什麼為難的地方，你不妨告訴我。」

老師的語氣這樣柔和、態度這樣懇切，我真想把心中的創痛坦露出來，痛痛快快的哭一場。但當我一接觸到老師那關切慈祥的目光，我忍住了，我怕自己的坦露，會使老師難過。

「老師，我讀的是公費，我家裡雖然苦一點，還可以勉強維持。我以後一定要更加用功……」

「不，不，」老師連連說。「你用功的程度夠了。家樑，我今天要你來，並不是責怪你不用功。當然囉，數學這一門是很艱深的，它是純理論的學科，需要按部就班和持續不斷的研讀。在中國，這方面的人才太少了。現在，你已經有一個很好的基礎，我很樂意給你個別指導，但一切還是靠你自己的。」

這一夜，老師的話不停地在我的腦子裡翻騰。老師對我期望這樣高，而他那裡知道，我並不是為了自己而讀書的，我真擔心，總有一天，我會使他失望的。

就在易老師跟我談話後的一個星期，易明珍遞給我一封信，使我大大地嚇了一跳。

那天下午，我從圖書館出來，走到校園的拐彎處，後邊有人叫我，一回頭，只見易明珍左看右看快步過來，遞給我一本書，我還沒來得及弄清楚是怎麼一回事時，她已經走遠了。我翻開書本，裡面掉出一封信來，我連忙撿起，幸好周圍沒有人，我抖著指頭把信拆開。

家樑：

我什麼地方得罪你了？這麼久你都不到我家來了。從爸那兒我知道了你的情形，我媽也常說起你。我媽我爸都把你當一家人看待呢！我爸就是喜歡數學好的學生，我可討厭數學，我喜歡文藝。對了，我給你的這本小說《簡愛》很好看，你看了一定會滿意的。嗯！我差點忘了，歡迎你到我家來玩。

明珍

當我完全明白了信中的意思時，我慌亂到極點了。我雖然知道易老師對我很好，但絕沒想到他一家人都這樣深厚地關懷我。我怎麼辦呢？我不能去，我也沒有時間去，星期六下午我必須回家。第一次我怨恨起自己的家庭，如果我沒有接受仁大房的恩惠，現在絕不會有這麼多的苦惱，我就可以自由地去親近真心愛護我的人了。

日子真是難過。在百無聊賴中，我翻開了易明珍給我的小說。這是不可思議的，一開始我就被《簡愛》不幸的童年吸引住，她的身世遭遇如此悲慘，使我忘記了自己，我為她流淚低泣，好幾次中途停下來，等情緒稍為平靜時再繼續讀下去。簡愛的努力奮鬪終於成功，她獲得了她所追求的愛情，她是一個勇敢的女孩子。

這是我第一次看小說，它給我的震動是這樣的強烈。我把書還給易明珍時，夾了一張紙條，告訴她，每個星期六下午我一定要回家，所以沒有時間到她家去；並且謝謝她給我看的小說，從這本書裡我得到了不少東西。以後，一有機會，易明珍就給我小說，我真感謝她沒有追問我為什麼每星期六一定要回家。

我們始終維持著這種微妙的關係，但我總是避免跟她直接談話。可是日子愈久，明珍留在我腦子裡的印象就愈深刻，我幾乎一閉上眼就看見她。有時，我在夢中和明珍講話被人撞見而驚醒，因之，我必須忍受失眠的痛苦。我不知道這是不是就是愛。雖然我已經升入高中了，我仍然不敢向明珍透露一字半句。我常為自己的懦弱而痛苦而詛咒。這種亦憂亦喜擔驚受怕的生活，一直維持到民國二十七年，我高中將要畢業時才告一個段落。

六

民國二十六的暑假，「七七」事變發生了，青山莊離城雖有七八十里，也有學生來做抗日宣傳工作。他們貼標語、漫畫、街頭演說、演文明戲，來揭露日本軍閥侵華的野心及其殘忍的暴行。

由於愛國熱情的驅使，一向生活在自己的小天地裡的我，也就自然地參加了這個熱情澎湃的宣傳行列。但我立即受到警告，仁大房由破刀申傳話過來，不許我同這些城裡來的學生們來往，說這些男學生女學生混在一起，不成體統。

開學了，同學們組織「抗日救國施教團」，四出宣傳抗日救國。而我則不得不像一隻離群的雁，獨自埋頭在書本上。一到星期六下午，照常坐烏皮金的小蛙溜回青山莊。

這一年的秋天，日軍繼「八一三」淞滬戰役之後，在東南沿海展開了一連串的軍事行動。我們的學校總算在縣城陷落前疏遷到山區去。等到國軍第三十X師發動反攻，收復縣城時，已是冬盡春來的時候。

我們從山區返校的第一個星期，爹從家鄉趕來看我。這是我進城上學以來的第一次。當我知道媽身體還好時，才放下心來。可是爹卻提起破刀申，他要我星期天到地方法院看守所去看他。我從報紙上早已知道，破刀申在日軍下鄉騷擾時，他就是青山莊第一個搖膏藥旗歡迎「皇軍」的人。憎恨鄙視的心理，使我堅決拒絕了爹的要求。

「爹，破刀申是日本鬼子的走狗，是漢奸，我決不去看他，你也不要去看他。」

「孩子，你不要這樣說，他對我們家總算是有恩的了。再說，他也是為了莊上好。」

「不是的，爹，沒有破刀申，日本鬼子也不會在我們莊上騷擾這麼久了，孫家集他們就沒有住過夜。爹，你怎麼會為這種人說話呢？」

爹站在那兒沒有話說了。這不是我長得跟他一般高，使我有膽量跟他頂撞；是我內心對破刀申的鄙視與厭惡實在無法抑制。爹的無言，使我激動的情緒稍稍冷靜些，我發現爹的背也微駝起來了，半年來爹顯得蒼老多了。但我看不到爹小腿上的青筋是不是比以前更多了，爹今天是穿長褲來的。想到爹的辛苦，我感到一陣難過。我說：

「爹，你今天來，就是為這件事嗎？」

他嘆了口氣：「還有……大先生說，時局不大好，你畢業了就結婚，以後再讓你上大學。

阿申先生坐牢了，這是他親自對我說的。」

我本想說，我寧可不上大學，也不要結婚。但我看到爹這樣愁苦，我說不出來。我只說，等畢業了再說吧！

對於結婚，我是從來沒想到過的，現在，竟然要來了。我不敢想像自己真的會成為大先生的女婿。我怎能忘記那年爹因我不回家過年假，在仁大房所受的屈辱。而且，還有那麼一天，一個從不相識的，生活、環境都跟我完全不同的女孩子，突然成為我的妻子時，必然會發生種種意想不到的不愉快的事。我發覺自己站在一個深坑的邊緣了，不是閉起眼睛跳下去，就要不顧一切，騰身躍過。日子不多了，我不能猶豫，我必須有所抉擇。

這時，我想起幾年前易老師曾對我說過：「家樑，你要是有什麼為難的地方，你不妨告訴我。」要不要告訴老師呢？我卻猶豫不決了。這時，東南唯一大報《東南日報》，報導政府號召「知識青年上戰場」的運動，在同學間掀起了從軍救國的熱潮。這個熱烈的從軍運動驚醒了我。我那被壓制已久的年輕的愛國的心躍動了，像迷途的夜行人，看到了黎明的曙光。現在，我所能選擇的最好的一條道路在我面前展開了，我毅然挺起胸膛，向前走去。

出發前一日，我到易老師家辭行。出來時明珍送我，這是她同我長時間來第一次走在一起。我們的腳步很慢，兩個人默默地走著。

現在，我不是有什麼顧慮，只是幾年來積聚在心中的感情太深太厚了，使我不知道應該如何表達出來。最後還是明珍先開口：

「家樑，時間過得多快，一轉眼，我們都長大了。」

「是……」我的舌頭打結。

「家樑，希望你勝利後繼續讀大學。爸說你在數學方面應該有所成就，只要你不停的努力下去。」

我嘆了口氣。「我恐怕會使老師失望，我沒有讀大學的勇氣了。」

「為什麼呢？家樑，難道你真的不知道有人關心你嗎？」

從她的話中，我聽得出她所指的是誰，我微微轉過頭去，她也正好看向我。

「爸說你什麼都好，就是太憂鬱了。家樑，憂鬱會使人消沉，會使年輕的心衰老。家樑，我知道自己沒有權利分享你的秘密，但我希望知道你為什麼老是躲著我。」

我覺得明珍的眼睛一直沒有離開我。她的話，一句句緊扣著我的心。我的腳步越來越重，我看著自己的腳尖。

「明珍，我無法說明。我對不起老師，我也對不起你。」

「不，你沒有什麼對不起我的地方。家樑，我知道你一定有困難，可是，現在你已經長大了，你該拿出勇氣來，你已經有權利決定自己的事情了。」

明珍的話像一道箭，穿透了我的心胸。我微顫著轉向她，希望從她的眼睛裡，讀出她話中的含意。她的眼睛是這樣的明亮，是這樣的充滿了愛意。

幾年來，在夢中相見也會受到驚擾，我幾乎不能相信會有一天能夠面對著她傾訴自己的心聲。我的聲音很低，像耳語似地：

「明珍，明珍，我太懦弱了，從你給我的書中，我懂得了愛與恨。可是，我沒有勇氣，我的恨只能埋藏在心裡，我的愛，同樣的也只能讓它在心底枯萎。雖然、雖然……我……們天天相見……」

激盪的感情，像決堤的水，奔騰洶湧，我只覺得喉頭鯁塞，渾身發冷。

明珍的眼裡，隱含著淚水。她握著我發抖的手。

「你並不懦弱，我知道你並不懦弱，你只是太善良了，家樑，我也是的。我們忘記過去吧，從今天起，讓我們的心緊結在一起。」

「可是，明珍，我就要離開你了。」

「我等著你回來，我會天天為你祝福。請相信我，我會像簡愛一樣的堅強，為了愛，我可以忍受一切。我沒有別的，只希望你好好保重，這不僅是為你自己，同時也是為了我。」

七

明天，我就要隨隊出發。這是最後一夜了，我必須寫好給爹媽的信。我想到爹的辛勞，媽的愁苦；六年來為了我讀書，爹和媽還要忍氣受屈。我有千言萬語向爹媽訴說，然而，我卻只能寫出一封簡短的信：

爹：

媽：

明天我就要離開學校從軍去了。我知道這會帶給您倆很大的痛苦，但我沒有別的辦法。為了割斷六年來捆紮在我身上的無形的繩子，這是我所能選擇的最好的道路了。爹，您可以把這封信給大先生看，我記得大先生自己說過：「仁大房是不做虧本生意的。」六年來的費用，我都有詳細的記載，我會設法連本帶利還給大先生的。

爹、媽，請饒恕兒的不孝吧！當勝利來臨時，我會很快地回到您倆的身邊。我相信勝利一定會到來的。

寫好信，我深深地吐了口氣，像一個遠行者，放下了背負在肩頭的千斤重擔。是的，我已經長大了，我已經在實際的生活教育中，深切地體認了「負債者，化自由人為奴隸」的真義。從此，我可以擺脫了六年來精神上的奴隸生活，做一個獨立自主的人。

現在，黑夜將盡，黎明就要到來。我必須裹起心靈上的創傷，為愛我的人，為我所愛的人，振作精神，來迎接嶄新的燦爛的明天。

不孝兒　家樑

二十七年五月六日

民國四十九年間於《新生報》副刊連載

三、小說評論

評 徐鍾佩的〈父親〉

每次讀徐鍾佩的〈父親〉，心頭總感到有一種重壓。彷彿這位不見容於父母妻兒的寂寞者，面對著我，嘴角掛著悽然歉然的微笑。

憂傷使人蒼老，貧窮使人自卑，而寂寞孤獨卻往往使人失去活力。作者筆下的「父親」，就是一個失去活力的寂寞孤獨的人。可是他上有父母，中有妻子，下有兒女；論理這該是一個幸福的家庭，可是他有家等於無家，享受不到絲毫的家庭溫暖。

如果這位父親是個「浪子」，不務正業，甚至為非作歹，那麼即使有一天他閉上眼睛，永遠離開這個世界，也絕不會引起人人自責。而事實上在「他」臨終之際，「屋內哭聲震耳……滴滴都是懺悔之淚。」

一個家庭，夫妻失和的原因很多。在這裏，我們探討一下，為什麼「母親卻板起臉，擲還了父親對她全心的愛。」

有一次，孩子為同情父親而跟母親頂嘴，結果受了責備。平常不大教訓兒女的父親，這時卻對這個唯一親近他的孩子說：「下次你別再惹惱你母親，她持家已夠辛苦了……你母親生性好強，我卻一生無有煊赫功名。」

正因為做妻子的太能幹，太要強，越發顯得丈夫沒有煊赫功名的可恨。這個恨很單純，就是俗語所說的「恨鐵不成鋼」。

歷史上就有這樣的例子：

蘇秦者，東周雒陽人也。東師事於齊，而習之於鬼谷先生。出游數歲，大困而歸。兄弟嫂妹妻妾，竊笑之曰：「周人之俗，治產業，力工商，逐什一以為務。今子釋本而事口舌，困不宜乎？」

蘇秦為從約長，並相六國，北報趙王，諸侯各發使送之甚眾，疑（擬）於王者（意即可與王者相比）。蘇秦之昆弟妻嫂，側目不敢仰視，俯伏侍取食。蘇秦笑謂其嫂曰：

「何前倨而後恭也？」

嫂委蛇蒲服（即匍伏）以面掩地而謝曰：

「見季子位高多金也。」

蘇秦喟然嘆曰：

「此一人之身，富貴則親戚畏懼之，貧窮則輕易之，況眾人乎？………」

同樣一個人，當他倒楣的時候，兄弟嫂妹妻妾都對他冷嘲熱諷；一旦身居廟堂，連家人都「委蛇蒲服以面掩地」。財富權勢之能令人「入迷」若此，真是沒有辦法的事。

現在，我們來談談作品中的人物。

作者寫作，創造人物，由於故事的推演而使之「活」起來，好像他就是生活在我們的周圍。而他的遭遇，他的喜怒哀樂，往往引起讀者的關切。

真有這個人嗎？真有這回事嗎？

現在我們讀〈父親〉，難免也會發生這樣的疑問：「作者的父親真的是這樣一個寂寞孤獨的人嗎？」

一般來說，作者筆下的人物，未必真有其人、確有其事，但也不見得完全是憑空揑造，嚮壁虛構。我們可以這樣說，作者筆下所寫的，是平日生活中的所見、所聞、所感；這些豐富的素材，在他內心久經醞釀，以後透過文字，重新加以處理、安排、組合、創造；於是，一個動人的故事呈現在讀者面前，一個令人難忘的人物由此而誕生。

「父親」的時代，學而優則仕的觀念，深入人心。讀書為求仕進，榮宗耀祖，封妻廕子。再不然，熟讀詩書，深通翰墨，交接衙門，逞威鄉里，在地方上自成一種局面，為人所敬，為人所畏。可是文中這位做「父親」的，既無煊赫功名，又不能領袖鄉里，每日只是上茶樓酒肆，或三五成群「入局」消磨時光。怎不令人失望？怎不令人洩氣？於是夫妻之間，慢慢形成了一種「冷戰」局面。冷戰為母親所發動，父親卻只有逃避，只有自責，只有逆來順受。

另一方面，做母親的精明能幹，持家有道，教子有方。正因為如此，所以她對丈夫的無能，沒有出息，而表現了深惡痛絕、冷若冰霜、拒人於千里之外的態度。作者沒有正面寫到母親，而她在家庭中的權威，以及由她主動所造成的這個家庭的矛盾對立的氣氛，躍然紙上。

現在我們來看看，作者是如何使這個平凡的故事產生了感人的力量；如何創造一個令人難忘的人物。

文章一開頭，作者以最經濟的筆法，介紹「父親」的家庭環境，以及他在這個家庭中的處境。這個家庭有祖父母、父親、母親、兒女。這是一個相當富裕的書香門第，年輕的兒女一輩，都離家接受新式的學校教育，而身為一家之長的「父親」，處境卻非常特殊：

父親逝世之前，「我聽見父母交談的話，不到一百句，我也沒見父親進過母親的房門，……但自我出生以來，母親卻板起臉，擲還了父親對她全心的愛。」

這種不正常關係的造成，是母親採取主動的。父親雖然處在被拒絕的境地，但卻「從來未聽他出過一次怨言，也沒有看見他掉過一滴眼淚。」

父母失和，做子女的最難自處。但是我們可以體會得到，文中的「我」比較傾向於父親：「我相信父親至死愛母親的……父親必然曾為此傷心過……」這就很自然地鋪下了她跟父親之間較為親密的關係。這一點是關鍵，下文所發生的一切，都是由這個「關鍵」點上推演開來的。

母親對父親如此，而祖父母的態度呢？

「祖父母偏愛叔父，對父親常加申斥。」一個人已經子女成群，還常受父母的申斥，這是一種什麼滋味？而更甚的是：

「孩子們偏愛母親，對父親淡然置之。」

這就難怪作者要用「冰天雪地」四個字來形容父親的處境。而父親呢？「卻是笑口常開……把一生的哀怨，化成一臉寬恕姑息的笑。」

在這裏，作者很簡要地介紹了這個家庭不正常的情形，以及令人體味到一種不調和的生活氣氛。接下來作者以父親的行動，來表現他自己的情感、性格、心理狀態、思想意識。

一向軟弱的「父親」，不知道那裏來的「一股力量」，使他放棄了書香門第「大少爺式」的生活，「放下酒杯」、「推開牌桌」，站直起來，向現實生活環境挑戰，這是什麼力量在後邊推動的呢？作者年幼，自然無法了解，而讀者可以想像得到，這個優柔寡斷的「一家之長」，必然是經過長時的內心掙扎所採取的行動。於是從此他成為這個家庭的一名「長期客人」。

在這裏，作者很自然地但也十分技巧地表現了他跟父親之間的情感。

「……有時他回家時正當家裡開飯，我牽著父親的手拉他入座，他卻笑著搖搖頭：『我用過了。』」

這一段看似平常，但親子之情表現得非常生動，同時埋下了下文因同情父親而頂撞母親的伏筆。

父親離開家庭，在校膳宿，但他對子女的愛並未因此而有影響。像他這樣的「懶人」，竟也能在大熱暑天，頂著大太陽，跑遍全鎮，去買孩子們喜歡吃的零食。這份愛心，豈是尋常？你看他在午餐桌前，揮著那把小圓桌大的芭蕉扇，使得全桌生風。而「入夜在後院納涼，我躺在他身旁，聽他講母親所謂的最不入耳的《山海經》」。

兒女圍桌進餐，做父親的揮動大扇子使全桌生風；夏夜繁星之下，為孩子說些荒唐的故事。這不是一幅令人羨慕的「天倫之樂」圖嗎？可是在孩子小睡醒來，父親卻在點燈籠。孩子揉著惺忪的雙眼，問他：

「你到那裏去？」（明知故問。不是故問，而是親子之情的自然流露。）

「我回去。」（有家住不得，是何滋味？）

而「父親」住處淒涼景象，更加濃了孤寂的氣氛與灰黯的色調。

「記得我第一次離家就學的那一天，清早去學校向父親辭行。他的學校還未開學，庭院寂寂，在空曠的宿舍裏，我看見父親孤零零的一張牀；他的同事都有家，全回去度假了。」

有家的同事，都回去度假了，而有家的「他」，卻仍然留在寂寂庭院、空曠冷落的宿舍。父親這種「自虐」的生活方式，是不滿的表現？是反抗？不是。是以生活上的折磨，來減輕精神上的愧疚？是的，是如此。

你聽：

「拿著吧！你還是第一次用爸爸的錢。」

一個做父親的人，對子女如此說話，他的內心的愧疚該有多深。當他身患疾病，做妻子的對他仍然不假辭色，不理不睬，視同路人，做子女的深為父親不平，因此頂撞母親而遭受申斥。而父親如此勸解孩子：

「下次別再惹惱你母親，她持家已夠辛勞。」

「你母親生性要強，我卻一生無有煊赫功名。」

「如果有一天我死了，你切莫又為我和他們傷了和氣，我又幾曾盡過為夫為父之責。」

至此，作者很成功地塑造了一個自責、自虐、內心極度孤寂、而外表裝著若無其事的悲劇人物。

這個悲劇人物臨終時所說的話：

「你如孝我，不必厚葬我，各人求心之所安。」真是一字一淚，難怪引起了「人人自責」。而「求心之所安」，可以說是他的處世態度，所以他能把一生的哀怨，化成一臉寬恕姑息的笑。他搬離家庭，在校膳宿，所求無非是「心之所安」。而他的家人，在此生離死別之際，這才「人人自責」，「甚至母親對他」也表示「出奇的溫柔」，但為時已晚。

他留給家人的，是永遠沒有機會補償的精神上的負疚。

儘管「屋內哭聲震耳」，儘管「滴滴都是懺悔之淚」，但那有什麼意義？因為人死不能復生，「一切都太遲了」。

最後我要說一說〈父親〉之所以令讀者感受頗深，不是由於故事的強烈衝突性；而是作者運用寫作技巧，在平凡的生活中，攝取最能表現「父親」的情感、性格、心理狀態的素材，再加以整理、安排、組合，描寫出一個令人難忘的人物，使讀者對他產生了如見其人，如聞其聲，見其喜則喜，見其憂則憂的「共鳴」作用。

本文曾刊於《中國語文》月刊

評白先勇《台北人》的〈冬夜〉

兩個在北平一別二十年的老友，於淒風苦雨的冬夜在台北重逢。白雲蒼狗，往事依稀，各有一番辛酸在心頭。過去，他倆都曾雄姿英發，意氣昂揚。為了愛國，一個打著光腳，爬進段祺瑞的外交總長曹汝霖的住宅放火；一個扛大旗在大街遊行，跟警察打架。現在，一個牛山濯濯，雖近古稀之年，仍想賈其餘勇，出國教學，以解窮困；一個白髮銀絲，雖已揚名國際，卻也倦鳥知還，一心想葉落歸根。

〈冬夜〉的結構，就是建立在對比的基礎上的。

另一方面，對比也可說是〈冬夜〉的軸心，作者以今昔之比、兩代之比、中西之比、人際之比、自我之比作多面輻射。時間上溯「五四」，空間遠及太平洋的彼岸。於是，展現在讀者面前的是半個世紀來的世事縮影。

先上場的是老教授余嶔磊。

他是個因腿病而行動不便的老人，卻穿著一雙木拖鞋，因為天雨，地面積水盈寸。他打著一把破紙傘，雨絲穿過破洞，落在他的禿頭上。他雖然穿了一件又厚又重的舊棉袍，竟也抵不住巷口砭骨的冬夜寒風。他出來幹什麼？在這陰雨寒冷的冬夜。他是到巷口等人的。因為闊別了二十年的老友要來看他。

老友是誰？是歸國學人，國際知名的歷史學權威吳柱國。對他的描述，作者透過新聞報導，以及余嶔磊在機場擠在人群中時的眼中所見。

報紙這樣報導：

我旅美學人，國際歷史權威，吳柱國教授，昨在中央研究院，作學術演講，與會學者名流共百餘人。

在余嶔磊的眼中：

那天（下飛機時）吳柱國穿一件黑呢大衣，戴著一副銀絲邊的眼鏡，一頭頭髮白得雪亮了；他手上持著煙斗，從容不迫應對那些記者的訪問。他那份恂恂儒雅，那份令人肅然起敬的學者風範，好像隨著歲月，變得愈更醇厚了一般。

這兩位老友，二十年前在北平的大學教書，同有「二十年不做官」的理想。二十年來，因世局的激變，一個在美國大學開「唐代政治制度」，一個在國內大學教「拜崙」。環境不同，境遇各異，因而無論在外型上、衣飾上、生活體驗、思想意識上都呈現出強烈的對比。

余嶔磊具有典型中國知識份子的特性，不善奉迎，也鄙視逢迎。他到機場，並不是錦上添花，實由於他跟吳柱國之間的深厚友誼與彼此相知之深。關於這一點，作者在吳柱國夜訪余嶔磊時，有極自然、極技巧的勾勒。

余教授將自己的那隻保暖杯拿了出來，泡了一杯龍井擱在吳柱國面前，他還記得吳柱國是不喝紅茶的。

當余教授在吳柱國坐落時，笑著說：

你再住下去，恐怕你的胃病又要吃翻了呢。

二十年了，除了家人，除了知己，有誰能記得一個人的愛好跟他的健康情形呢。作者為了塑造余嶔磊的性格，在他跟吳柱國敘舊時，有以下一段對話。吳柱國對余嶔磊說：

「……邵子奇告訴我，他也有好幾年沒見到你了。你們兩人——」

余嶔磊輕輕嘆氣，說：「他正在做官，又是個忙人。我們見了面，也沒有什麼話說。我又不會講虛套，何況對他呢？所以還是不見面的好。……」

言為心聲。余嶔磊的既窮又硬的性格，不是矯情，而是真情；不是殊相，而是多數中國知識份子的共相。在這裡，作者以他犀利的筆鋒「鞭」了學而優則仕的邵子奇。邵子奇也是二十年前在北平大學教書的老友，也是當年「二十年不做官」的同志。可是今天，他在官場得意，似乎未忘舊情，對揚名國際的老友吳柱國，以盛筵為他洗塵。而另一方面，卻對同在台北的另一老友賈宜生教授的貧死，竟連探病、弔唁都惜步如金。

關於這一點，我對歐陽子先生在〈白先勇的小說世界〉中所討論有關邵子奇部份，有不同的看法。歐陽子說：

> 另一類是「斬斷過去」的人。例如〈冬夜〉中的邵子奇……不像朱青〈一把青〉那樣，由於回顧過於痛苦。卻是因為他（們）的理性，促使他（們）全面接受現實，並為了加速腳步，趕上時代，毫不顧惜完全丟去了「傳統之包袱」。
>
> ……也可以說，白先勇的「頭腦」贊成他（們）的作風。

讀書人出仕，為實現他的理想而兼善天下，自來不乏先例。在〈冬夜〉裡，邵子奇沒有出場，只是在余嶔磊跟吳柱國敘舊時談到他。談的是邵子奇替吳柱國接風，以及余嶔磊對他的觀感。讀者在〈冬夜〉裡實在看不出邵子奇為了「加速腳步，趕上時代」因而丟棄「傳統之包袱」的依據在那裡。至於「白先勇的頭腦贊成他（們）的作風」，更是缺乏「理性」的推論基礎。

〈冬夜〉故事的發展，有一個相當重要的關鍵。這關鍵彷彿一根「緯線」，把幾根主要而不相涉的「對比」的輻射線串連起來。只是作者以極藝術的手法把它溶入，而不留痕跡。這關鍵（緯線）就是余嶔磊老教授的「腿病」。

那晚余教授在巷口一時等不到他的老友，又冷，腿又疼，無法久站，所以「佇立了片刻，終於又踅回他巷子裡的家中去。他的右腿跛瘸，穿著木屐，走一步，拐一下，十分蹣跚。」這個特寫鏡頭十分醒目，給人留下深刻的印象。有了這「腿病」，下文就很自然地把余教授現在的妻子牽引出場……

每逢這種陰濕天，他（余嶔磊）那隻撞傷過的右腿，便隱隱作痛起來。下午太太到隔壁蕭教授家去打牌以前，還囑咐過他：「別忘了，把于善堂那張膏藥貼起來。」

她說完，就逕自往隔壁去打牌。可是這天晚上就是闊別二十年的老友特地來看他的。所以余教授要求他的太太：「晚上早點回來好嗎？吳柱國要來。」你聽這位教授太太的口氣：「吳柱國有什麼不得了？你一個人陪他還不夠嗎？」除了她的「音」，作者還借余嶔磊的眼介紹了她的「容」：

他目送他太太那肥胖碩大的背影，突然起了無可奈何的惆悵。

在如此龐然的「形象」下，老病的余教授，的確是乾綱難振的。同時他太太的賭本，並不是他「黑板上來」，而她「白板上去」的。他太太的麻將功夫段數甚高，那是十賭九贏的。她有的是私房錢。誰掌握經濟，誰就有發言權。你聽她怎麼說的？「別搗蛋，老頭子，我去贏百把塊錢，買隻雞燉給你吃。」這叫一生教「拜崙」的老教授，除了「無可奈何」之外，還能怎樣呢？如果能，那也只是精神上的，那就是無盡地思念他的前妻：

要是雅馨還在，晚上她一定會親自下廚去做出一桌吳柱國要吃的菜來，替他接風。那次在北平替吳柱國送行，吳柱國吃得酒酣耳熱，對雅馨說：「雅馨，明年回國再來吃你的掛爐燒鴨。」

雅馨是五四時代的新青年，是北平女師大的校花。他們是在參加愛國運動中認識的。那年余嶔磊二十歲，他認識雅馨的。那次他們在北海公園，雅馨剛剪掉辮子，一頭秀髮讓風吹得飛了起來，她穿一條深藍色的學生裙站在北海邊，裙子飄飄的，西天的晚霞，把一湖水照得火燒一般，把她的臉也染紅了。

而難得的是，這個走在時代先端的新女性，還會做一手好菜，讓吳柱國吃得還想「明年回國」再吃她的拿手菜。往事如煙，而現在的這位太太呢，竟連整理客廳，都不辨稻稗地把他「夾在牛津版的拜崙詩集中，一疊筆記弄丟——那些筆記，是他二十年前，在北大教書時記下來的心得。」同時對闊別二十年老友的來訪，她都不願少打一場麻將在家招呼。所以他只有歉然地對吳柱國說：「真是的，你回來一趟，連便飯也沒接你來吃，我現在的太太——」唉，新人不如舊人賢。余嶔磊老境的悽涼孤寂，又能向誰傾吐。

以上是從「腿病」所引發的連鎖反應。余教授接待老友，坐久了，他的右腿「愈來愈僵硬，一陣陣麻痛」，不自覺地用手去搓揉。於是引起老友的注意。吳柱國關切地問：「你的腿好像傷得不輕呢。」談到腿傷，自然涉及治療。余嶔磊感慨萬千地說：

> 我在台大醫院治了五個月，他們又給我開刀，又給我電療，東搞西搞，愈搞愈糟，索性癱瘓了。
>
> 我太太不顧我反對，不知那裡弄了個針灸郎中來，戳了幾下，居然能下地走動了！

當然，作者在這個短篇裡無意藉此探討中國的醫藥問題。但是余嶔磊的話意味深長：

> 我們中國人的毛病，也特別古怪些，有時候，洋法子未必奏效，還得弄帖土藥方來治一治。

如果把「中國人」換成「中國」，「洋法子」換成「西化」，那麼西化不能治中國之病，不是很合邏輯的暗喻嗎？

這是從腿病所引發的另一問題。

腿病起因是被摩托車所撞。那是余嶔磊千難萬難請到哈佛的研究獎金，去美國領事舘辦簽證出來，被「一個台大學生騎著一輛機器腳踏車過來，一撞，便把我的腿撞斷了。」

有了這一撞所造成的腿傷，作者就毫不留情地以解剖刀似的鋒利的筆，揭露了人性深處的自私與卑劣，但作者並未大張撻伐，他只是以悲憫的心懷處理這個深沉的問題。

余嶔磊腿傷住院五個月，結果哈佛的獎金取消了。如果他早點宣布放棄這個獎金，那麼他的另一個老友賈宜生（也是「二十年不做官」的同志）教授，就有機會得到，就有機會逃過貧窮與死亡。所以余嶔磊以極愧疚的心情向老友懺悔：

> 賈宜生也申請了的，所以他的去世，我特別難過，覺得對不起他。要是他得到那筆獎金，到美國去，也許就不會死。

這是從「腿病」所引發的另一值得深思的問題。

現在，我們來看看作者如何透過余嶔磊跟吳柱國，映現留在國內的教授與揚名國際的歸國學人的心理狀態。余嶔磊說：

「柱國，這些年，我並沒有你想像那樣，我並沒有想守住崗位，這些年，我一直在設法出國——」

「柱國，有一件事，我一直不好意思開口——」

「你可不可以替我推薦一下，美國有什麼大學要請人教書，我還想出去教一兩年。」

這是愛財如命嗎？這是為物質享受嗎？這是為走「終南捷徑」嗎？不是的，絕不是！這是為了償還培植子女出國深造所負的債務。試想，一個一生在大學教書的教授，為了培植自己的子女求學而負債，不得已希望賈其古稀之年的餘勇，你能忍心責備他嗎？而另一方面，揚名國際，在美國大學教書的吳柱國的心情呢？

「你不知道，嶔磊，我在國外，一想到你和賈宜生，就不禁覺得內疚。生活那麼清苦，你們還能在國內守在教育的崗位上，教導我們自己的青年。——」

「嶔磊，你真不容易。」

正因為吳柱國有這一份知識份子的內省，所以他在舊金山開「史學會」席上，聽了一個哈佛剛畢業的美國學生，大言炎炎地在他宣讀的論文中，完全否定了中國五四運動的歷史意義時，做為一個中國的歷史學家，一個當年曾親自參加五四運動的知識份子，竟也隱忍著不敢抬頭反駁，因為：

「我在國外，做了幾十年的逃兵，在那種場合，還有什麼臉面挺身出來，為『五四』講話呢？」

所以他在國外不開近代史，只教祖宗光榮的業蹟：「李唐王朝，造就了當時世界上最強，文化最燦爛的大帝國。」所以他倦鳥知還，希望葉落歸根。權力容易使人墮落，名利則易禁錮人的心靈。當我們看到貧病的老教授，送別揚名國際的歸國學人的情景，不禁興起雨夜冷巷與君同行的無盡感觸。

當余嶔磊撐起破紙傘送吳柱國出門時，吳柱國說：「不要送了，你走路又不方便。」

「你沒戴帽子，我送你一程。」余教授將他那把破紙傘遮住吳柱國的頭頂，一隻手攬在他的肩上，兩個人向巷口走出去。巷子裡一片漆黑，雨點無邊無盡地飄灑著。余教授和吳柱國兩人依在一起，踏著巷子裡的積水，一步一步，遲緩，蹣跚，蹭蹬著……」

這是白先勇用文字畫的「風雨冬夜送故人」的淡墨水畫。如果我們有較深的生活體驗，那麼〈冬夜〉結束時的場景，可能會勾起難以排遣的莫名的感受。那是余嶔磊送走吳柱國，回到客廳：

……隨便拾起一本《柳湖俠隱記》來，又坐到沙發上去。在昏黯燈光下，他翻了兩頁，眼睛便合上了，頭垂下去，開始一點一點的，打起盹來。朦朧中，他聽到隔壁隱隱傳來洗牌的聲音及女人的笑語。

台北的冬夜愈來愈深了，窗外的冷雨，卻仍舊綿綿不絕的下著。

這樣的結束，在氣氛的釀造上，在落寞的知識份子的心理烘托上，達到天地悠悠的境界。與〈冬夜〉開始時的冷雨、積水、木屐、破傘，產生了強烈的呼應。這是一張極為綿密的網，把讀者籠罩在冷雨冬夜的陰沉氣壓之中。但作者並不光是感喟悼嘆，他也曾用他的筆偶一輕撥濃霧，透露一絲陽光。那是余嶔磊看到他兒子房中的燈光仍然亮著。俊彥坐在窗前，低著頭在看書。他那年輕英爽的側影，映在窗框裡，余教授微微吃驚，他好像驟然又看到了自己年輕時的影子一般，他已經逐漸忘懷他年輕時候的模樣了。

這是年輕的一代，希望的一代。不是嬉皮大麻，不是熱門搖滾，而是窗前、燈下、低首、讀書。

一個好小說，猶如一顆鑽石，從不同的面輻射出斑斕的光彩，欣賞者站在不同的角度，所感受的光彩也不一樣。〈冬夜〉是個深具內涵的多面性的短篇小說，是個經得起推敲、琢磨的作品。

原載民國六十五年四月一日出版的《中外文學》第四卷第十一期

細說〈留情〉兼評〈從「留情」看張愛玲的傳統觀念〉

〈留情〉是張愛玲《傳奇》中的一個短篇小說。唐吉松先生在〈從「留情」看張愛玲的傳統觀念〉的一篇評論中，認為隱藏在〈留情〉文字背後而作者所欲表達的「思想、觀念」是：反對西化、擁護傳統。

在這個認定上，唐先先不厭其詳地引喻取譬，建立立論的基礎，而後再以他所建立的論斷，反求諸事實。也就是穿過錯綜複雜的層面現象，來推求事物的本質，再以本質，印證現象。

〈留情〉雖僅是一萬多字的短篇小說，但意象繁複。唐先生用剝繭抽絲之法，由繁返簡，歸納出三條殊途同歸的線索：

一、米晶堯（〈留情〉男主角）是留學生，但並不盲目崇洋。他所喜愛的是象徵中國傳統文化的「紫檀面的碑帖……青玉印色盒子冰筒筆紋、水盂、銅匙子。」

二、米晶堯第一次結婚，「十分西方地」，失敗了。第二次跟淳于敦鳳結婚，「很東方的」，成功了。

三、敦鳳的親戚楊家，暗喻西化，結果漸趨衰微。

唐先生表達論斷的文字相當委婉，而態度堅決。他說：「……至此，較為敏感的朋友必然窺出〈留情〉的創作動機，或許正在於這周遭的現實的啟示。也就是希望激進西化的人物，不要過份低估傳統文化，否則就有可能像楊家那樣由激進而轉為衰敗！至於題目『留情』，也許正是意在呼籲西化朋友，對優良的傳統文化應該稍為留情。」

唐先生對〈留情〉如此破題，的確可以顯示出寫作態度的嚴肅與用心之苦。問題是在唐先生用以建立論斷的各種意象，是否載得動傳統的「道」呢？這裡，我引一段張愛玲在〈自己的文章〉裡的一段話。她說：我「不喜歡直取善與惡，靈與肉的斬釘截鐵的衝突那種古典的寫法，所以我的作品有時主題欠分明。但我以為，文學的主題論或都可以改進一下。寫小說應當是個故事，讓故事自身去說明，比擬了主題去編故事要好些。」凡是用心讀整本《傳奇》的讀者，我相信可以得到印證，作者確是依據自己的寫作理論去創作她的小說的。而唐先生以左手推開「讓故事自身去說明」的各種意象，用右手去發掘「斬釘截鐵」的「主題」，於是犯了一般以主觀願望羅織事實強求結論者所常犯的錯誤。

那麼〈留情〉所要表達的到底是什麼？現在，我以不同於唐先生的觀點，試加「細說」。

〈留情〉是寫男的（米晶堯）停妻再娶，女的（淳于敦鳳）夫死再嫁的一對夫婦半日中的「生活的橫斷面」。作者用極細緻的文字、極傳神的筆法、極熟練的技巧，透過日常瑣事，把作品中人物的意欲、糾葛，以及各人的心理狀態，很鮮活地呈現在讀者面前。

米晶堯結過兩次婚。第一次在外國跟一位女同學結婚。唐先生用「十分西方地」加以強調。當然，這次婚姻，徹底失敗。米晶堯停妻再娶敦鳳，唐先生用「很東方的」來標榜。「由於有此（指第一次十分西方地結婚）前鑑，後來娶敦鳳，就很東方的先打聽好，計劃好，才娶到一個通常只用向她說『對不起』和『謝謝你』的敦鳳，也才使得他的晚年可以享一點清福艷福抵償以往的不順心。」

唐先生用「十分西方地」和「很東方的」來表示米晶堯兩次婚姻的成敗，意在暗喻「西化」和「傳統」十分明顯。接著唐先生寫敦鳳「對前夫有情，待米晶堯有義，並且為了沒有接受西方教育，因此對盲目崇洋的表嫂——楊太太的浪漫行為，視為下流。」楊太太夠不夠格做為盲目崇洋（西化）人物的代表，她的恬不知恥的言行能不能美其名曰浪漫，暫且按下。先來看看米晶堯「很東方的」娶敦鳳是一種什麼樣的婚姻，以及他所享受的是怎麼樣的清福艷福。

米晶堯跟敦鳳的婚姻是「不合法的」。說穿了，敦鳳只是米晶堯的姨太太。他娶敦鳳跟一般有錢人另築香巢，大蓋「違章建築」沒有兩樣。他們結合頭尾也有兩年了，米晶堯還沒跟敦鳳娘家的人見過面。「因為，他前頭的太太還在，不大好稱呼。」

不過，敦鳳不同於一般「二號」，她嫁給米晶堯，心理上有「老少配」、「紅顏白髮」（米晶堯五十九歲，她三十六歲）的委屈之感。同時，她挾家世（娘家是上海數一數二的大商家）的餘風，前幾年也是大美人的優越條件，所以她十分罩得住米晶堯。而他們的香居，也就堂而皇之掛起「結婚證書」來。

用客廳掛結婚證書，來點出他倆婚姻的不正常，是張愛玲寫作技巧的神來之筆，也可以說是「一絕」。這在米晶堯和敦鳳雙方的心理糾葛上，建立起堅強的基礎。所以作者在〈留情〉一開始不久，就用力地描寫：「結婚證書是有的，配了框子掛在牆上，上角凸出了玫瑰翅膀的小天使，牽著泥金黑帶，下面一灣淡青的水，浮著兩雙五彩的鴨子（鴛鴦）。」證書內容是兩人的姓名、籍貫、年齡、出生年月日時。作者如此寫結婚證書，不可能只把它當客廳的裝飾品用。短篇小說講究的是經濟、集中、濃縮。如果第一次寫客廳裡的一架鋼琴，寫它的型式、廠牌、出廠年月、音色等等，必然，下一次一定有人在這架鋼琴上彈出美妙的音樂。〈留情〉中的結婚證書，只出現過一次，以張愛玲的修養來說，不可能只當做單純的道具用。那麼這張結婚證書，自然另具深義。那就是敦鳳的「此地無銀」的心理反映。

敦鳳的心理十分複雜矛盾。她嫁給米晶堯，「她闊了，儘管可以嗇刻些。做窮親戚（嫁給米以前，打牌她是輸不起的），可得有一種小心翼翼的大方。」也不必為生活憂慮，也不像楊家，為了領戶口糖，還得楊老太太——她舅母操心。所以她的生活過得很安穩、很快樂。可是另一方面，她不樂意跟米晶堯同坐一輛三輪車。她想自己「如花似月」，跟米晶堯並坐在一起，真是，唉！「她第一個丈夫縱有千般不是，至少在人前不使他羞，承認那是她丈夫。」可是，形勢比人強，「做窮親戚必須處處小心，連親戚家小孩的生日也得記住。」所以她一定要再嫁人，找一個有錢人，即使是個老頭子，即使是有太太的人。可是她的身價究竟不同，所以她要把結婚證書掛在客廳裡，像「十項全能」的錦標，用很考究的鏡框把它框起來，掛起來，它可以向任何人表示：只此一家，別無分號。

但是，不管怎麼說，她跟米晶堯的婚姻是「不合法」的（當然，在日軍佔領下的淪陷區的上海，談不到法）。更說不上像唐吉松先生所強調的「很東方的」。以現代觀點來說，停妻再娶，犯重婚罪。就以「傳統」來說，也只許男人納妾（這傳統對男人來說，多妙呀！）卻不許「兩頭大」的。說句笑話，如果允許「兩頭大」，「陳世美」也許不至於「被鍘」了。本文不是談什麼婚姻法，而只是說明，唐先生把米晶堯的兩次婚姻，以「十分西方地」和「很東方的」來對比，影射褒貶之意是很顯然的。但以此來證明張愛玲作品的意識型態，基本上反對西方，擁護傳統，立論基礎是很脆弱的。

敦鳳不能代表中國傳統婦女典型。我們不應如此要求她，我相信作者也沒打算這樣塑造她。她只是一個沒落大商家的千金、一個「他家的少爺們，哪一個沒打過六〇六」的家庭未亡人。在她的生活裡很少有光。在娘家，她是跟她父親的老姨太太身邊長大的，在夫家，她又是生活在一大羣姨太太之中，她之所以名不正言不順的嫁給米晶堯，實出於無奈，找一張飯票而已。唐先生說：「她待米先生有義，始終溫柔體貼。」真的嗎？請看「雄辯」的事實。

「敦鳳自己穿上大衣，把米先生的一條圍巾也給他送了出來，道：『圍上了，冷了。』一面說，一面抱歉地向舅母（楊老太太）、她表嫂（楊太太）帶笑看了一眼，彷彿是說：『我還不是為了錢，我照應他，也是為我自己打算——反正我們大家心裡明白。』」

世上這樣的妻子多的是，我們不應苛求敦鳳。但如果以她為「東方」的象徵，拿來做反「西方」的先鋒，那就離題太遠了。

正因為敦鳳是平凡的女性，有血有肉、有愛有憎、有優點也有她的小心眼兒，所以她不是一個「觀念人」。不像目前有些電視劇，好人好到天上少有，壞人壞到地上無雙。幼稚園大班寶寶看了很高興，却把累了一天想在電視機前輕鬆輕鬆的觀眾，看倒了胃口。敦鳳在客廳掛結婚證書，是她精神上的自衛。表現在日常生活上，她不許米晶堯提起他的妻子。甚至連「到那邊去」也犯忌。她頗具陰柔功夫，也是冷戰的發動者。這種「招術」比米晶堯大婦的「對打對罵」高明得多，米晶堯很吃這一套。所以當米晶堯的大婦病到快死時，他去探望一下，也不敢直接了當地提出，都得捉摸了又捉摸，拿掉「主詞」，沒頭沒腦的說：「我出去一會兒」，「我去一會就來」，「病得不輕呢，我得去看看」。好不容易得到敦鳳的反應，却又是硬梆梆的「你去呀」。他又不敢去了。只得跟過去解釋「不是的——這些年了……病得很厲害的，又沒人管事，好像我總不能不……」

這一段寫敦鳳，表面上漫不經心，毫不在意，內心裡太經心，太在意了。寫米晶堯表面上慢條斯理，不疾不緩，內心裡坐立難安，急如火焚。把兩個都「曾經滄海」的夫婦的微妙心理，刻劃得活龍活現，大有紅樓夢的筆法，令人叫絕。於是，敦鳳擺明態度（也是一般女性慣用的招術），她要出去散散心，到她的舅母楊老太太家去。

米晶堯還摸不到她的底，像一個想出去玩沒得媽媽正面答應的孩子似的黏著敦鳳。敦鳳出去了，他就跟在屁股後邊。當她坐上三輪車時說：「你同我又不順路！」米晶堯說：「我跟你一塊兒去。」從這裡我們可以看出米晶堯在敦鳳跟前的低聲下氣，委屈求全，百般遷就的窘態。而敦鳳極盡「拿蹺」之能事，大大地「端起來」。至此，她掌握全局，見好就收（這是她的厲害處）。「回過頭來，似笑非笑瞪了他一眼」，表示冷戰解凍。而作者還怕讀者悟性不夠，又添了一段：「她從小跟父親的老姨太太長大，結了婚又生活在夫家的姨太太羣中，不知不覺養成了老法長三堂子那一路嬌媚。」

假設張愛玲在〈留情〉中，以米晶堯跟敦鳳的「很東方的」婚姻，載有什麼傳統的「道」的話，她會拙劣到添這樣的「蛇足」嗎？雖然我們的古訓有「婦德、婦容」、「女為悅己者容」那一套，教導女子如何籠絡丈夫，但也絕不是「長三堂子那一路的嬌媚」。

如果說米晶堯「很東方的」娶到敦鳳，他所享的清福艷福原來如此，那有什麼值得標榜的。作者在〈留情〉中把米晶堯和敦鳳送上三輪車，故事就換場更景，把好戲搬到楊家「演出」。在短篇小說情節的推演上，可以說是「有機」的發展，順乎自然，不露斧痕，使單線的故事，成為複線。敦鳳的舅母（楊老太太）以及她表嫂（楊太太）是反襯人物，從她們身上，可以進一步反射出米晶堯夫婦不正常的婚姻關係以及各自的心理狀態。

楊太太是個「老來騷型」的人物。凡有男人在場，不管老的少的，她都一視同仁，「普渡眾生」，打情賣俏，說一些低級俏皮話。甚至無恥到對敦鳳說「悄悄話」：『我自己說著笑話，桃花運還沒走完呢！』只因為家庭經濟江河日下（唐文認為是西化的結果，是不能成立的），為了省一頓點心飯菜，她的牌搭子，也像黃鼠狼生耗子，一代不如一代的專找弄堂裡不三不四的小夥子。她的身上發散開來的不是「浪漫」的氣息，而是令人發嘔的騷味。同時從她身上也找不到「盲目崇洋」的陰影。

敦鳳在楊太太面前，說話口是心非，在楊老太太面前倒是心口如一。現在請看作者，如何把敦鳳在這兩個反襯人物身上做不同的反射：

楊太太對敦鳳說：「你這一向氣色真好……你現在這樣，真可以說是合於理想了！」

敦鳳說：「你那裡知道我那些揪心的事！」

楊太太道：「怎麼了？」

敦鳳說：「老太婆（指米的大婦）病了。算命的說他今年要喪妻。你沒看見他失魂落魄的樣子……」

楊太太說：「她死了不好嗎？」

敦鳳說：「哪個要她死？她又不礙著我什麼！」

可是當她與楊老太太談到這個問題時，答案就不同了。

老太太說：「其實那個女人真的死了也罷。」

敦鳳說：「誰說不是呢？」

我認為，楊家是一面「鏡子」。從這面鏡子裡，可以看一個人的正面，也可以看側面、背面。現在就從這面「鏡子」看看敦鳳對兩次婚姻不同的感受。

她對前夫，似乎舊情未斷，對米晶堯卻只有利害打算。在楊老太太面前，她有三次提到跟前夫有關的事。好像「理直氣壯地有許多過去。」不用說米晶堯聽了「很難堪」，連老太太也認為她「還這麼得福不知」。另一次跟老太太談到坐三輪車的事，使她想起前夫：「縱有千般不是，至少在人前不使她羞，承認是她丈夫。他死的時候，才二十五歲，窄窄的一張臉，眉清目秀的，笑起來一雙眼睛不知有多壞！」我總覺得作者刻劃女性的複雜心理，的確「不同凡響」，這一句「笑起來一雙眼睛不知有多壞」裡，包含了多少「不可說，不可說」的情思。至於對米晶堯，卻很不「東方」的了。你聽她怎麼說的：

「我的事，舅母還有不知道的？我是，全為了生活。」

「我同舅母是什麼話都說得的，要是為了要男人，也不會嫁米先生了。……其實我們真是難得的，隔幾個月不知可有一次。」

這是敦鳳赤裸裸的內心話。細心的讀者自可領會到言外之意。話雖如此，敦鳳總算還好，並不像有些「少妻」施展「床上」功夫謀財害命。說句笑話，唐吉松先生說敦鳳「待米晶堯有義」，如果指的是這一點，那還可以說得過去。

另一方面，米晶堯待他大婦的態度，在楊家這面「鏡子」上，也有相當程度的反射：

米晶堯不用言詞，而只有動作。他看了兩次鐘。第一次看鐘，敦鳳立即敏感到「他又在惦記著他的妻子」。第二次看鐘，敦鳳開口了：「不早了吧？你要走你先走。」可是米晶堯居然水仙不開花——裴蒜，言不由衷地跟楊老太太談「外國的歌劇話劇，巴里島上的歌舞」。使得敦鳳心中「恨著他，因為他心心念念記罣著他太太」。

最後，作者在米晶堯跟他妻子的關係上，再濃濃地塗上一筆：「米先生仰臉看著虹，想起他的妻子快死了，他一生的大部份也跟著死了。他和她共同生活的悲傷氣惱，都不算了，不算了。」我反覆推尋，作者為什麼在故事將要「落幕」時，還濃濃塗上這一筆。這可能是一種「隱喻」、「含蓄」。但當我想到「讓故事自身去說明」，連忙緊急煞車，讓每一個細心談「留情」的讀者，各自去下結論吧！

最後，我對唐吉松先生把〈留情〉中的楊家代表西化，「希望激進西化人物，不要過份低估傳統文化，否則就有可能像楊家由激進轉為衰敗！」難能同意。唐先生是根據下面兩段文字來認定的：

一、「楊家一直是新派人物，在楊太太的公公手裡就作興唸英文，進學堂。楊太太的丈夫剛從外國回來的時候，那更是激烈。太太剛生孩子，他逼著她吃水果，開窗戶睡覺……楊太太被鼓勵成了活潑的主婦，她的客室有點沙龍的意味，也像法國太太似的有人送花送糖，捧得嬌滴滴地。」

二、「楊老太太……房間裡灰綠色的金屬品的寫字檯、金屬品的圈椅、金屬品文件高櫃、冰箱、電話……」

這兩段文字，前者屬於生活方式，後者是指家庭用具。那麼楊太太的嗜打牌（不是橋牌，是麻將牌），愛票戲（不是歌劇，是崑曲）。以及老太太雖已戒了鴉片，但房裡仍然擺著「煙舖」（前者也可以說是生活方式，後者自然也算得上是臥房用具）。這不是有崇古戀舊之嫌？西化人物楊太太在家沒發言權，而「賈母型」的老太太是「權力」的化身，豈不可以解釋為「傳統」（老年人當家）壓倒「西化」嗎？

再說楊家的衰敗，可以說是張愛玲女士現實生活中所接觸的某一階層的寫照。例如「金鎖記」中的姜公館，《傾城之戀》中的白公館：靠祖宗餘蔭過日，打牌、抽鴉片、愛面子、講排場、不事生產、死充殼子、坐吃山空、日坐愁城，最後賣古董挨日子。如此而已。只是〈留情〉中的楊家，只當襯景；人物，只當配角而已。

值得一提的是，在《傳奇》中緊接著〈留情〉的〈鴻鸞禧〉，寫的是西化家庭的「婁家」，並未因洋化而衰敗，卻反而相當「發跡」起來。使得婁家的小姐們，「顯得像暴發戶的小姐了。」如果〈留情〉真的像唐吉松先生所說的載有反西化之「道」，而〈鴻鸞禧〉的「擁西化」的事實不是更明顯嗎？同一作者，在前後緊接的兩篇作品裡，怎麼可能會表現出意識型態的極大矛盾呢！

至於張愛玲女士的整部《傳奇》所顯示的時代意識（亦即所謂時代感）是很淡的。我們實在很難感覺得出有什麼「新時代即將來臨」的氣息。但是，一位作家有權選擇他所熟知的題材，讀者無權要求他在他的作品裡，一定要載什麼道。所以，我認為對一個現代的小說家，是否偉大？是否最優秀？不必太急於論定，還是讓時間的「丹爐」慢慢煉吧！

原載民國六十三年十一月廿二、廿三、廿四日《中華日報》副刊

評唐・杜光庭的《虬髯客傳》

〈虬髯客傳〉，是唐宋傳奇中流傳甚廣的文學作品。作者杜光庭，雖然寫了好幾部有關道教的著作，除了研究宗教史的學者，很少人知道杜光庭是誰。但是凡讀過〈虬髯客傳〉的讀者，大概可以記起有杜光庭這號人物。

所謂「傳奇」，是小說體裁之一種。一般是指唐宋文人用文言寫的短篇小說。〈虬髯客傳〉原文約二千餘字。就以今天短篇小說的寫作技巧來說，也夠資格稱得上一個「好」字。

其中故事的結構、情節的舖陳、人物的刻畫、意境的創造，氣氛的凝聚，在在表現了一千零七十多年前的作者的寫作功力。〈虬髯客傳〉之流傳不輟，良有以也。

這裡且以作品中的主要人物稍作評析：

第一位出場的人物，是爵封越國公，官拜司空，位高權重的「西京留守」楊素。

政治人物一旦年老而又大權獨攬，絕難避免成為「妄人」。妄人的特色是過分的自我膨風，總以為自己是「摩西」，無所不知、無所不能。傲慢、任性更不在話下。所謂權力使人墮落，絕對的權力，也絕對使人墮落。楊素是典型的代表人物。

作者杜光庭用很經濟的文字如此刻畫：

「素驕貴，又以時亂，天下之權重望崇者，莫我若也。」這是楊素的心理狀態。所以：

「奢侈自奉，禮異人臣，每公卿入言，賓客上謁，未嘗不踞床而見……末年愈甚。」

「末年愈甚」這四個字多重。

杜光庭筆下的大反派，卻不經意地表現了「禮賢下士」的一面。

「李靖以布衣上謁」，楊素不僅接見了一介平民，當李靖指責他「不宜踞見賓客」，而「素斂容而起，謝公（李靖），與語，大悅，收其策而退。」

試看今日廟堂的掌權人物，常以「民之所欲，常在我心」為口頭禪，卻在慰問災民時還跟「老嫗」吵架。以今視昔，可嘆今之不如昔者遠矣。

第二位出場的是李靖。

李靖是李世民逐鹿中原的打拚伙伴。在他還未發跡前去見楊素，也只是「西瓜偎大邊」而已。不過楊素老而無志，令他失望。當時，李靖不過是一個在動亂時代，「身懷文武藝，賣給帝王家」的待價而沽的野心家，或者說是輔新主以期揚名立萬的政治人物。

人大多有兩面，尤其是政治人物。

李靖在「權傾朝野」的楊素面前，慷慨陳詞，分析天下大勢，「獻奇策」，侃侃而談，讓「閱天下之人多矣」的「紅拂女」傾心折服，付託終身，不知羨煞了天下多少登徒子。

但當李靖面臨突發事件，卻又徘徊瞻顧，不知所措，充分暴露了隱藏在內心深處的人性弱點。試看，當他明白紅拂女「夜奔」原由，竟然說：「楊司空權重京師，如何？」

在他驚魂甫定，倉促交談間：「觀其肌膚、儀狀、言詞、氣性，真天人也。」這是天外飛來的豔福。於是李靖的矛盾心理浮現：「愈喜愈懼」。在精神狀態方面：「瞬息萬慮難安」，在行動舉止方面：「而窺戶者無停屨。」

如今時空遙隔，重讀仍令人有如見其行，歷歷在目之感，不禁令人擊掌讚嘆。

「夜奔」如果僅僅是「一見鍾情」，甘冒殺身之險，亦無足觀。但別小覷楊府的區區一名十八九歲的藝妓，其思慮的周密，默然觀察之透徹，歷艱險如履平地，而卻又熱情奔放，視楊素為無物，而讓胸羅百萬雄兵，將在唐朝開國之際，建立無倫功業的李靖，黯然失色。

紅拂女的夜奔，是很「前衛」的舉動。十分出人意表的。

當李靖離開司空府，「公歸逆旅，其夜五更初，忽聞叩門而聲低者……」「叩門聲低」，一因夜深，一因唯恐人知。如用「叩門急而驟」，雖見倉皇心急，卻不如「聲低」較符情境，文字運用之妙，存乎一心，心不及此，則難達藝術之境。

兩人相見，「公驚答拜」。紅拂女採取主動，自我介紹，她毫不忸怩作態，坦誠自然，直陳「妾侍楊司空久，閱天下之人多矣。無如公者。絲蘿非獨生，願託喬木，故來奔耳。」此所謂慧眼識英雄也。

為了釋疑解憂，她向李靖詳細分析：

「彼屍居餘氣，不足畏也。諸妓知其無成，去者眾矣。彼亦不甚逐也。計之詳矣，幸無疑焉。」

事情的發展，一如她之所料：

「數日，亦聞追討之聲，意亦非峻。」

於是，原先以為「楊司空權重京師」而「愈喜愈懼」的李靖，這時乃大剌剌地「雄服乘馬，排闥而去……。」

現在主角登場，又是另外一番情景。

地點是在山西靈石的小客棧。從前出外人住客店，大多自帶行李鋪蓋，有打地鋪的，也有打床舖的。

「既設床，爐中烹肉且熟。張氏（紅拂女）以長髮委地（好長的秀髮），立梳床前」，而李靖則在「刷馬」。這時虬髯客忽然出現。

這個人的狀貌異於常人：「赤髯而虬」，騎的卻是「蹇驢」，而其動作隨興而為，「投革」、「取枕」、「看張梳頭」，因為太過於肆無忌憚，所以李靖大吃飛醋「公怒甚。」衝突一觸即發之際，紅拂女的細膩手腕，化干戈為玉帛，令人激賞。

「張（紅拂女）熟視其面（毫不靦腆），一手握髮，一手映身搖示公，令勿怒，急急梳頭畢……」一場簡短問答，撫平了眼前這個「荒野大鏢客」型的粗魯男人：「李郎，且來見三兄！」

真所謂「不打不相識」，兩個男人成為好友。

誰說女人是弱者。

作者杜光庭寫〈虬髯客〉，用反襯筆法製造懸疑神祕氣氛，予讀者極大的想像空間。

虬髯客之所乘如是健馬，毫不稀奇，例如關雲長騎赤兔馬，秦叔寶騎黃驃馬，楚霸王騎烏騅馬，所謂英雄名馬相得益彰，而這個野心勃勃的燕趙豪雄所騎的卻是「跛腳驢」。

跛腳驢倒也罷了，但當他在太原向李靖告別時「言訖，乘驢而去，其行若飛，迴顧已失。」卻讓紅拂女跟李靖「且驚且喜」。驚什麼？喜什麼？只因這個新交好友深不可測，並非常人也。

這個深不可測的神祕人物，是惹不得的，對敵人，「追殺九年」仍不罷手，他說：「吾有下酒物，李郎能同之乎？」下酒物竟是人的「心肝」。（吃人心肝是否野蠻不在本文論例），你看他怎麼說：「此人天下負心者，銜之十年，今始獲之，吾憾釋矣。」

這個人，為朋友可以散盡家財，助其立業；做他的仇人，卻難逃死無葬身之地。

這是他狂放、不遵人世禮俗的一面。而令人莫測高深的是，他亦善相人，而且相必中。他與李靖初見，即能推心置腹，直言無隱。他說：「觀李郎之行，貧士也（窮光蛋），何以致斯異人？」又說：「觀李郎儀形器宇，真丈夫也。」

當他一見李世民，「見之心死」、「招靖曰：『真天子也！』」。

不僅如此，似乎他尚有先知之能。

當他遺巨資貽李靖以佐真主，贊功業，最後告別時說：「此後十年，當東南數千里外有異事，是吾得事之秋也。」

到了李世民得天下「貞觀十年，南蠻入奏：『有海船千艘、甲兵十萬入扶餘國，殺其主自立，國已定矣』」

這時攀龍附鳳，身居廟堂的李靖，跟他貧賤時的紅粉知己，「具衣拜賀，灑酒東南祝拜之。」

懸疑、神祕、玄妙，留下了無解的謎題。令讀者低首徘徊，不勝欷歔。

只可惜杜光庭未能見好就收，竟然畫蛇添足，發表了一通迎合主流意識的廢話，是大敗筆。

二〇〇〇年五月廿九日深夜於陽光山林

評法．都德的《最後一課》

一八七〇年的普法之戰，產生了一個偉大的帝國，改變了歐洲的政治形勢，並對此後的歷史有不可估量的深遠影響。

在歐洲，法國鐵礦的蘊藏量坐第一把交椅，而以亞爾薩斯跟洛林為最著名。單以這個地區的米特尼鐵礦區來說，面積就廣達四百六十三方英里，每年產鐵量最高達到二千一百萬噸，相當德國鐵礦的總產量的四分之三。

法國丟掉這兩省，真是像「挖去心頭一塊肉」那樣痛楚；而普魯士奪得這塊地方，則無異如魚得水，似虎添翼。因為普魯士的魯爾區跟薩爾區的煤，同亞爾薩斯跟洛林的鐵一結合，其力量的強大，足以睥睨歐洲而橫行天下。

在十九世紀的六十年代，普魯士僅是一個新興的國家。一八六六年普奧之戰後，奧國對日爾曼各邦的影響力被連根拔起。普魯士的國王威廉一世，在有名的「鐵血」宰相俾士麥的策畫之下，領導日爾曼各邦，組織「北日耳曼聯邦」，參加的有美因河流域以北的二十個邦。美因河以南的四個邦，包括巴威略、符騰堡與赫西丹姆斯達，由於法國拿破崙三世公開表示反對，沒有參加普魯士領導的新聯邦組織。

俾士麥懂得，要想完成日爾曼全境的統一，成為歐洲第一強國，一定要打敗法國。因此他就積極部署對法作戰的軍事準備。

法國也同樣感到普魯士的整軍經武的威脅極大，寢食難安，可是拿破崙三世的軍事改革計劃，沒有辦法在國會通過。在「多一分準備，多一分力量」的對比下，法國的軍事力量始終趕不上普魯士。

普法兩國之間的緊張情勢，真是「山雨欲來風滿樓」。可是箭在弦上，遲遲未發，就是雙方都等待機會，找一個「師出有名」的藉口。這個機會終於來了。

這個機會，就是西班牙王位的繼承問題。

一八六六年西班牙發生政變，女王被迫逃亡之後，局勢十分動蕩。西班牙打算在歐洲各王室中物色一個適當的王位繼承人，結果引起了普法的尖銳對立。

法國政府訓令駐普魯士大使本尼代特伯爵，晉見當時在延姆斯溫泉休假的威廉一世，進行談判。談判當然沒有結果，威廉一世就把談判經過拍電報給俾士麥。俾士麥一看時機成熟，就

「放了一把火」，修改電文，描寫法國大使晉見威廉一世時如何唐突失禮，普王又如何嚴詞拒絕法國的要求，並聲色俱厲的斥退法國全權大使。

這個經過修改的電文，一經新聞社發佈，立即引起軒然大波。普魯士人認為法國大使藐視普魯士，侮辱他們的國王，全國群情激憤，遊行示威。而法國人更是火冒三千丈，猶如爆發的火山，不可抑制。因為那天（七月十四日）正是法國的國慶日，慶祝的巴黎市民包圍國會跟王宮，高喊「進攻普魯士」的口號。拿破崙三世在民情如此沸騰的情勢下，不得不對普魯士宣戰。

可笑的是，這個戰爭是俾士麥所日夜希望，同時也是他精心設計的，卻由法國開第一炮，由法國向全世界宣布對普作戰。可是法國的軍隊不堪一擊，普魯士的毛奇將軍，率領戰志昂揚的普軍，從普法邊境入侵，佔領法國東北各地。法國的拿破崙三世只得抱病到前線指揮，結果在九月初「色當」一役中兵敗被俘。

九月十九日，普軍包圍巴黎。法國軍民在死守四個月之後，彈盡糧絕，終於在一八七一年一月下旬，向普軍投降。

在普魯士軍隊包圍巴黎期間，俾士麥還導演了一齣歷史名劇。就是威廉一世在法國有名的凡爾賽宮，正式受任德意志帝國的皇帝（讓敵人在本國歷史名宮就任敵國皇帝，這恥辱法國人永遠不會忘記），完成了日耳曼全境的統一。可是當時巴黎已被普軍包圍，軍民處在飢餓與死亡線上掙扎。這是一個大諷刺，這是一個大國恥。

這一年的五月在法蘭克福簽訂和約，法國賠款五十億法郎，還把亞爾薩斯和洛林兩省割讓給德意志帝國。

戰爭結束，和約簽訂之後，還發生了兩件感人的事。一件是亞爾薩斯和洛林兩省所選的議員，向國會作訣別演說，有「長毋相忘」「復歸有日」兩句沉痛語，永刻在法國人的心上。二是亞爾薩斯人，不願意做亡國奴，拒絕普軍接管，苦守四十多天，在萬般無奈之下才投降的。

都德的〈最後一課〉，就是在這樣的歷史背景下所寫的作品，他寫出了法國人的亡國之痛，也寫出了法國人對祖國的忠心。

〈最後一課〉是一個短篇小說。它有一個嚴肅的主題，有一個雖然「單一」卻很感人的故事；對人物的心理描寫以及氣氛的製造，都非常成功。

小說中的「我」，是一個懶孩子，是一個經常遲到的小學生。你看：

「這天早晨我上學去，時候已很遲了。」老師「要考我們的動靜詞文法，我卻一個字都不記得了。」

作者對人物的安排，是經過仔細推敲的。為什麼他不用一個用功懂事的孩子，而偏用一個「懶孩子」呢？因為懶孩子平日不用功讀書，到了上「最後一課」，要用功也沒機會了。所以老師責備他：

「你總算是一個法國人，連法國的語言文字都不知道。」這是多麼可悲的事。

現在既然已經遲到，功課又沒準備，當然心裡「格外害怕」，於是就想到「還是逃學去玩一天吧。」

一想到玩，就興高采烈，東瞧瞧西望望：

「你看天氣如此清明溫暖；那邊竹籬上兩個小鳥兒唱得怪好聽。野外田裡，普魯士的兵正在操演，我看了幾乎把動靜詞的文法都丟在腦後了。」

唉，這孩子真不懂事，他竟把普魯士的兵正在操演，跟清明溫暖的天氣，怪好聽的小鳥兒，看得一樣有興趣。

當他看到市政廳前很多人圍著看告示，引起了他的注意：「我心裡暗想，這兩年來我們的壞消息，敗仗哪！賠款哪！都從這裡傳來；今天又不知有什麼壞新聞了。」

他知道又有什麼壞新聞了，但對他來說，並沒有什麼意義。他一心想到的只是遲到，所以趕快跑去上學。

文章寫到這裡，我們還看不出絲毫「反普魯士情緒」。可是在這裡作者已經為下文「鋪路」，也就是有了伏筆。普魯士的兵正在操演，以及市政廳的告示，在懶孩子的眼光裡雖然沒有什麼意義，但都是發展下文「氣氛」的基石。

談到這裡，讓我來假設。文中的「我」如果是一個用功懂事的孩子，該是如何？那麼一定是：

他一大早上學去，那可恨的普魯士兵已經在操演了。他還讀了市政廳前的告示，帶著亡國之恨的心情去上學。

這樣寫，是順理成章的事。但是太開門見山，太沒有節奏；同時也襯托不出下文的「突變」給人帶來的震驚。

而文中的「我」，遲到了，功課還沒有準備，還一路上東瞧西望，欣賞風景，連看到普魯士的兵跟市政廳前經常有壞消息的告示也無動於中。他就是這樣一個不懂事的孩子。

可是，嘿！一進學堂，他卻愣了，因為他眼中所見的太不平常，太出於他的意外：

一、我本想趁一陣亂的當兒，混了進去，不料今天我走到的時候，裡邊靜悄悄一點聲音也沒有。

二、坐定了，定睛一看，才看出先生今天穿了一件很好看的暗綠袍子，挺硬的襯衫，小小的絲帽。這種衣服，除了行禮給獎的日子，他是從來不輕易穿的。

三、更可怪的，今天全學堂都是肅靜無譁。

四、最可怪的，後邊那幾排空椅子上，也坐滿了人。

這一切，使他疑惑，使他驚訝，使他掉入五里霧中。在他幼稚不明世事的頭腦裡，怎麼也想不出到底發生了什麼重大事故。

暴風雨來臨之前，必然是使人喘不過氣的沉鬱的低氣壓。終於，漢麥先生開口了。

「我的孩子們，這是我最末了一天的法文課了！昨天，柏林有命令下來，說：亞爾薩和洛林兩省，既然割給普國，從今以後，這兩省的學堂，不許再教法文了。你們的德文老師明天就要到了。今天是你們最後一節的法文課了！」

漢麥先生的這一宣布，使得糊塗的「我」不禁恍然大悟：「好像當頭一個霹靂，這時我才明白，剛才市政廳牆上的告示，原來是這麼一回事。」

我們常說：當一個人失去自由的時候，才知道自由的可貴。這孩子平常遲到不用功，今天覺悟了。「這就是我最末了一天的法文課了！我的法文真該打呢，我難道就不能再學法文了？……」

於是，他痛苦，他懊悔。懊悔「這兩年為什麼不肯好好讀書？為什麼去捉鴿子、打木球呢？」

可是，懊悔有什麼用？痛苦有什麼用？明天，他就不能再讀祖國的文字，要讀敵人的書本了！

接著使他更難堪的事發生了。漢麥先生問他動靜詞變化。

「我站起來，第一個字就回答錯了。我那時真羞愧無地，兩手撐住桌子，低了頭不敢抬起來。」

漢麥先生應該罵他，甚至打他。這樣他也許可以用皮肉上的受苦來減輕精神上的愧疚。可是漢麥先生只是說：

「孩子，我也不怪你，你自己總夠受了……你總算是一個法國人，連法國的語言文字都不知道……現在我們總算是人家的奴隸了，如果我們不忘我們祖國的語言文字，我們還有翻身的日子。」

你看，這兩句話，語氣多麼沈痛，語意多麼深長：

「如果我們不忘我們祖國的語言文字，我們還有翻身的日子。」

故事到此，似乎已近尾聲。因為作者要表達的已經很成功的表達出來了。可是柳暗花明，又有新境。

接下去寫的是漢麥先生翻開了書本，講今天的文法課。這個一向懶惰功課不好的孩子，忽然聰明起來了：

「說也奇怪，我今天忽然聰明起來了，先生講的，我句句都懂得。」可見平時先生講的，他都不懂。為什麼？不是他笨，不是他今天「忽然聰明了」，而是他平時不用心，貪玩，不把讀書當回事。而今天呢？是上祖國語文的最後一課，他能不用心嗎？

可惜許多聰明的孩子，平常不用心，功課不好，只是一味的貪玩。如果有一天到了「書到用時方恨少」，他就會像這個懶孩子一樣，懊悔從前為什麼不好好用功了。

在這裏，作者還安排了一個「配角」——赫叟老頭兒，以收「烘雲托月」之效。

「歷史課完了，便是那班幼稚生的拼音。坐在後面的赫叟老頭兒，戴上了眼鏡，也跟著他們（幼稚生）」學拼音，「他的聲音都哽咽住了，聽去很像哭聲。」

赫叟老頭兒為什麼今天來學拼音，作者沒有說明；可是他透過文中的「我」，向讀者暗示：

「我想，他們心中也在懊悔從前不曾好好學些法文，不曾多讀些法文的書。咳，可憐得很。」

所以「少壯不讀書」的赫叟老頭兒，今天在這「最後一課」趕著學拼音。

現在到了十二點了，禮拜堂的鐘聲響了。還有令全亞爾薩斯的人民心靈震動的聲音響了：

「遠遠的聽到喇叭聲，是普魯士的兵操演回來。」

你看，他們多神氣：

「踏踏踏踏地走過我們的學堂。」

這不是法蘭西的軍隊；這是普魯士的軍隊！這是敵人的軍隊！卻在法蘭西的土地上，很神氣地「踏踏踏踏」地走過。

「漢麥先生立起身來，面色都變了。」他內心的屈辱、沈痛、悲憤，使他連話都說不上來了。他只用粉筆在黑板上用力寫了三個大字：

「法蘭西萬歲」。

我們可以閉目想像：

一位穿著「大禮服」的老師，滿頭白髮，神情嚴肅地站在講臺上，向他的學生們告別，向他那已經服務了四十年的學校告別，不是為了別的，而是為了「祖國戰敗」！

寫到這裏，我彷彿聽到漢麥先生低沉的吵啞聲：

「散學了，你們去罷！」

一般小說，多以敘述來交代情節，以人物的對話來發展故事。在「最後一課」中，作者却用第一人稱「我」的眼中所見，推展故事裏感人的「場景」：

一、你看天氣如此清明溫暖……

二、我走到市政廳前，看見那邊圍了大羣人……

三、我朝窗口一望……

四、坐定了，定睛一看……

五、我看這些人滿臉愁容……只見先生上了座位……

六、我一面寫字，一面偷偷地抬頭瞧瞧先生……

七、最後聽到喇叭聲，普魯士兵操演回來，「踏踏踏踏」地走過他的學校，「他看見」漢麥先生立起身來，面色都變了……，看見漢麥先生走下座位，取了一條粉筆，在黑板上寫：法蘭西萬歲。他回過頭來，「向大家擺手」。

同時，作者以「我」的思維活動，使故事有節奏地向前展開：

一、我想到這裏，格外害怕，心想……

二、我心裏暗想，這兩年……

三、我本意還想趁這當兒……

四、我看這些人滿臉愁容，心中正在生疑……

五、好像當頭一個霹靂，我這時才明白……

六、我心中怪難過，暗想先生在這裏住了四十年了……

七、我心中真替他難受……

在這裏我必須一提的是，〈最後一課〉並沒有一般小說所謂的「衝突」。小說必須有衝突，才能激發出「火花」，才能產生感人的力量。但作者在本文中應用「音響效果」，造成很大的「心理壓力」。

你聽，那「喇叭聲」，那「普魯士的兵操演回來，踏踏踏踏地走過我們的學堂」的步伐聲。像鐵錘一樣，一下下敲在亞爾薩斯的法蘭西人的心頭，同時也敲在讀者的心頭。

原載民國六十九年四月《中國語文》第二十六卷第四期

四、時事評論

煙害二章

第一章：反煙運動的兩條戰線

煙毒之害，在醫學文獻上早經確定。從民國七十年起，我國十大死亡病因的首位都是癌症；在諸多癌症中，以肺癌高居榜首；而肺癌又與吸煙有密不可分的關係。因吸煙造成國民健康的損害，生命的喪失，以及所付出的「社會成本」，其總值遠超過公賣局從售煙所獲的二百億台幣收益。

所以，董氏基金會，消費者文教基金會所推動的反煙運動，實具福國利民的時代意義。拙見以為反煙運動有兩條戰線。一是勸癮君子戒煙；二是勸年輕人拒做癮君子的「煙火傳人」。

勸癮君子戒煙，不容易。癮君子拒戒的理由一籮筐，意志堅決，極難動搖。其一是：我一生不嫖不賭，不酒不舞，吸煙是唯一的愛好，連這一點都要戒，活著有何樂趣？其二是：我抽煙少說也有四十年，還不是好好的。現在入土半截了，戒什麼嘛！其三是：抽煙於我有利，一煙在手文思泉湧，戒掉煙，只有擱筆。其四是：老李是公賣局拒絕往來戶，煙酒不沾，嘿！住榮總加護病房啦！啥病？肺癌嘛！我抽煙三十年，體健如牛。說罷，「嘭！嘭！」拍胸證明。其它理由不一而足。

癮君子誰的話都不聽，只有醫生的話，另當別論。人吃五穀雜糧，生病看醫生總是難免的，不管什麼病，只要醫生提出「戒煙」勸告，癮君子再勇敢，多少總會聽的。

所以反煙運動，應向全國醫師伸出雙手，請他們收起冷漠，放出熱情，向龍頭大哥施純仁署長看齊，積極參與反煙運動，在治病救人的本業之外，另添新頁。

爭取青少年，是反煙運動者與煙草商角力的主戰場。

煙齡下降，煙口上昇，是近年來頗令人憂慮的時代傾向。董氏基金會民國七十五年所做調查顯示，台北市國小高年級學童，有吸煙經驗者佔百分之十一。如何勸導青少年拒做「煙火傳人」，更是迫不及待的事。

假日到鬧區走走，超級商場、百貨公司、咖啡屋、遊樂場、電影院、麥當勞速食店，到處可見十四五歲的青少年，男男女女，口中叼根煙，手勾同伴肩，目中無人，傲然自得。一旦洋煙一登陸，促銷活動一展開，「俊男美女」的畫面一呈現，能拒絕者幾稀！再加青少年好奇、好新、好洋、好裝老大，就算尚未被「燻」，也自然會「少年不知煙滋味，你我大家來一支」。

所以反煙運動，應向全國教師伸出雙手，請他們放下鞭子，綻開笑容，讓學生暫時丟開書本，向董氏基金會要求介紹「煙幕」或者「二手煙之毒害」、「香煙與癌症」之類的書籍做課外閱讀；再來欣賞「尤勃連納之死」或者「西部牛仔之死」等短片。耳濡目染，潛移默化，自有免疫宏效。

好，讓我們同聲朗誦：

少年正成長，好奇也難免；

誰知手中煙，口口傷身體。

第二章：見利豈可忘義

一九八六年的八月下旬，在台北舉行的第四回合中美煙酒談判，此間的美煙代理商，扮演了頗遭物議的角色。而代理商也有說詞：我們賺的是佣金，是蠅頭小利；我們只是生意人，無論能力地位，都不夠資格與美國代表接觸。

言之似乎成理，深一層看，則未必盡然。

熟悉政情的人士都知道，此間的代理商，皆非等閒之輩。例如代理美國第二大煙廠雷諾，以銷售溫士敦、駱駝、莫爾等品牌美煙的啟成公司，就是中國信託的關係企業。啟成公司的總經理，就是公賣局的卸職副局長。而公賣局一些已離職或將退休的熟悉行銷的高層人員，成為各代理商高薪爭聘的搶手貨。

他們所擁有的「三專」（專才、專識、專密）絕學，在中美煙酒談判中，發揮了令人矚目的潛能。

八月下旬談判前一週，代理商早已與美方人員觥籌交錯，接觸頻繁。及至談判開始，更是運籌帷幄，挑燈加班，直至深夜。八天談判期間，美方代表不只一次於會議進行途中，提出更改議程的要求，以俾會後舉行幕僚會議，做戰術修正。

在「倉儲運輸」、「進口程序」、「產品標示」取得共識後，美方在「計價方式」與「廣告執行」上施出全力，字斟句酌，錙銖必較。台灣煙酒市場銷售潛力雄厚，美方估計，第一年內可佔市場百分之二十五，金額可達十億美元。故在計價上一塊錢兩塊錢的爭。談判陷入纏鬥拖延時日的原因，是美方代表洞悉我國有關煙酒的法令規章，疏漏而不周延，甚至連限制在電視做廣告的法條都付闕如。於是美方代表提出廣告「無限制」要求。其所持主要論點，是公賣局自動放棄權利，美煙是新商品，市場無知名度，沒有理由放棄做廣告的權利。同時把一些本應由我國政府法令規定的細節，如零售端點促銷方式及內容，如煙盒警語位置、字體大小等等，都提到會議桌上磨人。我方代表又不能拒絕，其艱苦歷程，實不足與外人道。筆者友人說了個笑話，他說：「徐庶投奔曹營，真心擁曹，那還有劉備的好日子過？」其言雖謔，其義則令人椎心刺骨。

煙毒之為害，早為世人所深知。香煙為「次毒商品」，也毋庸置疑。而吸食者不分男女，老少咸宜；在空間上「無遠弗屆」，在時間上「焚膏繼晷」，影響之深遠與普遍，實非當年之鴉片能望其項背。

拒煙、限煙、反煙，由於公賣制度，政府的角色尷尬。大眾傳播媒體，自然責無旁貸，全力支持董氏基金會、消費者文教基金會，推展一個「千夫所指」運動，使為富不仁者，見利忘義者，知所收斂；使未能正視煙毒之害的癮君子，捏死他手中的煙。

一九八六年十月中華日報中華副刊

煙草商是不好惹的

煙草商曾叫卡特時代推行反煙的衛生福利部長走路，曾設法通過對其有利的香煙標示法。現在他們想在進口台灣第一年即攻佔四分之一市場……

美國的煙草商人，財力雄厚，呼風喚雨，當者披靡。煙草商人手中有兩張王牌，一是金錢，二是權勢。金錢是癮君子奉送的；至於權勢，國會山莊有代表他們利益的壓力網。二者交互作用，無堅不摧。

美國前總統卡特任內的衛生福利部長卡利法諾，積極推行反煙政策，觸怒煙草商，國會山莊的壓力網當頭罩落，卡特無法招架，只得請卡利法諾走路。美國國會幾經波折折衝通過的「香煙標示法」，其立法精神，竟傾向於偏袒煙草商的利益，被輿論譏為「令人臉紅的法案」。

據英國出版的「倫敦煙草調查」指出，從一九七八至一九八三年，遠東地區香煙消費市場的年成長率，是百分之三十四點五。同時期，由於美國民間反煙運動的持續努力，社會反煙意識提高，美國香煙市場出現了負成長。於是煙草商人給雷根總統加壓力，仿效污染工業，向第三世界及開發國家輸出。韓國及台灣，被認為是最具開發潛力的消費市場。

八月下旬，中美煙酒談判（酒靠邊站，主角是煙），雙方皆全力投入，打破國際貿易單項商品談判的紀錄。夜以繼日，為時八天，但在計價和廣告兩個主要問題上，仍未獲協議。九月一日，美煙登陸韓國碰壁，對台灣民間自發的反煙運動，有精神鼓舞作用。但我們更須當心，美國煙草商人欺軟怕硬，他們把台灣看做是「軟柿子」，會加力重捏，不得不防。

據報載，煙酒談判，已於九月二十九日在美繼續進行。我方在計價上如稍讓，自然加強美煙的競爭力。而公賣局的產品尼古丁和焦油含量，均較美煙為高。癮君子雖勇敢，屆時也可能試一試改換口味。此間的代理商已經放出豪語，希望第一年，進口煙能達到百分之二十五的市場佔有率，營業額是美金十億元。恐怕不是吹的。

一九八四年，美煙進軍日本，日本人雖比我們愛用國貨，但仍然不敵美煙的強烈攻勢，全國三十四個大煙廠，已經關掉兩個。預計五年之內裁員二萬五千人。我國煙酒公賣，一向獨家生意；關門坐大，缺乏競爭力。一旦美煙衝關而入，市場萎縮，勢難避免。看來公賣制度的存廢，將成兩難之局。

至於做廣告，更是美煙草商的拿手絕活。他們捨得花大錢，其廣告活動，直是水銀瀉地，無孔不入，其威力可比擬颱風。七十年代，美國社會習俗對吸煙女性另眼相看。煙草商出巨資精心設計一套「攻心」廣告，其總標題是：「寶貝！你已走過漫漫長路！」來突出女性獨立形象，做感性訴求。結果突破美國社會習俗防線，女性煙的銷售量與日俱增。

如果美國談判代表，以雙重道德標準，要求廣告無限制，想來難能如願以償。但令人憂慮的是，跨國煙草公司聯線作業，此間的代理商，自會出點子鑽法律漏洞。君不見煙酒零售端點洋煙的促銷活動，早已全面展開，市公車售票亭、商店櫥窗，也已成了美煙廣告的據點。而桃園機場的桃勤公司，兩千多輛的手推車，美煙廣告亦早已悄悄大舉登場。

另一方面，煙草商常以慈善家面貌出現，以巨額金錢贊助公益事業，舉辦文化活動、藝術活動以及體育活動等等，促銷工作就在諸多活動場所自然展開。煙草公司甚至自組球隊，參加各種比賽，並由魔鬼身材年輕貌美的兔女郎表演熱舞，使成千上萬年輕的熱情觀眾，難以拒絕落入所設的「促銷陷阱」之中。

我們要牢牢記住：天下沒有白拿的錢！

拒煙、限煙、反煙運動，長路漫漫，挫折難免。我們要使出喫奶的力氣，全民覺醒，持續奮戰，才有勝算。因為，煙草商是不好惹的！

一九八六年十月八日聯合報聯合副刊

應邀參加六十週年國慶大典暨出席「建國六十年與海峽兩岸」座談會

二〇〇九年九月二十九日下午二時，我在北京「民族飯店」第十一樓，出席一場座談會。主持人是全國台聯會總會長梁國揚先生。座談會是以「建國六十年與海峽兩岸」為主軸。出席者約一百多人，有來自北美與拉美的僑胞、港澳同胞以及台灣的朋友們。

風塵僕僕，千里跋涉，應邀參加國慶閱兵大典的僑胞，發言踴躍。除了感謝全國台聯總會無微不至的接待外，發言內容，不離讚許祖國改革開放以來的偉大成就。她們身處異國，寄人籬下，祖國的強大，感受最為直接。故其一字一句，皆出自肺腑，令人動容。但也有僑胞語重心長地表示：中國崛起，千萬不可「以鄰為壑」。強者以仁事小，泱泱大國，與鄰為善，才能化解「中國威脅論」於無形。

來自台灣的朋友，因處境不同，發言大多以「台海兩岸和平統一，應加快腳步，以免夜長夢多，橫生掣肘」為主調。四點十分，我舉手發言，大意是說：根據媒體報導，全球「吸煙人口」，每三人中，就有兩中國人。吸煙有害健康，醫學上早有定論。大陸地區的公共場所，吸煙者眾，無人能免於二手煙嗆鼻之苦。

一九八六年八月，台美煙酒談判（酒靠邊站），在「廣告執行」、「產品標示」、「計價方式」等關鍵點，節節敗退。台灣民間團體董氏基金會主導的反煙運動，各界響應熱烈。公共場所「請勿吸煙」的標示，到處可見。經過二十多年的努力，公共場所「禁止吸煙」或「本場所全面禁煙」。成為社會共識，這是台灣令人稱道的地方。

接著我提到海峽西岸，部署近千枚飛彈。在李登輝、陳水扁在位的二十年間，出現歷史長河中的短暫逆流，分離意識囂張，部署飛彈，自有戰略政略上的震懾深義。自二〇〇八年五月，中國國民黨重新執政，馬英九入主中央。「渡盡劫波兄弟在，相逢一笑泯恩仇」，兩岸攜手，經貿發展迅速。共創雙贏，乃是大勢所趨，銅牆鐵壁都擋不住的。俗語說，盈耳美言，不若一個小小的善意動作。如能審時度勢，在適當時機，主動宣布減少飛彈，必將有利於和平大業。

不料我的發言，引起一位同樣來自台灣的蔡先生的不滿，聲言吸煙是他的愛好，也是他的基本人權。禁止吸煙，就是剝奪他的人權。接著大聲斥責民進黨主張台獨，反對部署飛彈，現在有人主張減少飛彈，就是呼應台獨。除了「國罵」，什麼難聽的話都出來了。

他的激烈言詞，引起一位來自美西的鄭先生批評。鄭先生說，談論問題，自然有不同見解。不可漫罵，更不可人身攻擊。在鄰座朋友的勸阻下，蔡先生這才悻悻然落座。

這場座談會，原是各抒己見，異中求同的平台，經此折騰，無法發揮正面效應。令人遺憾。

二〇〇九年十月二日離京前夕

誌此以為紀念

二戰後專搞綁架、暗殺①、顛覆的美國

二〇〇五年六月二十四日，義大利一位法官下令逮捕十三名美國中央情報局（ＣＩＴ）的特工，指控他們在米蘭市綁架一名埃及回教教士，施以酷刑逼供。羅馬的美國大使館以及ＣＩＴ總部，拒絕評論。

① 二〇〇五年八月二十二日，美國電視佈道家羅伯森，公開倡言刺殺委內瑞拉總統查維茲，引起各界抨擊。二十四日羅伯森矢口否認，並指斥媒體斷章取義，報導失實。三個小時後，羅伯森終於認錯道歉。委內瑞拉是全世界第五大石油輸出國。二〇〇二年四月，委國發生政變，查維茲一度被逼下臺，隨即復位成功，並指控美國主導此一「骯髒」事件。查維茲總統立場左傾，批評華府在伊拉克的軍事行動是「以恐怖對付恐怖」。羅伯森在二十二日播出的基督教廣播節目「七〇〇俱樂部」中表示：「如果查維茲認為我們陰謀顛覆他，我認為我們就應該真的付諸行動。這比發動一場戰爭便宜多了。」現年七十五歲的羅伯森，是美國著名的電視佈道家，在保守陣營頗具影響力，縱橫美國宗教界五十多年。他創立的「美國基督教聯盟」，號稱有一百二十萬信徒。羅伯森在節目中毫不掩飾地表示：「我們有能力除掉他。我認為，如今已經到了發揮這種能力的時候了。我們不需要為了除掉一個人，除掉一個獨裁者而再花兩千億美元的軍費。讓一些特務來執行此一任務，作一了斷，要容易多了。」（綜合外電報導）

二戰後，美國在拉丁美洲各國搞綁架、暗殺、顛覆是他們的專業。根據中情局解密的檔案資料顯示：

一、一九五四年，推翻拉丁美洲瓜地馬拉阿本茲總統的政變，是由美國中情局一手操控，並擬訂刺殺瓜國五十八名政要的「清除名單」。

二、一九六一年，中情局指使一千二百多名古巴流亡份子，企圖由古巴西南海岸的豬玀灣登陸，推翻卡斯楚政權。結果行動失敗。

三、一九七三年九月十一日，推翻拉美薩爾瓦多首位民選總統葉阿德，由美國扶持的軍政府立即展開大屠殺。七十年代連線的「禿鷹計畫」獵殺行動，在智利、阿根廷、巴拉圭、巴西以及烏拉圭等國隨即火速展開。從一九七三年的九月至十一月，有一萬三千人被捕，監獄爆滿，日夜趕著增建都來不及。逃入各國大使館獲得庇護的有一千八百多人。有八百多人流亡海外，另外兩千多人被迫離鄉背井逃往歐洲。諸多數據和行刑後的檔案資料，令目睹者心驚膽顫。

四、一九八九年，巴拿馬總統諾瑞嘉，被美軍綁架，解送美國審判。

五、一九九四年美軍出兵海地，推翻該國的合法政府。

拉丁美洲是美國的「後院」，中情局在此肆無忌憚，為所欲為。而遙隔太平洋的亞洲各國，也難逃劫數。

二戰後，亞洲各國禍亂踵起，政變頻仍，其幕後大多有美國中央情報局在運作操控。

一九五三年，為了壟斷伊朗石油利益，美國中央情報局策動伊朗國王巴勒維，發動宮廷政變，推翻莫沙德君主立憲政府，奪取實權並展開屠殺異己。宗教領袖何梅尼被迫逃亡法國。

在巴勒維國王二十多年的專制統治下，伊朗在國際上以「兩最」聞名於世：最腐敗奢靡的國家（王室）②、最貧窮的人民。巴勒維殘民以逞，但終被人民推翻。伊朗新政府在何梅尼大主教領導下，立即與美國斷交，關閉美國在德黑蘭的大使館，囚禁美國的外交人員。於是，「白蓮教扶清滅洋式」的反美運動，在二十世紀八十年代的伊朗首都德黑蘭如火如荼地展開。

美國在伊朗挫敗受辱，轉而支持極具野心的伊拉克強人海珊③，給予軍事援助，兩伊戰爭

---

② 一九九七年一月三日新聞報導：
巴勒維在位時所擁有的十輛名車，將由伊朗政府拍賣。預計得款將超過一百萬英鎊。這十輛車包括二輛藍柏吉尼、一輛奧斯頓馬丁、一輛法拉利、一輛卡迪拉克、一輛賓士和四輛勞斯萊斯；都屬於供珍藏的極品。其中酒紅色的藍柏吉尼，全世界只有四輛；巴勒維國王的兩輛藍柏吉尼，拍賣價可高達五十萬英鎊，是一九七一年巴勒維在瑞士滑雪度假時的用車。

③ 二〇〇三年一月一日英國泰晤士報報導：
美國國防部長倫斯斐，是批判伊拉克總統海珊最力的人物之一，但解密文件顯示，倫斯斐曾在一九八三年十二月二十日會晤海珊，為美國公司銷售伊拉克生化武器原料舖下坦途，並爭取伊拉克為盟友。其戰略目標，在對付何梅尼大主教所領導的伊朗。戰略既定，即使海珊在一九八八年三月，在伊拉克北部使用毒氣殺害庫德族人，美國仍然繼續供應伊拉克武器。

歷經七年，雙方終因無力繼續而罷戰。財政瀕臨破產的伊拉克，遂有兼併「科威特」之舉。因之引發一九九一年的波斯灣大戰。美國以維護國際正義之名，在聯合國的大纛下，出兵懲罰所謂狂人海珊。

一九五四年，拉丁美洲以及亞非各國，在印尼總統蘇卡諾主導下，於萬隆召開第三世界會議，引起美國妒恨。美國中央情報局策動印尼軍人蘇哈托將軍，發動政變，推翻蘇卡諾政府；同時以反共為名，展開白色恐怖大屠殺。

越戰期間（一九六二年十一月），美國中央情報局主使越南右翼軍人楊文明將軍，推翻吳廷琰文人政府④，而導致政局不穩，終被北越打敗，中南半島變天，美軍狼狽而逃。

此外，緬甸、泰國、菲律賓、南韓、巴基斯坦、印尼、以及柬埔寨，每一次的動亂或政變，美國中央情報局都插上一腳；次數最多的是菲律賓與南韓，而受害最深、時間最長的則是中南半島的小國柬埔寨。

一九八三年美國國家安全會的指令說得十分露骨：美國願意「在合法的情況下竭盡所能，避免伊拉克輸掉對伊朗的戰爭。」

④ 一九九八年十一月二十四日，美國甘迺迪圖書博物館，公開已故總統甘迺迪生前部分錄音帶；甘迺迪在錄音談話中，對促成推翻南越總統吳廷琰的政變感到後悔。

一九六二年十一月二日，吳廷琰在南越首都西貢附近的一家天主教教堂遭槍殺。

柬埔寨原名高棉，法國殖民地。一九四一年法國任命施亞努親王為國王。十二年後（一九五四），法國在奠邊府一役被越共打敗，守將投降。施亞努政府在法國勢力退出中南半島後，保持了柬埔寨的獨立，拒絕越共於國門之外。

施亞努在國際上頗具聲望，他是堅定的民族主義者，卻不被美國所喜。一九七〇年，美國中央情報局策動柬國陸軍總司令龍諾將軍，發動政變，推翻施亞努政府。四年之後，也就是一九七五年，不得民心的龍諾政權，被「赤柬」（柬埔寨共產黨）推翻。從此這個中南半島的小國，遂陷入二十年長期內戰的災禍中。

在國際上，一向最親美的中華民國政府，在一九五〇年代初期，美國中央情報局也曾經想下毒手把它顛覆掉。根據國府前駐美大使顧維鈞博士的回憶錄記載：「美國對中華民國企圖最嚴重的一次，是在一九五〇年代。當時美國考慮訓練一批年輕的技術人員、行政官員、學校教師，以期建立一個獨立的台灣共和國。我（顧博士自稱）到處都碰到美國的高層人士流露出這種想法」。美國當時企圖的嚴重程度，據顧博士說：「甚至達到在沖繩島秘密訓練一支武裝部隊的地步。」

美國中央情報局的此一「黑箱作業」，終因韓戰局勢的逆轉而擱淺。對台灣的中華民國如此，那麼，對海峽那一岸的「中華人民共和國」又將如何呢？

戰後，美國中央情報局，在亞洲第一個要顛覆的對象就是「中華人民共和國」；而且數十年如一日。

一、從五〇年代開始，以台灣為基地，對大陸進行空中偵伺、海上滲透、邊境潛入，直接進行顛覆活動。

二、重編陳納德的第十四航空隊，由美國中央情報局直接進行特工人員空投。

三、利用國民政府在泰北的國軍殘部，對大陸展開突擊破壞。

四、唆使西藏分離主義份子，進行武裝叛變。

一九五七年，美中情局在科羅拉多州，秘密設立高山基地「海爾營區」，吸收西藏亡命之徒，編組訓練「西藏突擊特務隊」（俗稱綠扁帽部隊），由美中情局直轄的南方航空公司及山間航空公司，進行武裝空投。於是遂有一九五九年「西藏武裝叛亂事件」發生，以及事敗後達賴喇嘛出奔印度。

今年（一九九三）的七月六日，聯合報頭版頭題新聞：蒙藏委員長張駿逸，在中央總理紀念週發表演講，抨擊美國國會介入西藏獨立運動。張委員長說：今天，西藏問題如果沒有強權介入，不難解決。外國人不願意看到一個強大統一的中國出現，所以用一切可以破壞中國統一的手段，以期達到分裂中國的目標。

今年（一九九三）一月，美國柯林頓政府的新任國務卿克里斯多福，在國會作證時說：美國政府的政策，是要促成中共的和平演變⑤。同時他又宣稱，新政府支持「自由亞洲電台」⑥的設立。這個電台被賦予在中國大陸內部製造和平演變的重大任務。

二十世紀九十年代，以意識型態為主導的東西方冷戰落幕。美國一霸獨大，但仍然念念不忘，處心積慮，想把一百多年來在國際上受盡欺凌侮辱侵略，而正在力求振作的中國「顛覆掉」、「分裂掉」、「蘇東坡掉」！

而現在，和平演變後的前蘇聯，分崩離析，十五個「獨立國協」之間，衝突不斷，熱戰不休。據美國國防部情報資料預估，這個地區（橫跨歐亞兩洲）在一九九五年之後，行將出現

---

⑤ 一九九三年一月十五日新聞報導：

行將出任美國新政府國務卿的克里斯多福，昨天在參院外交委員會為他的新職作證時宣稱，柯林頓政府的政策是要促成中共的和平演變，放棄共產主義，選擇民主政治。

除了和平演變的政策目標之外，克氏也宣布新政府將支持擬議中的「自由亞洲電台」的設立。這一由參議員白登等人大力支持的電台，其主要任務是在中國大陸內部製造「和平演變」，其性質，等同於「自由歐洲電台」。

⑥ 一九九八年一月十七日，法新社華盛頓報導：

美國國會通過，調高自由亞洲電台經費一倍以上，以利電台擴大對中國大陸與西藏的廣播。

美國參眾兩院通過「自由亞洲電台」自十月份起算的一九九八會計年度經費為兩千四百一十萬美元。前一年的經費為九百三十萬美元。

自由亞洲電台，在一九九六年九月開播。因遭到北京干擾，效果不佳，所以年預算經費倍增，其企圖之急切，由此可見。

四十四個新生國家。而它們彼此之間，分別又有種族、族群、語言習俗、宗教信仰、邊界糾葛以及歷史恩仇等等因素所引發的戰爭。而較為世人注目的則是規模較大、傷亡較多、影響較深的外高加索地區各共和國之間的戰爭。

外高加索的「亞塞爾拜然共和國」與「亞美尼亞共和國」為爭奪「納城」，烽火不斷；而「亞塞爾拜然」又有族群利益的矛盾而爆發內戰。而外高加索另一小國「喬治亞共和國」的政府軍，與該國的分離主義份子所組成的武裝部隊，陷於「誰也打不死誰」的戰爭泥淖之中。

喬治亞共和國向聯合國控訴俄羅斯，暗中協助喬治亞分離主義叛軍，俄國則稱「自顧不暇」而否認上項指控。喬治亞的內戰雙方，對於聯合國的停戰呼籲則理都不理。

從前的民族自決運動，是反對殖民主義。而現在卻質變為「誰也不怕誰」、「我要做老大」式的自由分裂的狂熱，而民族自決的理想性與正當性，則蕩然無存。

另一方面，和平演變後的獨立國協龍頭老大俄羅斯，因改革失敗，戈巴契夫總統倒台。

一九九一年葉爾辛繼任擔綱，提出「震盪療法」，亦即「五百天改革方案」。宣稱：只要五百天時間，可以完成俄國的資本主義改造。同時，葉爾辛總統以比戈巴契夫更為臣服的姿態，取悅西方國家，以期得到「世界銀行」以及「世界貨幣基金會」的鉅額金援。只是他的「震盪療法」失效，經濟瀕臨崩潰邊緣，盧布貶值，購物需用大布袋裝鈔票。資料指出，一九九二年俄國的工業生產銳減百分之二十三，而年通貨膨脹率則高達百分之二千五百。莫斯科國立大學教授的月薪，只能換五元美金，而投機倒把的暴發戶揮金如土，用四塊錢美金享用一杯咖啡。莫斯科的街頭夜景，一邊是進口的豪華轎車飛馳而過，一邊是在寒風中排隊等候購買麵包的長蛇陣人群。

今年十月，葉爾辛總統違憲解散國會「自導政變」，而反葉爾辛的人馬則發動同樣是違憲的「國會政變」。現在「府會衝突」雖在血濺莫斯科街頭中落幕。但俄羅斯內部的分裂，永難復合；而葉爾辛的經濟改革寄希望於西方國家的施捨，恐亦難成功。

這是西方國家夢寐以求的，這也是美國的最愛。

和平演變後的「北方巨熊」，是我們的一面鏡子。

對於這面「鏡子」，做為一個中國人，必須記住：時時勤拂拭，毋使惹塵埃。

一九九三年十月十五日於陽光山林

二〇〇五年七月二十三日於台北蝸居　校訂

備考

關於〈二戰後專搞綁架、暗殺、顛覆的美國〉一文，原先是座談會的講稿，後經整理打字，在好友、同事間傳閱。

有一天，老校長（大華中學創辦人方志平女士）找我去，說：林老師，現在雖然戒嚴解除了，但你的身份敏感，君子愛人以德，我勸你，這一類文章不要寫比較好。

時間是「揭密之鑰」。十多年來，美國中央情報局在世界各地的非法活動所製造的罪行，與時俱增地呈現在世人面前。

二〇〇五年九月九日，美國前國務卿鮑爾，在ABC新聞節目中說：二〇〇三年他在聯大演說，詳述伊拉克的大規模核武計畫。結果，根本沒有這些計畫。為此他深感痛苦。這是他個人紀錄上永遠的汙點。他並表示，當他獲悉所根據的情報資料是錯誤的，使他深受打擊。

一九八六年，美國總統老布希，以「國際販毒頭頭」的罪名，出兵綁架巴拿馬總統諾瑞嘉到美國審判。二〇〇三年，美國總統小布希，以「伊拉克擁有毀滅性武器，威脅世界和平」為藉口，出兵侵略伊拉克，平民百姓家園毀滅而死於兵燹者不計其數。邪惡的軍事帝國主義、以及偽善的恐怖帝國主義的惡行，在世人面前暴露無遺。

「廣島亞運風波」透視、評析

今天不談政治；談體育。①

說到體育，一九九四年國際體壇有兩大盛事：

一是今年九月，在羅馬舉行的第七屆「世界游泳錦標賽」，中國大陸女將橫掃千軍，把自一九五六年以來稱霸世界泳壇的美國長腿姊姊，打得落花流水，花容失色。

根據外電發自羅馬的綜合報導：第七屆世界游泳錦標賽最後一天的賽程，中國女將依然神勇無敵，再添金牌三面以及一項世界紀錄，勇奪世界冠軍。獎牌數如後：

冠軍　中國大陸　金牌十六面；銀牌一〇面；銅牌二面；

亞軍　美　　國　金牌　七面；銀牌一〇面；銅牌八面；

---

① 政治與體育，實難割離。運動員在國際賽場得獎牌「升國旗」、「唱國歌」，是很政治的，台灣的運動員得獎牌，唱的不是國歌，升的也不是國旗。其理相同。

季軍　澳　洲　金牌　六面；銀牌　四面；銅牌十三面。

在亞洲泳壇素負盛名的日本，僅獲銀牌兩面；銅牌一面。

上屆在西班牙舉行的巴塞隆納世界奧運會，中國大陸揚威游泳池畔的女將「五朵金花」，已漸淡出泳壇；不意卻彗星似地出現了「十朵小金花」，平均年齡不到十八歲。其中年齡最小的是十六歲女將「伏明霞」。她在十公尺跳台空翻三轉半，落水不濺水花，技驚全場，鴉雀無聲，經歷五秒，忽然爆發出如雷掌聲。伏明霞出神入化的驚人技藝，立即征服了不分種族膚色的所有觀眾。而最令人矚目的是，各國泳將所共創的十項世界紀錄，其中高達五項由中國女孩所締造。

今年國際體壇第二件盛事，是即將在日本廣島舉行的第十二屆亞洲奧林匹克運動會（有四十二個國家、地區參加）②。只是選手尚未整裝，好戲尚未開鑼，而兩岸（海峽兩岸）、三地（北京、台北、東京），卻因政治干預體育事件，卯力演出三角大較勁。

從八月十七日到九月十三日，彷彿有人「捅了馬蜂窩」，台灣所有傳播媒體，幾乎毫無抗拒餘地，以全方位態勢，以超特大的篇幅報導這件熱極發燒的新聞。

---

② 亞奧會有四十三個會員國，本屆亞運，北韓因故未出席。

是誰捅了這個馬蜂窩？不是別人，而是亞洲奧委會主席——科威特籍的阿罕默德・法哈德親王。

今年六月，法哈德親王在台北總統府，當面親邀李總統登輝先生，以中華民國總統的貴賓身份，出席在廣島舉行的亞運會的開幕式。而最難得的是，事後證實，一位接近法哈德親王的亞奧會高層人士透露，李總統是親王邀請的唯一的「亞洲國家元首」。其前提是：「基於中華民國李登輝總統，長期以來致力推展體育，以及支持奧林匹克理想。故邀請李總統暨夫人以貴賓身份，出席第十二屆亞運會開幕典禮」。

八月十七日，日本《產經新聞》，以頭版、頭題加框報導這個獨家新聞。於是立即觸發「政治敏感症候群」：

北京憤怒；東京頭痛；台北興奮。

緊接著，產經新聞駐北京特派記者報導：在北京訪問的日本自民黨政務調查會會長「加藤紘一」，詢問中共國家主席江澤民對此事的立場，江當即明確表示反對，並面矚「加藤紘一」轉告村山首相，要「慎重處理」。

日本外務省馬不停蹄緊急磋商，並透過《讀賣新聞》放話：法哈德邀請李登輝，那是他的事，跟日本政府無關。日本跟台灣沒有外交關係，是否批准李登輝入境，是由日本政府決定的。而且還很不禮貌地表示，要李總統「自我約束」、「自肅」。

於是台北各界強烈反彈，群情激憤，眾口同聲，槍口一致：拳打西山猛虎，腳踢北海蛟龍。台北民氣沸揚，大有「文王一怒安天下」之勢。

一向被日本右翼政客、親台人士稱為「大人」、「君子」的李總統，終於在隱忍了一段時日之後，放出豪語：「這一回絕不再想讓日本輕鬆混過去！」（他有理由，他是受邀請者）捅了馬蜂窩的法哈德，在科威特接受記者訪問，卻一臉無辜狀的訴苦說：你們中國人我真搞不懂。當初我邀請李總統，完全是基於體育的因素，是一片好心，誰知道惹來這麼大的風波。我頭痛，我真的頭痛！③

因為此事，被國際體壇譏為「少不更事」的法哈德，受到科威特王室內部的批評，受到亞奧會會員國的指責，甚至引起遠在巴黎國際奧委會主席薩馬奇的關切④。法哈德親王說他頭痛，可能不假；至於他的說辭，明眼人一看就知道言不由衷，是違心之論。

③ 九月二十三日新聞報導：法哈德親王說：「不管任何壓力，亞運後，他都要來台北致歉。」他原想以台北為籌碼，報北京一箭之仇，結果傷的是他自己。他被台北當籌碼用，卻不自知，其愚可知。他想跟中國人玩政治，門兒都沒有。

④ 廣島亞運會組委會主席「古橋廣之進」，九月三日在巴黎與國際奧委會主席「薩馬奇」會商，並取得處理廣島亞運風波的共識。

「廣島亞運風波」，背景曲折複雜，而且是非常政治的。

李總統想到日本訪問，是多年來的心願。

三年前，他曾經透過特殊管道，由日華關係懇談會的佐藤信二代為牽線，以京都大學頒贈李總統榮譽校友的機會訪日，以突破日本外務省的封鎖線，終因消息外洩，遭到封殺。今年三月許水德訪日，舊事重提，李總統不在意是否官式，希望以獲贈母校學位為由訪問日本，仍然未能成功。今年五月的「跨洲之旅」，希望能順道訪日也沒有達成願望。幾經挫折，李總統向身邊人說：「就是和我太太兩人空手到京都玩一下也好。」

所以說，李總統希望訪日，除了公務：爭取台灣的國際活動空間，凸顯台灣是主權獨立的政治實體。另外還有私誼：去京都重溫年輕時的舊夢。所以他不止一次向不同的日本訪客表示：他在二十二歲以前是日本人。由此可見，近半個世紀以來，李總統對殖民地母國的「孺慕之情」未曾稍減。所以他才會對第一次見面的司馬遼太郎情不自禁地說：「司馬先生，我有好多話要跟你說。」⑤

言為心聲。這是李總統對日本的「戀母情結」的移情表態（他總覺得親娘不如養母），不

⑤見李總統與日人司馬遼太郎對談「生為台灣人的悲哀」。

是政治語言，是由衷的，很真誠。這跟他對不同的對象說不同的政治語言是截然兩款。譬如他跟「台世會」的代表談話，跟「愛盟」人員的談話，以及最近對民生報記者的訪談，因對象的意識型態不同，談話的內容常有牙咬舌頭的矛盾情形發生。

台北坊間有一本政治性週刊，有一期以此為主題的漫畫，旁白說：「我就是喜歡見人說人話，見鬼說鬼話！」可謂傳神。台北新聞界有句流行「耳語」：「要想瞭解李總統的內心世界，到日本去！」因為面對日本人，李總統才會如假包換的「肝膽相照」。

現在，機會來了。由於人、地、時的巧合，李總統訪日之行，將有心想事成的可能。人的條件是，亞奧會主席法哈德親王，他的父親在一九九〇年伊拉克入侵科威特時被殺。同年亞奧運在北京舉行時，法哈德親王抵制伊拉克代表與會，被大陸拒絕。⑥理由是政治不能干預體育。因而結下樑子。地的條件是，今年第十二屆亞運會在日本舉行。時間的條件，恰好是美國國會議員給柯林頓總統加壓，要他改善對台灣的待遇，而日本的外交向以美國馬首是瞻。

智者創造機會，能者掌握機會。

⑥ 亞奧會會員國以多數票決，拒絕伊拉克代表參加十一屆在北京舉行的亞運會。

台北高層籌畫李總統出席廣島亞運會，是一局細棋。今年三月，就已經開始打譜，到六月時機成熟。

台北高層安排政大授榮譽博士學位給法哈德。繼而李總統頒發勳章給他。而法哈德則當場邀請李總統出席亞運開幕典禮。由於前幾次挫折經驗，總統府參謀作業縝密進行。

七月二十三日，在日本舉行亞運會各國代表團團長會議。中華奧會代表曾永權先生婉轉陳述：因為我國和日本沒有邦交，希望是否可以考慮運動員以及貴賓的ＩＤ（身份證明）卡背面，蓋交流協會的章，代替日方繁複的簽證手續。因為曾代表的態度誠懇，言詞得體，當即獲得各會員國代表的支持。（這也是一步細棋）解決了李總統赴日可能碰到日本外務省所設的「拒馬」。

八月十七日，日本《產經新聞》披露這個獨家報導，台北、北京、東京的角力，立即浮上檯面。而總統府仍然按兵不動，仍然靜觀事態的發展，以掌握最有利的出牌時機。

直到九月七日，我外交部告知日本交流協會台北事務所所長梁井新，李總統欣然接受法哈德親王的邀請，出席廣島亞運開幕典禮。同時補充說明，這是應亞奧會主席邀請，毋需日本當局同意。

這步細棋的殺著，讓日本外務省陷入慌亂之中。

大陸方面很快表明反對立場：

中共奧委會秘書長魏紀中向新聞界表示：日本亞奧會有關人員親口告訴他，不會發貴賓證給李登輝。如果日本讓李登輝入境，中共代表團一定拒絕出席亞運會。

香港文匯報報導：中共國家體委訓練局局長、廣島亞運會大陸代表團副團長李富，在北京宣稱：中國亞運代表團堅決支持政府的決策，隨時準備做出果斷的行動。

台北當局也不閒著。

中華奧會主席張豐緒表示：如果日本拒絕李總統出席廣島亞運會，中華亞運代表團行將採取抵制行動，拒絕參加第十二屆亞運會。⑦同時，立法院在日本訪問的「新政會」的六名立委，由團長徐成焜代表發言：如果日本做出對我不友好動作，台灣民眾將拒買日本貨。

兩岸較勁，日本成了夾心餅乾。

日本外務省對此事的政策底線，雖早已確定，但不願意站在前台，成為被攻擊的第一順位。所以始終表示希望台北、北京、亞奧會三方協商。

據九月十一日日本《朝日新聞》報導，台北方面曾經透過特殊管道，向大陸提出條件，北

⑦ 見日本《朝日新聞》報導。

京如果默認李總統赴日，一年後，台灣依大陸之期望，開始商談「三通」，但遭到拒絕。而台北方面，否認有此一說。

總統府高層人士說，李總統對此事的態度十分堅定。他有一個「大內高手群」為他打點設謀。台大政治系教授許介鱗、行政院政務委員黃石城、就是其中的主要角色之一。在李總統正式亮牌「欣然接受」之前，還從日本請來國際問題專家中島嶺雄參與決策。當時的評估：利多。

一、民氣昂揚——一旦真的發動拒買日貨，具殺傷力。

二、手中有王牌——亞奧主席的正式邀請函。

三、大陸說「抵制」，是虛聲恫嚇，只能坐而言。一旦起而行，就失去揚威亞運的機會，代價太大。

四、法哈德親王一再告訴張豐緒，絕不撤回邀請。

五、日本國內，親華的勢力逐漸匯集，裡通外合。大陸如果僅停留在「放話」而乏實際行動，日本外務省不敢冒天下之大不韙。

六、如果大陸的抵制付諸實施，在亞奧會屈膝之前，台北搶先表態：顧念大陸運動員多年的苦練，如因此失去機會，實屬不忍，因此「主動放棄」。這一步是損人不利己的殺著。台灣雖因此沒有贏，大陸卻因之大輸。希望這一步棋備而不用。

形勢大好，其利在我，所以李總統才會自信滿滿地說：這一次再也不想讓日本輕鬆混過去。所以才會老神在在地對來台訪問的日本國會議員說：「我自有對策！」「什麼對策？」「天機不可洩漏，現在還不好說。」⑧

台北高層對此事「有對策」，且看北京如何？

北京消息指出，為了處理「李登輝出席廣島亞運會」一事，國務院台灣事務辦公室、外交部以及國家體委會三個單位有關主管官員，九月十日召開會議進行討論。當時國家體委表示：抵制代價太大（正如台北所料）。因之未取得共識。第二天（九月十一日星期日）繼續進行討論，在「局部利益服從整體利益」、「國家主權不容挑戰」的大帽子下，取得結論：如果李登輝出席廣島亞運會，中國代表團義無反顧，立將抵制。

日本外務省以及科威特亞奧會總部，一接到大陸正式傳真公文書，連夜協商，並取得國際奧會主席薩馬奇的點首，以預先設計好的方式，由法哈德親王在科威特總部發表聲明：亞洲奧林匹克理事會，在與國際運動組織及亞奧會內部磋商後，已經決定除了地主國以外，十二月二日至十六日，在廣島舉行的第十二屆亞運會，將不邀請或接待任何政治人物。

⑧ 李總統接見日本自民黨眾議員訪問團時，有團員問李總統「面對中共的強力恫嚇，請問有沒有對策？」李總統笑說：「當然有對策！」「什麼對策？」「天機不可洩漏，現在還不便說。」

聲明中強調：亞奧會之所以做此決定，是基於誠摯與強烈希望維護亞洲奧林匹克及運動家族的和諧與團結；以及繼續努力以確保廣島亞運會的成功。

廣島亞運風波，以「除了地主國之外不邀請政治人物」收場，間接而婉轉地拒絕了李總統訪日，為各方鋪了下台階。台北方面自然不滿意，但也只好接受。

這次事件，台灣、大陸皆以相同理由「政治干預體育」指責對方。台北方面，以李總統的言論為代表：十月十五日，李總統接見美國各州新聞協會執行長何榮倫時表示：他應邀參加廣島亞運，根本是一件單純的體育活動，但卻被政治干預，令人遺憾。而大陸的「新華社」卻以嚴厲措辭抨擊台灣以體育為名義，利用亞運會在國際上製造「兩個中國」、「一中一台」，是嚴重的政治陰謀。日本的新聞界也有異聲。日本的《朝日新聞》在社論中說：亞奧會主席法哈德以地區名義參賽的台灣，邀請其總統以國家元首身份出席廣島亞運，即已先行將政治帶進體育，殊欠考慮。

一個理由，兩種說法，這就是政治。政治講究實力，有力就有理。這是國際社會的殘酷現實。大陸一說抵制，亞奧會立即屈膝，台灣說抵制，誰理你？你看今年九月的「羅馬世界游泳錦標賽」大陸隊的表現，你就會明白法哈德所說：「我真頭痛」倒是實話。

日本所受到的壓力，更是難以抗拒。所謂「有邦交」、「沒有邦交」那是場面話。今年日本正在推展「成為聯合國安理會常任理事國」的鴻圖大計，大陸在安理會有否決權，他不點頭行嗎？戰後日本從廢墟中重建，成為「經濟大國」，卻有「政治侏儒」之譏。為什麼？就是在國際上沒有發言份量。聯合國為某地區的和平而出兵，日本主動要出錢、出人，人家還不一定理睬呢。就算是經濟大國吧，還常受到美國「三〇一」報復條款的恐嚇威脅，而大陸極具發展潛力的廣大市場，日本豈能交臂失之？豈能坐視美國、德國、法國等歐體成員國捷足先登？

今年一月，中共總理李鵬向世人宣布，在二十世紀結束前的七年間，中國大陸將進行一兆美元（一萬億美元）的建設計畫，主要進口的商品是各類基本建設。這是二十世紀最後的一個經濟大餅。（註：根據《中時週刊》第一四一期第十頁：「今年年初中共總理李鵬宣佈，本世紀結束前大陸的進口總額累計將達十兆美元。」）八月間，美國商務部部長布朗訪問大陸，為美國商人爭取到五十億美元的商約。這就使我們明白柯林頓為什麼把貿易與人權脫鉤。接著大陸與德國訂了五十億美元的商約，與法國訂了二十五億美元的商約。英國商人一看勢頭不妙，於是，組成了一百多人，被稱為歷年最龐大、最具實力的訪問團直奔北京，還唯恐北京不高興，拒絕了政府官員的參與。

根據今年（一九九四）八月十一日台北新聞報導，經濟部發佈今年上半年大陸經濟情勢分析，大陸進出口貿易額，已接近一千億美元，排名躍居世界第六大貿易國，僅次於歐體、美國、日本、加拿大、香港。到今年（一九九四）六月底，大陸擁有三百億美元外匯存底，比年初的二百多億⑨，成長率高達百分之五十。

關心台灣經貿發展的人士應該記得，民國八十年（一九九一）農曆十二月底，李總統請台北工商界的龍頭人物吃尾牙，當酒酣耳熱、舉杯互祝之際，李總統語重心長地對在座的工商大老說，不要急著去大陸投資，等一九九四年看清楚大勢後再決定是否去投資。李總統預言式的談話，當時頗引起台北新聞界以及工商界的關注、討論。雖明知必有所本，但苦無結論。現在一九九四年漸將夕陽銜山，而大陸並未出現警訊。做生意精極而鬼的日本豈有不把握商機，捨大餅而就芝麻之理？

日本外交，向來看北京臉色，自失國格，那是他家的事。但它常以踐踏台北的方式以討好北京，而台北當局，卻習以為常，實在可悲。

今年七月二十四日，日本副首相兼外相的河野洋平，從漢城搭機前往曼谷，出席東南亞

⑨ 民國九十四年（二〇〇五）年八月六日新聞報導：
據「中央銀行」統計，到今年七月底止，
1、日本外匯存底：八千二百一十九億美元
2、中國外匯存底（六月底止）：七千一百一十億美元
3、台灣外匯存底：二千五百三十五億六千兩百萬美元

國協擴大會議，因途中天候惡劣，飛機降落在台北中正機場避難。當河野在曼谷與江澤民見面時，卻自動解釋說：「我在飛機臨時降落在台北機場時，並沒有與台北官方有任何接觸。」（彷彿台北官方是愛滋病患者）而江澤民聽了，只是「一笑置之」。這則頗具新聞價值的新「官場現形記」，卻沒有引起台北傳播媒體的興趣，而我們的外交部，也只是說了一句不具「價值判斷」的中性話：「不可思議」。

在國際政治舞台上，日本人善於扮演「變臉」的角色。對大陸曲意逢迎，常以「熱臉貼冷屁股」。對台灣卻仍然「優越感十分膨風」。那些「進出支那無罪論」的戰犯餘孽，雖然對李總統讚譽有加，稱他為「大人」、「君子」，但那榮耀也只僅及於李總統一身，台灣的平民百姓是分不到半點餘潤的。

直到今天，日本人仍以看待殖民地的眼光看待台灣。一些來台灣觀光、買春的日本人，那種昂首闊步的氣概，在北京是看不到的。二十幾年前黃春明筆下的〈莎喲哪啦　再見〉中所描述的日本人的嘴臉，至今仍未改變多少。

如果我們台灣人以為有錢就是大爺，那就錯了。日本人一年從台灣賺去一百多億美元，把我們辛辛苦苦、忍氣吞聲從美國賺來的錢，統統掏光。美國可用「三〇一」來擠兌、壓迫我們；而我們對日本又能如何？多年前趙鐵頭趙耀東當經濟部部長時，曾經很想「回敬」一下，結果無功而罷，今日檯面上的人物，更無足論矣。這才是台灣的悲哀。兩岸貿易，大陸明擺著「以民逼官」、「以商促政」，而當局明知虎山難行，卻無法拒絕走上不歸路。所謂大勢所趨，莫之能禦，這才是台灣的悲哀。

廣島亞運風波雖已落幕，但海峽兩岸在國際舞台上所凸顯的「國家主權不容挑戰」、「台灣是獨立的政治實體」，外帶清粥小菜「摩西出埃及記」⑩，所謂「國統綱領」，所謂「和平統一、一國兩制」將成明日黃花，將成曇花一現的歷史名詞。

今秋，台灣海峽風起雲湧，「東海四號」戰鼓咚咚，「漢光十一號」砲聲隆隆。

台灣，往何處去？

一九九四年九月三十日完稿於陽光山林

二〇〇五年七月二十四日　再次校訂於

台北蝸居

⑩見「生為台灣人的悲哀」。李總統以摩西自況，頗引起議論。

冷戰遠颺，貿易戰開打

一九九六年九月，報紙上有兩則新聞，引人注目。

一則是近在眼前，一則是遠在天邊。

遠在天邊的是：九月三日，美國對伊拉克發動從一九九一年波斯灣戰爭以來，規模最大的軍事行動；針對伊拉克南部軍事基地，發射了二十七枚巡弋彈，懲罰海珊揮軍進攻伊拉克北部的庫德族居住區。

近在眼前的是：九月二十五日，行政院衛生署署長張博雅，對於美國動不動就舉起「三〇一」巨棒對付台灣，表示了極為不滿的強硬態度。

現在先從這則近在眼前的新聞說起。

行政院衛生署中央保健局，從七月一日開始，實施醫療器材核價新制，引起美國醫療器材商的不滿，認為未能尊重他們的商業利益。於是透過國會議員給柯林頓總統加壓力：白宮遂以台灣採行「不透明」的「不公平貿易」為由，以超級「三〇一」為武器，要求台灣限時派員到華府解釋、協商、談判。

西方有所謂「顧客永遠是對的」這句話。現在賣東西給我們的是美國商人，而衛生署健保局是他們的顧客。而美國商人竟然如此鴨霸，要顧客移樽就教，跑到他面前解釋，是可忍孰不可忍！難怪張署長生氣了：

「我覺得不要太顧慮他們的『三〇一』，現在是他們要賣東西給我們，又不是我們賣東西給他們。搞不好的話，美國的東西都不要買，不買又能怎樣！」

健保局實施醫療器材核價新制，是為了減輕健保給付的沈重負擔，屬行政裁量權。是世界各國政府經常採用的權宜措施，並不違反世界貿易組織所訂立的共同遊戲規則。如今，連這一類的行政裁量權，都要跑去跟美國政府解釋、協商；台灣雖有近千億美元的外匯存底，卻竟然無法維護處身國際社會所應有的尊嚴。

多年來，歷次中美貿易談判，每當美國一舉起「三〇一」巨棒，毫無例外地就可「不戰而屈人（台灣）之兵」。而受辱最大、損失最重、貽毒最深的則是一九八六年的中美「煙酒談判」（主要是煙，酒靠邊站）。

中美煙酒談判，從當年的八月下旬開始，打破國際貿易單項談判的紀錄，為時八天，夜以繼日，最後我方終於在「廣告」、「計價」兩個主要關鍵問題上棄守，訂下了「城下之盟」。而最令人感到恥辱的是，台灣的美煙代理商，吃裡扒外，暗中協助美商，提供「商業情報」，使得美方能掌握我方的談判弱點。

十年來美煙如錢江大潮，衝關而入。君不見雜貨店、檳榔攤、售票亭、二十四小時店、超市、百貨公司專櫃以及大街小巷的零售端點，盡是洋煙的天下。而公賣局節節敗退，甚至連招牌貨「長壽」，也相顧失色。

當時，雷根政府以三〇一為武器，堅持台灣開放煙酒市場，以平衡雙邊貿易，減少逆差為理由。而其深一層不足為外人道的是，共和黨的大金主，美國南方的大煙草商給白宮加壓力所致。

八十年代，美國民間反煙運動風起雲湧。當時美國五十個州，有十個州立法嚴禁在工作場所吸煙。美國「大陸航空公司」率先提出給不吸煙乘客百分之十的折價優待。華盛頓一家電子零件工廠老闆華納・麥克費森，在七〇年代就立下廠規：「嚴禁吸煙」。他說，「我的母親吸煙，煙癮很大，後來死於肺癌。」

當時美國西部禁煙運動最熱烈，一部〈一個西部牛仔之死（尤勃連納之死）〉的禁煙運動影片，給美國的癮君子帶來極大的震撼。

美國國內香煙銷售市場，逐年出現負成長，美煙商望風轉舵，透過國會議員給雷根政府加壓，仿效污染工業，向第三世界以及開發國家輸出。南韓、台灣、中國大陸，被認為是最具開發潛力的消費市場。

這就是在「平衡貿易」的「正當性」之下，遂行其「己所不欲，就施於人」。豈止是賺你的錢而已。

八〇年代以降，德國、日本以及其它新興工業化國家的國際貿易快速發展，同時美國的產業大量外移，導致美國國際貿易競爭力逐漸衰退，對外貿易赤字劇增。根據美國商務部統計資料，美國對日貿易逆差，在一九九二年暴增至一千三百億美元。於是美國的貿易政策轉向以「公平貿易」為重心，不斷要求貿易對手國開放市場，並以「公平貿易法」三〇一條報復條款為武器，課徵百分之百的懲罰性關稅。法國、德國、日本、澳洲、加拿大、墨西哥都曾遭到懲罰性關稅報復，最後都是舉白旗投降。

根據我國國貿局統計資料指出，十年來，美國的三〇一條款一共動用了九十一次，範圍幾乎涵蓋世界各主要貿易國。次數最多的是歐洲的法國與亞洲的日本。這就是往後日本、法國對美國大聲說「不」的潛在因素。

最好的特效藥，亦只能偶一用之，次數多了，自然出現「效力遞減」現象。美國的三〇一條款，使用頻繁，雖然打遍天下無敵手，而受懲的貿易伙伴自然也會產生抗體。再加上歐體

（十二國）、日本、泰國、南韓、中國大陸等國家經濟實力與年俱增，因之對「三〇一」說「不！」的聲浪慢慢浮現。

「公平貿易法」的三〇一報復條款，是美國的國內法，並非國際上共同信守的規則。但是由於美國的經濟體系龐大，以及超過歐體十二國的廣大消費市場，是世界各主要貿易國無法割捨的市場大餅。所以當美國一舞起三〇一巨棒，包括歐體龍頭的德法兩國、「經濟巨人」的日本，以及「明日之星」的中國大陸，無不禮讓三分，甚至望風披靡。但事有常理，法無常規，從九〇年代開始，情勢有了轉變。

自從蘇聯解體，冷戰落幕，北大西洋公約組織國家，突然失去強敵，還來不及從迷惘、喜悅、失落中清醒過來，另一種隱形的戰爭卻慢慢地浮上檯面——那就是直接影響到人們實際生活的貿易戰。

首先登場的是一九九二年美國跟歐體的白葡萄酒之戰，或稱油菜籽之戰。

衝突點是美國指控歐體十二國，對油菜籽不當的補貼政策，使得美國農民每年損失高達十億美元。雙方的貿易糾紛，歷經五年談判而無法解決。這一年，美國大選落幕，「跛腳總統」布希，終於向「GATT」（關貿總協——世界貿易組織前身）提出控訴，要求仲裁。但經過兩次費時極長的仲裁過程，歐體拒絕在「農業補貼」上同意削減。於是，美國就在一九九二年十月六日宣布：以法國為首的部分歐洲農產品，課徵百分之二百的超級三〇一懲罰性關稅。這是美國有史以來最強烈的貿易制裁手段。

歐體各國外長於十月九日在比京布魯塞爾集會商討後，在記者會宣布：歐體認為應避免與美國發生貿易戰。但是如果美國堅決不放棄制裁手段，歐體不惜一戰。在歐體十二國中法國最主張強硬反制，因為一旦退讓妥協，著名的法國白葡萄酒年損失將達一億兩千萬美元。

世紀末貿易大戰，似乎有一觸即發之勢。

北大西洋公約組織秘書長沃納，在北約總部布魯塞爾向記者指出，冷戰期間，美國與歐洲盟國就時起貿易摩擦，但彼此採取較為抑制的態度，以免影響歐洲安全。現在冷戰結束，雙方都有一洩積怨的心理慾求。一旦制裁與反制裁開打，彼此都將遭受嚴重的經濟後果。他呼籲有關國家不能逞一時之快，應從實際的長遠的利益考慮。

大西洋兩岸的貿易戰，由於歐體各國的利益並不一致，因此內部出現了異聲。例如歐洲農業事務專員兼首席談判代表，愛爾蘭籍的馬沙，因為與歐體執委會主席法國籍的戴洛意見不合而離職。另一位談判代表，歐體對外關係專員安德瑞生，也因主張與美國妥協而與戴洛起衝突。而英國的媒體則把矛頭對準法國的戴洛，指責他為了討好法國的農民，任令談判破裂。

最後終於在法國小讓一步，使這場貿易戰雷聲大雨點小收場。但這是一個警訊，素來所向無敵的三〇一，第一次遭到強烈的大聲的「不！」這是剛開始，而不是結束。

諷刺的是，就在這一年，美國因為本身小麥補貼問題，遭到澳大利、加拿大與阿根廷聯手，被一狀告到GATT。那是小蝦尾與大鯨魚之戰，並未引起世人注目而已。

就在這一年，日本卻悄悄地拓展美國市場，造成美國對日貿易赤字擴張到一千億美元以上。柯林頓總統的高級幕僚建議，對日本要採用更嚴厲的手段，責成日本在三年內，對外貿易盈餘削減一半。於是引起東京的全面性反擊。

一九九三年五月二十一日，日本內閣發表一九九二年「貿易白皮書」，包括大藏省、通產省、經濟企畫廳以及東京銀行等財經首長，齊一口徑，要求美國在設計削減外國的貿易盈餘前，先反求諸己，先提升本身產品的競爭力。這是東京與華府「政治越走越近」而「貿易衝突愈來愈嚴重」的新一波的全面反擊。

美國在兩洋貿易戰中遭到頑強的抗拒，令吾人不得不想起今年九月，美國醫療器材商人，在台占百分之四十市場，年銷售額達六億三千萬美元，卻能恃強凌弱，欺人欺到顧客家屋裡來。除了衛生署長表示了不滿外，我們的財經大員，個個彷彿不食人間煙火，人人彷彿上大廟打啞禪。有理總該說一說吧！你越表示溫馴，越不抗顏力爭，人家就越把你看扁了。法國人說得對：「美國只尊重反抗他的人！」

柯林頓派飛機到伊拉克丟飛彈，國際上一片指責聲。美國想利用聯合國譴責伊拉克，在安理會遭到否決。在西方只有英國表態支持。在第三世界的中東、非洲，只有噓聲。在亞洲四十二個國家及地區，除了日本，只有在台灣的中華民國的外交部，發表聲明表示支持。

我們的務實外交不是要「走出去」嗎？不是說政府首長要有「國際觀」嗎？現在卻只有「美國觀」！你要「走出去」，左鄰右舍誰看得起你！最近新加坡資政李光耀對國民黨立委所說的話，不是無的放矢，而是有感而發。

有這麼一句話：做人要做受敵人尊重的人，不要做受朋友輕視的人。可憐！台灣卻屬於後者。

關心國事的人也許會說，沒有辦法，美國是台灣的主要外銷市場，海峽安全靠美國的保護傘。雖言之成理，其實是短視淺見。美國政府不是慈善局，也不是對台灣情有獨鍾，他遠隔重洋來維護台海安全，只是為了美國本身的利益。如果有一天他扛不動了，如果有一天他認為再扛下去反而吃虧了，他就會把你丟了。這種例子太多了。雖然我們不必得了便宜還賣乖，至少要表現得有骨氣一點，有格一點嘛！外交部何必趕著表態呢。其實你不說還可以藏拙，說了，反而貽笑四鄰。更何況美國不見得領你的情。他要訛詐你照樣訛詐，不會手軟的。

現在我們不妨回頭看看對岸。美國同樣是他們的主要外銷市場。對美貿易順差逐年增加。

據今年八月二十二日新聞報導：「中共超越日本，成為美國最大的貿易逆差國」。光是今年六月份的一個月，大陸對美順差就高達三十三億美元。當美國商務部一公布這個統計數字，北京當局立刻展開反擊說：美國對中國（共）貿易出現赤字的原因，是美國的自我設限以及對中國的歧視性待遇所造成，例如美國限制對中國高科技產品出口。意思是說，我要買的你不賣，怎麼怪我多賺你的錢。

今年五月十三日，中（共）美雙方代表在北京舉行五年來最後一輪的智慧財產權談判，結果破裂。

五月十五日，美國公佈貿易制裁清單，金額二十八億美元。同一天稍後，中共也宣布反制裁清單，金額超過三十億美元。

中（共）美智慧財產權談判，從一九九二年一月十七日首輪開始，經過九輪長達二十個月面對面的談判。到一九九六年五月十三日正式宣佈破裂。

有關智慧財產權談判，美方是有遠程戰略目標的，剛開始先撒一張大網，然後一點一點收緊。先是由一九九二年的「迫使中國加入國際各項版權公約」，接受國際規範。接下來是一九九五年的「加強取締工作，關閉盜版工廠」。最後意圖敲開中國的「影音市場」。

影音文化產品市場開放，無可避免地直接涉及意識型態問題。一向對「和平演變」以及

「美國文化侵略」極為敏感的北京當局，認為已到了「不該讓絕不讓」的底線。北京當局所顧慮的並非杞人憂天，而是有歷史背景的。

早在一九九三年一月十三日，即將出任柯林頓新政府的國務卿克里斯多福，在參院外委會作證時說：「新政府的策略，是要促成中國的和平演變。」克氏同時宣稱：「新政府支持設立擬議中的自由亞洲電台。」而這個電台則是被賦予在中國大陸內部製造和平演變的任務。

根據法新社一月十四日發自北京的報導：美國新任國務卿在國會作證時說，美國政府將透過致力中國大陸內部的經濟政治自由化的力量，來進行一場規模更大更廣泛的和平演變運動。

洞悉冷戰時期美中情局海外運作的人士自然知道，自由亞洲電台，無異是自由歐洲電台的翻版。一九五六年匈牙利抗暴事件就是由中情局幕後操控指揮的：而是由於情報失誤而導致血流成河慘劇。一九五七年，美國國會為此召開聽證會，調查自由歐洲電台在該事件中應負的責任。今天，北京當局對美國要求開放「影音市場」採取強硬的抗拒立場，不難理解。於是中國傳媒提高音量宣稱：沒有福特開豐田，沒有柯達用富士，沒有美國電影不會餓肚子。美國輸掉的是中國廣大的市場。

香港大公報、文匯報五月十五日同時發表評論指出，中國不願見到貿易大戰，但如果美國一意孤行，中國將會奉陪到底。美方最後將因中國的反制而損失更大。

五月下旬，國務院副總理朱鎔基率領近六十人的貿易訪問團訪問東協各國，他向採訪記者表示：「我不擔心。美國開了一張制裁清單，而我寫了一份購買美國飛機的清單，就不只三十億美元了。」朱鎔基還進一步表示：美國商務部長昨天在新加坡說，美國制裁中國的措施是不會實現的。而美國的中國通羅德卻說，制裁是一定要的。他們兩位各說各話，我不知道聽誰的。所以，更不必擔心制裁問題了。

講大話要有人相信，說硬話要憑實力。即使實力稍遜，如有外力奧援，情勢也有可能改觀。很意外地，在這場貿易戰中，後冷戰期世界唯一超強的美國，竟然陷入孤軍作戰的窘境中。一向在國際政治舞台上是美國應聲蟲的日本，卻在這場貿易戰中，向美國澆冷水。

國際前鋒論壇報五月十五日報導，日本通產省通商政策局局長細川說：日本跟美國一樣，對中國猖獗的仿冒感到憂心，但我們反對違反世貿組織規定的片面制裁措施。這是基於我們的經驗，日本的汽車和半導體，曾遭受到美國的片面制裁。

美國主管亞太事務的助理國務卿羅德，六月十一日在參院外委會作證時說：由於歐盟（歐體的前身）及日本等國積極向中國爭取合同，因之廉價出賣了美國的中國政策，導致了美國在與中國交涉智慧財產權保護戰中遭到挫敗。他說：日本及歐盟扯美國的後腿，卻又同時佔盡好處，搶中國的合同。他並舉例說：當美國在中國賣力地掃蕩智慧財產權被仿冒、盜用時，受益最多的是日本的新力公司及德國的伯泰爾斯門公司。而這些公司在華府運作遊說團體，希望美國政府對中國採取強硬作法。然而在此一同時，德國、日本政府對美國的貿易政策卻袖手旁觀，甚至藉機撈取自身的商業利益。

就在羅德氣憤填膺，極為粗暴地指責歐盟及日本扯美國後腿的前後，德國、英國、歐盟卻紛紛組織龐大的貿易代表團，開往北京。較引人注目的有：

五月七日，歐盟副主席布列坦率團訪問北京，與中共簽訂合同，範圍涵蓋智慧財產權、高等教育、乳品以及水牛開發等四方面的合作計畫。

五月十八日，英國副首相兼首席大臣赫塞亭，率領英國有史以來最大的貿易訪問團，到北京訪問一星期。

六月二十一日，歐盟執行委員會宣布，歐盟決定將中國某些商品的進口配額增加百分之二到百分之十。同時汽車音響和手套的配額也取消。

十月二十日，德國外長金克爾率領二十名德國大企業家組成的貿易代表團，到北京進行為期五天的貿易訪問。

這種搶市場扯後腿相沿成風的背後，顯示了正在向開發途中邁進的中國大陸，滿含了無限的商機。

中美智慧財產權之戰，由於中共展現了強韌的貿易能量，以及國際大氣候所透露的訊息，因而促使華府當局，主動於六月六日，派遣代表李森智前往北京，重開談判，接著六月十七日繼續會談，在雙方各讓一步的妥協下，終於達成協議。

據熟悉大陸政情的人士分析，中共高層在「服從大局」的遠程戰略目標下，開放「項目確定、數量限定」的影音市場，而所謂「大局」，是指發展經濟與解決台灣問題。不久，美國與中共的交往，顯然熱絡起來。

先是七月份白宮安全顧問雷克，訪問北京；繼而限武暨裁軍署長到北京，商談雙方不以核武互瞄問題。接著美中情局秘密派員前往北京；以及國務次卿將於十一月前往北京參加雙邊會談，同時為國務卿克里斯多福十二月訪問中共，預作安排。而具有指標性的則是美主管亞太事務副助理國務卿魏德曼，於七月十八日在華府向新聞界表示：美國希望中共國家主席江澤民明年（一九九七）上半年訪問美國，而柯林頓總統則在明年下半年訪問中國大陸。

就在這一段時間，華府相繼傳出「修復與北京關係，協助中共加入「ＷＴＯ」（世界貿易組織）」。據美國前貿易署副代表莫格倫在東京表示：柯林頓對自己的連任以及中國大陸的經濟發展很有信心，所以產生了協助中共進入「ＷＴＯ」的決策。

但是，美國密西根大學一位對中共有長期研究的教授透露：十年來，中共吸收外資超過一千五百億美元，大多投資在出口製造業，使得中共十年來外貿增加了四倍，在世界貿易市場具有不可忽視的影響力。因之歐盟及日本希望中共加入「WTO」，以利約束中共按照國際貿易規則行事。只因美國柯林頓政府，誤判中共入會的意願，提出令中共難以接受的條件，而一直遭到歐盟及日本的抱怨及壓力。恰好中共駐美大使館發言人于樹寧，在華府記者會的發言，為上述評論作了注腳。

于樹寧說：中國自從申請恢復會籍（GATT），九年來已在「自由化」方面，做了最大限度的努力。中國是一個開發中的國家，追求小康是邁向二十一世紀的努力目標；目前中國仍有六千五百萬人，處在貧窮線邊緣。我們必須在權利和義務之間取得平衡。中國不會為了遷就某一大國，而放棄其基本利益。

今天，無論我們是否接受，中共與美國的關係，顯然有了「突破性」的發展。而這趨勢，無可避免地衝擊著正處在僵局的台海兩岸關係。目前海峽兩岸以「戒急用忍」和「以商促政」做馬拉松式的拔河比賽。而時間似乎並不站在台灣這一面。

我們是否應該聽一聽，新加坡資政李光耀先生向執政黨立委所說的話：

一、五年前，台灣經濟力比大陸強，現在情況改觀了。

二、加入聯合國問題，暫時擱一擱，以後再談。

三、兩年來，中（台灣）新（嘉坡）關係倒退，他感慨良多。

四、近年來，台灣跟東南亞國家，漸行漸遠。

五、不要單靠「遠親」美國。

六、應與「近鄰」東南亞國家多來往。三月台海危機，除了新加坡，沒有東南亞國家替台灣說話。

在中央各部會中，我們有頗多留美碩士博士級的首長，所以處理國際問題時，多的是「美國觀」，缺少的是「國際觀」。李光耀先生的話雖然逆耳，卻是忠言，值得政府高層以及朝野賢達一思，再思。

一九九六年十一月三日　脫稿於陽光山林

二〇〇五年七月二十四日　再校訂

評　陳水扁與馬英九之戰

今天是（民國八十七年）十二月二十八日。台灣省的「三合一」選舉，塵埃已經落定，激情也慢慢消退。雖然陳水扁的告別演說言猶在耳，而馬英九已經「躍馬入長安」了。

事雖過而境未遷。正是冷靜思考、分析、探討的好時機。根據十一月十七日的新聞報導，陳水扁先生在美國時代週刊國際版的專訪中表示：台北市長選舉，是二〇〇〇年總統大選的前哨戰。

正因為有此認知，我才敢在晨會時間向各位同仁略評扁馬之戰，請大家指教。

今年五月三十日，是端午節。馬英九宣布參選台北市長的新聞，驚動全台；同時也引起了國際矚目。在此之前，羅文嘉與記者朋友聊天說，阿扁選市長，躺著選也選上。憑阿扁的政績、憑阿扁的人氣，躺著選也選上，不是志得意滿，也不是虛言恫嚇。

關心國是的人都還記得，五月三十日之前，台灣執政的國民黨，居然提不出「選將」，黨工們陷入群情惶惶之境。提胡志強，胡志強縮頭；提章孝嚴，章孝嚴關門不敢見記者。為什麼？怕做砲灰嘛！

三十日小馬哥一站出來，滿天陰霾經風吹，一絲陽光照人來，國民黨上上下下士氣大振，黨工們喜極而泣，連台北市議會議長陳健治也老淚縱橫：「國民黨有救了！」

馬英九一參選，阿扁不敢躺著選了！於是，坐起來選，不行，站起來選，也不行，跑著選也不行！最後連媽媽、太太都出來了，還是不行。阿扁竟然選輸了！有人搖頭、有人嘆氣、有人迷惑、有人驚訝、有人痛哭。都問：為什麼？為什麼？

我用十六個字做結論：陳水扁被自己打敗，馬英九成了吸票機。

選後，所有媒體都作了分析、檢討，包括羅文嘉、陳水扁自己在內。可惜，都沒有切中問題的核心。以名筆司馬文武為例：他說，陳水扁之所以落敗，是外省人沒有投給他票。不管阿扁的政績如何輝煌，即使達到百分之百，外省人還是不會投他票。什麼原因？族群意識作祟！

這個論點，幾乎被一般人所接受。

問題來了。台北市的選民結構，本省人佔百分之七十，外省人只佔百分之三十。就算外省人全部投票給馬英九。馬英九也只能靠邊站。這次，小馬哥贏阿扁七萬快八萬票，這裡邊有極大的比例是本省人投給他的。

選前一般估計，阿扁當選不意外，小馬哥上也有可能，五五波。不管誰上，雙方票數相差不會超過兩萬票，最後票一開出來，大出意外，馬英九贏陳水扁將近八萬票。難怪台北市眼鏡店生意大好，現貨供不應求。

陳水扁在台北市執政四年，您去市府洽公，一天就好。可是在舊市府時代，公務員上班有四態：抽煙、看報、喝茶、聊天，外帶「清粥小菜——掛耳機聽股票」。吳伯雄當市長時曾下令：「上班時間不得戴耳機聽股票」。現在您到戶政事務所補辦身份證，服務小姐態度友好：先生請坐、喝茶。屁股還未坐熱，身份證已領到，令人感動。各位，行政措施硬體建設易，蓋大樓買電腦有錢就行；軟體建設難，意識型態建設、改變懶散的工作態度、提高服務熱忱，難、難、難。可是，阿扁做到了，了不起。如果這時候陳水扁一出現，我會情不自禁地說：阿扁市長，我支持你。支持歸支持，我的票還是不會投給他。為什麼？憂患意識嘛！

五號投票那天，公職退休的同鄉孫老太太到我家打牌（我沒有打！）。孫老太太說，阿扁再選上，從市府一腳就跨進總統府，我就要逃難了。在座各位不知道什麼叫逃難。張廷新老師知道，我們都是「逃日本人的難」逃大的。我說，老太太誇張了。她說，不誇張，陳水扁選上總統，我就逃回溫州去避難。為什麼？她說：我不要做希特勒統治下的猶太人；我也不要做世居印尼的華僑，一旦動亂，被殺、被砍。這不是孫老太太的獨特心理，這是一般外省人的隱憂。

凡是關心阿扁的人，包括司馬文武在內，勸阿扁如果想更上一層樓，必須在族群融合上下功夫，對海峽兩岸之間的問題表明態度，免得頭腦清明的本省籍的知識份子、中產階級憂慮，免得安分守己的外省人恐懼。阿扁聽進去了。他在台北舉行的第一場感恩謝票群眾大會上，從頭到尾說國語（這是風向雞），此外，他在「告別演說」中也有了明確的回應。

陳水扁市長在告別演說中表示：「讓理想繼續燃燒，讓歷史開始對話」。整篇講稿內容所呈現的，是他前所未有的，提出對大陸問題較為深層的、較為宏觀的反省。他呼籲包括民進黨在內的所有政黨，都要正視兩岸及族群問題，改正觀念。這跟他在一個月前對美國時代週刊所發表的見解，彷彿不是出於同一人之口。

一個月前，陳水扁在那篇美國《時代周刊》的專訪中大談「在大陸人統治下長大的台灣人的感受」，他提到競選對手王建煊「由大陸人組成的小黨」，這是正視族群問題的正確遣詞用語嗎？阿扁是學法的，對文字的駕馭能力會有問題嗎？

以台北市的選民結構來說，百分之三十的外省人，他們也像多數的台灣人一樣，兢兢業業工作，本本分分做人。他們的人生態度很世俗，但求溫飽，只求平安。他們之中有人在國民黨統治下「白色恐怖」期間遭受迫害而導致妻離子散、家破人亡的慘劇，比台灣人有過之而無不及。阿扁的悲情言詞，把統治台灣人的國民黨的「金字塔尖」的控權份子，概括為所有外省人，那是很不公平的，那是很危險的。

陳水扁市長告別演說所透露的內涵，深為聽眾、讀者所肯定、讚許。但是，政治人物的言論，未經過時間及事實的檢驗，不能輕信。這不是多疑，只因為生活的歷練所受的痛苦教訓太多了。不過，我還是衷心期望，陳水扁的告別演說是「內發」的，而不是「外鑠」的。

在這裡我對陳水扁市長未能蟬聯的原因，提出我的看法：

一、陳水扁沒有明確的「兩岸政策」，讓本省人憂慮，外省人恐懼。

二、陳水扁的人格特質，有八大缺點，使他無法爭取到中間選民的選票。

三、陳水扁的競選策略錯誤：捨長取短，專走偏峰，熱鬧有餘，實利不足。

先說第一項：

陳水扁是台獨黨綱的草擬者之一，一向主張「公投」。但當他在美國訪問時，卻又表示：民進黨執政，不會造成災難，要顧到台灣二千一百萬人民的利益，必須正確面對大陸問題，妥善處理。忽左忽右，搖擺不定。今年二月，民進黨中央檢討大陸政策，結論：「強本西進」，有別於李總統的戒急用忍，遭到陳水扁的嚴詞抨擊。接著民進黨高層在台北建國廣場集會，黨主席許信良被建國黨的狂熱份子揍拳。原因是「強本西進」為許所主導，為阿扁所反對。今天在阿扁的地頭上發生暴力事件，陳水扁居然不哼一聲。這種「我不同意」揮拳就揍的街頭暴行，極具感染性，尤其在族群摩擦或衝突時，一經渲染、挑撥、鼓譟，很容易引起大規模的流血慘劇。當局勢失控甚至引來外力干涉或戰禍時，受苦難的是一般老百姓，而那些在幕後操控的政客及野心家，早就逃到美國或日本做政治難民去了。

這種例子俯拾即是，從歐洲的前南斯拉夫，到中東的伊拉克北部庫德族居住區；從中亞的車臣，到外高加索的亞塞爾拜然；以及東非的索馬利亞到中非的剛果。衝突或戰爭的結果是屍橫遍野、血流成河。有時暴行雖止，戰禍也停，但遺留下來的災難，仍然繼續折騰著餓殍遍地的飢民。

政治人物如果沒有宏觀視野，只貪婪著眼前三寸的政治權力，雖口口聲聲愛台灣，一旦造成浩劫，恐怕連他自己也想像不到。

第二項　陳水扁的人格特質，具體可見的有八大缺點：

一、剛愎自用，一意孤行

台北市的掃黃、掃賭博性電玩，政策正確，人人叫好，但在「廢公娼」上踢到鐵板。先是決策粗糙，繼而拒絕議會「緩二年」的決議。結果傷人傷己，成了燙手山芋。

二、仗氣欺人，輕視議會

阿扁選上市長，仍不能忘情於做立委時的強硬態勢，府會關係降到冰點，台灣縣市民進黨執政的超過半數，就沒有那一個縣市府會關係弄到如此之僵。因為阿扁人氣太旺，目無餘子，輕視議會。陳水扁市長拒絕到議會備詢是常事。今年就有兩次，一次在年初，一次在十一月。

阿扁當市長，民進黨議員最不好過。馬永成到議會協調溝通，民進黨議員排末班，有時甚至被交代。民進黨市議員林瑞圖不甘做投票部隊，專挑阿扁痛腳，終至被逼離開民進黨，變成阿扁的死敵。

三、濫用行政權力，官司敗訴

阿扁走馬上任，棒打豪門，拆蔣緯國的「違建」房子，蔣的後代告到法院，阿扁忽然發現「於法不合」，連忙私下和解，賠了一千萬。其實蔣緯國算什麼豪門？只不過是過氣的沒落王孫而已。

有人檢舉華岡藝校有十一間教室違建，安全堪虞。市府下令限期拆、遷、建。華岡校長張鏡湖，是張其昀的兒子，也非普通老百姓，不予理睬。結果胳膊扭不過大腿，「到期」時張被趕出校門，由台北市政府政務副市長陳師孟進駐接辦，並繼續在十一間違建教室內上課。

張鏡湖一狀告到法院，一年後，法院判決「市府敗訴」，「張鏡湖復辟」。這兩件官司，是阿扁執政成績單上的兩個大紅字。

四、趕盡殺絕，不留餘地

十四、十五號公園違建拆遷，政策正確，但處理過程欠周詳，糾紛不斷。人非機器說搬就搬。住公園違建自是苦哈哈的窮朋友，邊緣弱勢族。「後置」工作未妥善，抗爭難免。台大城鄉研究所師生，本是阿扁第一次選市長的堅定支持者、獻策人。卻在「拆遷」問題上與阿扁無法溝通而變成反對者。阿扁令出必行，結果逼人上吊自殺。

收回市產，大師垂淚。史學大師錢穆先生在外雙溪的「素書樓」原為市產，由於時代動亂因素，四十多年來錢先生寄居素書樓，著書、立說、傳道、授業，造就了不少人才。素書樓如同法國畢卡索故居是文化財。錢先生百年之後可做為文化紀念館，供後學者追思、瞻仰。而阿扁不管這些，一道令下「收回市產」，把一位九十三歲而又弱視的一代大儒掃地出門。孔子說：「為政以德」，而阿扁則「為政以力」。以霹靂手段加上霹靂心腸，下手不留情。即使是阿扁的支持者，也無法不悽然而心有戚戚焉。

造反、革命、奪權，用霹靂手段、霹靂心腸，沒話說，連唐太宗李世民奪權時也難免。但他做了皇帝後，連敵人都不殺，甚至重用。但陳水扁是台北市的當政者，手下有八萬多員工，掌握一千七百億天文數字的年預算，呼風喚雨。以霹靂手段行新政，很好，但多少也要有一點「菩薩心腸」嘛！否則，一旦攀上權力巔峰，這種作風揮灑開來，那麼做他的「治民」，恐怕要在「黑色恐怖」下戰慄度日了。

五、說話尖刻，沒有風度

去年縣市長選舉時，阿扁替民進黨候選人助選，所到之處萬頭攢動，「陳總統，陳總統」之聲不絕於耳。阿扁揮手微笑，狀甚愉快，得意忘形，就口不擇言，大批李登輝是「老番癲」、「老年癡呆症」，當時說得爽快。今年市長選舉，他想跟李總統拉關係，你想，阿輝豈會忘記。

阿扁痛罵林瑞圖說：「林瑞圖的話能聽，屎都能吃」。其粗鄙、無格，不像是出於政治菁英的陳水扁之口。

六、角色倒置，忘了我是誰

由林瑞圖引爆的「澳門事件」，陳水扁拿《聯合報》開刀，右邊討好建國黨，左邊向李登輝表態（李最討厭聯合報，從不接受聯合報的專訪）。《聯合報》有關「澳門事件」的報導跟別家報紙沒有什麼大差別，只是多加了框框，醒目而已。支持阿扁的群眾，在羅文嘉領導下，聚集在《聯合報》社前示威抗議，並展開「拒看聯合報運動」。羅文嘉力竭聲嘶在眾多媒體閃光燈前，大動作撕裂聯合報，其舉止誇張，情緒亢奮，令人誤會怎麼紅衛兵造反派頭頭在台北街頭出現。

街頭運動是造反派，在野黨、弱勢團體以及社會邊緣族群的專利，因為他們是法律的「棄兒」。陳水扁是執政者，有權有勢。如果他對《聯合報》的報導不滿，可以採取下列三個途徑：１、要求道歉；２、要求登更正啟事；３、按鈴控告。而今，手握政治權力的台北市長，怎麼可以捨正途而不用，反而發動街頭群眾抗爭，怎麼說都是不可以的。有人擔心，陳水扁當了總統，第一家倒楣的報紙，就是《聯合報》。什麼言論自由，什麼「民主」「進步黨」，那是掛在嘴上說說的，你還當真！

七、只許阿扁放火，不許百姓點燈

一、陳水扁一上台，努力取締違建，不遺餘力。於是拆蔣緯國的房子，接管華岡藝校。有人抱不平，說阿扁家有違建，把廚房拓寬、佔用防火巷；說副市長陳師孟家住四樓，在頂樓蓋房子，是違建。市府提出說明，那是黃大洲市長時代蓋的，是民國幾年幾年蓋的，是老違建，「就地合法」，是合法的違建，不用拆。這是耍文字魔術，違章建築就是違章建築，沒有什麼「合法」的「違建」這回事。而「就地合法」是台灣社會政經特殊背景下所長出的「毒瘤」。陳水扁市長如果自動割去這個「毒瘤」，不是顯得更有「王者之風」嗎？可惜他捨不得小利，只因他身邊缺少有智慧的人。

二、十一月十六日，「黃復興」退休將官發表文章呼籲「尊王保馬」，希望新黨將選票轉給馬英九。陳水扁上飛碟電台，批評「黃復興」為了保馬，要毀新黨，既惡毒又不道德。隔了幾天，就在十一月二十一日，阿扁再上飛碟電台，大力推崇李登輝總統對台灣民主政治的貢獻。大談李陳之間的良好關係：「這是我打心底感激他的地方。」還說，五月三十日馬英九宣布參選之後，他和李總統之間還可透過許多管道進行意見交換。陳水扁想爭取敵對黨派的領導者李登輝死忠的選票（約十八萬張），跟「黃復興勸新黨」的用心有什麼兩樣？所以有人說阿扁，只許市長放火，不准百姓點燈，很貼切。

三、「澳門事件」爆發後，吳淑珍代夫申冤，自稱「弊案終結者」的林瑞圖踢到鐵板，弄得灰頭土臉。阿扁乘勝追擊，大罵林瑞圖是馬英九的馬前卒，大罵馬英九是「新賣台集團」的代理人。按照民進黨人的思維邏輯：台奸、吳三桂、賣台集團，是三位一體的。凡是主張西進的，反對戒急用忍的、主張控制接觸的，反對獨立或一中一台的，以及經常去大陸拉關係走門路做生意的，統統給他們戴上這頂大帽子。現在馬英九成了「代理人」，集萬惡於一身，而罪不可赦的。

可是問題來了。台北市府因「拔河斷臂」事件而下台的羅文嘉到美國遊學。暗中三次去大陸。前兩次是密訪，第三次不慎曝光，才知道還有前兩次。第三次去北京再到上海。跟汪道涵關室密談。兩人年紀相差半個世紀以上，說是聊天氣。套交情、談生意，誰相信？

八、製造敵人，打擊自己

陳水扁的從政格局，一清二楚：不是同志，就是敵人，沒有同事，也沒有朋友。

一、台大城鄉研究所師生，是阿扁第一次選舉市長時的堅定支持者，但在十四、十五號公園違建戶拆遷問題上，對阿扁的施政理念無法苟同，因而勢成水火。原由城鄉研究所教授轉調台北市政府都市發展局局長的張景森，因而被拒回城鄉所任教。雙方關係弄到決絕的地步。

二、陳水扁是從台北市議會起家的。在議會論資排輩，陳健治是老大，他當了二十八年的議員。二十八年裡，他當了七年半的副議長，九年半的議長，怎麼說，阿扁是他的同事。當阿扁做了市長，在議會拒不作答，甚至不出席議會，氣得十七年來未執行質詢權的陳健治議長，走下主席台，首次以議長身份質詢陳水扁，場面非常難看。年初，陳水扁不到議會報告，陳健治上電視扣應節目，痛批陳水扁。今年十一月，市議會最後一次總質詢，阿扁請假不出席，陳健治率領議員上街頭尋找失蹤的市長，成為街頭巷尾的笑談。這是同事變成仇敵的例子。

三、林瑞圖原是阿扁的同志，後成死敵。林瑞圖有許多缺點：衝動、思慮不周、出言不考慮後果等等。但他也有別人所沒有的長處。例如舉發軍中弊案死咬不放，深挖到底，身穿防彈衣，也不畏懼退卻。如果阿扁的性格不是那麼「內方外方」尖銳如刀，怎麼會製造出這麼一位死纏爛打、毫不妥協的敵人呢？

總結陳水扁人格特質的八大缺點，用八個字概括：

志大量小，難成大器！①

① 做皇帝當總統，不能算是成大器；馬可仕做了二十年的總統，又如何？明乎此，則可知所謂成大器之含義矣！

這次台北市長選舉的扁馬之戰，阿扁落敗，令人惋惜。但他的忠實支持者，他的分身羅、馬二人，以及阿扁本尊，應該冷靜想一想，不要抱恨，不要遷怒，因為輸的是七、八萬票。許信良說：「競選雙方，實力相當，少犯錯的贏面就大。」你看阿扁有那麼多的嚴重缺點，即使減半，也難有勝算。因為他的對手小馬哥，是一部吸票機！

一九九九年一月三日夜初稿於台北蝸居
一月六日夜刪訂於陽光山林
二〇〇五年七月二十五日夜再校訂於
台北蝸居

第三項　陳水扁的選舉策略錯誤（略）。

陳水扁執政，台灣往何處去

楔子

今天向各位同仁報告兩點：

一、三一八街頭群眾運動評析；

二、陳水扁上台，台灣往哪裡去？

現在是七點五十分，時間有限，第一點暫時擱下，第二點是未來式，凶吉禍福，人人與共；先做分析。

二〇〇〇年三月十八日，台灣大選，主張台灣獨立的陳水扁勝出，海峽兩岸立即面臨嚴峻凶險之局。用四個字形容：山窮水盡！能否「柳暗花明」？舉世關注。

去年十二月，前立法院院長梁肅戎訪美，應中共駐美大使李肇星約宴，席間梁一再探詢李對台灣選情的看法，李肇星先拒後答：連戰、宋楚瑜當選，可以接受，陳水扁當選不能接受。

他的說法，令人疑慮。我的解讀是：所謂「不能接受」，應該不是指陳水扁這個人，而是指這個人所代表的政治立場。選前陳水扁不止一次表示：阿扁當選，不舉辦公投、不更改國號、不把兩國論入憲。即所謂陳水扁的「三不善意」，這自然給人有很大的想像空間。

三月十五日，中共總理朱鎔基，在中外記者會激昂地說，台灣進行台獨或分裂國土，就沒有好下場。台灣如果無限期拖延走上談判桌，中共必將採取斷然措施。詞嚴色厲。今後情勢發展，一旦兩岸距離越來越遠，「限時談判」必將出現。邱義仁就有清楚明白的分析。

邱義仁是民進黨的首席智囊，擔任民進黨駐美代表，一向作風低調，被稱為「不打領帶卻對台灣有高度影響力的人」。三月二十六日，邱義仁向記者表示：新總統當選人就任後，和北京之間的緩衝期將很短，陳水扁將會非常小心謹慎，可以說沒有犯錯的機會，因為只要一犯錯，就會有立即的危險。

邱義仁所謂「陳水扁的緩衝期很短」，反面的意思是說：「李登輝的緩衝期長」。

李登輝掌權之初，擺出「明統」姿態，成立國家統一委員會、訂出國家統一綱領：近程、中程、遠程。北京當局對他確有期待，所以常有「寄希望於台灣當局」的隔海放話。

一九九二年海協會、海基會達成各自以口頭方式表述：「海峽兩岸均堅持一個中國的原則」的共識。

海協會的表述是：「海峽兩岸均堅持一個中國的原則，努力謀求國家統一。但在海峽事務性商談中，不涉及一個中國的政治涵義。」

海基會的表述是：「在海峽兩岸共同努力謀求國家統一的過程中，雙方均堅持一個中國的原則，但對一個中國的涵義、認知各有不同。」

以上就是一般所謂「一個中國，各自表述」的由來。它的基礎是建立在雙方均堅持的「一個中國的原則」之上。

時移勢易，當李登輝的權力基礎漸漸穩固之後，他所偽裝的「明統」慢慢移向「暗獨」；最後乾坤大挪移，由暗獨而明目張膽蹦出「兩國論」，分裂國土的意圖昭然若揭。由於違反美國利益──維持現狀，而遭華府出手扼殺──兩國論不敢入憲。

新總統當選人陳水扁的台獨色彩鮮明，儘管他目前姿態很低，身段超柔，表示願意去大陸移樽就教、歡迎北京領導人訪台、修改戒急用忍政策、一年內兩岸三通，最後提出「一個中國議題」，做為走向談判桌的敲門磚等等，均遭北京當局「不認同一個中國原則」，一切「免談」的嚴詞拒絕。

不接受「一個中國原則」，就是違反一九九二年兩岸所建立的共識，很明顯地是滑向「一中一台」。香港亞洲電視新聞部顧問張立般，選前訪問陳水扁：「你是中華民國總統參選人，請問你是哪一國人？」。陳水扁立即變臉拒答，場面尷尬。

目前海峽兩岸的困局，就是卡死在這裡。

為了對「明統」的李登輝有所期待，耽誤了十年時間（國台辦、中台辦的確受到很大的壓力），所以對「明獨」的陳水扁不可能有「較長的緩衝期」。為了杜絕太平洋兩岸以及海峽兩岸的信使傳達不正確的消息，例如：中共對一中原則鬆動、大陸北方主戰，南方主和等等。北京當局使出殺手鐧，決定在五二〇陳水扁就職前，禁止民進黨所有具有公職、黨職、機要秘書、國會助理等到大陸訪問，不論行程是否事先安排，或是只到大陸旅遊，一律不准放行。

近日新總統當選人陳水扁，在不同的地點（一在潤泰集團總部，一在立法院），說了相同的話，他說：

請大家不要對他的就職演說有過高的期望，過去五十多年來都無法解決的兩岸困局，阿扁何德何能，以一篇演說就能解決。中共提出的一個中國原則，不僅美國與中共的認知不同，國內各黨派也有不同的認知。一個中國的內涵中共不容討論，就要我們接受，是強人所難。

陳水扁是學法的，對文字的功能涵義應能正確掌握，他應該明白，不管是誰，都沒有人奢望他用一篇就職演說來解決五十年來的困局。走向談判桌，只是解決難題的第一步，是開始，不是結束。中美板門店談判（簽訂停戰協定）用了一年多時間；繼而日內瓦會議、華沙馬拉松會議，斷斷續續談了十多年。何況目前因台海兩岸卡在「一個中國的原則」的認同上，談判之門打不開，連第一步也踏不出，還奢談什麼「解決」？

關於「一個中國」內涵，所謂中美「認知不同」，也是有意藉巧詞誤導。

根據一九七一年十月二十五日聯合國二七五八號決議案：「承認中華人民共和國政府代表，是中國在聯合國組織的唯一合法的代表，中華人民共和國，是安理會五個常任理事國之一。」中國就是根據這個「決議案」，先後與聯合國一百八十多個會員國中的一百五十多個國家，建立正常的外交關係。而在建交的文件上，大多會載明：「世界上只有一個中國，台灣是中國的一個省，中華人民共和國是代表全中國的唯一合法政府。」這就是「一個中國」的內涵最具體的陳述。

中共與美國的建交公報，有一個小插曲：

一九七二年中美簽訂上海公報，其中有一段這樣寫：「美方認知海峽兩岸中國人都認為只有一個中國，而台灣是中國的一部份。」在「認知」一詞上中共不同意，要用「承認」，雙方爭持不下。但格於當時的國際形勢（中蘇關係緊張，雙方各以百萬大軍部署邊境），周恩來最後未堅持使用「承認」一詞。

二十八年過去了，中國在政治、經濟、軍事各方面的進步所展現的強大實力，使當時在「文字鬥智」下所產生的「歧義」漸趨一致。一九九八年美總統柯林頓訪問大陸，簽訂「中美建設性戰略伙伴關係」，並在上海回答記者時提出：「支持一個中國」，「不支持台灣獨立，不支持一中一台，不支持台灣加入聯合國」。清楚明白表達了美國的立場（符合聯合國精神）。

去年七月李登輝總統向德國記者發表「兩國論」，通過「假出口，真內銷」，以民粹主義譁眾取寵，並說「愈鬧大愈好」。九月，台灣申請加入聯合國，遭到聯合國五個常任理事國一致投反對票而被扼殺，並被美國媒體指為是「麻煩的製造者」。

去年，第十一屆亞太經合會在紐西蘭舉行。紐西蘭外長在閉幕記者會上，當著二十一個國家外長、經濟部長的面，回答記者發問時說：「台灣不是主權國家」，一經國際媒體報導，影響深遠。

去年十月，菲律賓政府積極協調東南亞國協的所有成員國，與中共研擬一分有關南中國海以及南沙群島問題的「行為準則」，並訂在十一月在菲律賓舉行區域會議，而台灣被排斥在外。其說詞是：台灣不是主權國家，是「中國的一個省」。

就在四月十一日，新加坡總理吳作棟在北京中南海會見江澤民後向記者再一次聲明：台灣是中國的一個省，台灣問題是中國的內政問題，新加坡政府繼續堅持一個中國政策。

以上所述，是國際社會共同遵守的行為法則。就算它是「叢林法則」，只要是國際社會的一員，包括美國在內，就得遵守。除非你是強者，像中共一樣，在一九七一年把中華民國趕出聯合國。

李遠哲領軍的兩岸問題「跨黨派工作小組」，如果無法替新總統當選人陳水扁解套，在五二〇演說中，對一中原則做出正面回應，那麼北京當局對陳水扁政府的「緩衝期」必然「很短」。

根據新聞報導，即將組閣的唐飛，四月七日（星期五）宴請國民黨立委時指出，來自美方的消息顯示，中共施壓日亟，「兩岸關係其實非常非常緊張」，如果台灣無法提出具體的安全措施，並建立相當的防禦基礎，包括美國在內的國際社會，不一定會對台海危機伸出援手。

據國民黨立委李先仁轉述：唐飛談話的重心，以兩岸關係為主，由於中共可能訂出「談判時程」，兩岸未來，是和是戰，迫在眉睫。

唐飛認為，台獨沒有空間，如何解套，是眼前民進黨與陳水扁的最大難題。

三月十二日，美國《華盛頓郵報》（今年最拉風，贏得普力茲獎三大獎，讓紐約時報吃癱）刊登美國卡內基國際和平基金會資深研究員「凱根」的專文指出：根據五角大廈研究中共軍事的頂尖專家史托克（M.A.STOKES）透露，中共已籌畫好，如何不渡海進攻即可迫使台灣屈服。中共可能發射數百枚飛彈，癱瘓台灣的空防及預警系統，摧毀台灣的指管通訊中心，破壞台灣的八座主要機場。中共可以在四十五分鐘之內使全島癱瘓，進而迫使台灣求和。美國能作何反應？國防部官員說：「無能為力」。因為大規模的導彈襲擊，難有預警時間，如果美國決心一搏，太平洋艦隊的航空母艦，也許對中共的飛彈基地發動報復性攻擊。但中共可能以飛彈還擊，白宮見情勢難以挽回，不願升高衝突，以避免「越戰重演」。

問題在一旦美航艦開火，中共敢不敢「賭」？

依照中共的行為模式及思維邏輯：「寧失千軍，不失寸土」。所以肯定會「賭」！珍寶島之戰、懲越之戰、中印之戰，足資證明。同時中共在達到行動目的之後，並不佔領對方土地，只是要對方接受他的條件簽訂停戰協定。而出乎世人意外的是，一九五〇年中共建政之初，敢以「小米加步槍」抗美援朝，同時蘇聯史大林原先同意派出空軍支援，而後又反悔的情形下，毅然參戰（毛澤東的長子毛岸青，在韓國戰場被美機炸死），而迫使美國在板門店簽訂停戰協定。今天，他有了核彈、有了洲際彈道飛彈，哪有為維護領土完整而怯戰之理。

去年十二月二十六日，中共中央軍委會副主席張萬年，在解放軍總參謀部、總政治部、總後勤部、總裝備部工作會報告，措辭強硬。他說：今天的中國，已不是當年的中國，如果美國製造藉口在台灣海峽對中國發動攻擊，我們必定做出反擊。如果美國對中國的政治、經濟、軍事重地和目標發動攻擊，如果美國膽敢對中國發動核攻擊，中國必定對美國本土做出核反擊。②

問題在白宮衡量比較美國在海峽兩岸的商機，以及自身的安危，敢不敢「賭」？令人懷疑。中共是為了維護領土的完整、主權的獨立而不得不戰、不能不戰。美國有這種「不得不戰」的內在困境嗎？

民進黨的基本教義派，長期來一直幻想美國會「兩肋插刀」，那是一廂情願，害人害己。害己，自作自受，而以二千三百萬人的身家性命做賭注，那將是歷史的罪人。

這方面，邱義仁、張旭成並非井底之蛙，應該明白。

張旭成在美國大學任教，民進黨前駐美代表、立法委員，前陣子是陳水扁新政府熱門的外交部長人選之一。四月一日張旭成向記者表示：我們擔心等到美國決定前來幫忙，戰爭早已結束。（見四月二日《聯合報》第三版）

我們的防禦能力真的如此不堪一擊嗎？

② 二〇〇五年七月十五日外電報導：中共國防大學防務學院院長朱成虎少將，在北京向外籍記者作簡報時提出警告：「美軍若介入兩岸衝突，可能引發核子戰爭。」

台灣每年的軍購費是天文數字，一九九七年採購武器所花費用，是全世界第一位，一九九八年是第二位，僅次於沙烏地阿拉伯（計四十六億美金）。我們買的是廢銅爛鐵嗎？

據美國華盛頓郵報所披露的五角大廈機密報告稱：台灣抵禦中共的能力，比想像脆弱。原因是台灣軍隊長期孤立，對新科技難以掌握，而且軍種間對立嚴重，戰鬥意志消沈。

這份機密報告特別提到兩點：

一、台灣軍隊由於長期處於外交孤立，以及軍方對基地的安全管制非常鬆散，加上軍種之間競爭對立情況嚴重，並未能培養出專業資深的官兵以操作複雜的新武器系統。

二、世界上沒有其它國家的軍隊像台灣這樣的長期遭到孤立。他們不但無法和別國軍人一起訓練，也無法和他人接觸。在戰爭已演變得愈來愈複雜的情況下，他們要想掌控所有新科技，也日形困難。

「硬體」的防禦能力如此，而「軟體」的「心防」更令人憂心。

台灣的國防專家擔心軍方的士氣，擔心過慣富裕安樂生活的民眾，能否承受難以想像的戰爭苦難。高等政策協會秘書長楊念祖說，對陳水扁來說，初期的挑戰是能否獲得高級軍官的信心，他們大部分是國民黨員，他們強烈反對陳水扁的台獨主張。如果他們覺得因為他們所不支持的見解而陷國家於險境，許多軍官可能會提早退役，致使軍方欠缺一些必備的高級技術人員。

台灣太平歲月過了五十多年，一般人並未將中共的威脅當一回事。楊念祖說：陳水扁更大的挑戰，是如何讓中產階級、以及民進黨的支持者與死忠份子相信北京是來真的。

今後，陳水扁不是肩扛「台灣沈淪於浩劫」的十字架，就是手捧諾貝爾和平獎，成為台灣的曼德拉。我們衷心祈望他能選擇後者。

阿彌陀佛！

二〇〇〇年四月二十日深夜
增刪定稿於陽光山林
二〇〇五年七月二十六日再校訂於
台北辛亥蝸居

紅衫軍台北興起　陳水扁高雄脫困

一

民國九十五年，台灣在國際上很露臉；雖露臉卻很不光彩。美國《時代》雜誌年終回顧一年來的大事，列出全球十大醜聞，台灣總統陳水扁及其家人的貪污，名列第五大醜聞。

十八年來（李登輝執政十二年，陳水扁六年），台灣一直努力「走出去」，走上國際舞台，揚名立萬。努力終於有了結果，卻以醜聞蜚聲國際，令人欲哭無淚，無言以對。

台灣的「太上行政院」國安會秘書長邱義仁說：「台灣要抱美國的大腿」。而這隻大腿的主人，卻連台灣總統的「元旦文告」說些什麼都要「規範」。叫陳水扁「不要重演年初的」「終統」（終止統一綱領）事件，不要「製造麻煩」，不希望再出現使白宮感到「驚訝」（surprise）的內容。

陳水扁總統從不外慚清議，內疚神明；從無自省之心。白宮的話言猶在耳，他去參加尼加拉瓜總統的就職典禮，要求在美國本土過境，以證明白宮並未唾棄他，效法齊人以「驕其妻妾」。

民進黨主席游錫堃以及御用媒體，這次沒有罵《時代》雜誌是「統派媒體」，勾結中國人欺侮台灣人。總算知所收斂，十分難得。還有自稱台灣第一大報的《自由時報》也非常「愛台灣」，把這個國際第五大醜聞踢出版面隻字不提，以免混淆視聽。難怪阿扁政府經常餵以「獨家新聞」。

二

民國九十五年，台灣如果舉辦年度風云人物排行榜，前三名鐵定是施明德、邱毅、陳瑞仁。施明德是百萬人民走上街頭反貪倒扁運動的總指揮，是國際媒體注目的焦點人物，排名第一，實至名歸。

施明德是民進黨前主席，創黨元老之一。被捧為「美麗島事件」的戰神。一生倡導政治民主、言論自由；反黨禁、反報禁、反萬年國會。蔣介石父子把他關了二十四年，媒體譽為「台灣的曼德拉」。他的本土意識強烈，兩岸開放近二十年，從未踏上大陸土地一步。

施明德一生最有爭議的是他的「女人緣」。他有兩位「前妻」，有數不盡的紅粉知己。對於兩性關係，他有「三不」名言：不主動、不拒絕、不負責。有一位以寫「情色小說」行銷的女作家，自動投懷送抱，當他的司機，寫「施明德傳」。後來鬧翻，寫了一本「XX香爐人人插」的小說，攻擊她的假想情敵，鬧得人人掩鼻而過。

施明德被人譏為「浪漫的革命家」。但他大德不虧，為了台灣的終極利益，反對背叛民進黨創黨理想的陳水扁，反對貪污腐敗濫權的陳水扁。他堅決表示，他不是反對民進黨，更不是反對本土政權。在台灣，他是少有的有所為有所不為的政治人物。

排名第二的是國民黨的立法委員邱毅。

邱毅在台灣的政治圈很是「另類」。他是陳水扁的剋星，民進黨基本教義派恨他入骨，但不敢用蔣經國對付「江南」的手段對付他。不是手軟，而是他太有名了，就跟蔣介石父子沒有幹掉李敖的道理一樣。可笑的是，這樣勇猛的戰將，國民黨中央並沒有珍惜他、支持他，讓他孤軍苦戰。國民黨立法院的立委同仁，也大多以冷眼相待。

邱毅爆料，並非一夕成名。他曾屢遭打擊，「光碟」事件，幾乎令他崩潰，而導致太太跟他離婚。幸虧許多好友、資深媒體人以及社會正義之士的支持，才得以慢慢走出陰影，重披戰袍。他之所以成為爆料天王、揭弊英雄，並非浪得虛名，而是靠真實功夫。

邱毅對總統府副秘書長陳哲男涉及多項弊案的指控，陳哲男一貫抵死否認，甚至提出告訴。九十四年十月二十六日，邱毅在「TVBS 2100全民開講」晚間九點的叩應節目中，明確指出：陳哲男在二〇〇二年十一月二日，沒有請假就帶著隨扈經桃園機場公務門搭機飛往韓國濟州島，住進五星級「皇冠假日大飯店」。當晚在該飯店所設賭場賭博。為證明他所言屬實，就大動作亮出一張賭場照片，陳哲男赫然在照片之中。

第二天台北各大報，包括蘋果日報、中國時報、聯合報等媒體，均以頭版、頭題加照片大篇幅報導，造成台北政壇七級大地震。民進黨為迅速滅火，緊急召開會議，「開除陳哲男黨籍」。可怕的是，民進黨政府的諸多弊案自此猶如骨牌效應，接連爆出，一發不可收拾。

爆料品牌一建立，檢調單位、政府機構、金融企業部門等長期受到壓抑的「深喉嚨」，紛紛秘密提供內部不法的機密資料。所以邱毅誇口說，他能一日一爆，資料來源不缺。

邱毅的粉絲寫信讚美他：「六年才出一個包青天」。他的立法院辦公室門前排滿加油打氣的花籃，排不下還排到隔壁立委辦公室旁邊。花籃上掛著卡片，寫的是「揭弊英雄」、「站在人民這一邊」、「貪腐下台，台灣才有未來」等鼓勵讚美的話。他一天工作十六小時，有四個助理幫他處理不斷湧進來的「機密情資」。他忙到沒有時間交女朋友，連情人節也只是做一個「爆料單身漢」。

邱毅毫不掩飾地說：他的最大目標，是要把以陳水扁為首的貪腐集團搞垮台！

風雲人物第三名陳瑞仁是誰？恐怕知道的人不多。

陳瑞仁在台灣司法界有硬漢之稱。他曾經為了抗拒檢察體系不合理的人事制度，拒絕升任主任檢察官，足見他的風骨。當年檢察官改革協會成立時，身為檢改會發言人的陳瑞仁在誓言中提出：「給我一根槓桿，我就可以撐起整個地球」。

台灣的司法從蔣介石父子以來，一直是掌權者的爪牙。

李登輝時代的考試院長許水德說過一句名言：「法院是國民黨開的」。

前台灣省省主席、內政部長、行政院副院長、差點做了蔣經國接班人的林洋港說：「司法是皇后的貞操，不容懷疑」。被民間譏為「最大的笑話」。

陳瑞仁檢察官偵辦「國務機要費」的主要對象，是台灣掌握最高權力的陳水扁，承受多大的壓力可想而知。在五個多月的偵查期間，社會各界紛紛擾擾，擔心他手中的「槓桿」恐怕「撐不起」這個「地球」。只有「國務機要費」弊案的證人李慧芬女士，在叩應節目中肯定說：「陳瑞仁檢察官辦案很拼命，很努力，他會認真辦！」

十二月三日，國務機要費案偵結，第一夫人吳淑珍以「貪污、偽造文書罪」被起訴。

在台灣行政權獨大，立法權不彰，司法權萎縮的政治生態中，陳瑞仁檢察官以貪污罪起訴總統夫人，是多麼石破天驚的大事。而總統府高層、御用媒體、民進黨打手立委以及深綠人士，竟然沒有像圍剿審判庭公訴檢察官張熙懷那樣攻擊他是「中共同路人」、「中華人民共和國的檢察官」，其原因是陳瑞仁血統純正、政黨屬性深綠。

陳瑞仁是南投縣竹山鄉人，讀台大法律系期間，就投身民進黨前身的「黨外」反對運動，積極活躍。那時候他就認識現在的「綠朝高官」邱義仁、吳乃仁、陳菊等人。二十多年來，他傾心追求的政治民主、司法獨立的諸多理想，終能在六年前陳水扁競選總統大位時勝出，他所企盼的理想即將實現。可是，六年後的今天，他卻親手起訴陳總統的夫人。他內心的感受，不是「失望」一詞所能表達其萬一。所以當友人稱他為「司法英雄」時，他只是無奈地說：「希望這是噩夢的結束，不是噩夢的開始」。

三

人事人事，談過人，該談談事。

民國九十五年，台灣第一件大事，自然是百萬人民走上街頭反貪倒扁大運動。這個運動有三「一」跟三「無」的特色。

三「一」就是：一個訴求，阿扁下台。一個動作，右臂高舉，大拇指向下。一種顏色，紅色，象徵熱情、正義、光明。三「無」就是無組織，故被譏為「烏合之眾」，每個人自動自發從四面八方走出來，走上街頭。無政黨涉入，不歡迎拿政黨旗幟進場。無政治資源，只靠一人一百元支援。

紅衫軍反貪倒扁運動的參與者，與以往民進黨在野時上街頭衝撞政府體制以男性為主不同；與野百合學運反刑法一百條上街頭以大學生為主不同。它的參與者以女性為多。年齡層從高齡的爺爺奶奶到學齡前兒童，甚至坐在嬰兒車讓爸爸媽媽推車上街頭。它的參與者有各行各業的從業人員、上班族、白領階級、家庭主婦、職業婦女。他們自發自動，有的輪班上陣，招呼左鄰右舍、親朋好友、同事同學走出來，走上街頭。還有從中南部全家開車北上的。男女情侶相約在凱達格蘭大道相會攜手參加的。他們不是橫眉怒目、血脈僨張，而是談笑風生、一臉祥和。他們不是搞革命，不是反體制，不是要顛覆政府。他們的訴求很單純，只是要貪腐的陳水扁總統下台。這樣的街頭運動，不要說台灣，全世界各地也少有這樣的例子。

紅衫軍反貪倒扁運動，是台灣民主政治進程中的公民自覺運動，是公民主體意識的「凸框」而出。很明確地表達了民主政治就是「頭家」當家作主。總統不是皇帝，總統是頭家選出來的，只是「大公司」的總經理，做不好甚至手腳不乾淨，頭家叫他走路是天經地義的事。他賴著不走，強霸著那個位置，是賴皮、是無恥。這就是公民自覺運動真實內涵的呈現。

當施明德發起倒扁運動之初，陳水扁的權力核心評估，施明德連立委都選不上，不可能有動員上百萬人的能量。就連關懷台灣政局的人也懷疑，十天之內，一人一百元募集一億元的可能性不高。而事實是八天之內（期限十天）一億一千多萬元湧進了施明德的銀行、郵局帳戶。這不是奇蹟，這是台灣社會「偏及化」的民心覺醒。請聽民間的低吟：

扁家吃補，百姓吃苦。扁家享樂，人民難過。

一句話：民怨太深了。

陳總統執政六年，經濟上承襲「戒急用忍」的鎖國政策，使台灣淪為亞太國家組織自由貿易區外的邊陲體。建設台灣成為亞太營運中心成為泡影，造成經濟衰退、高雄港區繁華不再、外商撤資、企業出走、貧富差距兩極化、中產階級新貧化、謀職不易、自殺增加、生活痛苦指數上升等等。而更令人深惡痛絕的是，貪污弊案罄竹難書，擢髮難數。人盡皆知的就有：

一、陳由豪政治獻金案
二、太平洋SOGO百貨經營權爭奪案
三、太平洋SOGO百貨禮券案
四、股市禿鷹內線交易案
五、高速公路電子收費ETC案
六、泰勞引進官商勾結圖利案
七、高雄捷運工程弊案
八、高鐵南科減震工程弊案
九、龔照勝任內台糖弊案
十、台肥南港土地賤租案
十一、台開賣官、圖利案
十二、阿卿嫂、羅太太公器私用案
十三、總統府股票內線交易案

十四、第一夫人吳淑珍珠寶申報不實案

十五、總統府副秘書長陳哲男司法黃牛案

十六、總統女婿趙建銘涉及股票內線交易案

十七、總統親家趙玉柱涉入股票內線交易案

十八、第一夫人吳淑珍涉入國務機要費貪污案

政府高官、外戚、第一夫人被偵查、羈押、交保候傳、起訴甚至判刑的有：

交通部次長　周禮良

交通部部長　林陵三

內政部次長　顏萬進

金管會委員　林忠正

金管會主委　龔照勝

國科會副主委　謝清志

金檢局局長　李進誠

府副秘書長　陳哲男

府辦公室主任　馬永成

總統女婿　趙建銘
總統親家　趙玉柱
第一夫人　吳淑珍

這樣多的弊案，這樣多的政府高官、外戚、第一夫人涉入重大弊案，史無前例，中外罕見。「選不上立委」的施明德登高一呼，百萬紅衫軍湧上街頭，不是奇蹟，而是瓜熟蒂落，水到渠成。

四

在上述諸多弊案中，最令台灣社會瞠目以對的有三個人、三件弊案：

陳哲男

陳哲男曾任總統府副秘書長，是高層「權力二人組」之一；另一人是馬永成，人稱小馬，是阿扁的嫡系子弟兵。

陳哲男出身國民黨，中途帶槍投靠，成為阿扁的心腹、得力助手，是陳總統運作官商利益共同體的白手套。陳總統曾頒贈「景星勳章」、「青雲勳章」以酬其「為他辛勞」。他為人

「阿莎力」（乾脆）。熱心助人，朋友請託必有所應。台北官場都知道，無論求官或謀事，陳哲男是「終南捷徑」。總統府正門、玉山官邸（阿扁住家）後門，他都通行無阻，連「推車手」可與夫人耳語的羅太太，都對他笑臉相迎。至於總統府秘書長不管首任的陳師孟（陳布雷之孫）或現任的陳唐山，那只是聾子的耳朵，擺著好看的。

高雄市長謝長廷擢升行政院長，其遺職多人競逐，後由陳哲男的兒子陳其邁出線，出任高雄市代理市長。如果九十四年八月二十一日深夜泰勞暴動事件沒有發生，如果同年十月二十六日「韓國濟州島賭場照片」沒有在ＴＶＢＳ　２１００全民開講叩應節目中曝光，那麼現在坐在高雄市長座位上的就是陳其邁，至於陳菊當然是靠邊站了。

陳哲男涉入梁伯薰的司法黃牛案，檢方原先對他詐財部分求刑八年，但審判合議庭認為他身為總統府副秘書長，不知潔身自愛，玩弄國家名器與司法，違法亂紀，罄竹難書，事後又無悔意，因此量刑比檢方求刑還重。

判決書中引用：違法亂紀「罄竹難書」成語，對陳水扁政府的威信殺傷力極重。

趙建銘

趙建銘是台大醫院骨科醫師，娶「總統之女」為妻，突然大貴。他缺少中國文化教養，不懂「齊大非偶」之理，就忘了我是誰。所以行事風格飛揚跋扈，趾高氣揚。生活極盡豪奢之能事。他的手機價錢高達二十餘萬元，是台灣僅有的手工製作、嵌有碎鑽的四支中的一支，他的手錶價近百萬元。他與富商巨賈之豪宴，更是席不暇暖。當他以台開股票內線交易案，被檢察官移送台北看守所時，圍觀群眾人山人海，還有人放鞭炮慶賀，可見其為台灣人民厭惡痛恨之深。至於他的父親趙玉柱，原是國小退休校長，忽然天上掉下「金元寶」，成為總統親家。他把裙帶關係發揮得淋漓盡致。南部多名教育界人士，通過他的關係各遂其願當上校長。據邱毅爆料，趙玉柱擔任民間企業、銀行、公司行號的顧問費，每月就高達五十幾萬元之譜。「趙門神」之名鄰里競傳。父子倆行事如此，那有不「夜行遇鬼」之理。

趙建銘的台開股票內線交易案，由台北地方法院周占春、林晏如、林孟皇三位法官組成的合議庭宣判有罪；趙建銘判處有期徒刑六年，併科罰金新台幣三千萬元，並追繳犯罪所得新台幣四百七十萬七千八百六十三元。

趙玉柱判處有期徒刑八年四個月，罰三千萬元新台幣。

合議庭引用，《莊子》「胠篋篇」的句子：「彼竊鉤者誅，竊國者為諸侯，諸侯之門而仁義存焉。」莊子用對比、譬喻修辭法，來諷刺、斥責：社會低層弱勢族群有人犯了微罪而受到殺戮。而竊盜國家名器的人，則成了掌握生殺大權的政治高層，佔據了「仁義」的詮釋權的不公、不義的政治現象。二千年前莊子的話，仍然存在今日台灣的政治體系之內。合議庭量刑的基礎，其深層的意義，就是要遏阻「權貴犯罪」！

吳淑珍

總統夫人吳淑珍，媒體稱她第一夫人，民進黨高層稱其為「皇帝娘」。台北官商上層，都知道走總統府正門，不如走玉山官邸後門。太平洋SOGO百貨經營權之爭，遠東企業勝出，就是它的老闆徐旭東手提電腦進官邸（陳哲男牽線）向第一夫人作簡報，開其力敗對手的初基。

二〇〇〇年台灣總統大選，國民黨分裂，陳水扁勝出接總統大位，政府部門（包括公營企業、金融部門）約有六千個位置要阿扁分配、安排。南部某縣長調升為內閣大員，民進黨內決定遺缺由副手代理。可是第一夫人口袋另有其人，原先阿扁「礙難照准」，皇帝娘撂下重話：你不聽，你的就職大典，我就不出席！阿扁只得軟化。「阿扁懼內」之名在黨內不脛而走。

國務機要費案，民國九十五年十一月三日偵結，高檢署查黑中心檢察官陳瑞仁，認定陳水扁總統以及第一夫人吳淑珍共同觸犯貪污及偽造文書罪。吳淑珍並因涉嫌以不實發票詐領一千四百八十餘萬元被提起公訴。但檢方建議依刑法共犯相關法條酌減輕其刑。陳水扁因憲法保障，將待被罷免或解職後，再行追訴其刑事責任。

檢方起訴書對吳淑珍與陳水扁的關係交代得很清楚：「吳淑珍雖不具公務員身分，然其與具有公務員身分之人共同實施犯罪，依刑法第卅一條第一項論以共犯，唯併請依同條項『但書』之規定減其刑。」換言之，陳水扁本人才是主犯，吳淑珍只是共犯。

檢方起訴書認定，吳淑珍涉嫌自九十一年七月起到九十五年三月止，以他人消費的發票詐領國務機要費中的「非機密費」一千四百八十萬零四百零八元，由總統府第三局出納科發同額現金交給陳鎮慧，再由陳女以信封裝好後轉由林哲民交給吳淑珍。因此，以「貪污」罪起訴吳淑珍。

陳瑞仁檢察官接辦國務機要費以貪污罪起訴吳淑珍，其過程有一段鮮為人知的插曲，值得一提：

九十五年的五月下旬，國民黨立委邱毅爆料，吳淑珍在台北天母的「永新鐘錶店」，為兒子陳致中買了一支五十餘萬元的名錶，不是自己出錢，錶款是中信辜家埋單。

這個指控，引起了南投縣竹山鄉一位老太太的不滿，在電視機前發牢騷：這個什麼邱毅，黑白講，笑死人。那個宋美齡，住美國用國家的錢，都免講，阿珍買錶就嚕哩嚕唆，欺侮台灣人。

第二天，對邱毅的爆料，總統府的反應有點曖昧，不像「SOGO」禮券案強烈反擊，甚至提出告訴，反而要求邱毅拿出發票證明錶款是辜家付的。於是老太太又有意見，同樣是在電視機前。老太太雖然年邁，卻是思路清晰、邏輯分明。說：金錶自己買，拿出發票就好，要邱毅拿發票，講來講去莫落用！

這位老太太是誰？他就是檢察官陳瑞仁的媽媽。陳瑞仁一聽，心頭一震，「是啊！」陳老太太受日本教育，年輕時親友中有人遭到白色恐怖政治迫害，非常不滿外來政權，所以本土意識濃厚。陳瑞仁檢察官為媽媽的反應吃驚：「第一家庭會有問題嗎」？

時隔一個多月，六月二十九日，國務機要費因檢舉分案，重責就落在高檢署查黑中心的檢察官陳瑞仁身上。他深知邱毅是否誣舉，關鍵的決戰點就在證據，一旦偵查結果，一定會受到嚴格的檢視以及嚴厲的批評。沒想到歷經五個多月的深入偵查，心情日漸沉重，他慢慢發現這位台灣人苦苦等待五十年的第一位台灣人總統，不是一個誠實的總統。更可怕的是這位民選總統瞞天撒謊，不會反省，只會硬拗。他的作為如果繼續進行，可能摧毀本土主流意識的基礎價值，更不用說辛辛苦苦建立的本土政權了。他相信，個人不能跟本土政權劃上等號。他希望台灣社會藉這件事進行檢討、反省，重建本土的主流價值。

五

陳水扁總統外有紅衫軍的呼喊：「阿扁！下台！」內有一連串弊案纏身；再加「七一五」親綠學者的聯合聲明，以及黨內各山頭派系的暗潮洶湧，「十一寇」隱然形成改革聲浪之際；而他竟能在搖搖欲墜「危樓將頹兮」的險境中，坐牢那個大位，其故安在？試加分析：

一、**死豬不怕滾水燙**

「阿扁！下台！」

坐在隔音的辦公室可能聽不到，街頭人山人海，紅潮巨浪滔天的電視畫面，不可能視而不見。但陳總統一定記得南韓全斗煥、盧泰愚的下場，他要是「退此一步，即進牢籠」。所以死豬不怕滾水燙！苦撐！

二、**大學生不見了**

街頭反對運動，無論中外，大學生從不缺席。美國的反越戰，南韓的光州事件，以及台灣的「野百合」學運，大學生都是主力，現今綠朝新貴，多人皆是學運出身。施明德呼籲「大學校園開紅花」，反應冷靜、冷淡、冷漠。街頭反對運動缺少大學生，就缺少「成功」的能量。

三、和平、理性、體制內，正合孤意

反貪倒扁運動的主軸是和平、理性、體制內，正合阿扁之意。陳水扁是街頭抗爭老將，三劍客之一。他當然知道，流血衝突才能給當權者壓力，才能對社會有衝擊力，才能引起美國老大哥的注意。如果老美不吭聲，再響的喊聲他都可以不理。

四、反對黨是軟腳蝦

國民黨是在野的最大反對黨，下台六年了，仍像破落戶敗家子，夏天穿「香雲紗長袍」很斯文。他的對手卻是手握國家壓迫機器的陳水扁，作風卻像幫派角頭、山大王；撒賴、撒潑、撒謊、灑狗血。秀才遇到兵，手軟腳弱，反抗無力。而且對紅衫軍的態度，欲語還休，瞻顧徘徊。對倒閣、罷免爭論不休，無法與其他在野黨形成共識，無法形成一股雖敗猶榮的正義之氣。結果弄得自身像豬八戒照鏡子，裡外不是人。

五、游錫堃呼喚綠營反制

民進黨主席游錫堃高喊：「中國人欺侮台灣人總統」、「中國人滾回去」！呼喚出本土基本教義派的暴力群眾，手執棍棒與紅衫軍隔街對罵，追打落單的紅衫女子，還把她的紅色轎車砸破砸爛。場面血腥恐怖。講和平、理性的紅衫軍，偏地開花氣勢受到壓制。

六、呂秀蓮是保險槓

副總統呂秀蓮，在民進黨內是「孤鳥」，人緣不好。她出身美國哈佛，自視甚高，是台灣先期的女性主義者。但說話經常「凸槌」，經常叫人嚇了一大跳。

1. 呂秀蓮任職副總統之初，因阿扁沒有兌現當初承諾「兩性共治」而大為不滿，到處訴苦說自己是「深宮怨婦」，叫聽的人不知如何應對。
2. 他跟阿扁搭檔競選大位，對桃園鄉親喊話：「桃園人不支持桃園人，是賣鄉賊。」競選總部人員一聽全部昏倒。
3. 台灣「慰安婦」老阿嬤提出控訴，要求日本政府賠償。身為女性的她，竟然說：他們年輕時虛榮、貪圖享受怪別人。台灣的女性同胞人人切齒。

4.呂秀蓮副總統去日本參加「馬關條約百周年」活動說：謝謝日本對台灣的五十年治理。有良知的台灣人，被氣到吐血。

5.呂秀蓮的「不可預測性」令民進黨人覺得極為恐怖，一旦她接大位，是否會重新切割「利益大餅」？是否會重新「配位」？不可預測。

6.副總統呂秀蓮，成了阿扁的保險槓。阿扁當年選她為副手，的確有先見之明。

七、李登輝修憲，陳水扁納福。

李登輝執政十二年期間，屢次修憲，也屢遭台灣法學界的教授專家反對。台大教授黃光國出版「民粹亡國論」一書，痛批：如此修憲，將會出現一個有權無責的皇帝，禍延子孫。但李登輝只當是狗吠火車。還誇口說：「這次（第六次）修憲完成，會給台灣帶來三十年的安定。

結果修憲修出一個超級大總統：

1.總統的人事任命，不必經行政院長副署。

2.總統任命行政院長，不必經立法院同意。行政院長無任期制，一旦總統對他不爽，隨時可以叫他走路。陳總統任內，六年換了五個行政院長，行政院成了「走馬燈院」，成了總統府的「行政局」。

3.總統不必到立法院備詢；行政院長向立法院負責。形成總統有權無責，行政院長有責無權的畸形現象。

4.立法院罷免總統的「門檻」過高，缺乏實際功能。

5.總統除內亂外患罪，有刑事免訴權。

不過，陳總統還有一關，那就是北高直轄市長選舉。如果民進黨仍能保住高雄這塊半壁江山，陳總統才能脫困而出，才有喘息機會，才能恢復功力，為他的「一審判決有罪就下台」的宣示而戰。

六

九十五年十二月九日，台北、高雄兩直轄市選舉，有一特點，就是投票率低。

台北市較上屆選舉投票率降低百分之十六點四；高雄市較上屆降低百分之十二點七。

據選前媒體民調顯示，北市選情穩定，國民黨候選人郝龍斌贏民進黨候選人謝長廷十六萬票。高雄市選情緊繃，國民黨候選人黃俊英贏民進黨候選人陳菊一萬票。

據一位選舉賭盤組頭表示：選舉賭盤不像球賽賭盤有各種數據可以評估，而且常因突發事故而「一夕翻盤」。例如二〇〇四年總統大選，因「三一九兩顆子彈」事件，使得民調或賭盤一直大幅度落後的陳水扁「一夕翻盤」而勝出。

高雄市合格選民約八十幾萬人。陳菊、黃俊英得票率都超過百分之四十幾。而陳菊僅以一千一百一十四票勝出，可謂驚險之極。

一一一四這個數字，能量極大，陳水扁因之脫困而出，重新站上政治制高點，發號施令。但對台灣社會來說，禍兮福所倚，福兮禍所伏。撥開台北政壇的詭譎迷霧，作逆向思攷，當另有新解，請拭目以待。

二〇〇七年（歲次丁亥）元月卅一日

夜三時零七分於台北辛亥蝸居

二〇〇六年九月九日　紅衫軍走上街頭

從第三扇窗觀察台灣政局演變

楔子

二〇〇八年，台灣海峽風譎雲詭，濁浪滔天，為全球矚目的高風險地區。世人憂慮台灣的當權者，一旦操弄「入聯公投」失控，擦槍走火，很可能引發兩岸人民無法承受的災禍。然而，從「第三扇窗」探看台海局勢，卻可以用四個「驚」字來定調，那就是：

驚濤駭浪，驚險萬狀，驚心動魄，但終能驚而無險；藍馬飛越萬重山。代表國民黨參選二〇〇八年台灣總統的馬英九，勢將勝出，贏得總統大位。請稍待再作詳細分析。

十三年黑獄餘生

我在一九四八年三月赴台任教，一九八九年三月第一次回鄉探親。去時滿頭青絲，多而又濃，回鄉時牛山濯濯，垂垂老矣。

這長達四十年的歲月，台海兩岸音訊隔絕。「烽火連三月，家書抵萬金」①，怎能比擬於萬一！

馬齒徒增，鄉思漸濃。我一生從未失眠，卻在六十五歲生日夜，輾轉反側，無法入睡，驚醒身旁的妻子，用家鄉溫州話問：「怎麼？睏勿著。」我嘆了口氣：「湘文，這一輩子恐怕回不了家鄉了。」

但是，未能「近鄉」已「情怯」。披衣起床，寫下兩句：「夢裡依稀青衫淚，阡陌縱橫成荒烟」②。青衫借喻知識份子。知識份子是臭老九，該打倒。老舍不是自殺了嗎？儲安平不是「生不見人，死不見屍」了嗎？千村寥落，餓殍路倒，不只是傳聞而已。我在拙著「殷憂看世

---

① 見杜甫，五律〈春望〉。

② 仿魯迅「夢裡依稀慈母淚」句。

局」序言中附筆：十三年黑獄餘生，未曾落淚，十年文革浩劫，教人夢中切齒。

一次經過音樂教室，忽聞歌聲悠揚：

春去秋來
歲月如流
遊子傷漂泊
回憶兒時
家居嬉戲
光景宛如昨
……③

突感全身酥麻，杵立當地。忽聽有人叫：「林老師，您怎麼啦？您怎麼啦。」這才回神，四顧茫然，不知身在何處，進入「失智」狀態，驚動學校當局。所以在一九八九年三月，准我一個星期事假回鄉探親。

③ 李叔同詞。

我任教的是台北市私立大華中學，當時是有名的「三高」名校——高學費、高升學率、高薪資。除了婚喪假，老師不得請事假，病假要醫生出證明。學校准我一個星期回大陸探親假，不僅是特例，且是孤例。

從一九四八年到一九八九這四十年，除了先期2年任教小學，後期二十五年在中學任教，中間十三年我是在牢獄中熬過來的。我從二十九歲被捕到四十二歲恢復自由，一生最好的歲月浪費在黑獄之中。

蔣介石父子在台灣

一九五〇年三月一日，蔣介石在台灣「復行視事」，擔任第一任總統，國民黨改造，蔣任總裁，建立獨裁政體，連任四屆總統，到一九七五年病死，統治台灣二十五年。

一九七五年嚴家淦以副總統繼任總統，自動讓權做「虛位元首」，行政院長蔣經國總攬大權。嚴家淦做滿老蔣剩下的兩年任期，推薦蔣經國繼任第六屆總統，從此退出政壇。嚴家淦扮演了權力移轉的中介角色。識者認為，靜波先生是內斂自持，知所進退的智者。

一九七七年蔣經國擔任台灣總統，到一九八八年一月十三日去世，掌權十二年。從此，蔣氏獨裁政權，正式告別歷史。

一九八八年，李登輝繼蔣經國由副總統升任總統，蔣朝遺老環伺，虎視眈眈。尤其本省籍的政治人物，合縱連橫，企圖取而代之，令他寢食難安。國民黨秘書長李煥、參謀總長郝伯村挺身護駕，這才讓李登輝勉強渡過難關。但當他權力穩固之後，斷然進行整肅，李煥、郝伯村相繼被趕出權力核心。

李登輝的日本名字叫岩里正男，京都帝大肄業，台大農學院畢業，有濃厚的「皇民優越感」，輕視本省籍的政治人物，仇視外省人。他自承二十二歲以前是日本人，對殖民地母國懷有「慈慕」之情。

李登輝的權力慾極強。通過「總統直選」的民主方式，慢慢建立起李登輝式的專政體制，並走向黑金化、本土化。和提攜他的蔣經國，背道而馳。

蔣氏父子治台三十七年，視人命似草芥，殺人從未手軟。但在經濟建設方面，對台灣作出貢獻，為他的後人積陰德、留餘地。蔣經國身後有知，也該瞑目。

五〇年代白色恐怖時期

一九四九年一月，蔣介石在大陸宣布下野。

一九五〇年三月一日，蔣介石在台灣「復出」。

就在同一天——三月一日，發生一架B二十五轟炸機（聖戰士），被駕駛員黃鐵駿駕機「叛逃匪區」事件，像七級地震，讓台北黨政高層陷入手足無措之境，惶惶然彼此互問：「怎會這樣？怎會這樣？」④

那個時代，局勢危殆，風雨飄搖，民間耳語共產黨就要攻打台灣。人心浮動，一夕數驚。

蔣介石一上台，立即推出兩個政策：一是「反攻大陸，解救同胞」。軍中早晚集體高唱：「反攻，反攻，反攻大陸去……」。並用「一年準備，兩年反攻，三年掃蕩，五年成功」作口號。報紙、廣播電台，不停地宣傳廣播，從台灣頭到台灣尾，晝夜不停地「疲勞轟炸」。

一九五〇年六月廿五日，韓戰爆發，六月廿七日美國杜魯門總統發表「台灣海峽中立化」

---

④見谷正文著《牛鬼蛇神》，第一三五頁。

宣言，命令美國海軍第七艦隊巡防台灣海峽。從此，台灣政局才算暫時穩定下來。「反攻大陸」的調子繼續高唱。

第二個政策是：運用國家壓迫機器，展開白色恐怖大屠殺。

蔣介石政權依據台灣「戒嚴法」以及「動員戡亂時期臨時條款」，頒布「懲治叛亂條例」與「檢肅匪諜條例」，作為逮捕、偵审、判刑、殺人的合法依據。

「懲治叛亂條例」，針對所謂「匪黨地下組織」潛伏的「匪諜」，就是一般所說的「政治犯」。該條例第二條第一項規定：參加叛亂組織，意圖顛覆政府而著手實行者，處死刑。這條例第五條：參加叛亂組織，意圖顛覆政府尚未著手實行者，處十年到十五年甚至無期徒刑。至於「已經著手實行」或者「尚未著手實行」界線模糊，全憑執法者的自由心證與任意延伸。

「檢肅匪諜條例」是針對所謂：思想左傾、不滿現實、言論偏頗、侮辱領袖、詆譭政府、閱讀匪黨書刊、為匪宣傳、知匪不報以及以財物「資匪」等等。處五到七年有期徒刑或交付感訓三年。

這兩個惡法，像天羅地網，把台灣緊緊箍在密不通風的大牢籠中。報紙、電台日夜不停地進行恐嚇，「當心，匪諜就在你身邊」、「檢舉匪諜有獎金」、「知匪不報要判刑」。台灣社會陷入了人與人之間的互不信任、彼此猜忌、疑神疑鬼、誣舉成風的恐怖不安的氣氛之中。而特務機關展開抓人大行動。寧可錯殺一百，絕不錯放一人。不是危言聳聽，不是唬人而已，實際上就是這樣幹的。李友邦被錯殺，就是例子。

李友邦是國民黨台灣省黨部副主任委員，蔣經國的助手。他的妻子嚴秀峯因「匪諜案」判處有期徒刑十五年。

一九五一年十一月中旬，國民黨台灣省黨部改組，主任委員蔣經國轉任他職，遺缺由鄧文儀接任，交接典禮在陽明山革命實踐研究院舉行。蔣經國坐第一排第一位，鄧文儀坐第二位，李友邦挨著坐第三位。蔣介石在主席台翻閱文件，忽然叫「李友邦」，李應聲站立。「李友邦！你是奸匪，瞞得了別人，你能瞞得了我嗎？」手一揮，立即叫憲兵把李友邦架出去。

蔣介石接著訓話：「你們什麼人叫他當副主委？你們通通不識人，敵人就在你身邊……奸匪就在你身邊……」最後做結論：「你們要知道，丈夫是奸匪，太太不一定知道。反過來，太太是奸匪，那丈夫一定是奸匪……」。

這個「蔣介石定律」⑤震驚全場。以後特務機關辦「匪諜案」，都以此為金科玉律，不知錯殺了多少人。

⑤見谷正文著《白色恐怖秘密檔案》，第一一四頁。

台灣的特務機關，當時有三大系統：保密局（軍統），調查局（中統）、警備總部保安處。事實上還有憲兵司令部、省警務處、刑警總隊、各縣市警察局。只要有人「檢舉匪諜」，不需證據，先抓後查，再慢慢刑求逼供。為什麼會這樣？因為檢舉有獎金，破案有功。

一九四九年基隆「光明報」案，保密局偵防組瓦解「共匪」潛台的「基隆市工作委員會」，先後逮捕「匪首」基隆市中學校長鍾浩東等四十四名涉案分子，七人被槍斃，其他卅七人分別被判處十五年、十年、五年有期徒刑，以及交付感化三年等。

光明報案，蔣介石大手筆，發給新台幣三十萬元獎金。

台灣一九四九年六月十五日幣制改革，舊台幣四萬元兌換一元新台幣。那時我擔任瓜山國小教導主任，月薪一三〇元新台幣。難怪保密局偵防組長谷正文說：「民國三十八年的三十萬元新台幣，數目大到叫人兩眼發直」⑥

破案有功。保密局長毛人鳳，從此在蔣介石面前成了大紅人。保密局長這個龍頭大位，一直坐到他病死為止，沒有人敢動他的腦筋。

在功與利的誘導下，「檢舉成風」、「刑求逼供」氾濫成災。於是：羅織、株連、瓜蔓

⑥ 見谷正文著《白色恐怖秘密檔案》，第七三頁。

牽、順藤摸瓜，一抓就是「葡萄一大串」。酷刑之下無硬漢，小案打成大案，假案打成真案，層出不窮。

五〇年代究竟有多少假案被刑求成真案？沒人知道（恐怕永遠沒人知道）。而被害人的家屬、親友，還有他的同房牢友，可不會忘記。我所親歷的，就有下列幾個案子。

一、澎湖案

一九四九年的「澎湖案」，是道道地地的假案，是個超級大假案。這個假案用形式上的「合法」偵審、判決，槍斃了一〇六人。非法的未經審判，就裝麻袋「拋錨」（丟到海裡）的不知其數。一說幾十人，一說幾百人，甚至說千多人。真相永難大白。因為「屍沉大海」，死無對証。就算有一天國防部全部「檔案解密」，也沒有資料可查。

有關澎湖案，我看過兩本書⑦，所說互有出入，直到一九九七年十二月十一日，中國時報刊登記者林照真的專題報導：「沉冤五十年，澎湖案公開，一〇六名師生被槍決，拋錨者無數」。澎湖案的真相，這才呈現出較為明確的輪廓。

⑦《白色恐怖秘密檔案》與《不堪回首戒嚴路——戒嚴時期政治案件展》。

二、監獄屠殺案

軍人監獄長楊又凡主導，利用無政治意識的囚犯馬時彥、祝英傑、杜風三人，誘以假自首可立功提早出獄。於是羅織罪狀，自首檢舉陳行中、黃胤昌等十六人，參加「新民主主義同志聯合會」，經送保安處，施以酷刑逼供。軍法處判處死刑，被槍斃的有陳行中等十一人⑧。這個假案最令人不寒而慄的是，妄想立功早點回家而誣舉陷害他人的馬時彥、祝英傑、杜楓三人，也以「意圖顛覆政府而著手實行罪」被槍斃。

當時難友們推測，可能是楊又凡怕「留下禍根」而殺人滅口。

三、火燒島屠殺案

火燒島屠殺案的起因，是「新生訓導處」發起「一人一事良心愛國運動」失敗，統治者羅織罪狀，把認為有影響力的「新生」，送回本島保安處，用非人道的酷刑取得口供。被槍斃的有陳華、吳聲達等⑨十四人。

---

⑧ 見陳英泰著《回憶・見證白色恐怖》。

⑨ 見陳英泰著《回憶·見證白色恐怖》。

四、可桑被殺

可桑⑩是我同房牢友。我是「阿山」⑪，他知道我是小學老師，所以並不排斥，他斷斷續續向我訴說他的案情，我幾乎不相信他所說的，因為太離譜太荒謬了。但他很樂觀：「我很快就可以回家」。

九月的台北還很熱。軍法處看守所⑫牢房十分擁擠，站著像筷子籠，睡覺像沙丁魚罐頭，不能平躺，要側臥，有時要輪班睡。牢房裡既熱又悶又汗臭。人人愁眉苦臉，擔心自己的案情，擔心家人被特務威脅、恐嚇、騙財，日子真是難過，只有可桑活在「希望」中，有時還會忘情輕輕哼日本歌。

每當可桑用「放風」⑬時檢來的醬油瓶破碎片刮鬍子，大家就知道他太太又要來面會（探監）了。有一次面會一回房，他請比較接近的牢友吃東西。還很有信心地說：「我很快就可以

---

⑩ 日本話：黃先生。

⑪ 指外省人，另有「半山」，指隨國民政府來台任公職的原台籍人士。如連戰的父親連震東，被蔣介石槍斃的前台灣省黨部副主任委員李友邦等。

⑫ 位於台北市青島東路。今為「喜來登大飯店」現址。

⑬ 囚犯定時放出來，在戒備森嚴的高牆內的空地繞圈子散步。

回家了」。

凡是知道他案情的人，都不忍心拆穿。因為他是被「懲治叛亂條例第二條第一項」（我們叫它二條一）起訴的，而且他是「主犯」。

可桑當過日本兵，到過馬來西亞，吃過熊肉；到過印度尼西亞，還在離島「安文」小島看過會飛的四腳蛇。他是柔道二段，身體很壯實，皮膚黝黑，腰圍像汽油桶。是個說話會掀翻天花板的大漢。

他被捕前，是宜蘭縣一個鄉的農會總幹事。他做了一個「會」⑭，會腳二十幾個人，每月標一次會，他是「會頭」。卻被覬覦他職位的一個同事告密，檢舉他「非法活動」。特務拷問，要他承認那個「會」是「匪黨的外圍組織」。他很硬，很能「耐刑」。於是一再被用重刑，怎麼打，還是「不是！」審他的特務不耐，將他毒打了一頓之後，把他丟進獨身黑房，每天兩頓「鹽水泡飯」，一關一個多月。

再次提審，換了一個「法官」，冷冷說：「我們查清楚了，你這個案是假案。但我們有個行規，抓人容易放人難。不能說抓錯了，說放就放，總得有個交待才能結案。你太太也不能老

---

⑭「會」是當時民間流行的有關金錢互動的「互助會」，每月標會一次。會頭人緣好，會腳可多至三四十人。

是白等。如果願意合作，我可以向軍法處法官說清楚，通融處理，很快就放你回家。你仔細想想再回答。」說完，把筆一丟，再把他關進獨身黑房。一次、兩次、三次，同樣的話說完，又把他關進獨身黑房。像牛一樣壯的可桑，長久不見陽光，一見光眼睛睜不開，身體虛弱，走路都走不穩。終於可桑問：「你不騙我？」

「騙你？笑話，我們要幹掉一個人還不容易，半夜拖出去活埋，你沒聽過？你這個案是假案，我才想幫你。我用人格擔保，絕對不騙你。」

終於，可桑在筆錄上簽名捺指印。

一九五一年九月的某一天⑮凌晨，天還沒亮。牢門「卡嚓！」一聲打開，看守班長叫：「五一四」號，拿你的行李回家。」牢友們都驚坐起來，可桑迷迷糊糊爬起來。「回家？」當他定下神來明白是怎麼回事，嚇得尿水直淌，腿一軟癱倒地上，嘴裡「嗬、嗬、嗬」響著。進來兩個人⑯，硬把他拖抬出去。

五十多年了，每次一想到，那場景歷歷在目，仍然很強烈地令我驚悚震顫，久久不能平息。

---

⑮ 牢中無歲月，只有日和夜。記不得可桑受難日，至今仍感歉然。

⑯ 當時天未亮，燈光昏暗，又處在極度驚恐中，故不明其身分。

五〇年代初期，軍法處幾乎每天都有人判處死刑，綁到馬場町⑰槍斃。第二天報紙就大篇幅報導。我的案子──「金瓜石案」，就刊在一九五一年十月十八日中央日報頭版。後來蔣介石發覺每天槍斃人「有礙觀瞻」，就少有刊登了。但在台北火車站前，照樣每天「放榜」，公告周知。

我在火燒島第二大隊第五中隊難友曾文華，他的妻子曾詹足女士，在「戒嚴時期台北地區政治案件口述歷史」一書第二輯第四七九頁，有這樣的敘述：

「終於可以面會了，也是戰戰兢兢，因為每次面會，都要先去火車站前看槍斃名單，被紅筆撇到的就是被槍斃，如果沒有則還有面會的機會……」

五〇年代到底有多少「匪諜案」？究竟有多少人被殺？沒有正確數字。不過我們確切知道，每一件「匪諜案」，最後一定要經蔣介石親筆裁決，才算定案。

這真的要謝謝民進黨政府了。

二〇〇四年秋天，國防部檔案管理局「部份檔案」解密。我火燒島同隊難友陳英泰先生，根據部份檔案解密資料，在他花了十年心血寫的《回憶，見證白色恐怖》一書中寫：

第六四八頁標題　叛亂案原判決，經過幕僚呈報至蔣，由蔣一案一案批示。

⑰ 位於台北市淡水河支流新店溪近旁的一塊大空地。日據時代做為跑馬場，後為蔣政權行刑的場地之一。現為青年公園所在。

第六五三頁標題　五〇年代政治犯審判，是蔣介石個人審判。

第六五六頁標題　原判決呈至蔣介石，最後加重到死刑的幾個例子（這裡僅舉一例）：

李水井案，原判李水井等五人死刑，最後經蔣介石更改起訴條文，改判死刑的有賴裕傳等六人，一共槍斃十一人。

令人難以相信的是：

第六五一頁標題　蔣介石認為判輕的要改判死刑。而且進一步還要追究輕判法官的責任。原判有期徒刑，被蔣介石改判死罪的案例太多，無法一一抄錄，但發生在我身邊血淋淋的例子，幾十年來無法忘懷。

「金瓜石案」，我的同事方碩德（二十五歲），原判十年，蔣介石親自更改起訴條文，由「參加叛亂條例第五條」更改為「第二條第一項」；參加叛亂組織，意圖顛覆政府已經著手實行判處死刑，綁赴馬場町槍斃。

這類案件，由蔣介石親自操刀的，由「有期徒刑」更改起訴條文改判「死刑」的案件，不勝枚舉。但令我皺眉苦思不得其解的是，台灣雖是小朝廷。蔣介石黨、政、軍、特大權一人獨攬，也可說是「日理萬機」。怎麼會有時間，會有精力，經年累月的，把成千上萬件案子的判決書（有的厚達幾十頁），一件件、一頁頁親自「閱、批、駁、裁」，還把他認為「判太輕」

的一一挑出來改判「死刑」。有的甚至不更改起訴條文，直接寫「判處死刑可也」六個字。我們仔細翻閱經蔣介石最後裁決的案子，只有「加重」而沒有「減輕其刑」的案例。他是處在一種什麼心理狀態？他的精神是正常的嗎？

有人說：與天鬥，其樂無窮，與地鬥，其樂無窮……難道蔣介石嗜血成癖？難道蔣介石以殺人為快樂之本？

獨夫不仁，以百姓為芻狗。中國人，何其不幸！

滿身血債的蔣介石，在李登輝的「兩國論」、陳水扁的「一邊一國說」的「加持」下，蔣介石的死靈魂突然「統戰價值」大增，由「第一號戰犯」蛻變為「對民族有貢獻之人」。

嗚呼，歷史衝著台灣人民，開了一個天大的玩笑。

政黨輪替　百姓受苦

二〇〇〇年台灣總統大選，國民黨分裂，民進黨的陳水扁勝出，擔任中華民國總統。歷史給陳水扁機會，可恨豎子失言、失信、失德、失政，把民進黨先賢艱苦建立的「基業」敗光。

民進黨的執政理念：清廉、勤政、愛台灣。

陳水扁執政的結果：貪污、亂政、害台灣。

陳水扁政府的「兩岸政策」，承續李登輝的「戒急用忍」且進一步「加強管理」。造成台灣經濟連年衰退，民生凋敝，物價上漲，失業率高，白領階級新貧化，全家燒炭自殺常見報。再加家人、親信受賄公開，貪污成風，總統府成為「股票炒作中心」。第一夫人「皇帝娘」吳淑珍，被檢察官陳瑞仁以貪污罪起訴，「駙馬爺」趙建銘因股票內線交易案一審被判處重刑。難怪民進黨前主席施民德登高一呼，百萬紅衫軍走上街頭高喊：「阿扁貪污，阿扁下台！」

二〇〇七年，陳水扁總統任期過了四分之三，西方通稱為「跛鴨總統」。而陳水扁卻像吃了興奮劑大力丸，不停地發飆，連續推出爭議性極大的「議題」：去中國化、去蔣化、拆蔣廟到公投綁大選的以台灣名義加入聯合國的所謂「入聯公投」，挑撥兩岸最敏感的神經，還向美國國務院官員包括國務卿賴斯等人嗆聲對幹，以鞏固其在深綠區塊選民心目中的台獨教主地位。甚至還發出狂言：如果如何如何，「延期選舉，宣布戒嚴」都是「選項之一」。

終於在二〇〇八年一月台灣立委選舉，陳水扁遭到當頭棒喝。

台灣的立法委員分兩類，一類是區域立委，由選民一票一票選出。另一類是不分區立委，由政黨得票多寡，按比例推薦出任。

依據立法院組織法，立委原有二二五席，本屆採用新制減為一一三席。選舉方式改為「小選區兩票制」。全台分七一個小選區，選民持兩票，一票選立委，一票選政黨。小選區制規定，一區選出一席立委，沒有過去大選區所謂的第一高票第二高票這回事。就像賭牌九比大小，一翻兩瞪眼，贏者全拿，輸的失業回家吃自己。經濟不好的馬上有債主上門討債。所以競爭激烈，攻擊對手，刀刀見血。

民進黨立委競選總部，跛鴨陳水扁親自掛帥上陣，全台跑透透助選。喊出「民進黨衝出五十席」！記者問他：選輸了辭不辭黨主席？陳水扁說：立委選舉是總統大選的前哨戰，沒有辭不辭的問題。他要硬幹到三月廿二日才肯罷休。

民進黨選輸不意外。選前一般預估，民進黨大約卅五席上下，國民黨七十席左右。結果選票一開出來，包括國民黨在內，全都嚇昏倒地。民進黨只得廿七席，國民黨高達八一席。國民黨在野八年，其實並無長進，只因民進黨實在太爛，陳水扁實在太令台灣人民痛苦失望。陳水扁成了國民黨最得力的助選員。

另一項具指標性的是，民進黨的「反黨產公投」，國民黨的「反貪污公投」都沒有過，全部遭到選民否決。

一月立委選舉，產生幾個效應：

1、陳水扁連忙辭黨主席，閉門不思過。

2、國民黨戰戰兢兢，戒慎恐懼。支持者放鞭炮慶賀，黨工連忙出來說：拜託，拜託，不要放了，不要放了，你想害馬英九嗎？

3、「入聯公投」由發燒轉退熱，連媒體都懶得報導。

4、「西瓜偎大邊」現象出現，馬蕭支持度大幅飆高：馬蕭56％比謝蘇18％。

誰能勝出拭目以待

台灣總統選舉，有兩個特色，一個是選民不相信候選人的競選政見，因為被騙怕了。

二〇〇〇年陳水扁選總統的「政見」，打動人心：

有夢最美，希望相隨　結果：惡夢不美，痛苦相隨

全民政府，向上提升　結果：深綠政府，向下沉淪

清流共治，經濟繁榮　結果：扁嫂共治，哀鴻遍野

第二個特色是，選民只相信自己的眼睛，只看候選人的品牌。

台灣政治人物的品牌，創造不易，淘汰率卻高。

李登輝經十年努力，才創出「台灣之父」的品牌。發紅時威力無邊，連民進黨創黨元老，首任黨主席的黃信介都說「李總統英明」。他是台灣主體意識的創建者，也以台灣「摩西」自居。今年二月立委選後，「台聯黨」泡沫化，李登輝即將走進歷史垃圾堆。

宋楚瑜也歷經艱辛，才創出「宋省長」品牌。二〇〇〇年總統大選，選情火紅。選民都以為宋總統時代即將來臨。那知李登輝透過立委打手使出「興票案」奧步，把宋楚瑜一招畢命，從此一蹶不振。

陳水扁創出品牌也不容易。他從台北市議員、立法委員到台北市長十年來，才創出「台灣之子」的品牌，他競選台北市長連任時所戴的「扁帽」，大學生搶購戴在頭上拉風，害得工廠缺貨，連夜加工趕製。那時全台灣廿三個縣市都有「扁友會」，陳水扁到那裡都會造成轟動。現在如何？票房毒藥而已。

民進黨總統候選人謝長廷，沒有創出品牌。他當高雄市長六年，十個弊案纏身。他當過民進黨主席，做過行政院長，只有「和解共生」口號。毫無政績可言。他是陳水扁意識型態治國的「並肩王」，是陳水扁貪腐集團的既得利益者之一。

謝長廷曾被他的搭檔副總統候選人蘇貞昌，在各大報登大幅廣告指為「奸巧」，被罵為

「轉移焦點，不能改變涉案事實」。

二〇〇八年二月十八日謝長廷拋出「金門宣言」。他說：如果我當選總統，將邀請中國領導人胡錦濤訪問台灣及到金門會談，共謀兩岸經濟發展、和平相處。

這樣的「美麗謊言」很耳熟。原來陳水扁比謝長廷早幾年在「大擔島」發表過「大擔宣言」，他要邀請中國領導人到大擔「飲茶」，協商兩岸和平相處的問題。

凡是關心兩岸動態的人都明白，當年海基會、海協會在香港折衝捭闔過程中所達成的「九二共識」（一個中國，各自表述），今天台灣當局不接受，不管你「大擔喝茶」或者是「金門宣言」，大陸是不會理你的。這一點，陳水扁跟謝場廷比誰都清楚。既然清楚，還要敲鑼打鼓地嚷嚷，為什麼？唬弄選民，騙選票而已。

國民黨總統候選人馬英九，怎麼看都是個「異類」。他出身黨官家庭，當過蔣氏王朝的宮廷官吏，但沒有官僚氣。生活平民化，不打高爾夫球，長年以慢跑健身為樂。他從政廿七年，從總統府第一局副局長、蔣經國英文秘書、國民黨副秘書長、研考會主委、陸委會副主委、法務部長、行政院政務委員、兩任台北市長到國民黨主席。一路走來，「溫、良、恭、儉、讓」的行事風格，始終如一。馬英九品牌，經過兩次照妖鏡式的選戰考驗，是目前行銷歷久不衰的品牌，魅力四射。

台灣醫界，尤其是中南部醫界，一向挺綠，是民進黨的堅定支持者、鐵票部隊。可是，在一月立委選前不久，中南部四百位醫界名人聯合向新聞界發表挺馬英九的聲明。立委選後，台南市醫師公會理事長王正坤，正式向記者表示，立委選綠，選總統他支持馬英九。他相信馬英九會給台灣人民帶來比較好的生活。

無獨有偶。桃園縣客家籍前縣長民進黨大老范振宗，在記者會上公開表示，選立委他投民進黨候選人，選總統他支持馬英九。范振宗的表態，引起了大震撼。

出人意外的是，一向怕被貼標籤的本土演藝人員，這次改變傳統作風，有的遮遮掩掩，有的猶抱琵琶半遮面，有的乾脆站出來面對鏡頭說：「我挺馬英九」。

西瓜偎大邊效應，慢慢地浮現。

二〇〇八年一月二日下午，馬英九分別接受聯合報、中國時報、蘋果日報、自由時報的記者訪問。馬英九表示，如果他當選總統，他將在「九二共識」的基礎上，就「經貿關係正常化」、「簽訂和平協議」、「台灣在國際社會空間」三個議題與大陸展開協商，改善兩岸關係。但不會在任內與大陸談統一問題，也不會支持台灣獨立。

稍後，他進一步向媒體發表「不統、不獨、不武」的「三不」論述，做為他兩岸政策的大框架。

華盛頓重要智庫「戰略暨國際研究中心」旗下設於夏威夷的「太平洋論壇」總裁柯羅夫，

在該論壇一篇評論中稱：馬三不，符合台灣、北京及華府的國家安全利益，也創造了「三贏」的前景。

馬英九所宣示的「在九二共識的基礎上，與大陸展開協商」，一般選民相信他能做得到。而民進黨這次沒有扣「賣台」的帽子，足見大勢所趨，莫之能禦。

謝長廷的選情仍無起色。目前，謝陣營拼命用「泥巴戰」打馬，效果有限，但他是選戰能手，逆勢向上，敗中求勝，曾有輝煌紀錄。這次，他能否在投票前夕，使出致命「奧步」，讓馬陣營措手不及，無法招架。而馬陣營是否有「乾坤大挪移」救命絕招，將其化解於無形，端看雙方的智謀與能耐。

三月廿三日之戰，世人關切，精彩可期，敬請：

拭目以待

二〇〇八年二月廿三日　凌晨三點十一分

於台北辛亥蝸居

說明：這個短文，原為二〇〇八年一月八日在海南省三亞市「碧海藍天　海星閣」一樓會議室舉行的座談會發言稿，回台北後經整理增刪潤色定稿。

中東戰亂孕育恐怖活動探源

二戰後的一九四八年，猶太人在亞洲西部的「巴勒斯坦」①地區，建立以色列國。這是現今世界上唯一的以猶太人為主體的國家。

史料檢視

西元前一三二〇年，希伯來（古種族名）族長摩西②創猶太教③。率領其子民在巴勒斯坦建國。至大衛王時奠都耶路撒冷，傳其子所羅門，國勢盛甚。所羅門王歿後，國分為二：

① 「巴勒斯坦」本為猶太故國，首府耶路撒冷。中世紀時，基督徒與伊斯蘭教徒互爭其地，屢啟十次軍東征之戰。十六世紀後屬土耳其，二戰後歸英國代管。一九四八年結束代管，猶太人改建以色列國。

② 摩西，希伯來人，約生於西元前十四世紀前期。初，希伯來人因餓饉遷埃及，備受虐待欺凌。摩西率之歸巴勒斯坦，途經西奈山，登山傳上帝之命，創十誡，為後世猶太教所遵奉。「舊約」有出埃及記，即記其事。

③ 猶太教又稱以色列教，為摩西所創。教徒遵奉十誡，相信將來有救世主出現，為基督教所自出。「舊約全書」即其經典。

北曰　以色列國——西元前七二二年，亡於「亞述」④。

南曰　猶太國——西元前五八六年，亡於「羅馬」。

根據一九四七年聯合國安理會第一八七號決議案，確定以色列國土面積為一萬四千平方公里。世界排名第一五一名。

以色列的國境如下：

西南　濱臨地中海。

北界　黎巴嫩。

東鄰　敘利亞、約旦。

東南　與埃及的西奈半島接壤。

建國之初，以色列人口不足二百萬。而散居在這個地區的阿拉伯的巴勒斯坦人，約一百萬左右。

世事難料。

④「亞述」古國名，位亞洲西部，底格里斯河上游。原屬巴比倫城邦之一。西元前十四世紀脫離巴比倫獨立，建亞西里亞帝國，奄有美索不達米亞、敘利亞、巴勒斯坦與埃及諸地。西元前六〇七年，為後巴比倫所滅。

自先祖以來一直生活在這裡的巴勒斯坦人，一覺醒來，突然發現有外來者闖入，不僅鵲佔鳩巢，而且反客為主。這個闖入者不是別人，而是他們的世代仇人。

史料檢視

巴勒斯坦是耶穌誕生與升天的地方，耶路撒冷是耶穌的墓地所在，基督徒奉耶路撒冷為聖城。

伊斯蘭教⑤的穆斯林認為，根據歷史記載，七世紀時這個地區為阿拉伯帝國的版圖。真主使者穆罕默德在耶路撒冷乘天馬升天。那一天被穆斯林定為「登霄節」。耶路撒冷是他們的聖地。

中古時期，歐洲基督徒為收復耶路撒冷聖城，與伊斯蘭教的穆斯林先後發生七次（一〇九六——一二七〇）聖城爭奪戰。史稱十字軍東征。歐洲基督徒兵士手臂纏紅十字

⑤ 為阿拉伯人穆罕默德所創。伊斯蘭，其意為服從於神的意思。「可蘭經」為伊斯蘭教之經典。其教旨為信仰唯一真神，除「阿拉」之外，不認任何之神。盛行於亞洲西南部、北非洲及南洋群島。為世界一大宗教。伊斯蘭教由回紇人傳入中國，故稱回教，亦稱回回教，或稱清真教。

章，為羅馬教皇核准的討伐異教徒的軍隊。

有史家認為，七次十字軍東征，是羅馬教廷、歐洲封建領主、貴族騎士以及富商巨賈，覬覦東方的富庶而大動干戈。

二〇一一年三月十九日開始，美英法以飛彈襲擊利比亞，非西方媒體指為新十字軍東征，旨在企圖寡佔利比亞的豐富礦產與石油資源。

世世代代的冤仇難解。現在這個外來者竟然還騎在他們的頭上，成為他們生存、生活的主宰者。是可忍，孰不可忍？於是，仇視、憎恨、摩擦、衝突自然發生。

俗語說：處境不同，想法各異。

猶太人並不認為自己是外來者，他們的先人曾在這個地區建立國家，現在只是復國而已。而現實環境令他們無異生活在火山口。除了國境西南是地中海，其他三邊皆為虎視眈眈的伊斯蘭教的穆斯林。尤其令他們寢食難安的是，以色列的國境自西至東「縱深」僅十多公里。一旦有外敵入侵，連後撤迴旋的空間都沒有。

以色列的背後有美、英兩強支持（其實英國是跟班、小弟），那到底是「遠水」。為了生存，建立強大的軍事力量是唯一的保障。所以小國寡民的以色列所量產的武器，在國際軍火市場名聲響亮；而在核武的研發上也有非凡的成就。以色列是世界上唯一的小國擁有核武的國家。

有了強大的軍事力量足以自衛外，進一步開疆拓土，擴大生存空間，蠶食近鄰的土地，是必經之途。所以從一九四八年到一九七三年的二十五年間，以色列與阿拉伯國家一共發生過四次戰爭：

第一次「以阿之戰」發生在一九四八年九月到一九四九年二月。以色列主動出擊，牛刀小試，戰果輝煌。擴展佔領地六千七百多平方公里。

第二次「以阿之戰」，發生在一九五六年。以色列的五個裝甲師以及大編隊的坦克車，衝過國境，進入埃及的西奈半島。一九五六年十月，以軍佔領迦薩走廊以及約旦河西岸領土；並且深入西奈半島，攻城掠地。埃及部隊望風後撤。

以色列這一次出兵，是「師出有因」。她是「應」英法聯軍之「邀」而「助拳」的。一九五六年，英法兩國與埃及爭奪「蘇伊士運河」⑥的主權而兵戎相見。媒體稱中東戰

⑥ 蘇伊士運河全長一七三公里，開通後使大西洋到太平洋的航程縮短了五千到八千公里。一八五九年英法控股公司投資「萬國蘇伊士運河公司」，歷時十年終於打通了蘇伊士運河。一八七五年英國趁埃及財政拮据，又買進埃及持有的全部運河公司的股票。一八八二年英國佔領埃及後，在這裡駐紮軍隊，直接控制了運河區。一九二二年英國承認埃及獨立，

爭，也稱「蘇伊士運河」之戰。

事件的起因是：

一九五六年七月二十六日，埃及總統納塞宣布，蘇伊士運河收歸國有，英法聯手出兵攻擊埃及，奪取塞德港，但恐兵力不足，鼓勵以色列出兵相助。埃及為了增援運河區的兵力，決定棄守西奈半島，與英美聯軍展開拉鋸戰。

一九五六年十月三十一日，聯合國安理會通過決議，要求英、法、以色列立即停火。蘇聯外交部向英國發出照會說，英國如不接受停火，倫敦將受到導彈攻擊。在國際強大壓力下，英法只得接受停火決議。

條件是埃及保證英國對運河區的絕對控制權。一九三六年簽訂的「美埃同盟條約」，更規定英國對運河佔領期限是二十年，保有運河區駐英軍一萬人。二戰後運河年收入達一億美元，而埃及僅分得三百萬美元，埃及因此不滿可以想見。一九五一年十月埃及國王法魯克單方宣布廢除英埃之間的不平等條約，要求英軍從運河區撤軍，英國惱羞成怒，反而在運河區增加駐軍到八萬人。一九五二年一月三日埃及爆發反英運動，上百萬人走上街頭抗議英軍暴行。一九五二年七月二十二日夜，以納瑟為首的「自由軍官組織」，發動政變，推翻法魯克國王，埃及宣布成立共和國。埃及與英國的衝突加劇。一九五四年七月二十七日，傷亡慘重的英國終於妥協，答應於一九五六年六月二十五日前把英軍司令部撤出埃及。埃及第一次對英國的談判取得勝利。英軍雖撤出埃及，但蘇伊士運河仍屬「萬國蘇伊士運河公司」的財產。該公司的兩大股東是英國和法國，埃及收回運河的目的沒有達到。一九五六年七月二十六日，首都開羅舉行慶祝埃及革命勝利四週年。總統納瑟向群眾宣布，將蘇伊士運河收歸國有。英法兩國聯手出兵爭奪蘇伊士運河，又恐兵力不足，就鼓勵以色列出兵。這對以色列來說「正合孤意」。於是，遂有「第二次的以阿之戰」。

蘇伊士運河之戰後，英法兩國在中東的影響力逐漸淡出，美國勢力進而代之。另一方面，國際社會承認埃及握有運河主權的既成事實。埃及總統納瑟成為阿拉伯世界的民族英雄，被譽為「尼羅河雄獅」。

出兵助戰的以色列，大大擴展了佔領區，通過軍事統治，把巴勒斯坦部分地段，劃為猶太人的定居區。並且進一步拒絕在戰亂中逃亡境外的難民返回家園。造成黎巴嫩、敘利亞、約旦等鄰國邊境難民營遍布的特殊景象。這給西亞各國造成非常嚴重的災難性的困境。

一九五八年五月二十八日，四百多名巴勒斯坦與阿拉伯國家的代表，在耶路撒冷約旦控制區舉行巴勒斯坦人的「國民大會」，決議成立巴勒斯坦解放組織（簡稱巴解），推動「文宣武鬥」，向建立巴勒斯坦國遠景邁進。從此，巴勒斯坦人有了自己的政治組織。

巴解成立後，有組織地一步步展開對以色列以及支持以色列的西歐國家在西亞各地的機構、公司、銀行、商號、住宅區，發動沒有戰場的戰爭——恐怖攻擊活動。

作為泛阿拉伯主義的信奉者和領導人，納瑟自然成為巴解組織有力的支持者。現在最大的心願是消滅以色列，創建巴勒斯坦國，進一步在中東籌組一個大阿拉伯聯邦國家。

第三次以阿之戰發生在一九六七年的六月五日至十日。

一九六七年五月二十二日，埃及總統納瑟宣布，禁止以色列船隻以及向以色列運送物資的外國商船通過「蒂朗海峽」，意圖控制以色列的海上通道。

這是個危險的訊號。長期籌劃備戰的以色列，緊緊地掌握了這個「一決生死」的契機。

五月底，以色列政府召開第三次內閣會議，人稱獨眼將軍的國防部長戴揚說：這是一場無法逃避的生死之戰，只有主動出擊，才有勝算。

以軍的戰略是：柿子揀硬的捏，即俗語說的擒賊先擒王。首先摧毀埃及的空軍力量，掌握制空權。約旦河西岸、戈蘭高地、迦薩走廊各戰場，由各戰線指揮官獨立指揮作戰。戰術是：集中優勢兵力，重點突破，深入敵境，擊潰敵軍士氣，速戰速決。預計戰事在六月十五日結束。

六月五日

埃及時鐘指針指向清晨八點四十五分，埃及空軍基地爆炸聲四起。以色列空軍大編隊突然出現在埃及上空。

以色列轟炸機對埃及與其它阿拉伯國家二十五個空軍基地，進行了三個小時不間斷地空襲。在開戰後約五十個小時，以色列空軍摧毀黎巴嫩、敘利亞、約旦與埃及四百五十一架飛機，以方損失二十六架。

空襲行動的成功，充分證明中國古語所說的：「凡是豫則立」的正確性。

1、時間選在星期一早晨：

2、以機進入埃及上空的飛行航線，經過一再地沙盤推演；

3、摧毀機場跑道所使用的炸彈，進行多次改進。

空襲發動後的半小時，也就是早晨九點十五分，以色列地面部隊的六個裝甲師以坦克為前導，從迦薩走廊、西奈半島邊境向埃及進攻。埃及在西奈半島的五個步兵師、兩個裝甲師約八萬人，終因失去空軍支援而敗退。

阿拉伯國家向以色列宣戰的或支援人力、物力的有：伊拉克、科威特、沙特阿拉伯、蘇丹、阿爾及利亞以及摩洛哥等國。阿拉伯國家同仇敵愾，團結一致，在外交上聲勢大盛。

六月六日，埃及、敘利亞、阿爾及利亞政府，分別發表聲明，指責美英兩國「幕後操縱，直接介入」以色列的侵略戰爭，宣布與兩國斷絕外交關係。

同日，聯合國安理會深夜通過決議，要求敵對雙方，放下武器，就地停火。

安理會的決議，無人理睬，戰場上的勝負決定一切。

六月七日

以軍控制約旦河西岸，佔領了東耶路薩冷。黎巴嫩、約旦宣布接受停火決議，與以軍訂立停戰協定。

六月八日以軍逼近運河區，攻勢凌厲。埃及宣布接受停火決議，以軍見好就收，雙方就地簽訂停火協議。

六月九日，以軍猛攻戈蘭高地，敘軍奮力抵抗。

戈蘭高地是敘利亞西南邊一條狹長的山地。海拔六百到一千公尺，面積一萬五千平方公里。有公路直通敘利亞首都大馬士革。

六月十日，以軍佔領戈蘭高地，乘勢向大馬士革推進。敘利亞最後宣布接受停火決議。

第三次「以阿之戰」，從六月五日至十日，共計六天，媒體稱為「六日戰爭」。比以軍戰前預計的十日還少了四天。

阿拉伯國家無奈吞下了戰敗的苦果。

埃及總統納瑟「消滅以色列，創建巴勒斯坦國，籌組大阿拉伯聯邦國家」的雄心終於幻滅。

一九七〇年九月二十八日，納瑟患心臟病搶救無效，帶著恥辱、遺憾離開人世。巨星殞落，阿拉伯世界同聲一哭。

埃及副總統薩達特繼任總統。擺在他面前的、也是無法逃避的責任——為埃及與阿拉伯兄弟國復仇。

蘇伊士運河之戰，埃及在外交上得到蘇聯的聲援，進而建立起蘇、埃的親密關係。在軍事合作上，更新武器裝備，採購俄式軍火在納瑟時代已在進行，現在更是逐漸擴大合作關係。

歷史演進有它的規律。客觀的現實態勢，無人能阻擋。第四次以阿之戰（媒體稱為：美式武器對抗俄式武器的實地演習戰），在加速醞釀中。

六日戰爭大獲全勝的以色列，佔領區像滾雪球般地翻了幾番：黎巴嫩南部、戈蘭高地、約旦河西岸、東耶路薩冷、迦薩走廊以及埃及的西奈半島。總面積高達八萬七千七百多平方公里，超過原先聯合國安理會確定領土的三倍以上。只是勝利並未帶來和平與安全。而生活在這個地區的居民，無論阿拉伯人或猶太人，今後將要共同承受四十多年動盪與苦難的歲月。

問題最為嚴重的是，戰亂中有五十多萬巴勒斯坦人逃離家園，淪為國際難民。長時期生活在飢寒交迫的難民營。雖然有國際人道組織以及聯合國糧農機構的物資援助，那到底是杯水車薪。

難民營的兒童，因飢餓引發各種疾病而死亡的比例之高，令世人不忍面對。特別受到國際社會指責的是，以色列往往藉口領海主權不容侵犯，多方阻撓國際人道援助。近者如二〇一〇年土耳其有兩艘運輸船運送糧食、醫藥物品到巴勒斯坦難民營，在外海遭到以色列砲擊而沉沒，導致土耳其與以色列極度緊張的外交關係。而聯合國安理會譴責以色列的議案遭到美國的否決。從一九八〇年以來，為袒護以色列，美國在聯合國安理會投了二十多次否決票。有刺激就有反應。這就是恐怖暴力活動國際化，尤其以美國為主要對象的原因之一。

另方面，無法或不能逃離戰區的巴勒斯坦人則成為被征服者。為了活命，弱勢者低頭求生，甚至忍辱以低工資出賣勞力為征服者服役。但一樣米餵百樣人，總有一些不認命的人，物以類聚，或三五成群，或七九成股，慢慢地形成一種沒有形式的組織，進行非「遊擊戰式」的「遊走突擊」，手持簡陋武器，出沒在漫漫黃沙、丘陵之間；出沒在城鎮、鄉村之間的偏僻地區，與征服者展開「打了就跑」或「與汝偕亡」的搏命之鬥。

隨著戰鬥經驗的累積；或通過戰鬥生活的鍛鍊，這些散漫的零星武力，慢慢地、一點一滴地、自自然然地教育出有能力的領導者。於是戰鬥力隨時間而長進，組織力日漸凝聚而提高。他們後來就成為巴解組織第一支具備頑強戰鬥力的武裝部隊，在爭取巴勒斯坦建國過程

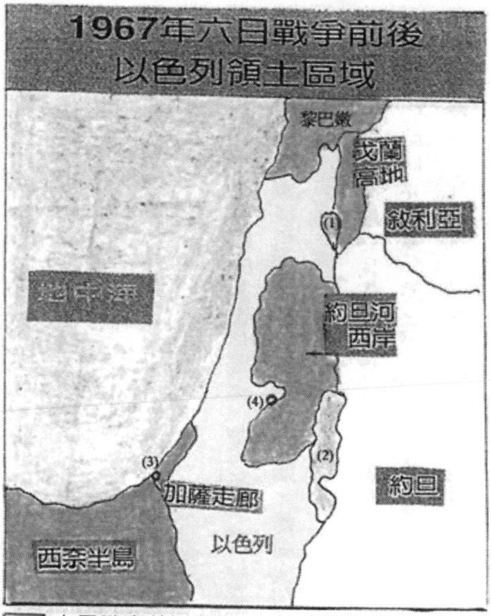

六日戰事前以色列領土　（1）加利利海
六日戰事後以色列占領地　（2）死海
（3）拉法
（4）耶路撒冷

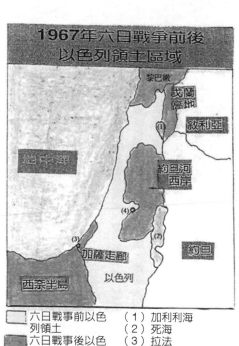

中，發揮了積極性的作用。

一九六七年十一月，聯合國安理會通過第二四二號決議案（大意是）：以色列撤出六日戰爭時占領的土地，建立巴勒斯坦國，阿拉伯國家承認以色列的獨立地位。這就是一般所謂「以土地換取和平」的決議案。

安理會的第二四二號決議，無異是要以色列「吐出已經吃到嘴裡的肥肉」。二四二號決議案形同具文，不是意外之事。

六日戰爭一結束，以色列大力進行移民至佔領地的「定點屯墾區」。並在約旦河西岸建立一百二十多個猶太人居住區，人數高達二十七萬。同時在耶路撒冷周邊及東耶路撒冷屯墾區居住的猶太人，高達十九萬人。

為了防止恐怖暴力襲擊，以色列在佔領區建立起五百多個檢查站。巴勒斯坦人在城鄉市鎮間的往來，例如購物、求醫或婦女生產，必須通過一個個檢查站的嚴格搜身檢查。因人數過多，檢查仔細費時，本來一個小時的路程，經常要花上四、五個小時，因之耽誤就醫或影響孕婦安全生產的事件頻頻發生。種種被統治者的苦況，隨時提醒巴勒斯坦人沒有國家保護的苦楚與悽慘。

同時，征服者為求自保，採用非人道的高壓統治手段，而被統治者的奮不顧身的暴力反擊，互為因果。無論是勝利者或失敗者，同樣都沒有辦法求得安寧生活，沒有機會過太平歲月。

時機成熟，瓜熟蒂落。戰爭的陰影，像彤雲密佈。當第一聲巨雷響起，暴雨立即傾盆而下。第四次以阿之戰即將展開。

一九六七年的六日戰爭，以色列占領了加薩走廊以及西奈半島，非比尋常地加深了南北兩百公里的戰略縱深路線，影響了第四次以阿之戰的結果。以色列軍方在蘇伊士運河東岸，花費兩億三千萬美元建造長達一百二十三公里的防線，以當時的總參謀長巴列夫的名字命名，故被稱為「巴列夫防線」。

第四次「以阿之戰」發生在一九七三年十月六日。

一九七三年十月六日下午二時，巴列夫防線接近蒂朗海峽地段，突然發出兩聲驚天巨響，埃及軍方蛙人昨晚埋入水下的定時炸彈爆炸了。同一時間，埃及、敘利亞兩國軍隊從不同戰線向以色列佔領區發動攻擊。從教堂趕回辦公室的以色列國防部長戴揚，向記者群發表強硬聲明：阿拉伯人在猶太人「贖罪日」攻擊以色列，必遭天譴，以色列必將戰勝。西方媒體將這次以阿之戰稱為「贖罪日之戰」。

六日下午兩點，埃及出動了二〇〇多架飛機，對佔領西奈半島的以軍做地毯式的轟炸，同時隱藏在運河西岸的俄式流彈砲和重型迫擊砲向巴列夫防線發動猛攻。

以色列駐西奈半島的兩個坦克師，兩百多輛戰車，展開強烈抵抗。戰爭持續了五個小時。

以軍「一八〇」王牌坦克旅全軍覆沒。一名上校帶著殘存的二十五輛坦克車投降。

另一戰場，敘利亞軍隊在六日下午二時，向戈蘭高地的以軍發動攻擊，出動飛機轟炸以軍指揮所等軍事要地。三個步兵師以及坦克車隊在空軍掩護下，分三路向以軍陣地推進。

以色列在西奈半島與約旦河西岸兩條戰線同時受挫。以政府發動全民總動員，平民百姓無論男女，人人拿起武器，準備為保護國家而獻身。以色列政府動員各種交通工具，把預備役部隊和彈藥送上前線。首都「特拉維夫」的公共汽車停止營運，全部用來給前線送補給。以色列總理梅爾夫人說：我不知道該如何向為國犧牲者的家屬表達慰問，但我知道，以色列能否走出困境，端賴預備役部隊的前仆後繼，他們是國家繼續存活的最後希望。

埃及軍隊自歷次以阿之戰以來的第一次勝利，士氣大振，首都開羅陷入勝利狂歡之中。

六月九日，埃及控制了運河區東岸重要戰略要地，快速向北推進。為了鞏固陣地，埃及軍隊暫停進攻，穩紮穩打，整軍再進。這一戰術上的決定，卻給以色列軍隊帶來喘息的機會。

當天深夜，以軍參謀總部舉行緊急會議，做出大膽的決策，利用此一時機集中兵力，先北線後南線各個擊破的戰術；以色列部隊沿著直通大馬士革的公路，孤軍楔入，直逼敘利亞首都，希望迫使敘利亞退出戰場。

運籌帷幄，決勝千里。以軍果如所願。同時以四十五歲的陸軍少將沙龍率領一支特種部隊，偷渡運河區，截斷埃及在西奈半島作戰部隊的後勤補給。

戰爭歷經十八日，埃及不得不再次吞下失敗的苦果。

贖罪日之戰是「理性」、「自私」、「出賣」的歷史發展的轉捩點。

從一九四八年到一九七三年的四次以阿之戰，事實告訴世人，阿拉伯國家要用武力消滅以色列國，幾乎是不可能的事。而以色列想用軍事手段消除阿拉伯國家的威脅來求得平安，也是癡心妄想。

一九七七年美國新總統卡特上台，開始推行「平衡以阿雙方利益的新中東政策」，以色列順應時勢，收斂起往昔桀驁不馴的態度；而埃及國內則面臨嚴重的經濟問題。經過幕後往來磋商取得協議，終於在一九七七年十一月，埃及總統薩達特突然訪問以色列（給阿拉伯國家帶來晴天霹靂），協商成果豐碩。以色列同意歸還所有佔領埃及的土地，埃及則放棄消滅以色列的對外政策，承認以色列國家的合法存在。

一九七八年九月六日，埃及與以色列的代表在美國「大衛營」簽訂協議書，推動中東和平進程。繼而在一九八〇年一月以埃雙方互派大使，建立正常外交關係。

埃及是阿拉伯國家的盟主，現在單獨與共同的敵人媾和，無異是對整個阿拉伯世界的背叛。

一九八一年十月六日，埃及首都開羅舉行一年一度的閱兵典禮，一群士兵向主席台開槍，當場打死薩達特總統。

巴勒斯坦和平建國，本是阿拉伯世界的問題，現在群龍無首，只由巴勒斯坦人單獨面對「無助、無望」的困境。這令散居在世界各地的伊斯蘭「原教旨主義者」，深感正義已被邪惡吞噬，更因出賣「真主」的叛徒已遭惡報，更激化他們的復仇火燄。

遠者如一九八二年六月六日，以色列駐英大使被恐怖份子刺殺，並傷及無辜者多人。近者如二〇一一年三月二十三日，耶路撒冷發生汽車定時炸彈爆炸，三十多人受傷，其中十五人重傷，一名婦女送醫途中死亡。以色列總理因此推遲訪問俄羅斯。二〇一一年八月十二日媒體報導，台灣外交部亞西司司長林正中回憶說，有一次拜訪以色列駐約旦大使，要通過四道安全檢查關卡。他說：「大使牽著一隻大狼狗，在我身邊繞來繞去。說話的時候，感覺很緊張。」儘管防範如此嚴密，以色列駐外人員，還不時地遭到恐怖份子層出不窮地襲殺。

二十世紀與二十一世紀交接前後這段時間，恐怖暴力事件益發頻繁；根據聯合國「維和」機構的統計，光是在耶路撒冷就發生過幾十次。凡是關心中東和平的時事觀察者應該還記得，其中一次被證實，恐怖份子「人肉炸彈客」是一位女性醫生，顛覆了西方媒體長期塑造的價值觀，給閱聽大眾開啟了另一片思考空間，否定了世俗「恐怖份子」的刻板印象。這就難免使人想起中國儒家的一句深沉名言：「舍生取義」。而這個「義」，在巴勒斯坦人來說，就是「建國大義（業）」。

但事難兩全，恐怖暴力活動，令世人難以接受的是，絕對無法避免「傷及無辜」。

二〇〇一年九月十一日，恐怖份子劫持三架美國飛機，分別撞向紐約世貿中心大樓及美國國防部五角大廈，死亡兩千多人，傷者無法計數，震驚全世界。美國全國陷入惶恐驚怖之中，並引發美國出兵攻打阿富汗，推翻「塔里班」政權的十年反恐戰爭。

二〇〇五年英國首都倫敦遭恐怖份子攻擊，死五十多人，傷者高達七百多人。

和平解決中東問題，成為全世界的共識，和平進程艱難顛躓地進行，華府白宮的態度為世人所關注；而美國「國債上限」在國會山莊擱淺，更成為傳媒的焦點。

新聞檢視

媒體標題：喬美債　歐巴馬一夜未睡（二〇一一年七月二十九日）

副標題：不眠不休，力爭國會支持，白宮全體忙瘋

人民日報：美債危機來襲　全球怕怕

美債如果違約，中國損失最慘

由於美國本身深陷經濟困境，急欲從阿富汗、伊拉克的侵略戰爭泥淖中抽身，促使對中東和平的態度產生微妙的影響。

時間長隔四十三年五個月又二十九天，也就是二〇一一年五月十九日，美國總統歐巴馬提出類似一九六七年十一月聯合國安理會第二四二號決議案「以土地換取和平」的主張。

根據媒體報導：

美國總統歐巴馬，二〇一一年五月十九日在國務院發表演說，揭示美國對中東和平的願景，就是巴勒斯坦一旦獨立建國，應與以色列依一九六七年六日戰爭發生前畫定的疆界為鄰，經由以巴同意互換土地，可協助創建「能存續下去的巴勒斯坦國，以色列也得確保國家安全」。

第二天，五月二十日，以色列總理納坦雅胡到白宮與美總統歐巴馬會談。針對歐巴馬「以土地換取和平」的主張，嚴詞峻拒。隨後在記者會上更擺出訓話姿態，駁斥歐巴馬的主張是「幻想」！

根據可靠資料指出，目前有三十多萬以色列人生活在約旦河西岸屯墾區。他們的第二代也已長大成人，「屯墾區」幾乎是他們生於斯長於斯的童年故土，亦是他們安身立命之地。

這就是以色列總理駁斥歐巴馬的主張為「幻想」的背景。
中東和平、巴勒斯坦建國、恐怖活動消聲匿跡，看來是「長路漫漫，何處是終程」？
唯「阿拉⑦」庇祐。
阿們⑧！

二〇一一年八月八日（父親節）凌晨三點四十五分
於台北　辛亥　蝸居

⑦伊斯蘭教徒所信仰的唯一真神，為天地萬物之主宰者。
⑧基督教徒在祈禱終了時，恆綴以此語，為「心願如是」的意思。

語言文學類　PG0832

微知自選集

作　　者 / 林學禮
責任編輯 / 陳佳怡
圖文排版 / 郭雅雯
封面設計 / 李孟瑾

發 行 人 / 宋政坤
法律顧問 / 毛國樑　律師
印製出版 / 秀威資訊科技股份有限公司
114台北市內湖區瑞光路76巷65號1樓
電話：+886-2-2796-3638　傳真：+886-2-2796-1377
http://www.showwe.com.tw
劃撥帳號 / 19563868　戶名：秀威資訊科技股份有限公司
讀者服務信箱：service@showwe.com.tw
展售門市 / 國家書店（松江門市）
104台北市中山區松江路209號1樓
電話：+886-2-2518-0207　傳真：+886-2-2518-0778
網路訂購 / 秀威網路書店：http://www.bodbooks.com.tw
國家網路書店：http://www.govbooks.com.tw
圖書經銷 / 紅螞蟻圖書有限公司
114台北市內湖區舊宗路二段121巷28、32號4樓
電話：+886-2-2795-3656　傳真：+886-2-2795-4100

2012年10月BOD一版
定價：550元

國家圖書館出版品預行編目

微知自選集 / 林學禮著. -- 一版. -- 臺北市 : 秀威資訊科技, 2012. 10

面 ;　公分. -- (語言文學類 ; PG0832)

BOD版

ISBN 978-986-221-998-0 (平裝)

848.6　　101018694

讀者回函卡

感謝您購買本書，為提升服務品質，請填妥以下資料，將讀者回函卡直接寄回或傳真本公司，收到您的寶貴意見後，我們會收藏記錄及檢討，謝謝！如您需要了解本公司最新出版書目、購書優惠或企劃活動，歡迎您上網查詢或下載相關資料：http:// www.showwe.com.tw

您購買的書名：__________________________________

出生日期：________年________月________日

學歷：□高中（含）以下　□大專　□研究所（含）以上

職業：□製造業　□金融業　□資訊業　□軍警　□傳播業　□自由業

□服務業　□公務員　□教職　□學生　□家管　□其它______

購書地點：□網路書店　□實體書店　□書展　□郵購　□贈閱　□其他

您從何得知本書的消息？

□網路書店　□實體書店　□網路搜尋　□電子報　□書訊　□雜誌

□傳播媒體　□親友推薦　□網站推薦　□部落格　□其他__________

您對本書的評價：（請填代號　1.非常滿意　2.滿意　3.尚可　4.再改進）

封面設計____　版面編排____　內容____　文／譯筆____　價格____

讀完書後您覺得：

□很有收穫　□有收穫　□收穫不多　□沒收穫

對我們的建議：__________________________________

____

____

____

請貼
郵票

11466
台北市內湖區瑞光路 76 巷 65 號 1 樓
秀威資訊科技股份有限公司 收
BOD 數位出版事業部

（請沿線對折寄回，謝謝！）

姓　名：＿＿＿＿＿＿＿＿　年齡：＿＿＿＿　性別：□女　□男

郵遞區號：□□□□□

地　址：＿＿＿＿＿＿＿＿＿＿＿＿＿＿＿＿＿＿＿＿

聯絡電話：(日)＿＿＿＿＿＿＿＿（夜）＿＿＿＿＿＿＿＿

E-mail：＿＿＿＿＿＿＿＿＿＿＿＿＿＿＿＿＿＿＿＿